2016.02
감사합니다. 늘 마삼업

고양이
키스

고양이 키스 vol.1

초판 1쇄 발행일 2016년 2월 20일
초판 1쇄 발행일 2016년 2월 26일

지은이 | 김애정
펴낸이 | 김기선

편집장 | 김은지
디자인 | 금장미

펴낸곳 | 와이엠북스(YMBOOKS)
출판등록 | 2012년 7월 17일 (제2014-17호)
주소 | 서울시 도봉구 노해로 379, 1005호(창동, 대성빌딩)
전화 | 02)906-7768 / 팩스 | 02)906-7769
E-mail | ymbooks@nate.com

ISBN 979-11-322-3654-2 (04810)
ISBN 979-11-322-3653-5 (set)

ⓒ 김애정 2016 Printed in Korea

값 10,000원

고양이 키스

vol.1

김애정 장편소설

BOOKS

차 례

프롤로그

끼이이익!

"아, 안 돼……!"

해인은 두 눈을 질끈 감았다. 분명 브레이크를 밟았는데도 차가 멈추질 않았다. 어째서? 하지만 이내 그런 의문보다는 자신에게 닥쳐올 죽음에 대한 공포에 휩싸였다. 커다랗게 휘어 미끄러지는 차체가 주는 아찔함에, 그 안에 있는 자신의 한 치 앞에. 벼랑 끝으로 내달리는 이 순간의 공포에.

콰앙! 차는 여지없이 가드레일을 들이받고 도로 밖으로 튕겨 나갔다. 잠시 허공을 나는 듯하더니, 이내 새까만 숲이 즐비해 있는 낭떠러지 밑으로 무서운 속도로 추락했다. 충격이 지체 없이 이어졌다. 절벽을 구르며 요란스레 뒤집어지는 차 안에서는 위와 아래를 알 수 없게 됐다.

안전벨트를 했음에도 불구하고 몸이 엉망으로 휘둘러졌다.

그때였다. 갑작스레 자신을 찾아온 절망에 범벅된 그녀의 눈앞으로 작고 새하얀 새 한 마리가 보인 것은. 희뿌옇게 빛나는 작은 새, 그것은 공포에 질린 그녀의 눈에 이상하리만치 또렷해 보였고, 그래서 기묘했다. 심지어 그것은 그녀를 주시하고 있었다.

"아……."

그 묘한 것에 대한 의문은 아주 잠시였다. 더 이상의 사고는 그녀에게 허락되지 않았으니까. 차가 추락한다. 고로 몸도 함께 곤두박질친다. 죽을지 모른다는 생각이 섬뜩하게 커지더니 이내 온몸에 따갑도록 엄습했다. 자신의 짧은 지난날들이 머릿속을 스쳐 갔지만 그것마저도 이내 하얗게 세었다.

죽음의 공포 앞에서 남는 건 아무것도 없었다.

산산이 깨진 창문 사이로 날카로운 바람이 쉴 새 없이 몰아쳐 그녀의 머리카락을 휘날렸다. 그것이 새까맣게 눈을 가렸을 때 해인은 죽음을 두려워하는 것조차 포기했다. 죽음은 직감이 되었다.

콰앙! 엉망으로 구르고 낙하한 차체가 굉음과 함께 절벽 아래 바닥으로 사정없이 처박혔다. 일그러짐이 그녀의 주위를 철저하게 망가트렸다. 앉아 있던 의자가, 유리창이, 엉망으로 갈라지고 깨어졌다. 추락의 여파가 고스란히 그녀의 몸을 뒤흔들었다.

"으윽……!"

뭉개진 차체와 함께 그 사이에 낀 두 발이 으스러진 듯했다. 빠각, 빠각 소리를 내며 부러지는 갈비뼈의 존재를 처음으로 실감해야 했다. 몸 여기저기에 금이 가고 깨지는 소리가 귀에 소름 끼치게 울려댔다. 빠각. 울컥, 목구멍을 타고 핏물이 올라왔다. 육체의 고통만큼이나 격렬한 것은 자신이 왜 이런 상황에 처해 있어야 하는지에 대한 정신적인 괴로움이었다. 태어나 처음으로 맛보는 지독한 아픔에 해인은 숨을 쉴 수 없었다. 하지만 이내 너무도 낯선 한없는 고통 앞에서 더 이상의 신음도 내지 않게 됐다. 아프다는, 살려달라는. 살아 있는 소리를 낼 수 있는 수준도 한참 지나버렸으니까.

"……엄마."

가드레일을 뚫고 외진 도로의 까마득한 절벽 아래로 추락했다. 아무도 구하러 오지 않을 것이다. 슬프게도 자신이 살 수 없다는 걸 누구보다 잘 알았다. 가느다란 핏물이 눈물처럼 오른뺨을 가로질러 흘렀다. 삶이 내 것이 아니게 되는 데에는 결코 오랜 시간이 필요치 않았다. 정말 지극히 한순간이었다.

엄마, 엄마. 의식이 잔불처럼 꺼져가는 사이 해인의 머릿속은 온통 한 가지 생각으로 가득했다. 죽고 싶지 않은 것보다는 자신이 죽으면 가장 슬퍼하며 오열할 사람이 떠올라서 속이 메어왔다.

[이름, 박해인.]

아득해진 시야 앞으로 하얗고 작은 무언가가 날아왔다. 눈앞이 핏물로 흐려 잘 보이지 않았지만 불현듯 알 수 있었다. 그것은 도로에서 떨어질 때 차 안에서 보았던 하얀 새가 분명했다. 이상하게 선명한 그것은 해인이 눈을 감는 걸 방해했다.

[기사년 술시생, 부친 박상인, 모친 이해영. 서울에서 태어나 부친은 10년 전 별세, 맞는가?]

"……콜록, 윽!"

홀연히 들려온 사람의 것이 아닌 목소리에 해인은 보이지도 않는 눈을 가늘게 뜨며 억지로 주위를 살폈다. 그런데 아무리 살펴도 주위에 있는 건 새하얀 새 한 마리뿐이었다. 온통 부서지고 일그러지고 흉측해진 속에서 홀로 새하얗게 빛나는, 그래서 이질적으로 느껴지는 기괴한 존재.

그것이 자신에게 말을 걸고 있다는 걸 해인은 납득할 수밖에 없었다. 저게 뭘까.

[나는 저승의 심부름꾼이다.]

"하아……?"

[너희 말로는 저승사자지. 사신이라고도 하든가. 죽은 자를 인도하는 게 내 일이다. 그대의 운명은 오늘로 다했으니 나와 함께 저승으로……]

사무적이다 못해 건조한 목소리에 해인은 힘겹게 고개를 저었다. 가까스로, 가까스로.

"아…… 니야. 틀려."

술시라면 오후 7시부터 9시를 가리키는 것인데 해인이 태어난 시간은 6시

5분이었다. 미신을 맹신하지는 않았지만 가벼운 점술 정도야 본 적 있었기에 분명하게 알고 있었다.

"난 유, 시……."

[유시라고?]

"그래, 뭔가…… 잘못된 거야…… 그럴 거야. 흐읍, 하아…… 하!"

피를 울컥 토해내면서도 고개를 저었다. 아니라고 끊임없이 바람처럼 속삭였다. 목소리랄 것도 더는 낼 수 없었다. 자꾸만 눈이 감겼다. 한마디 내뱉을 때마다 자신이 죽어간다는 걸 알 수 있었다. 말하려 발악하는 내내 입에서 주룩주룩, 피가 흘렀다. 그냥 알 수 있었다. 이 육체는 더 이상 살 수 없다는 걸 말이다.

[잠깐, 그럴 리가 없는데? 유시? 정말인가? 분명 여기에 술시라…… 고, 으음?]

새의 모습을 한 저승사자는 상당히 놀란 듯했다. 얼핏 파닥파닥하는 바쁜 날갯짓 소리가 들려왔다. 그것이 점점 가까이 들렸다. 이어 한순간이었다. 해인의 몸이 차 틈에서 빠져나오나 싶더니 편안해진 것은. 조금 전까지 온몸을 잠식했던 고통과 무거운 감각들이 거짓말처럼 사라졌다.

온몸을 찌르는 고통에서 스르륵 빠져나오는 묘한 감각. 허물을 벗은 듯 너무도 가벼운 몸.

아니, 영혼.

[이게, 대체……?]

편안해진 것은 몸의 감각뿐이 아니었다. 흐려졌던 시야도 다시 선명해졌다. 하지만 그 시야로 보이는 것은 온통 회색빛뿐이었다. 사고가 났던 절벽 근처가 아니었다. 위도 아래도 없는 무저갱 한 공간이었다. 어느 틈에 옮겨진 걸까. 그리고 그 한가운데서 자신을 빤히 노려보는 새 한 마리. 혼란했던 의식 역시 또렷해져서 해인은 모든 일의 주범이 저 하얀 새라는 것을 깨달을 수 있었다. 몸에 악착같이 붙어 있던 제 영혼을 빼낸 것도 저 새였다.

[인간, 이거 미안하게 됐다.]

[나한테…… 대체 무슨 짓을 한 거예요?]

해인은 화를 내면서도 울먹이는 목소리로 하얀 새, 아니 저승사자를 향해 소리쳤다. 저를 죽인 건 분명 눈앞의 상대였다.

[이러려던 건 아닌데.]

[이게, 이게 다 뭐냐고요!]

몸이…… 아니 이걸 몸이라고 할 수 있는 걸까? 지금 해인의 몸은 과하게 가벼웠다. 바람 같았고, 깃털 같았다. 힐끔 손을 내려다보니 흐릿하게 회색 빛으로 빛나는 게 보였다. 그리고 빛날 뿐만 아니라 반쯤 투명했다. 맙소사! 마치 귀신처럼……. 아니, 귀신이 맞았다. 자신은 지금 영혼이었다.

기절할 것만 같은데 그럴 수도 없었다. 정신만 남은 영혼은 그것조차 허락하지 않았으니까. 아픔을 주던 몸이 차라리 그리웠다. 손발을 덜덜 떨 것 같은 정신인데 투명한 손끝은 흐릿하게 퍼질 뿐이었다. 마치 연기처럼.

[시, 싫어.]

흐트러지려는 손을 흐트러지는 손으로 붙잡으며 해인은 사라지기 싫어 울부짖었다. 자신이 어떻게 된 건지 선뜻 이해할 리 없었다.

[일이 꼬였군. 인간의 수가 아무리 많다지만 부모의 이름에 본인의 이름까지 똑같은 영혼이 있을 줄이야…… 낭패다.]

새의 입이 조잘거렸다.

[무슨 소리를…….]

[내 실수다. 사과하지.]

그건 하나도 사과 같지 않았다. 저승사자는 지금 자신이 본래 죽을 운명이 아니었다고 말하고 있었다. 그런데 죽었다고. 비명 같은 소리가 절로 몸에서 새어 나갔다.

[말도 안 돼, 그럼 날 원래대로 돌려줘요! 내 몸으로 빨리……!]

[그건 무리야.]

[어째서요? 당신 말대로라면…… 난 죽으면 안 되는 거잖아요? 난, 살아야 하는 거잖아요?]

[그 몸은 이미 죽었다. 그러니 영혼을 빼낼 수 있었던 거고. 살릴 수 없을 만큼 죽어가는 육체에서만 영혼이 넘나들 수 있다.]

이 이상, 끝을 뜻하는 말은 들어본 적이 없었다. 차라리 기절하기를 제발 염원하는데, 저승사자가 단호하게 말했다.

[새로 만드는 수밖에. 고치는 것보다 새로 만드는 게 편한 경우도 있거든. 특히나 나 같은 삭제 전문에게 치료는 난이도가 높은 일이라…….]

[저기! 지, 지금…… 대체 뭘 새로…… 만든다는 거죠?]

[뭐긴. 인간, 너의 몸이지. 원래의 몸은 소거됐다. 아예 그 차까지 지워버렸으니 이 세상에 그것들의 잔해는 없다. 인간들은 다만 네가 행방불명됐다고만 생각하게 될 거다.]

소거? 자신의 몸을? 차를? 그거 할부……. 아니, 그보다! 해인은 도통 정신이 없어서 사신이 무슨 말을 하는 건지 반은 따라가지 못하고 있었다. 한 가지 확실한 건, 사신이 뭔가 큰 실수를 했다는 것뿐이었다.

[누구 맘대로 남의 몸을 없애요! 왜요? 그럼 나는 어쩌라고요?]

[새로 몸을 만들 재료는 남겨뒀는데?]

[……무슨 말인지 모르겠는데, 그렇다면 아무튼 좋아요. 얼마나 걸리는 거예요? 제 몸을 다시 만드는 건요?]

[미안하지만 내 전문은 소거지 창조가 아니라서 말이다.]

[그러니까 얼마나……!]

[내 선에서 일을 끝내야 하니…… 대충 1년은 걸릴 게다.]

이렇게 억울할 때가 또 있을까. 그런데도 달리 선택지가 없는 참담한 경우는? 제가 잘못해놓고 남 일처럼 태연하게 구는 빌어먹을 저승사자는, 쓸데없이 요요했다. 남을 덜컥 실수로 죽인 주제에 잘도 혼자만 신비스러운 자태를 고수하고 있었다. 엄마의 표현을 빌리자면 똥물에 튀겨주고 싶었다.

[다른 시지의 도움을 받거나 윗선의 힘을 빌린다면 더 빨리도 가능하겠지만…… 이 일이 들통 나면 너나 나나 돌이킬 수 없어지거든. 저승은 톱니바퀴의 틀에서 벗어나는 일을 용서치 않으니까.]

다는 못 알아듣겠지만, 사신의 말에 의하면 1년은 이 상태로 참으라는 소리 같았다. 영혼 상태로 말이다. 해인은 멍하니 반투명한 자신의 몸을 다시 내려다봤다. 발에도 아무런 감각이 없었다. 땅을 딛지 않고 있는 것이다. 믿을 수 없는 상태였다. 이게 공들인 장난이나 일종의 텔레비전 프로그램 따위는 아니라고 자신할 수 있었다. 몰래카메라로 이런 일은 불가능할 테니까.

[아무리 그래도…… 난 억울해요.]

[그럼 같이 소멸되기를 바라나?]

해인은 대답을 찾을 수 없었다. 죽은 것도 억울한데 소멸은 또 무슨 말인지. 이 사신 아무래도 사람 겁주는 데는 이골이 난 것 같았다.

[인간, 정말 죽지 않는 것에 감사해라. 정확히는 영혼이 '저승'에 가지 않은 걸 말이야. 만약 네 영혼을 저승에 데려갔다면 나는 실수의 죄를 물어 영영 소멸되고, 너는 새로 환생하게 될 뿐이다. 알아듣겠느냐? 저승은 널 결코 되살려주지 않아.]

말문이 막혀서 바보같이 있는 수밖에 없었다. 억울했지만 지금으로선 사신의 말을 따르는 수밖에 없었다. 자신은 이미 죽었고, 다시 살려줄 수 있는 건 이 저승사자뿐이었다. 자그마치 1년이나 시간을 잃어버리게 되겠지만. 적어도 남은 평생의 시간을 잃어버리는 것보다 나은 건 당연했다.

하지만 1년이면 누군가는 자신에게 이상이 생겼다는 걸 알아차릴 거다. 마침 자료 조사를 위해 여행을 시작한 차였고, 본래부터 한두 달씩 홀연히 여행을 다녔다고는 해도 말이다.

[알아…… 들었어요. 대충 알아는 들었는데. 1년을 이대로 그냥…….]

[1년 동안 넌 행방불명인 채로 있어야겠지. 하지만 그 시간만 참으면 다시 본래의 생활로 돌아갈 수 있을 거다. 그게 내가 해줄 수 있는 최선이기도 하고.]

이것을 '살았다'라고 안도해도 될 일인지 해인은 헷갈렸다.

[저기요, 나는 해야 할 일이 있어요. 기다리는 가족도 있고…….]

[모르겠군. 내게 뭘 더 해달라는 거지? 다시 살려주겠다잖나.]

감정 없는 눈이 해인은 빤히 바라봤다. 이해할 수 없다는 듯. 해인은 호랑이 굴에라도 들어온 기분이라 애써 정신을 다독였다. 꾸역꾸역 납득하는 와중에도 이 한 가지만은 따져야 했다.

[난요, 마치 무슨 사고라도 당한 기분이에요. 아니, 사고를 당한 게 맞고요.]

[너희 기준으로 보면 교통사고 같은 거긴 하지.]

[……댁이 그렇게 말하니까 기분이 좀 이상한데. 아무튼, 난 1년이나 이 공간 안에서 아무것도 안 하고 있을 수는 없어요. 그랬다간…… 내가…….]

[그랬다간?]

[……제정신이 아니게 될 것 같아요. 지금도 이렇게 무섭고, 불안한데…… 이대로 지내라뇨?]

자꾸 제 손발이 연기처럼 흐드러져 사라지려고 하는 건 이루 말할 수 없이 두려운 일이었다. 자신에게 육체가 없다는 게 실감 나지도 않았고, 세상에서 가장 나약한 존재가 된 기분이었다. 물에 빠진 솜사탕이 이런 느낌일 것 같았다.

영혼 상태로 있는 건 제정신으로 할 게 못됐다. 하다못해 제 손으로 어깨라도 쥘 수 있다면 좋을 텐데 그마저도 되지 않았다. 그러니 어떻게 이 상태가 달갑겠는가. 그런데 이대로 1년이라니. 난데없이 감옥에 처박혀도 이렇게 절망스럽진 않으리라.

[하지만 영혼 상태로 이승을 돌아다니는 건 위험해. 세상은 악귀들로 가득 차 있으니까. 내 공간인 이곳 밖에서 너는 좋은 먹잇감일 뿐이다. 한 가지 분명히 하자면 나도 널 구하고 싶다. 너와 나 둘 모두를 위해서.]

[하지만…….]

[별수 없다, 인간. 이게 우리의 최선이야.]

황당함과 절망스러움에 울고 싶어졌지만 이 몸은 눈물도 나오지 않았다. 영혼이라 그런 듯했다. 하지만 표정은 충분히 울상이었다. 그런 해인에게 파닥파닥 날아온 저승사자가 해인의 주위를 한 바퀴 돌더니 어깨 위에 내려 앉았다. 자신의 손도 통과시키는 몸인데 앉아 있는 걸 보면 저승사자는 저승사자인 모양이다.

[아니다. 한 가지 방법이 있긴 한데.]

[정말요?]

[……그런데 해도 될지는 모르겠어.]

[지, 지금 그런 거 따질 때예요? 나한테 조금이라도 미안하면 뭐든 해봐요!]

[정말 문제로군. 인간 네 영혼은 퍽 약하다. 이곳에 혼자 가둬둔다면 그건 그것대로 널 망가트릴 것 같다. 혼란함에 스스로를 잃어버리고 공기가 될지도 모르지. 그걸 방지하려고 보통은 기억을 완전히 지운다만……]

공기라니, 섬뜩해졌다. 정신이 불안정해진다는 건 영혼이 불안해진다는 것과 같은 말인가 보다. 해인은 더더욱 육체의 필요성을 절감했다. 뿌옇게 퍼지려는 손끝을 움켜쥐며 저승사자에게 애원했다.

[뭐라도 좋으니까, 어떻게 좀 해봐요! 날 살려줘요……. 제발 나한테 몸을 줘요. 그래! 드라마처럼 내 몸이 아니라도 좋으니까! 잠시쯤은 쓸 수 있는 게 있을 거 아니에요?]

[내 참, 요즘 인간들은 드라마를 너무 봤다니까.]

[……으, 이 상태는 싫다고요! 무섭고, 힘들고…… 애초에 날 절박하게 만든 건 당신이잖아요!]

그러니까 책임져! 해인은 겁에 질려 소리치면서도 자신이 무얼 바라는지는 알 수 없었다. 영혼 상태로 돌아다니는 건 안 된다고 하고, 당장 되살려줄 수는 없다고 하고, 하지만 이대로 지내는 건 너무나 두려운 일이고. 다른 수단이 뭐가 있는지 알아야 조를 텐데 말이다.

다시 살고 싶다. 영혼인 자신은 무섭다. 다시 세상으로 가고 싶다. 머릿속은 온통 그 생각뿐이었다. 그리고 제가 사라지면 저를 애타게 찾아 헤맬 한 사람이 머릿속으로 떠올랐다. 엄마.

[몸이라…… 좋다. 전례가 없긴 하지만 '이걸' 인간에게 빌려주면 안 된다는 규정도 없으니까. 당연히 안 돼서 없는 거겠지만.]

사신이 작게 찝찝한 듯 중얼거렸지만, 해인의 귀에는 뭔가 할 수 있다는 말만 들렸다.

[되는 거예요? 몸을 가질 수 있어요?]

[그래. 네 원래 몸은 아니지만.]

[그럼…… 다른 죽은 사람의 몸이라거나, 그런 건가요?]

[쯧쯧, 그런 건 정말 인간들 드라마에서나 가능해. 그리고 그렇게 쉬우면 진작 권했을 거다. 그건 인간의 기준으로 하면 살인죄에 해당하는 끔찍한 짓이라고. 확실히 그것보다는 '이걸' 빌려주는 게 나을 것 같기는 한데…… 겨우 1년이니까 괜찮을지도.]

뭔지는 모르지만 지푸라기를 잡는 것보다는 좋아 보였다. 해인은 혹시 사신이 마음을 바꿀까 싶어서 얼른 그에게로 손을 뻗었다. 하지만 하얀 새는 잡히지 않고 포르르 높이 날아가 버렸다. 그러곤 바보 대하듯 질책했다.

[서두르지 마라.]

[……저기, 그런데 왜 꼭 1년이죠? 조금이라도 더 빨리는 안 되는 거예요?]

[아까 남겨둔 네 '일부'로 새로이 육체의 틀을 창조함에 열 달. 어미의 배 속에서 인간이 자라는 그 시간은 신이 아니라면 어쩔 수 없어. 그건 물은 물이고 불은 불인 것과 같이 우주에 정해진 순리거든. 서두를 수야 있겠지만 그만큼 부족해질 뿐이야.]

[그럼 남은 두 달은요?]

[다시 만든 틀, 그건 갓난아기와 같겠지. 그걸 선계의 시간 속에 집어넣을 거다. 그곳의 시간은 인간세계보다 훨씬 빠르지. 그곳에서 두 달은 인간 세 상에서의 몇십 년과 같아. 네 본래 나이만큼 금방 자라겠지. 그러니 서둘러

16

서 도합, 1년이라는 거다.]

[음? 그럼, 그 열 달도 아예 선계라는 곳에서 보내면 더 빨리 끝나는 거 아닌가요?]

[아니. 그래서는 순수한 선인의 몸이 되어버려. 넌 인간이니 틀을 닦는 건 인간세계에서 해야 해. 어려운 얘기가 되겠지만 그런 거다.]

무슨 말인지 반은 알 것 같고 반은 모를 것 같았다. 해인은 불안스레 흐트러지는 자신의 손과 발에 시선을 빼앗겼다. 그래, 저런 어려운 소리는 아무래도 상관없어.

[대충 알겠으니까, 빨리……. 뭐든 다른 몸을 줘요. 이대론 싫어요! 내 손을 좀 보라고요!]

해인의 우는소리에 저승사자는 잠시 고민하는지 아무것도 없는 회색 공간을 천천히 날아다녔다. 그러다가 마지못해 작은 부리로 허공을 쿡, 집어 길게 찢어냈다. 회색 공간의 이면에는 우주가 있었다. 사신이 날갯짓하자 그 안에서 무언가 검고 둥그런 것이 툭 굴러 나와 회색 공간 안을 부유했다.

[이걸 써봐라.]

가까이서 보니 그것은 날개를 접고 잠든 까마귀 같았다. 아니, 그게 맞았다. 하지만 그것은 살아 있지 않았다. 시체라기보다는 마치 박제 같은 느낌이었는데 점점 해인의 앞으로 다가왔다.

[……쓰라고요?]

[그 안에 들어가 보라는 말이다. 내가 이 몸을 쓰기 전에 사용하던 것인데…… 상성이 맞으면 들어가서 머무를 수 있을 거다.]

[어떻게, 들어가는데요?]

[일단 만져봐라. 그러면 알 수 있다.]

저승사자의 말에 해인은 얼떨했지만 일단 손을 들어 그 까마귀 같은 것을 만져보려고 했다. 하지만 파치직 소리와 함께 손이 튕겨져 나오는 건 곧장이었다. 영혼인 손은 충격에 연기처럼 허공에 퍼졌다가, 다시 느리게 손의 형태로 모아졌다. 해인은 놀라 부랴부랴 뒤로 물러났다. 미약하지만 고통이 따랐다. 영혼인데도 아프다니. 이 박제 같은 게 대체 뭘까 싶었다.

[아, 아픈데요?]

[안 맞는 모양이지? 그럼 이걸로.]

다른 허공을 찢어 저승사자가 꺼낸 것은 새까만 고양이였다. 그것 역시 천천히 해인의 앞으로 흘러오듯 다가왔다. 조금 전의 그 찌릿한 감각이 아직 선명한지라 해인은 섣불리 손을 대지 못했다.

[또 아픈 거 아니에요?]

[그건 괜찮을 거다. 사실 지내기에는 날짐승이 편하지만 안 맞으니 어쩔 수 없지.]

해인은 사신의 말에 손을 뻗었다 움츠렸다 하며 망설이고 있었다. 그러는 사이 가까이 다가온 고양이의 몸이 해인의 머리 위를 두둥실 스쳐 지나갔고, 해인은 얼떨결에 피했다. 분명 피했는데, 이번 것은 파지직 하는 대신 해인을 저절로 끌어당겼다. 빨려 들어가는 감각에 저도 모르게 몸을 움츠려야 했다. 눈을 질끈 감았는데, 뭔가 많이 이상했다. 방금까지만 해도 감각이 둔하던 몸이 바짝 탄력 있게 근육을 조이고 있는 것이다.

"야옹?"(뭐지?)

[오, 그거 아주 잘 맞는군. 역시, 역시! 그 정도로 잘 맞으면 적응기도 따로 필요 없겠어.]

"야앙!"(에엑!)

내가 왜 고양이 말을 하고 있는 거야! 해인은 화들짝 놀라 그 자리에서 펄쩍 수직으로 튀어 올랐다. 마치 고양이처럼. 그와 동시에 본래의 그녀에게는 없던 엉덩이 뒤의 무언가가 파바밧, 바짝 곤두서는 것이 느껴졌다. 이건 또 뭐야!

[안 맞으면 그게 이상하지. 넌 전생에 고양이였으니까.]

"먀!"(엑!)

이런 뜻하지 않은 전생을 봤나!

[몰랐나? 아, 하긴 모르겠군.]

"미양!"(당연하죠!)

[선천적으로 방랑벽이 있고 무리 생활에 약하며 혼자서도 잘 논다. 하지만 가끔 외로움을 느끼면 뜬금없이 울기도 한다. 호기심은 왕성한데 상당한 기분파라 지속할 수 있는 게 별로 없다. 예술적 기질이 강하며 이해할 수 없다는 소리를 자주 듣지. 그리고 한번 자신을 허락한 사람에게는 한없이 애정공세를 하지만 그 외에는 접근하면 미친놈 보듯 보지. 어때, 딱 맞혔지?]

이 저승사자 돗자리 깔아야겠네. 해인은 그렇게 생각하며 두 눈을 동그랗게 떴다가 상대가 저승사자라는 사실을 상기해냈다. 감정이 없나 싶다가도 위해주고, 그러더니 갑자기 남의 전생을 막 알려주고 하니 말이다. 그나저나…….

"야냐아앙?"(털이 있어?)

[고양이니까.]

"미야먕?"(꼬리도?)

[잘 움직이는걸. 확실히 상성이 괜찮은가 보군. 그 정도면 바로 인간계에 가도 되겠어. 잘됐군, 잘됐어.]

정말 해인은 네 발로 땅을 짚고 있었으며 가느다랗고 빳빳한 검은 털이 온몸을 감싸고 있었다. 그리고 넓어진 시야와 넘치는 유연함. 맙소사! 그녀는 고양이가 되어 있었다. 당연하게도 야옹거리는.

"미야아악!"(이게 뭐야!)

죽었나 싶더니 고양이가 되다니. 누가 고양이로 만들어달랬어! 그야말로 기묘한 경험에 해인이 연달아 경악성을 내뱉자 저승사자가 한결 가뿐해진 투로 말을 이었다.

[그 몸에 조금 더 익숙해지면 인간의 말도 할 수 있지. 저승의 기술은 그 정도라고!]

"먀먍! 니야아앙, 냐냐냐! 냥!"(지금 못 하잖아요! 고양이가 어떻게 인간 말을 해요? 애초에 구강 구조가 다른데! 이게 뭐예요!)

[나는 뭐라는지 알겠는걸.]

"캬악!"(이 돌팔이!)

[고양이가 되더니 더 신경질적이 되었네? 뭐, 너무 따지진 말고. 그건 겉 모습만 고양이지 엄연히 저승에서 만든 사신탈이니까. 우리가 인간세계를 염탐할 때 쓰지. 인간이 이해할 수 없는 원리인 건 당연해.]

사신탈. 해인은 방금 봤던 까마귀며, 지금 자신이 쓰고 있는 검은 고양이의 모습을 되새겨보고는 한 가지 의문을 떠올렸다.

"먀먍…… 먀먍미야먀야?"(혹시…… 까마귀랑 검은 고양이가 재수 없다는 이야기가 당신들 때문인 건?)

[우리 때문 맞아. 우리가 그걸 쓰고 지나가면 누가 꼭 죽거든.]

"미약!"(그런 걸 준 거예요!)

[요즘은 그래서 하얀 걸 쓰고 다니지. 하얗게 나오는 버전부터가 신식이랄까. 인간들이 검은 걸 불길하게 대하기 시작한 뒤부터는 이렇게 나와.]

하얗고 작은 새가 사랑스럽게도 날개를 파닥여 보였다. 애꿎은 까마귀랑 검은 고양이들은 대체 무슨 죄란 말인가.

[아, 그리고 그것의 좋은 점은 기를 충당하면 인간의 모습으로 변신할 수 있다는 거야. 어때? 딱 네게 알맞은 기능이지?]

투덜투덜, 그러니까 성질껏 캬캬거리던 해인은 드러냈던 이를 숨기고 반문했다. 솔직히 말하자면 혹했다.

"냐, 냐아앙?"(이, 인간이요?)

[그래, 대신 일정량의 기가 필요하다. 사신탈이란 기본적으로 요괴들을 본떠 만든 것이거든. 그래서 음기를 필요로 하지.]

"미야먍?"(어떻게 모으는데요?)

[무난한 방법이라면 매일 밤 달빛을 쐬는 거지. 그 방법이면……. 한 달

치의 달빛으로 하루 정도 인간으로 변할 수 있을 거다. 그 고양이탈은 좀 구식이라서 효율이 좀 별로거든. 이 새의 몸 같은 경우 신식이라 보름 대비 하루일까.]

해인은 경악했다. 충전 이론이 있는 고양이탈이라는 저승의 기술이라니. 크게 당황해 온몸을 꿈틀거리길 한차례, 해인은 이내 진정했다. 사태를 파악하기 위해 머리를 맹렬히 회전시킨 결과, 인간이 될 수 있고 영혼이 안전하다면 이 고양이의 몸도 나쁘지 않다는 결론에 도달했기 때문이다. 인간이 되면 자신을 걱정할 엄마에게 소식 정도는 전할 수 있을 터다. 달빛으로 충전이라니……. 도대체가 이해가 안 가는 원리였지만 영혼만 굴러다니는 것보다는 나았다.

"냐…… 니야냥."(고…… 고마워요.)

[그렇게 말하면 내가 미안해지는데?]

"냐냥……?"(그렇긴 하죠……?)

사실 죽었다고 생각한 순간 한번 포기한 목숨이었기 때문에 해인은 자신이 한 달에 하루라도 인간으로 살 수 있다는 데 감사했다. 아직도 얼떨떨해서는 자신의 고양이 몸을 여기저기 살펴보았다. 오동통한 발바닥이나 힘을 주면 나오는 발톱 같은 것.

[1년 정도는 그걸로 연명이 가능할 거야. 그사이에 내가 인간 네 몸을 새로 만들어놓을 테니 잠시만 참도록 해.]

"니야냐냐?"(원래랑 똑같이요?)

[물론이지. 원래의 인간 네 모습 그대로 완성될 거다. 네 살점의 일부를 완성체로 배양하는 셈이니까. 또 그 고양이 몸도 인간 네 영혼이 기억하는 본래 모습으로 변신할 거다. 사신탈은 영혼이 기억하는 형상을 따르기 마련이거든.]

"야아옹, 니야앙 냐냐냥 냐?"(그럼, 주의할 점 같은 건 없어요?)

[글쎄. 악귀나 이 몸 외의 사신들 정도일까. 하지만 다른 사신들이 보기에도 너는 그냥 고양이니까, 사신들 간에도 작업 중인 건 비밀이라 알아볼 리

없고……. 아, 주의 사항까지는 아니고 만약 그대로 인간계로 가면 너는 1년 동안 계속 인간계에 있어야 한다.]

잠시 한 템포 말을 쉰 사신이 하얀 새의 모습으로 고개를 갸웃하더니 새까만 눈을 빛내며 덧붙였다.

[본래의 내 업무도 있거니와 네 몸을 다시 만들어야 해서 아주 바빠질 것 같으니 널 자주 챙길 수 없을 거다. 고양이 생활도 나쁘지 않을 테니 그동안 혼자 인간계에서 잘 적응해보도록 해.]

사신은 또다시 사무적인 태도로 돌아와 있었다. 사신에게 애정 어린 따뜻한 보살핌을 바라는 것 자체가 무리겠지만. 해인은 입을 꾹 다물고 고개를 끄덕였다. 고양이의 몸이었지만, 그래도 이게 어딘가 싶었다.

[그 몸으로 있는 동안은 나도 네 기운을 감지할 수 없다. 그건 철저하게 정체를 숨기는 용도니까. 그런 안전한 기능 때문에 널 그 안에 넣어준 것이기도 하고 말이지.]

사신이 또 뒤통수를 칠 줄은 몰랐지만.

"야앙? 니야아앙!"(네? 그럼 어떡해요!)

[약속 장소를 잡아야지. 1년 뒤에 어디서 만날지 말이야.]

해인은 분명 울상을 지었지만 고양이의 몸인지라 딱히 표정이 나오지는 않았다.

"미야……."(알았어요…….)

[너무 걱정 마라. 그 안에 있는 한 위험할 일은 별로 없을 테니까. 그건 사자들의 갑옷 같은 거라 영혼을 보호해주는 힘이 있거든. 밖으로 나오지 않는 이상 안전하지.]

그렇게 덧붙인 사신은 몇 가지 사실을 더 알려줬다. 주의 사항이자 사용 설명 같은 것이었다. 웬만한 불운은 비껴 나가게 만들어진 사신탈이지만 그래도 큰 사고는 주의해야 한다는 것과 아무것도 먹지 않아도 살 수는 있으나 배고픔을 느낀다는 것, 먹으면 배가 부르긴 하지만 먹으면 배설해야 한다는 것, 겉보기는 깜쪽같으나 속은 실제 생명체와 다르니 학자나 의사 따위를 멀리할 것, 사신탈은 실제 생명체보다 단단하고 강하고 모든 신체 능력이 월등하니 떠돌아다니기에는 편하다는 것 등등이었다.

얼마나 그렇게 사자의 말을 경청했을까. 사실 해인은 아직도 멍한 채였다. 갑자기 고양이가 된 자신이 적응되면 얼마나 되겠는가.

[그럼 이만 가볼까.]

"냥?"(응?)

[인간계로.]

"냐, 냐냐."(인, 인간계!)

집으로! 해인이 채 상황 파악을 하지 못하고 고개를 주억이자 사신이 머리 위로 날아와 앉았다. 검은 고양이의 두 귀 사이로 내려앉아서는 작은 발톱에 힘을 줬다. 머리 위에서 퍼진 하얀 빛이 순식간에 해인의 몸을 감쌌고, 이내 강한 바람이 불었다.

1. 실전, 고양이로 살아가기

해인은 온몸, 그러니까 자신의 털 위로 흐르는 차가운 공기를 느끼며 질끈 감았던 눈을 살며시 떠봤다. 오른쪽 눈을 먼저 조금, 그리고 이어서 왼쪽 눈도. 발밑으로 무수한 빛이 보였다. 도시의 상공인 듯했다. 그리고…… 해인은 고소공포증이 있었다. 고양이 몸을 한 주제에.

"끼야아앙! 냐앙! 냐아앙!"(꺄아아악! 꺄악! 꺄아악!)

[음? 왜 이래! 얌전히 있어! 이러다 떨어뜨…… 렸다.]

저도 모르게 있는 힘껏 버둥거렸는데, 그러자 해인의 귀를 꼭 잡고 있던 무언가가 힘을 잃었고 그 탓에 해인의 몸이 까마득한 땅 위로 떨어져 내렸다. 그것도 무시무시한 속도로. 해인은 한껏 네 개의 발을 허우적거리며 소리쳤다. 오늘 참, 여러 번 죽음의 공포와 싸우고 있었다.

"꺄아아앙! 니야니야냐냐냐!" (꺄아아악! 살려줘요오오오!)

어느 건물의 옥상 위로 처참하게 떨어지기 바로 직전, 저승사자의 가느다란 새 다리가 해인의 등가죽을 힘껏 낚아챘다. 간발의 차로 겨우 목숨을 부지한 해인은 해롱해롱해진 눈으로 몸에서 기운을 뺐다. 사실 이미 떨어지는 동안 하도 소리를 질러서 남은 기운도 없었다.

"므아……."(히야…….)

[큰일 날 뻔했네! 아깝게 무슨 짓이야?]

뭐가? 사신탈이? 해인은 십년감수해서는 반박할 힘도 남아 있지 않았다. 그제야 우는 소리가 엉엉 튀어나왔다.

"냐아앙……! 냐아아……. 니야아……."(어허엉……! 엄마아……. 흐어엉…….)

사신이 사람 잡네, 서러워서 못 살겠네. 엉엉 울음을 터트렸으나 그래 봐야 고양이 울음소리였다.

[탈이 아무리 튼튼해도 거기서 떨어지면 망가진다고! 그 탈이 망가지면 영혼이 튕겨 나가버리니 조심해. 그랬다가는 악귀들의 먹잇감이 될 테니까! 악귀가 얼마나 무서운 것들인지 알기나 하는 거야!]

전혀 모르지만 일단 고개를 끄덕였다. 그런 걸 듣고 있는 여유 따위는 없기 때문이다. 사신은 투덜거리며 해인이 떨어진 주변을 살펴봤다.

[여기 괜찮군. 인간들의 옥상정원이야.]

해인은 낙하의 충격으로 반쯤 풀린 눈으로 겨우 주위를 둘러봤다. 주변은 온통 수풀이었는데, 벤치도 보였고 커다란 나무도 보였다. 잘 꾸며진 화단과 정원같이 꾸며진 것으로 보아 옥상정원이 맞는 듯했다. 아파트 꼭대기인 걸까. 이어진 사신의 말에 해인은 고개를 끄덕였다. 문명 냄새가 나는 주변을 두리번거리며.

[약속 장소는 여기로 하면 되겠어. 위험한 야생동물도 없어 보이고, 적당히 외지면서 근처에 사람도 있고. 아주 완벽해.]

"니야."(그러네요.)

[시간이 벌써 이렇게 됐나? 할당량을 채워야 하는데 큰일이군. 서둘러야겠어.]

그 할당량이 어떤 할당량인지 해인은 절대 묻고 싶지 않았다. 일부러 못 들은 척 먼 곳을 보는 건 그래서였다.

[미안하지만 난 이만 가봐야겠어. 혹시 급히 전할 말이 생기거든 저기 저 나무 꼭대기에 종이로 매어두기로 하지. 자네도 할 말이 있거든 적어두게 나. 시간 나면 들러볼 테니까.]

"냐."(알겠어요.)

아직 묻고 싶은 것도 많았고, 혼란스러운 것투성이였지만 저승사자를 더 이상 붙잡을 수는 없었다. 무엇보다 자신의 몸을 만들어야 하는 중책을 가지지 않았는가. 저승사자는 바쁜지 벌써 허공 높이 날아오른 후였다. 어두운 밤하늘로 포르르, 한 바퀴 도는 하얀 새는 매우 이질적으로 보였다.

사신은 그대로 사라질 것 같더니 공중에 뜬 채 뒤돌며 당부했다. 경고의 경고였다.

[설마 그런 바보 같은 짓을 할 거라고는 생각 안 하지만 말이야, 사신탈의 존재는 누구에게도 발설해서는 안 돼. 그걸 빌려줬다는 걸 들키면 너도 나도 죗값을 치러야 할 거다.]

"니야아아?"(말할 일이 있을까요?)

[그건 그렇지만. 아무튼 조심하라고.]

뭐랄까. 실수를 거짓말로 덮는 기분이었지만 어쩌겠는가. 둘 다 살고 싶은 것을. 해인은 다시 바삐 날아가는 사신의 뒤통수를 한참 바라보다 사라지기 직전에 소리쳤다.

"냐아 냐이야아앙!"(나 잊으면 안 돼요!)

짧은 고갯짓만 남기고 사라지는 사신을 해인은 앞발을 가볍게 흔들어 배웅했다. 뭐, 배웅이라고 해봤자 곁에 있던 의자 위로 올라간 것이 다였다. 왠지 시선을 뗄 수가 없었다. 그새 사신과 정이 든 건 아니었다. 몇 시간 사이에 고양이로 세상에 내던져져서인지 불안할 뿐이었다.

'사실 아직도 뭐가 뭔지 모르겠단 말이다.'

해인은 가만히 제 보송보송한 손바닥을 내려다봤다. 최악의 상황을 피하려고 죽어라 발버둥 친 결과가, 고양이가 되는 것이라니. 제아무리 자신이 전생에 고양이였다고 해도 현생에서는 전혀 인연이 없는 생물이었다. 끽해야 길에서 몇 번 보거나, 집사가 됐다며 친구들이 자랑하는 애완고양이를 사진으로 본 정도가 다였다.

'……내가 고양이라니.'

해인은 허공에 앞발을 흔들어봤다. 윤기가 어린 새까만 털. 달빛에 어렴풋이 푸른빛을 내는 자신의 털 결이 신기했다. 달빛의 농도에 따라 검은빛, 푸른빛, 간혹 보랏빛을 내는 건 상당히 흥미로운 일이었다. 발을 이리저리 뒤집어보다가 이내 분홍빛 발바닥에 시선이 닿았을 때였다. 문득 핥고 싶다는 욕망이 강하게 솟았다. 인간의 자아로서는 말도 안 되는 이야기지만, 고양이의 자아는 저 오동통한 발가락 사이사이를 혀로 꼼꼼히…….

찰칵.

"냥!"(깍!)

해인은 돌연 터지는 빛과 셔터 소리에 화들짝 놀라 등의 털을 곤두세웠다. 꼬리가 너구리 꼬리만큼이나 크게 부풀어 올랐다. 바스락거리며 수풀 쪽에서 누군가 걸어 나왔다. 낯선 인기척에 귀를 바짝 세우고는 돌아봤다.

"이런, 미안미안! 많이 놀랐구나."

안심하라는 듯 천천히 다가오는 건, 낮지만 질감이 풍부한, 듣기 좋은 목소리를 가진 남자였다. 성능이 좋아진 코는 남자의 스킨 향을 쉽게 캐치했다. 한밤중에 낯선 남자라니. 경계해야 마땅한데 해인은 깡충 의자에서 뛰어내려 그에게로 사뿐사뿐 걸어갔다. 지금은 괜스레 사람이 반가웠다. 본래는 낯선 사람이 말 거는 데 질색하는 성격이면서 말이다. 방금 가버린 사신도 어째 떠나니 아쉬웠던 해인이다. 불안하니 뭐든 붙잡고 싶기만 했다.

"니야아."(반가워요.)

천천히 꼬리를 흔들며 울었다. 하지만 해인은 자신이 꼬리를 살랑이는 줄도 모르고 있었다.

"너 붙임성이 제법 좋구나?"

남자가 달빛 아래 섰을 때 해인은 저도 모르게 몸을 움츠리며 꼬리를 한껏 꼬았다. 그가 아주 미남이라서도 있고, 상냥한 눈길로 저를 보자 묘하게 안심이 되어서도 있었다. 그가 해인의 턱 밑으로 살며시 손가락을 넣었을 때, 그리고 그 손이 턱 밑을 간질였을 때, 해인은 움찔, 기분 좋은 느낌에 저도 모르게 목을 울렸다. 그릉그릉.

마치 난생처음으로 사람의 살가운 손길 받아본 기분. 어쩜 이리 따듯하고…… 보드랍고 상냥하담. 나를 예뻐하는 손은 매우 좋은 거로구나.

"갸르르."(으응.)

"착하다. 예쁜 아이네."

예쁜 아이네……. 예쁜……. 자신을 보고 한 말이 아니라 자신이 뒤집어쓴 고양이탈을 보고 한 말인데도 해인은 부끄러움을 탔다. 그 달콤하고 듣기 좋은 목소리가 귓가에 메아리쳤다. 이토록 적나라하게 이성에게 칭찬받아본 적이 없어서일까. 사람의 얼굴이면 분명 얼굴을 붉혔을 테다.

찰칵, 찰칵. 보라색과 푸른색, 검은색이 기묘하게 섞여 윤기를 흘리는 해인의 털빛을 카메라에 담기 위해 그는 벤치 앞에 쭈그려 앉아 해인을 찍기 시작했다. 사람일 때의 해인은 사진에 찍히는 걸 질색했지만, 지금은 아무래도 좋았다. 제게 집중하는 남자의 시선이 묘하게 즐겁기까지 했다.

카메라 속의 해인에게 집중하던 그가 하늘을 한 번 올려다보더니 몸을 일으켰다. 해인은 벤치 등받이 위, 한 마디 정도 되는 좁은 공간에 네 발로 서서는 목을 울렸다.

"야옹?"(가요?)

"또 보자, 고양아."

그는 해인의 쫑긋한 귓가를 가볍게 만지작거리더니 옥상을 빠져나갔다.

해인은 그가 나간 문을 빤히 바라보다가 그 뒤를 따르듯 문으로 다가갔다. 하지만 문은 이미 닫혀 있었고 그녀로서는 이 문을 열 방법이 떠오르지 않았다. 생각지 못했던 문제다. 그러고 보니 사람이 될 수 있다고만 들었지 어떻게 되는지는 듣지 못했다. 주문 같은 게…… 있는 걸까? 못 들었는데?

앞발을 들고 문에 기대서봤지만 문고리는 여전히 높이 있었다.

"니야앙?"(어떻게 나가지?)

손에 힘을 주자 발톱이 튀어나왔다. 그것으로 문을 박박 긁어봤지만 하등 소용없는 짓이었다. 주위를 둘러봤지만 기어 올라갈 만한 것도 없었다. 잠시 문 앞을 어슬렁거린 해인은 이내 문에서 떨어져 정원을 돌아봤다. 예쁘기는 하지만 지극히 인공적인 곳이었다. 한참을 그렇게 돌아다니다가 남자가 나간 문 반대편에 조금 더 작고 하얀 문이 있는 걸 발견했다.

'Staff only'라고 적힌 문은 살짝 열려 있었다. 해인은 열려 있는 문으로 발걸음을 옮겼다. 스스로도 놀라울 만큼 소리 없이 움직였지만, 네 발로 이동하는 것이 익숙지 않아 처음에는 계단이 조금 불편하게 느껴졌다. 그리고 고양이에게는 키 높이쯤 되는 계단을 내려가는 일은 흡사 사람이 담벼락을 타고 오르는 것과 다르지 않은 높이감이었다.

"냐냐?"(37?)

해인은 자신이 있는 층수를 발견하고는 기겁했다. 저걸 언제 다 내려가? 엘리베이터가 있을 테지만 고양이의 몸으로 어떻게 엘리베이터를 탈 것인가, 빼도 박도 못 하고 이 계단을 37층이나 내려가야 하나 싶어 눈앞이 까마득해졌다. 차라리 에베레스트를 등반하겠어!

이제야 든 생각이지만 엘리베이터도 못 타는 몸으로 이 아파트인지 주상복합인지 모를 건물을 어떻게 빠져나가야 할지가 문제였다. 저 무거운 비상문을 어떻게 열 것이며. 나가서 당장 할 수 있는 건 또 무엇이란 말인가. 그저 되살아나고 싶다는 마음만 급해서 다른 건 전혀 생각도 못 했다.

심지어 여기가 어딘지도 모른다. 안다고 해도 그 길을 걸어갈 것인가? 지하철을 탈 수도 없는데. 몇 날 며칠이 걸릴지 모르는 길을 걸어간다 해도…… 그러다 잡히면 유기견, 아니 유기동물 보호소로 잡혀갈지도 모른다.

오만 생각이 머릿속을 스쳤다. 슬슬 현실 감각이 돌아오는 모양이었다.

동물을 키워본 적은 없었지만 해인도 그 정도는 알고 있었다. 주인 없는 길고양이들이 떠돌아다니다가 사람 손에 잡히면 무슨 짓을 당하는지 정도는 말이다. 운이 좋으면 잡혀서 중성화 수술을 받은 후에 귀 한쪽을 잘릴 테고, 운이 나쁘면 안락사였다. 애묘가인 지인에게 그런 열띤 토론을 들은 적이 있었다.

'TNR(Trap Neuter Return)이라는 게 있어. 길고양이를 잡아서 중성화 수술을 시킨 뒤에 다시 길거리로 돌려보내는 거야. 길고양이 개체 수 줄이기 운동의 일환 같은 건데, 중성화 수술을 받은 고양이는 생식이 되지 않기 때문에 발정기 고양이 특유의 소리로 울지 않게 돼.'

'아, 그 갓난아기 울음소리 같은 소리 말이지?'

'그래, 사람들은 그 소리를 매우 싫어해. 수술하면 개체 수도 늘어나지 않게 되고 우는 횟수도 줄어들어. 수술을 받은 고양이들은 한마디 정도 귀를 잘라내서 표시해두는데 나는 그나마 이게 사람이 길고양이한테 해줄 수 있는 최대한의 화합이라고 생각해.'

'수술비는 누가 내? 자원봉사자들?'

'그렇기도 하고 시에서 부담하기도 하고. 그런데 이것도 돈이 많이 들어서 시행하지 않는 도시가 많아. 그럼 사람들의 신고로 잡혀가는 고양이는 어떻게 되는 줄 알아?'

'나야 잘 모르지.'

'대부분 안락사 되어버려. 수술보다 싸게 먹히거든.'

길에서 데려왔다는 고양이를 5마리나 기르는 친구는 새빨간 얼굴이 되어서는 해인에게 열심히 길고양이를 보호해야 하는 이유에 대해 설명했었다. 그리고 사람들이 얼마나 고양이를 싫어하는지도 말이다. 그때는 관심 없었는데, 사람들이 길고양이에게 하는 짓을 자신이 당할지도 모른다고 생각하자 소름이 돋아 온몸이 뻣뻣하게 굳어버렸다.

아무렴 죽는 것보다야 고양이로 사는 게 백번 낫지만 귀가 잘리는 건 싫었다. 물론 안락사도 싫었다. 도시를 주인 없이 떠돌아다니는 동물들의 말로가 떠오르자 해인은 어느새 몸을 돌려 다시 옥상으로 향하고 있었다.

"냐, 냐냐냐……!"(이, 일단 후퇴……!)

고양이로서의 삶은 절대 쉽지 않을 것 같았다.

옥상에 홀로 남은 해인이 고양이의 몸으로 할 수 있는 것은 꿈을 그리듯 생각하거나, 잠드는 것이 다였다. 다행히도 잠은 순순히 그녀의 생각대로 찾아와 주었다. 고양이는 잠이 많다더니 그 덕인가 보다. 혹여 사람들의 눈에 띄어 쫓겨날까 조마조마했기에 깊숙한 곳에서 몸을 웅크리고 하루 종일 잠을 청했다.

그러다가 하늘이 어두운 색을 띠기 시작하면 일광욕, 아니 월광욕을 하고는 했다. 달빛 아래서 뒹굴거나 난간 아래로 빼꼼 고개를 내밀고 도시의 야경을 훔쳐봤다. 처음 하루 이틀은 오래 못 보겠더니 나중에는 난간 위에 올라가기도 했다. 높은 곳이 점점 적응되고 있었다. 사신탈이 가진 고양이의 본능이 눈을 뜨는 건지, 아니면 영혼이 가진 전생의 기억인지, 전에는 몰랐던 야경의 아름다움이 보였다.

"묘오오!"(오오오!)

분명 고소공포증이 있었던 해인은 어느샌가 높이감을 즐기고 있었다. 문득 자신이 점점 고양이화 되어가고 있다는 걸 알 수 있었다. 청각 시각 등 신체능력이 월등해졌고, 잠이 많아졌으며 취향이 조금 변했고 변덕이 더 죽을 끓였다. 꼬리를 흔들며 개미같이 작아 보이는 사람들을 내려다보는 게 유일한 하루의 낙이었다.

'얼른 저 아래로 내려가서 엄마를 찾아가야 하는데.'

한참 아래를 내려다보고 있는데 사람이 옥상으로 올라오는 소리가 들려 해인은 얼른 수풀 쪽으로 몸을 숨겼다. 무거운 발소리로 상대가 한 명이고, 남자라는 걸 알 수 있었다. 소리만으로 말이다. 지난 며칠간의 경험으로 보건대 이 늦은 밤에 혼자 옥상에 올라오는 남자는 담배를 피우러 온 주민일 확률이 높았다.

그렇게 유추해보는데 다소 우스운 목소리가 들렸다.

"냐옹…… 야아아옹? 야옹, 야옹, 야옹아?"

사람의 입으로 내는 것이 분명한 고양이 울음소리였다. 그건 고양이의 귀에 아주 우스꽝스럽게 들렸다. 자신을 부르는 그 목소리가 낯설지 않아 해인은 수풀 밖으로 조심스레 고개를 내밀었다. 조금 멀찍이서 주위를 두리번거리면서 야옹거리는 덩치 큰 사내가 보였다. 며칠 전 밤의 그 사내였다. 왠지 좋은 사람 같아서 그냥 이유 없이 비비적거리고 싶었던 그 남자.

동물의 직감이 호의를 보이던 사람. 또 사진을 찍으러 왔나 해서 자세히 행색을 살폈지만 들고 있는 건 검은 봉지가 다였다. 왜 온 걸까? 그리고 왜 자신을 찾고 있는 걸까? 잠시 어찌할까 고민하던 해인은 조금씩 수풀 밖으로 몸을 빼냈다. 이미 자신이 여기 있다는 걸 아는 남자였고 무엇보다 그녀는 외로웠다. 아주 두려운 상태였다. 자신을 쓰다듬어준 저 사람이라면 대뜸 보호소로 보내지도 않을 것 같았다.

"……니야아아?"(……나 찾아요?)

조심스레 그를 불렀다. 그러곤 눈을 마주치며 총총 다가갔다. 주위에 다른 사람이 없다는 점도 있었지만 남자를 향한 모종의 믿음이 있었기에 망설임이 없었다.

그리고 해인의 생각은 틀리지 않았다. 사내가 한껏 반가운 웃음을 지으며 해인을 가볍게 안아 올렸던 것이다. 부드럽고 살가운 손길이었다. 짐승을 안는 데 익숙하지는 않지만 조심스러움과 상냥함이 가득 내포된 손길, 퍽 기분 좋았다. 그렇게 남자의 품에 안기는 순간 긴 고양이 꼬리가 밑으로 대롱거렸다.

"거기 있었구나."

"냥."(응.)

"여기 혼자 있는 거야?"

"야앙."(맞아요.)

아직 어떻게 해야 할지 정하지 못했거든. 해인이 눈으로 대답하는데, 기분 좋은 손길이 이어졌다. 그는 해인의 머리를 쓰다듬으며 근처에 있는 벤치에 앉았다. 잠시 해인의 유려한 머리끝부터 등까지 쓰다듬더니, 그녀를 제 무릎 위에 앉혀놓고는 들고 온 봉지 안을 펴 보였다.

"이거 먹을래?"

뭔가 해서 들여다보니 까만 봉지 안에는 고양이 캔이며 햄 몇 가지가 보였다. 하지만 해인은 먹고 난 뒤 싸야 할 것을 생각하면 아무것도 먹고 싶지 않았기에 고개를 가로저었다. 배가 고픈 건 사실이지만 그건 이미 익숙해진 감각이었다.

"니이."(아뇨.)

"싫어? 왜? 배 안 고프니?"

이번에는 가볍게 고개를 끄덕였다. 자신을 진심으로 걱정해주는 남자가 어딘가 마음에 들어서 꼬리를 살랑이며 그의 턱에 자신의 코끝을 문질렀다. 그리고 목을 아릉거리며 대답했다.

"니양."(네.)

"……너 내 말을 알아듣는구나?"

"니야!"(네!)

"고양이가 똑똑하다는 말은 들어봤는데. 이 정도인 줄은 몰랐네."

남자의 손이 해인의 목덜미를 더듬었다.

"주인은 없는 것 같은데……."

그가 낮게 중얼거리는 소리에 해인은 딴청을 피웠다. 당연히 주인도 없거니와, 애초에 자신은 고양이의 모습을 하고는 있지만 고양이는 아니었다. 사람이었다. 하지만 그것을 밝힐 길도 없었고 밝혀서도 안 되었다. 사신과의 약속은 둘째 치더라도……. 들키는 날에는 상상만으로 끔찍했다.

혼자 시간을 보내며 내내 여러 가지 만약에 대해 상상해봤다. 말하는 고양이도 끔찍하고 사람이 되는 고양이 역시 마찬가지였다. 들켰다가는 실험 동물이 될지도 모른다. 티브나 신문의 특종 기삿거리가 될지도 모르고……. 상상해볼수록 소름만 돋았다.

자신이 봐도 신기한데 다른 사람들은 더할 것이다. 그러니 비밀이었다. 아무리 믿음이 가는 상냥한 이라고 해도 말이다. 해인은 너무 똑똑하게 대꾸하는 것도 하면 안 되겠다고 생각했다. 고양이답게만……. 그런데 고양이의 지능은 대체 어느 정도지? 해인은 알 수 없었다.

"집에 가서 생각해보니까 고양이가 왜 이런 데 혼자 있었나 싶더라고. 누가 버리고 간 건가……. 야옹아? 그런 거야?"

"……야앙."(……비밀.)

"으음, 일단 우리 집으로 갈까? 여긴 너무 추우니까."

돌연한 제안에 해인은 놀라 동그란 눈을 했다. 그러곤 냅다 고개를 내저었다. 아무리 고양이 모습이지만 실상은 엄연히 여자 사람인데 정체를 들키는 것은 차치하고, 외간 남자와 한집에 있을 수는 없는 노릇이었다. 해인은 남자의 손에서 빠져나가려 버둥댔다.

갑자기 반항할 줄 몰랐는지 남자는 해인은 쉽게 놓았다. 해인은 그에게서 두어 걸음 도망쳐서 경계의 눈을 했다. 그가 베풀어준 순수한 호의는 감사하지만…… 저는 평범한 고양이가 아니었다. 누군가의 손에 키워진다는 게 어떤 건지도 몰랐다.

"그렇게 싫어?"

"미양."(미안해요.)

작게 목을 울린 해인은 다시 수풀 속으로 도망쳤다.

"어, 야옹아?"

남자가 당황한 목소리로 거듭 해인을 불렀지만 해인은 더욱 깊숙이 복잡한 수풀 안쪽으로 파고들 뿐이었다. 혼자인 건 무섭고 외롭다. 그렇다고 길고양이가 되는 것도 무섭다. 하지만 누군가의 애완고양이가 될 수는 없었다. 진짜 고양이처럼 지낼 자신이 없었다.

"야옹아? 어디 갔어, 야옹아?"

그가 한참을 불렀지만 해인은 나갈 수 없었다. 어둠 속에서 자신의 눈이 빛날까 봐 눈을 꼭 감고 어서 그가 가기만을 기다렸다.

며칠 뒤 늦은 새벽. 갑자기 큰 비가 쏟아지기 시작했다. 해인이 내리는 비를 고스란히 맞으며 웅크려 있는데 어디선가 귀에 익은 목소리가 들려왔다.

"야옹아! 야옹아?"

"냥?"(어라?)

화단 안까지 들어와서는 수풀을 맨손으로 뒤적거리기 시작한 사람은 아까 그 남자였다. 크게 당황한 얼굴로 신발이 진흙에 엉망이 되는데도 멈추지 않았다. 수풀을 뒤지다가 쓰고 있던 우산이 떨어졌는데도 계속 해인을 불렀다. 이상하게 착한 남자 같으니, 생판 모르는 고양이가 굶어 죽을까 노심초사하더니 지금은 비를 맞으며 진흙탕 속에서 자신을 찾고 있었다.

"야옹아…… 어디 있어? 야옹, 야옹아!"

젖은 눈으로 그 모양을 지켜보던 해인은 결국 참지 못하고 빼꼼, 고개를 내밀었다. 수풀 밖으로 주먹만 한 머리 하나 내밀었을 뿐인데 그가 한달음에 수풀을 뛰어넘어 가장 안쪽으로 성큼 다가왔다. 진흙이 질척거리는 그녀 앞에 서서는 역시나 진흙투성이인 해인을 품에 안아 들었다. 해인은 그의 손을 피하지 않았다. 애타게 자신을 찾는 게 미안하기도 했다.

해인이 다소 새침하게 목을 울렸다. 물론, 고양이의 언어였다.

"니야옹?"(왜 이렇게 친절한 건데요?)

"맙소사, 다 젖었네? 안 되겠다. 우리 집에 가자, 야옹아."

"……미야? 냐냐냐!"(……에? 안 돼요!)

뒤늦게 해인이 반항했지만 이미 그녀를 안아 든 그는 비에 꼴딱 젖은 검은 고양이를 품속에 안아 들고는 빠르게 옥상을 나서고 있었다. 한껏 버둥거려봤지만 한 번 놓친 적이 있어서인지 그의 손힘은 단단했고, 해인은 그래 봤자 고양이였다.

"미야악!"(이건 납치야!)

흔한 말로, 냥줍이었다.

위이이잉. 따뜻한 드라이어 바람을 맞으며 해인은 눈을 반쯤 감았다. 아, 이 얼마 만의 문명인지. 해인은 자신의 밑에 깔린 깨끗한 수건에도 얼굴을 비볐다. 이마도 뺨도, 턱 끝도. 어쩜 이렇게 기분 좋고 뽀송뽀송할까.

"착하다, 착해."

그는 집에 들어오자마자 따뜻한 물로 그녀를 씻겨주었다. 어찌나 원하는 것을 콕, 짚어주는지. 처음엔 예의상 거부했었지만 이내 그 거부할 수 없는 그 노곤노곤함에 몸을 맡겼고 지금은 따뜻한 바람을 맞으며 몸을 말리는 중이었다. 그의 칭찬이, 털을 쓰다듬는 그의 손짓이 좋아 골골, 목을 울렸다. 황금빛 눈동자를 가늘게 뜨며 가르랑대는 고양이는 퍽 사랑스러웠다.

"갸르르릉."(좋아좋아.)

"갑자기 비가 올 줄이야. 조금만 늦었어도 큰일 날 뻔했다."

둘러보니 그의 집 거실 벽에는 사진 액자들이 가득했다. 대부분이 풍경이나 예쁜 동물들을 찍은 것이었다. 그가 카메라를 들고 다녔던 것을 떠올렸다. 사진작가일까? 그렇다면 해인과 상성이 비슷할지도 모르겠다. 작가라는 점에서 말이다.

"배고프진 않고? 뭔가 먹을래?"

"미야."(싫어요.)

고개를 내저으며 그의 무릎에 기대 그의 손길을 받았다. 그는 해인의 쫑긋한 두 귀를 만지작거리다가 분홍빛이 도는 발바닥을 만지기도 했다. 때로 보드라운 그녀의 배나 가슴에도 손을 댔지만 그때는 냉큼, 몸을 돌아누웠다.

"왜 그래?"

"니냐옹."(안 돼요.)

"흐음?"

배와 가슴은 못 만지게 했다. 고양이면서도 어쩨 민망해서 말이다. 대신 그의 손 가까이 자신의 꼬리를 내밀었다. 살랑거리며.

"미야앙!"(꼬리는 돼요!)

그가 꼬리에 손을 대면 꼬리를 움직여 그의 손을 휘감았다. 그러면 그는 낮게 목을 울리며 웃었다. 볼수록 그는 수려한 남자였다. 상냥하게 웃었으며 기분 좋은 손으로 그녀를 쓰다듬었다. 그의 손길이 너무 기분 좋아 문득 잠들었을 정도였다. 그가 자신을 잊지 않은 것에 대한 안도와 기분 좋은 샤워, 그리고 손짓이 더욱 해인을 잠의 세계로 이끌었다. 요 며칠 잠을 설친 것 때문일지도 모른다. 고양이의 몸 탓인지 유난히 필요한 잠의 양이 많았으니까.

해인은 이내 꼬리를 살랑거리는 것도 잊고 납작하니 누워 그대로 잠들었다.

"피곤했나…… 맥없이 잠드네."

그는 나지막이 웃으며 방심한 채 잠든 해인을 안아 올려 자신의 방으로 향했다. 까맣고 예쁜, 마치 벨벳 같은 털을 가진 검은 고양이를 제 침대 위에 눕혔다. 작은 짐승은 보기만 해도 예쁘고 사랑스러웠다. 고양이란 신비한 생물이었다. 이내 그도 자신의 상의를 벗고 해인의 옆으로 누웠다. 지금은 눈을 감아 보이지 않지만 진한 금빛을 내는 고양이의 눈이 내일 아침이면 자신을 바라보고 있겠지 싶어 기분이 좋아졌다.

가릉거리는 고양이의 기분 좋은 목울림 소리를 들으며 그도 눈을 감았다. 눈을 감은 채 부드러운 털을 가진 고양이의 작은 몸을 가슴팍으로 끌어들였다. 따뜻했다. 둘 다 오랜만의 안도감에 깊은 잠에 빠져들었다.

어름어름 겨우 보름달 모양새를 갖춘 달빛이 소리 없이 해인과 남자가 잠든 침대 위로 깃들었다. 커다란 창문을 넘어 커튼을 가르고 살며시 새어 들어왔다. 해인의 꼬리께에 옅은 달빛이 닿았는데, 그것이 마치 증폭되는 것처럼 해인의 꼬리를 넘어 유연한 몸과 얼굴을 감싸 올랐다. 달빛이 비출 수 있는 자리가 아닌데도 해인의 얼굴까지 말이다. 해인의 몸 위로 달빛이 한가득 내려앉았을 때 그녀의 몸이 뽀얀 빛을 뿜어냈다. 달빛과 닮았지만 그보다는 흐리고 충만한 느낌이었다.

"미이⋯⋯."(으음⋯⋯.)

자신의 몸이 빛을 내며 점점 커지고 있다는 것을 아는지 모르는지 해인이 몸을 뒤척였다. 뽀얀 빛이 진해질수록 그녀의 몸은 스륵스륵 길고 가늘게 자라났고 몸은 점차 하얗게 변했다. 검은 털은 빛 안에서 사라져버렸다. 대신 길고 검은 생머리와 그와 닮은 곧고 가느다란 속눈썹이 생겨났다. 촘촘한 속눈썹 아래로는 오뚝한 코가 있었고, 그 아래는 연분홍빛 입술이 반쯤 벌어져 새근댔다.

뽀얀 빛이 완전히 사그라지자 남은 것은 하얀 나신을 하고 잠든 해인과 역시나 잠들어 있는 반나신의 사내뿐이었다. 해인은 꿈속에서 사람이 되었다. 그 여파인지 현실에서도.

"냐으냐⋯⋯."(엄마 나 밥⋯⋯.)

날이 밝았다. 아침 햇살은 달빛보다 강하게 해인의 얼굴을 비췄고 그에 해인은 살며시 눈을 떴다. 그리고 다시 눈을 감았다. 느리게 깜빡깜빡. 오랜만의 단잠은 해인을 쉽게 놓아주지 않았다. 눅눅한 풀숲과 달리 이불 위는 더없이 푹신하고 아늑했다. 나른함에 취하는 건 고양이고 사람이고 즐기는 일이었으니까.

일부러 좀 더 그 잠기운 속을 배회했다. 졸린 눈을 깜빡이면서 누군가가 자신을 끌어안고 있다는 정도만 깨달았다. 그 따뜻한 온기에 한껏 몸을 비볐다. 이 온기의 주인은 아마도 그 남자일 거다. 상냥하고 따뜻한, 좋은 사람. 자신이 정말 고양이라면 이런 사람에게 키워졌으면 좋겠다. 이런 부드러운 손으로 안아준다면 나쁘지 않은 묘생(猫生)일 것 같다.

해인은 가늘게 살짝 뜬 눈으로 이제는 익숙해진 남자의 얼굴을 봤다. 여자만큼이나 긴 속눈썹과 곧은 콧대가 그녀를 두근거리게 했다. 밑에서 올려다보는데도 굴욕이라고는 없는 단정한 생김새였다. 사람을 그리지는 않지만 이 남자가 모델이라면 혹해서 그려볼지도 모르겠다.

그의 선량한 눈매가 좋았다. 나른하게 호선을 그리고 있는 남자의 입술이 코앞에 있었다. 해인은 저도 모르게 손을 올려 그를 더듬을 뻔했지만, 이내 정신을 차리고 몸을 일으켰다.

"으차차……!"

기분 좋은 나머지 그대로 여기서 잠들어버렸나 보다. 태평하게 그런 생각을 하며 기지개를 켰다. 해인은 이때까지도 몰랐다. 자신이 긴 팔다리를 가진 본래의 모습으로 돌아와 있다는 것을. 그저 오랜만에 맛보는 포근한 침대나, 창을 타고 들어오는 햇살이 반가워 넋을 놓고 있을 뿐이었다. 두 손을 무릎 사이에 모아 넣고 멍하니 반쯤 감은 눈으로 햇빛을 감상하느라 여념이 없었다. 좋다, 좋아. 확실히 그녀는 고양이가 된 뒤로 느긋해진 구석이 있었다.

"……흠?"

문득, 그의 손이 주저앉은 그녀의 종아리에 닿았다. 줄곧 곁에 있던 온기가 없어지자 잠결에 더듬더듬 찾는 것 같았다. 해인은 자신의 다리에 닿는 그 손의 감촉이 너무 가깝게 밀착되는 느낌을 받았다. 평소에 그가 자신을 쓰다듬어줄 때의 감각과는 묘하게 다른 것이…….

왜 매끈매끈하지? 고개를 돌려 그의 손이 닿은 자신의 다리를 돌아봤다.

그리고 봐버렸다. 고양이의 것이 아닌, 매끈하고 하얀 자신의 다리를 말이다. 사람의 것이 분명한 다리.

꿈인가? 멍하니 해인은 시선을 올렸다. 자신의 다리에서 점점 위쪽으로. 발목, 종아리, 허벅지, 그리고 훤히 드러난 맨…… 가슴? 밝은 햇빛 아래 여전히 납작한 가슴. 털 없는 가슴. 슬픈 내 가슴! 오랜만이다, 가슴!

"……꺄, 꺄아아앙! 미야아……. 미얍?"(꺄아아악! 이게 뭐……. 허업?)

꿈이 아니었다. 비명을 내지르던 해인은 서둘러 제 입을 틀어막았다. 자신이 사람이 된 것도 된 것이지만, 그보다 더 놀라운 것은 여전히 고양이의 말을 하고 있다는 것이었다. 기분 나쁘게!

해인은 바삐 머리를 굴렸다. 아직 한 달을 채우지 않았는데 왜 인간이 되어 있는 걸까? 인간의 몸인데도 왜 사람의 언어가 아닌 고양이의 말이 나오는 걸까. 사신은 분명 인간이 될 수 있는 시기를 저절로 알 수 있을 거라고 했는데? 변신도 의지에 따라서…….

그러고 보니 해인은 간밤에 꿈을 꿨다. 엄마에게 밥을 조르다가, 자신의 방 아늑한 침대 위에서 노트북을 하며 뒹굴다가 그대로 잠드는 꿈. 깨끗한 시트에 뺨을 비비며 배를 두드리는 꿈. 아무도 자신을 깨우지 않아서 그렇게 한참을 자는 꿈. 그래, 꿈속에서 확실히 사람으로 자고 있기는 했지. 일상이었던 것을 꿈꾸긴 했다.

"니야니야."(아아.)

다시 입을 열어 소리를 내봤는데, 역시 짐승 소리만 나왔다. 몸만 사람이 되면 어쩌자는 걸까! 사람이 사람 말을 써야 하는데! 해인은 눈살을 찌푸리며 사신에게 들었던 설명들을 분주히 되새겼다.

[인간의 몸과 고양이의 몸을 오가게 되면 처음에는 어색할 수도 있어. 네 발로 걷다가 두 발로 걷고, 고양이 말을 쓰다가 사람 말을 쓰는 게 초반에는 전환이 잘되지 않을 거다. 그래도 금방 적응하게 될 거야. 어느 순간 자동으로, 저절로. 인간은 무엇에든 금방 익숙해지니까.]

망할 사신, 자동이고 어쩌고 잘도 떠들었겠다! 사람의 몸으로 냥냥거려야 한다는 말은 없었잖아! 처음에는 전환이 쉽지 않을 거라던 게 이런 거였나 보다.

"……야옹아?"

해인이 소리 내는 연습을 해본 것에 그가 깨어났나 보다. 몸을 뒤척이며 한 손을 들어 눈을 비비적거리는 모양새가 당장에라도 눈을 뜰 것 같았다. 해인은 일단 발가벗은 자신을 충분히 인지했으므로 침대 위에 넘치는 얇은 시트 하나를 끌어 자신의 몸을 둘둘 감았다. 사신의 탈인지 뭔지 이 희한한 건 옷을 입는 옵션은 없는 모양이다.

남자를 피해 침대에서 벌떡 일어난다는 것이 해인은 그만 자신이 두른 시트 끝자락을 밟고 침대 밑으로 굴러떨어져 버렸다.

"냐!"(앗!)

쿠웅! 턱이 아팠다. 고공을 즐기던 고양이 때의 유연함은 어디로 갔는지 본래의 둔해 터진 몸과 같았다. 전환이라는 건 대체 언제 되는 걸까. 묵직한 소리를 내며 맨바닥에 떨어진 만큼 아픔은 제법 강렬했지만 지금은 도망이 먼저였다. 허겁지겁 몸을 일으키려는데 몸이 일어서질 않았다. 다리에 도통 힘이 들어가질 않는 것이었다.

"니야니야 미이이이!"(이런 빌어먹을!)

마음대로 되지 않는 몸 때문에 엎어져 버둥거리며 마구 짜증을 내고 싶었지만, 남자가 일어나고 있었기 때문에 해인은 급한 대로 침대의 밑으로 후다닥 기어 들어갔다. 다행히 침대 밑에는 제법 공간이 있었고 몸집이 아담한 해인은 무리 없이 그 아래로 숨을 수 있었다.

남자는 깔끔한 편인지 먼지가 없었다. 그게 그나마 다행이었다. 하지만 그래도 그렇지 알몸에 달랑 시트 한 장 걸치고 침대 밑에 숨어 있는 모양이라……. 민망한 사건이 아닐 수 없었다. 해인의 얼굴이 화르륵 붉게 달아올랐다.

"……고양아? 흐으음, 야옹? 야옹아아."

그가 기지개를 켜는지 침대 스프링이 묵직하게 눌리는 소리를 냈다. 그는 해인은 부르며 주변을 둘러봤다. 어젯밤 데려온 검은 고양이가 어디로 갔을까. 깨어나서 어디 숨어버렸나. 그는 집 안 어딘가에 있겠거니 하며 침대에서 천천히 내려왔고 거실로 걸어갔다. 멀어지는 그의 발뒤꿈치를 보며 해인은 두 손 안에 얼굴을 파묻었다.

그가 지금 자신의 모습을 본다면 어떤 표정을 지을까? 자신의 방 침대 밑에 알몸으로 숨어 있는 여자라니……. 영락없는 변태였다.

'내가 변태라니!'

지금은 털이 없는 몸인데도 온몸의 털이 바짝 서는 기분이었다. 숨소리조차 죽이며 그야말로 '죽은 듯' 기척을 죽였다. 그는 다행히도 침대 아래 누군가 있다는 건 눈치채지 못한 듯했다. 현관 쪽에 서서 두리번거리며 뒷머리를 긁적이는 게 보였다.

"고양아?"

여전히 해인을 부르고 있었다. 해인은 차마 대답할 수 없는 자신을 탓하며 시트 자락을 마구 물어뜯었다. 왜 하필 이럴 때 사람이 된 거야! 사람이 사람으로 뒹구는 꿈 좀 꿨기로서니! 하필 알몸! 다시 고양이가 되게 해줘! 하고 자신의 몸을 원망했다. 그러면서 사납게 이불을 질겅이는 해인은 영락없이 성질 더러운 고양이였다. 고양이 몸으로 생활하며 손보다는 이를 쓰는 버릇이 생겼기 때문이다. 본인은 아직 느끼지 못하고 있었지만.

"미얍!"(으악!)

이런 모습을 그에게 들켰다가는 창피해 죽을지도 모른다는 생각이 들 때쯤, 해인은 자신의 몸을 감싸는 이상한 기운을 느꼈다. 마치 퐁당 물속에 빠진 듯 온몸의 감각이 멀어졌다. 몸이 점점 깊은 물속으로 떨어지는 밀도 높은 압박을 느끼나 싶더니, 몸이 뽀얗게 빛나며 차츰차츰 줄어드는 것을 느낄 수 있었다. 숨어 있는 공간이 점점 넓어지는 건 아닐 테니. 자신이 작아지고 있는 것이리라.

"냥?"(응?)

납작 엎드려 있던 해인은 자신이 어느새 침대 밑에 서 있다는 걸 깨달았다. 한껏 동공이 커다래진 고양이 눈으로 검은 털이 돋아난 자신의 앞발과 넓적하고 얇은 뒷다리를 돌아봤다.

'이거야, 이거! 치킨 다리 같은 뒷다리!'

해인은 그에게 흉물스러운 모습을 보이지 않아도 된다는 것이 감격스러워 폴짝거렸다. 고양이 몸이라 표정은 안 나왔지만 정말이지 하느님 감사합니다, 할 정도로 안도하고 기뻐하는 중이었다. 적어도 이 순간에는 분명 인간의 모습보다 고양이의 모습이 기꺼웠다.

"어디 갔니? 야옹……."

"미야옹! 니야니야!"(여기요! 나 고양이예요!)

때마침 그녀를 부르며 그가 다시 침실로 돌아왔고 해인은 냉큼 침대 밖으로 뛰쳐나갔다. 엉덩이에 시트를 걸치곤, 앞발부터 번쩍 내밀며 개선하듯 말이다. 고양이인 제가 자랑스럽다는 듯.

"거기 있었구나. 음, 시트가 왜 여기 있지."

자연스레 해인을 안아 올린 그는 침대 밑에 빼꼼 나와 있는 시트를 발견하고는 주워 올렸다. 그러곤 침대 위로 내려두며 고개를 갸웃거렸는데, 때마침 초인종이 울렸다. 띵동.

그는 해인을 안아 든 채로 현관으로 걸어 나갔다. 인터폰도 확인하지 않고 문을 여는 걸 보아 방문이 예정된 사람인 모양이었다. 문을 열자 올백 머리에 무테안경을 낀 남자가 무거워 보이는 안경을 추켜올리며 집 안으로 들어섰고, 해인은 어째 방문자가 여자가 아니라 남자라는 사실에 안도하는 자신을 발견하고는 깜짝 놀랐다. 당황해서는 앞발을 들어 얼굴을 급히 비벼댔다.

"좋은 아침."

"일찍 왔다?"

둘은 절친한 듯했다. 안경 쓴 남자가 힐끔 그의 품 안에 안긴 해인을 눈짓했다.

"그보다 뭐야, 그 고양이는?"

"아, 말했었잖아. 신경 쓰인다…… 여자."

신경 쓰이는 여자라는 말에 해인은 더욱 바삐 얼굴을 비볐다. 비비고 비볐다. 쑥스러운 탓이다. 얼굴이 발그레해질 것 같은데 그러질 않으니 괜스레 얼굴이 더 간지러운 것만 같았다. 고양이 세수가 한창인 검은 고양이를 두 남자가 주시했다.

"……네가 그러면 그렇지. 미인이라는 게 고양이였냐."

"어제 붙잡았다."

"너한테 기대한 내가 미친놈이지."

그가 기분 좋게 대꾸하며 해인의 이마 위로 짧게 키스했다. 자신이 여자라는 건 어떻게 알았던 걸까. 딱히 요염한 자태로 군 것도 아닌데. 해인은 의아하게 생각했지만 눈썰미 좋은 그는 이 우아한 곡선을 가진 새침한 고양이가 여자라는 데 제 전 재산을 걸 수도 있을 만큼 확신했다.

"내 말대로 미인이지?"

미인이란다. 해인은 아예 양손을 들어 바삐 뺨을 문질렀다. 부끄럽고 민망하니 얼굴이 간지러워 절로 그렇게 표현이 되고 말았다. 그에 두 남자가 가볍게 웃었다.

"좀 귀엽네."

"그렇지?"

"키울 거냐?"

"그러고 싶긴 한데……. 주인이 있을지도 모르니까 일단 수소문 좀 해봐야지. 길고양이치고는 너무 예쁜 녀석이라."

커다란 손이 머리 위를 쓰다듬었다. 그에게서는 좋은 냄새가 났다. 우드 계열의 향수를 쓰는 걸까? 시원한 숲 냄새가 났다. 해인은 진분홍색 코를 그의 손목에 묻고 작게 킁킁거렸다.

"아, 병원 같은 데서 붙여주던데."

"뭘?"

"찾습니다 포스터. 요 앞 동물병원에도 있던데?"

"그래? 그럼 한번 가봐야겠네."

"그런데 지금은 안 돼. 촬영이 당겨졌거든. 태일이 너, 지금 시간 괜찮지?"

두 귀를 쫑긋거리며 자신을 안고 있는 그를 올려다봤다. 남자의 이름을 들었기 때문이다.

"니양?"(태일?)

"음?"

"냥, 냥."(이름, 태일)

"뭐라고 하는 거 같아?"

"뭐라고 하긴? 고양이가 양양거리는 게 그냥 양양거리는 거지."

고양이의 흔한 냥냥거림에 일일이 대꾸해주지 않아도 되련만 그는 꼬박꼬박 매번 시선을 맞춰주고는 했다. 해인을 빤히 내려다보다가 생각났다는 듯 말했다.

"아, 이름을 좀 지어줄까? 야옹아, 야옹아는 이상하잖아."

"주인이 있다면 자기 이름이 있을 텐데?"

"그래도, 잠깐이라도 정 있게 불러주고 싶어서."

사람이 기르는 짐승들은 이런 애정 어린 시선을 받으면, 이 사람이 자신을 아껴준다는 걸 절로 알게 되나 보다. 그래서 개는 사람에게 충성하고, 고양이는 길러주는 사람을 알아보는 건가 보다. 그가 자신에게 쏟는 게 매우 따뜻한 시선이라는 걸 알 수 있었다.

"그럼 대충 나비야 같은 거……."

"니양!"(싫어!)

해인은 안경 군의 성의 없는 작명에 대번에 뾰족한 소리를 냈다. 그러곤 고개를 휙 돌려버렸다. 그의 친구는 두 눈을 휘둥그레 뜨며 해인을 가리켰다. 놀란 모양이었다. 태일은 그걸 꽤나 자랑스러워했다.

"지금 싫다고 한 거야?"

"굉장히 똑똑하거든. 그렇지?"

그의 손끝이 해인의 턱 밑을 간질였다. 해인을 보며 넌 똑똑한 아이야, 그렇게 속삭였다. 그 눈빛과 음성이 그냥 좋아 해인은 그의 손끝에 코를 비볐다. 그에게 몸 어딘가를 붙이는 건 해인이 할 수 있는 최대한의 호의 표시였다.

"신기하긴 하네. 아무튼 이름 같은 거 나중에 짓고 촬영이나 가자. 갑자기 당겨져서 이동 시간도 촉박해."

"금방 준비할게."

그들이 집을 나가고 해인은 잠시 동안 집 안을 배회했다. 남겨지고 보니 자신이 집 안에 갇혔지 싶었다. 사람과 고양이의 모습을 오가는 방법을 얼추 터득했으니 사람이 되어서 문을 열고 나갈 수야 있겠지만, 그러면 돌아온 태일이 이상하게 여길 게 분명했다. 고층 아파트인 집 안에서 고양이가 감쪽같이 사라졌기 때문이다. 당장은 나갈 수 없을 것 같았다. 우선은 틈을 노리는 수밖에.

'절대, 내가 집순이라서 집이 편해서 그런 건 아니야. 아니고말고.'

집 안을 쫄래쫄래 구경하던 해인은 식탁 위에 놓인 노트북을 발견했다. 의자 위로 훌쩍 뛰어올라 살며시 눈을 감았다. 그리고 염원했다. '사람이 되고 싶다. 사람이.' 기억하고 있는 이 감각 맞는다면 이게 변신하는 방법이었다. 틀리지 않는지 해인은 아까와 같은 묘한 감각에 휩싸였다. 일순 온몸이 무감각해지는 그 감각. 다시 눈을 떴을 때는 본래의 자신이 되어 있었다. 기쁘게도 사람이었다.

"묘."(오.)

스스로도 이것이 신기해서 해인은 아까 봐두었던 화장실 쪽으로 향했다. 걷기가 어색해서 무릎으로 반쯤 기어가야 했지만 어찌어찌 도착할 수 있었다. 세면대를 붙들고 거울에 자신의 얼굴을 비춰 보면서는 할 말을 잃었는데, 놀랍게도 영락없는 제 얼굴이라서였다. 눈, 코, 입, 작은 점 하나까지 전부. 자신이 기억하는 그대로였다. 말은 여전히 말은 고양이 말밖에 나오지 않았지만…….

그건 심각한 문제였다. 사람의 말을 못 하면 엄마에게 갈 수 없었다. 전화도 할 수 없고.

해인은 다시 노트북이 있는 식탁으로 기어갔다. 돌 때나 이렇게 기어가봤을까? 답답했지만 일어서기도 여의치 않았다. 노트북을 켜고 겨우겨우 식탁 의자 위에 앉았다. 다섯 손가락이 곧게 뻗은 자신의 손이 어색하게 느껴졌다. 노트북을 이용해 일단 엄마에게 메일을 보냈다. 계속 손이 구부정하게 되어 독수리 타법으로 겨우겨우.

[엄마, 나 취재가 길어질 것 같아요. 흥미로운 게 많아서 즐거워. 참, 휴대폰이 고장났는데 어차피 여기서는 안 터지네? 가끔 메일로 연락할 테니 걱정 마요.]

길게 쓰지는 못했다. 길게 써봤자 수상해질 것 같아 짧게 끝냈다. 마침 다음 작품 준비차 여행을 떠난 시점이라 당분간은 찾지 않을 거다. 하지만 아무리 그래도 두어 달 이상 전화 한 통 안 한 적은 없었다. 목소리는 내야만 했다. 노트북을 끈 해인은 목을 가다듬어봤다.

"먀, 먀!"(아, 아!)

하지만 계속 이 꼴이다. 왜 사람 몸을 하고 고양이 말을 해야 한담? 아이러니한 상태였다. 사람도 고양이도 아닌 것이……. 끙, 하니 언짢은 얼굴로 해인은 친구 몇몇에게도 비슷한 내용의 메일을 보냈다. 그러고는 태일의 옷방에 들어가 바닥에 굴러다니는 티셔츠 하나를 주워 입었다. 알몸에 익숙한 자신이 낯설어 일부러 주워 입은 차다.

옷을 입었으니 우선 행거를 붙잡고 서는 연습부터 했다. 중심이 조금 잡혀서 설 수 있게 되자마자 기지개부터 켰다. 그러다 문득 이상한 감각 하나를 느꼈다. 체감되기는 하는데 오감 중 하나는 아니었다. 마치 공복감과 비슷한 것이……

"먀!"(아!)

해인은 그것이 자신이 이 인간의 몸을 유지할 수 있는 남은 시간이라는 걸 깨달았다. 정말 그냥 알 수 있었다. 배고프고, 졸리고, 피곤한 것처럼 체감된다고 해야 할까. 하여간 신기한 일이었다. 해인은 얼추 서 있을 수 있게 되자 무릎으로 걸어 거실로 나왔다. 본능적으로 따뜻한 햇볕 아래를 찾아가 누워서는 고민했다.

앞으로 어떻게 하지? 계속 이 집에서 신세 질 수는 없는데. 그렇다고 나가자니 틈을 노리기가 쉽지 않아 보였다.

그렇게 생각에 빠지기도 잠시. 해인은 줄어드는 시간이 아까워서 얼른 고양이로 돌아갔다. 생체 시계가 인간으로 있을 수 있는 시간은 한정됐다는 걸 알려주고 있었으니까. 걷는 연습을 하고는 싶었지만 당장은 낭비 같았다. 사람 목소리도 못 내는데 말이다. 고양이가 되고 나니 해인이 서 있던 자리에는 입고 있던 큼지막한 옷만 남았다. 해인은 그걸 물어다 다시 있던 장소에 가져다 뒀다.

어슬렁거리다가 다시 햇볕이 잘 드는 자리를 찾아갔다. 지금은 고양이의 몸이 차라리 편했다. 소파 손잡이에 앉아 골골거리다가 저도 모르게 잠든 건 분명 그래서일 거다.

꾸벅, 꾸벅, 그러다가 푸우우욱 하니 잠든 해인의 표정은 고양이인데도 침을 흘릴 것같이 편안했다.

삐비비비빅.

쫑긋! 자다 말고 귀를 세웠다. 전자 키 여는 소리가 들렸으니까. 얼마나 잠든 건지 밖은 깜깜했다. 해인은 낭창한 걸음으로 현관으로 옮겨가서 열리는 문틈으로 빼꼼 고개를 내밀었다. 태일의 향수 냄새가 났다. 그가 방긋 웃으며 들어왔다. 반겨주는 존재가 그 역시 반가운 모양이다.

"야옹아!"

"미."

시계를 보니 그의 귀가는 12시간 만이었다. 역시 평범한 사무직은 아닌 것 같은 출퇴근 시간이었다. 살가운 손으로 자신을 안아 드는 그에게 해인이 커다란 두 눈을 깜빡여 보였다. 그는 살짝 긴 진갈색 곱슬머리를 꽁지 묶었고, 그것이 자연스럽게 어울렸다. 눈동자 색은 색소가 옅어 빨려들 듯한 고동색이었다.

그는 다정하게 해인을 가슴에 안았고, 이 부드러운 눈동자를 가진 남자의 고양이로 한동안 살아볼까, 해인은 찰나 그런 강한 유혹을 느꼈다.

"선물 사 왔어. 볼래? 맛있다는 간식이랑…… 장난감."

"미요……."(흐응…….)

"그리고, 캐리어."

캐리어? 그건 여행 가방 아닌가? 그건 그보다는 이글루같이 생겼다. 하얗고 딱딱해 보였다.

저게 뭐지. 짐승을 길러본 적 없는 해인은 그가 들어 보이는 낯선 것을 주시했다. 그가 가까이 보여줘서 킁킁거려봤다. 후각이 예민해져서 본능적으로 후각에 기대고는 했다. 이건 그냥 가방인데. 모양이 좀 이상한 가방. 요즘은 이런 여행 가방이 유행인가?

킁킁거려봤지만 새것인지 플라스틱 냄새가 날 뿐이었다. 태일은 해인이 흥미를 보이자 캐리어 문을 열어 보였다. 입구가 옆면에 있었다. 해인은 그제야 그게 뭔지 깨달았다. 집이구나! 고양이 집, 그렇지?

"들어가자."

"잉?"(엥?)

그의 손이 해인을 캐리어 안으로 밀어 넣었다. 곧장 입구가 닫혔다. 해인은 그사이 이동장 안에 갇힌 자신을 발견했다. 감옥처럼 사슬로 된 입구에 손을 올리며 이게 무슨 사태인지 알 수 없어 어리둥절해했다. 이건 고양이 집이 아닌 모양이다. 그보다는, 가두는 물건이었다.

"먁?"(뭐야?)

나 지금 갇힌 거야? 네가 나를? 너무 방심했던 걸까. 믿을 수가 없어 문을 박박 긁어봤지만 그는 곧장 현관을 열고 문밖으로 나섰다.

"병원 예약해뒀거든."

그는 아무래도 옥상에서 몇 주간 생활한 해인의 질병 상태가 걱정되는 모양이다. 그도 아니면 주인 찾아주기 운동. 뭐가 됐든 병원……?

이동장 안의 해인은 사납게 털을 세웠다. 병원이라고!

미친 듯 발버둥 쳐봤지만 이동장 안에 들었으니 자신이 사자라도 어쩔수 없다. 이미 들어와버린 마당에 맘대로 나갈 수 있을 리가 없다. 계속 꺼내달라 울어봤으나 고양이의 당연한 투정이라고 여긴 듯 태일은 곧장 병원으로 향했다. 좁은 창문 사이로 보이는 사람들의 발이나 시내의 모습을 보자예전에는 느껴보지 못했던 소름이 돋았다.

병원! 안 되는데? 또 털을 세우는 건 태일이 정말 동물병원의 문을 열고안으로 들어섰기 때문이다. 온갖 짐승의 냄새가 뒤섞여 해인의 코를 찔렀다. 동물병원의 데스크 위로 이동장이 올려지자 간호사가 보였다. 꽉 잡고주사를 잘 놓게 생긴······.

"미야아아아악!"(싫어어어어어!)

"예약한 신태일입니다. 건강검진이랑······."

찰캉찰캉! 이동장이 흔들릴 만큼 난리를 피워봤으나 소용없었다. 대신 사나운 고양이로 찍혀 캐리어째로 진료실로 옮겨졌을 뿐이었다. 해인은 엉엉,하니 울고 말았다. 엑스레이라도 찍었다가는 죄다 들킬 텐데. 이 몸은 그냥고양이랑은 다르다고 했단 말이야!

사신의 신신당부 중 한 가지였다. 엑스레이 주의! 들을 땐 설마, 그런 걸찍을 일 있겠어? 하고 콧방귀를 뀌었는데. 그랬는데······.

"키야아아악!"(안 돼에에!)

잠시의 그 안락함이 이런 불행을 가져올 줄이야! 하느님, 아버지, 사신님.제발 차라리 옥상에 있을게요! 그렇게 빌어봤지만 역시나 갈 곳 없는 기도였다. 들려오는 거라고는 의사와 그의 대화뿐이었다. 이제 내 앞날은 외계인으로 찍혀서 해부실에 가는 걸까?

"이야, 거친 아가씨네요. 무슨 종이죠?"

"제 고양이가 아니라서요. 옥상에서 계속 혼자 있기에 데려왔습니다. 주인이 있을 것도 같은데…… 아, 인터넷으로 검색해봤는데 봄베이라는 품종과 가장 비슷합니다. 덩치가 좀 크고 검은 털에 금색 눈…….”

“그건 아닐 겁니다. 봄베이는 우리나라에는 없는 희귀종이라. 비슷한 잡종은 많은데…… 이 녀석은 몸집도 작은 편이고요. 일단 한번 볼까요?”

수술을 앞둔 환자인 양 바들바들 떨며 해인은 이동장 안으로 깊숙이 피신했다. 하지만 사람의 손이 더 긴 것은 당연했다. 죽을 각오로 손톱을 세우고 자신을 잡아가는 손을 박박 긁어봤지만 상대는 이 방면의 프로였다. 수의사는 익숙하게 해인의 발톱을 제지하고 꺼내 들었다. 안 돼!

“미야악, 미약!”(싫어, 이거 놔!)

“엄청 사납네요.”

태일이 아닌 남자의 손에 들어 올려졌다. 그것도 상극인 수의사! 해인의 두 눈에 박혀 든 젊은 수의사는 투블럭 컷 스타일의 밝은 머리로 약 20대 후반이나 30대 초반쯤으로 보였다. 그가 매력적인 눈매의 미남인 건 지금 해인에게는 하등 알 바 없는 일이었다. 키도 크고 손도 크고……. 여유 있게 웃는 입가는 마치 악마의 것처럼 보였다. 공포 효과인지는 몰라도 말이다.

해인이 샤악! 하니 이를 세우자 태일은 매우 당황해했다. 이런 사나운 모습은 처음이었으니까.

“이상하네요. 분명 얌전한 아이였는데.”

“병원에서는 다 이럽니다. 안 그러면 그게 이상한 거고요.”

“그런 겁니까?”

“네, 예민해지니까요. 아야야!”

“야옹아!”

물 만한 틈이 보이자마자 해인은 수의사의 손을 물어뜯었다. 그건 공포에 떠밀려 자의와는 상관없이 저지른 일이었다.

“괜찮습니다. 그보다 보호자분은 잠시 나가 계시는 게 낫겠습니다. 사나운 고양이일수록 주인이 있으면 더 날뛰거든요. 믿는 구석이 없어야 기가 죽죠.”

"……괜찮을까요."

"금방 끝날 겁니다."

태일이 나가버렸다. 매정하니 나가버렸다. 어쩜 의사 말도 잘 듣지. 당연한 행동인데 그것은 해인을 매우 불안하게 만들었다. 진찰대 위로 자신을 눕히는 억센 손길에 이제는 빌어보기로 했다.

"미이이……. 미이……. 미."(놔줘요……. 놔줘……. 싫어.)

익숙하니 고양이를 제압하는 그는 해인에게 커다란 천적이었다. 도살장에 끌려온 소가 이런 기분일까. 이런 참담함? 유일하게 자유로운 꼬리는 공격에 도움이 되지 않았다. 그래도 휘둘러 찰싹찰싹 그의 얼굴이며 손등을 쳐보지만 그게 위협적일 리 없었다. 귀여운 것에 가까운 행동이었다.

"자, 착하다."

"미미미미밍!"(살려줘엉!)

"야야! 가만있어!"

울어도 봤지만 말이 통하질 않으니 결국 고양이 소리에 불과했다. 전혀 통하지 않았다. 아무리 수의사라도 고양이 말을 알아듣는 재주는 없으니까. 해인은 여러 가지 걱정이 떠올랐다. 지금 뽑는 피는 정말 고양이 피긴 한 거야? 지금 찍는 이 엑스레이에 고양이 뼈가 찍히기는 하는 거야? 내 몸에 대는 삑삑거리는 그건 뭔데?

해인은 차가운 은색 진찰대 위에서 가까스로 무장하고 있던 사나움을 잃어버렸다. 걱정과 놀람에 짓눌려 그냥 바들바들 떨고 말았다. 그런데, 피 뽑는 건 둘째 치고…… 지금 뭐 하는 거야?

"학……!"(학……!)

"다 끝나갑니다, 고양이 아가씨."

그가 자신의 겨드랑이에 해인의 몸을 단단히 고정해 잡았다. 그리고 꼬리를 바짝 들어 올렸다. 젊은 수의사의 입장에서 보면 단순히 항문에 검사 봉을 집어넣으려 할 뿐이다. 변 검사를 위해. 하지만 해인의 입장에서는 천하의 날벼락으로 이건 어쩌면 죽는 것보다 무서웠다.

'너 그거 어디 넣는 거야!'

감당 못 할 일대의 사건에 해인의 눈이 찢어질 듯 커다래졌다. 놀라 입을 쩍 벌린 채 자신의 엉덩이에 뭔가 길고 반투명한 것을 대는 수의사를 봤다. 그게 뭘 하려는 줄 알아 그게 가장 두려웠다. 진짜 고양이라면 모를 텐데. 차라리 내가 진짜 짐승이었으면! 해인은 질겁해 소리쳤다. 수치심에 미친 듯이.

"야! 이 변태 새끼야!"

내뱉어버렸다. 젊은 수의사의 눈이 해인의 것처럼 크게 뜨였다. 고양이가 사람 말을 했으니까. 그것도 찰진 욕을.

"……."

단단히 놀란 둘은 순간 침묵했다. 그 자세 그대로 굳어 자신들의 귀를 의심했다. 말한 고양이도 들은 사람도 마찬가지였다. 수의사는 얼빠진 표정으로 텅 빈 진료실을 느리게 둘러봤고, 역시 자신과 고양이 한 마리밖에 없다는 사실을 새삼 확인했다. 그 손안에서 말문이 트인 해인은 두 가지 사실을 깨달으며 절망했다. 이만큼의 다급함으로 강렬하게 염원해야만 사람의 말을 할 수 있다는 것과, 차라리 그걸 모르는 편이 나았을 거라는 점.

"너 지금……?"

설마설마하면서도 내뱉지 않을 수 없었는지 수의사가 해인을 내려다보며 말문을 떼었다. 숨 쉬는 것도 잊기 직전인 해인이 할 수 있는 거라고는…… 시침 뚝, 떼는 일뿐이었다. 그의 시선을 슬그머니 피하며 울었다.

"미, 미야오옹……?"

하지만 그건 너무 긴장했기 때문인지 사람이 고양이 소리를 내는 것과 별반 다르지 않은 느낌이었다. 다급한 고양이 시늉은 상황이 어색해지는 것만 한술 더 거들었다. 해인이 데룩데룩 눈을 굴리자 수의사의 눈이 예민하게 빛났다. 아차! 싶어 황망하니 발톱을 세워 앞으로 도망가 보려 하지만 소용 있을 리가 없다. 검사를 위해 바짝 온몸을 포박당한 채였으니까.

진찰대 위를 긁는 발톱 소리만 났다. 듣기 싫은 쇳소리. 버둥거려 도망치려 하나 그러지 못하는 소리. 카가가각! 카칵!

수의사는 해인과 눈을 마주치려 했고 해인은 힘껏 거부했다. 파닥파닥대며 제 얼굴을 돌리려는 손을 할퀴고 도망가려 두 발을 허공으로 뻗으며 탈출에 안간힘을 썼다. 그러나 결국 짐승의 몸이라 수의사가 제 등가죽을 잡아 올리자 아무것도 할 수 없었다. 대롱대롱, 등가죽을 잡혀 허공에 들려 있는 꼴이 처참했다.

수의사로서는 이 사나운 고양이를 꼬리째 거꾸로 들어 올리려다 그나마 참은 것이었다.

"너!"

"크캬아악!"

해인은 심히 불량스러운 눈매였다. 짐승에게 말을 거는 남자에게 냅다 발톱을 세우고 이를 드러냈다. 억지로 눈이 마주쳐진 것도, 등가죽을 잡힌 것도 모두 불쾌했다. 무력하게 들어 올려진 것이 가장 못마땅해 더욱 사납게 굴었다. 하지만 그는 해인이 버둥거리며 온몸의 네 발과 꼬리를 움직이는 걸 새삼 신기한 듯 봤다. 해인은 그에 오싹하니 소름이 돋았다.

위험하다! 본능이 그렇게 웽웽댔다. 이 남자의 눈은, 뭔가 감지한 눈이었다.

"……다시 말해봐."

수의사가 여전히 크게 뜬 눈으로 물었다. 긴가민가한 와중에 긴가임을 확신하며 말이다.

"미~ 야~ 옹?"

해인은 최대한 귀엽고 깜찍하게, 고양이스럽게 소리 냈다. 하지만 그건 사람 입으로 야옹거리는 것과 똑같은 우스꽝스러운 느낌일 뿐이었다. 해인은 슬그머니 수의사의 눈을 피했다. 오동통한 분홍빛 발바닥에서 식은땀이 삘삘 흘렀다.

"……."

의뭉을 떨어봤지만 돌아온 것은 어색한 침묵과 꼬리 아래로 확 잡아당기는 손뿐이었다.

"우걕!"

그 감각이 고양이에게 아주 불쾌하다는 걸 잘 아는 눈이었다. 그러니 어서 말이나 해보라는. 그는 수의사답게 고양이를 다루는 법에 매우 능통했으며, 당연하겠지만 머리가 좋았다. 자신이 들은 것과 그 근원지를 분명히 인지한 모양이다. 그리고 끔찍하게도 해인에게 그 사실을 확실하게 확인하고 싶어 했다.

"너, 분명 말했어. 그렇지?"

그것은 인간으로서의 단순한 호기심이기도 했고 이 불가사의한 일에 대한 의사로서의 탐구욕이기도 했다. 뭐가 됐든 해인에게는 위급한 상황일 뿐이지만. 해인은 두 발로 수의사의 손목을 움켜쥐고는 냅다 손톱, 아니 발톱을 세웠다. 그러곤 힘껏 긁어 내렸다.

"아으악! 아오!"

발톱을 박자마자 피가 터졌다. 계속 놔주지 않으면 이번엔 잘근잘근 이를 세우려는데 그가 반사적으로 해인을 멀찍이 집어 던졌다. 착지는 우아했고, 도망치는 것은 허겁지겁했다.

"이 녀석이!"

절체절명의 위기였다. 바로 뒤로 하얀 가운을 입은 악마 같은 녀석이 이를 갈며 저를 쫓아오고 있었으니까. 해인은 더 죽어라 살려달라고 울어봤지만 진료실은 아무래도 방음 기능에 충실한 것 같았다. 깡충깡충 점프해 문고리를 건드려봤지만 탈출을 시도하는 짐승이 많은지 문고리는 상당히 무거웠다.

"먁!"(망할!)

인간으로 변하지 않는 이상이야 탈출은 불가능해 보였다. 이래저래 자신의 무력함에 절망하며 해인은 궁지에 몰린 짐승처럼 위태롭게 울었고, 수의사는 무자비하게 거리를 좁혀 왔다. 잡히겠다 싶어 냉큼 오른쪽으로 뛰었더니 그 앞을 커다란 발이 쿵! 하니 가로막았다. 다급히 왼쪽으로 틀어봤지만 역시 가로막혔다. 쾅.

인간의 두 다리가 마치 가옥의 쇠창살과 같아 보였다. 코너에 몰린 해인은 와들와들 떨며 두 눈을 꼭 감았다.

"흐, 흐냐냐냐……!"(사, 사람 살려……!)

손등에서 피를 뚝뚝 흘리는 수의사가 자신을 잡아먹을 듯 노려보고 있었으니 말이다. 그는 감히 자신을 할퀴고 도망치려 한 이 요망한 생명체의 등가죽을 잡아 올렸다. 다시 물지 못하도록 목과 함께 틀어쥐는 교묘한 솜씨에 해인은 치를 떨어야만 했다.

"시치미는 그만 떼고. 너, 말해봐."

"미……. 미, 미야아악! 먀먁먁먁!"(이……. 미, 미친놈아! 고양이가 어떻게 말을 해!)

미친놈아! 소리가 사람 말로 튀어나가려는 걸 해인은 겨우 삼켜 넣었다. 그러곤 고양이 말로 양양대며 끝까지 잡아뗐다. 시치미에 장사 없다지 않은가. 수의사는 해인을 달랑 들어 쇠로 된 진찰대로 옮겼다. 몸을 꽉 눌러 길게 늘이더니, 벨트를 이용해 허리를 단단히 고정시켰다. 진찰대 위로.

"말 안 들을 땐 어쩔 수 없지."

철컥철컥 네 다리까지 무엇인가에 졸라매지나 싶더니 사지를 조금도 움직일 수 없게 되었다. 목까지 벨트에 고정되었을 때 해인은 제가 어떤 상황에 처했는지 깨달아야 했다. 난폭하게 군 죄로 꼼짝없이 결박당한 것이었다. 유연하게 늘어지는 검고 늘씬한 해인의 몸이지만 지금은 실험대 위의 외계인과 다를 바 없었다. 고정된 채로 꼼짝없이 자신의 눈앞으로 빛 무더기가 다가오는 걸 바라봐야 했다. 생포된 외계인이 이런 기분일까?

실험대 위에 묶여 빛을 본다는 건 참으로 무서운 일이었다. 심지어 상대가 평소 피를 보는 직업이라면 더더욱. 전등을 들이밀며 수의사가 물었다. 싱긋 웃어 보이는 것이 이 녀석이 정말 사람인가 싶었다.

"말할래, 해부당할래?"

단순히 말귀를 알아듣는지 아닌지 실험하는 것일까? 아니면 진심일까? 여하튼 소름 끼치는 것만은 같았다. 수의사는 자신의 질문에 크게 움찔하며 오들오들 떠는 해인을 보며 이 짐승이 말귀를 알아듣는다는 확신을 얻었다. 꿀 먹은 벙어리가 된 해인의 손바닥을 눌러 발톱이 정상적으로 나오나 봤고, 귀 안쪽은 어떤지도 봤다. 갈비뼈가 전부 있는지도 꼼꼼히 만져보며 살폈다. 여차하면 정말 해부해볼 것만 같은 태세였다.

해인은 그나마 움직일 수 있는 꼬리만 불안스레 흔들었다. 미안해, 잘못했어, 깨문 것 사과할게 등등의 의미를 담은 채. 검은 고양이의 꼬리가 그의 손을 찰싹찰싹 쳐댔다. 짐승의 꼬리란 많은 언어를 나타냈지만 그는 지금 그런 데 전혀 관심을 두지 않았다. 대신 진찰대에서 멀어지나 싶더니 해인의 시선이 닿지 않는 진열장에 가서는 쇠가 달그락거리는 소리를 내기 시작했다. 친절하게 설명까지.

"너 메스가 뭔지 알아? 개복할 때 쓰는 도구지. 석션은 피를 빨아들이는 데 쓰는 수술 도구고……. 아, 우선 마취부터 해야겠다. 주사 정도는 뭔지 알겠지?"

독한 놈! 나쁜 놈! 변태 같은 놈! 해인은 바득바득 이를 갈며 독립투사의 정기를 이어받아 이 협박에 버텨보려 했지만, 눈앞에 메스를 들고 나타난 수의사에게는 결국 굴복해야 했다. 그 공포는 감히 상상을 초월했으니까. 산 채로 배가 열릴 위기였다. 마치 악마의 환상이 보이는 듯했다.

"해부도 해부지만 조직 채취부터 해야……."

"이, 이……. 시르어……!"

"오."

"해부 싫어! 싫다고, 이 변태야! 싫어! 흐어엉!"

해인은 더 이상 견딜 수가 없었다. 공포에 질려 황금색 눈동자에 방울방울 눈물을 흘리며 항복하는 수밖에는 말이다. 이 변태 고문관을 대대손손 저주하리라 다짐했다.

2. 주인과 천적을 동시에 얻다

기어코 그렇게 소리치고는 해인은 이제 다 틀렸구나 하고 절망했다. 이 망할 의사 놈이 자신을 해부하거나 팔아넘길 거라 자신하는 거다. 포르말린에 말려질지도 몰라! 지금 이 순간 사신의 당부 따윈 아무래도 좋았다. 그저 자신의 고양이 몸에 대한 안위로 불안하다. 하지만 의외로 다시 슬쩍 다가온 의사의 손끝이 간질간질했다.

해인의 코 위가 촉촉한가 보더니 눈 밑을 벌려봤다. 이채 어린, 괴상하다는 표정으로.

"너, 대체 어떻게 말하는 거야? 고양이 맞긴 한 거야?"

"……놔줘! 먀먀먁! 풀어줘!"

"정체가 뭐지? 요물인가?"

그가 진지하게 중얼거렸다. 턱을 문지르며 해인의 몸을 낱낱이 주시했다. 눈으로만 저를 보는데도 오싹오싹하니 소름이 돋았다. 악마다, 악마. 가운을 입은 악마야. 수의사는 마치 하루 온종일도 그렇게 지켜볼 수 있을 것처럼 해인을 보는 데 빠져 있었다. 핀셋에 고정된 나비처럼 해인은 그냥 파닥거리며 바르작거렸다.

급히 소리치는데 고양이 말이 조금 섞여 나오는 걸 알아챘다.

"먕! 난……!"

"넌, 고양이야, 아니야? 뭐야?"

어쩜 그리 호기심이 넘치는지. 위험하게 반짝이는 눈에 해인은 오싹, 손발을 오그렸다.

"……나는, 나도 몰라. 모른다고! 놔줘!"

"그냥 지능이 높은 고양이…… 는 아니고, 말을 하는 걸 보니 고등 생물인 것도…… 같고."

"흐냐냐! 왜 이래!"

"어디 보자……."

그는 여러 가지를 중얼거리더니 해인의 입속으로 자신의 손가락을 비집어 넣었다. 고양이의 구강 구조상 사람의 말을 하는 게 불가능하니 그걸 살피는 모양이었다. 그래도 그렇지, 어딜 겁도 없이! 해인이 냅다 콰득! 수의사의 손가락을 힘껏 깨물었다. 송곳 같은 날카로운 어금니가 그의 손톱 사이로 인정사정없이 파고들었다. 해인은 피 맛이 났지만 계속 아작아작 씹어댔다. 감히 숙녀의 입안에 손가락을 집어넣다니! 턱 힘만 있다면 씹어 먹을 작정이었다.

"냐냐냐!"

"으! 이게 또……!"

하지만 그가 손가락을 빼내고 피가 줄줄 흐르는 검지를 감싸 쥐자 번뜩 제정신이 들었다. 아차! 해인은 실컷 물고 나서야 식겁했다. 지금은 그에게 까다롭고 사납게 굴 때가 아니었다. 오히려 그에게 애원하며 살려달라 빌어야 할 처지였다. 이성이 돌아오자 해인은 그제야 커다란 눈을 그렁그렁 뜨며 애원했다.

"미안해. 사과할 테니까 풀어줘, 의사…… 응?"

"아야야, 그거 엄…… 청! 사납네. 정말…… 이걸 그냥……!"

"하, 핥아줄까? 응? 많이 아파?"

해인은 급히 그의 안부를 물었으나 제가 생각해도 참 의미 없었다. 그의 손은 이미 여기저기 핏자국과 상처로 낭자해 있었다. 바이킹의 손도 저것보단 깨끗할 것 같았다.

"아오! 네 정체가 뭔데, 그러니까! 고양이야! 뭐야!"

"……나 고양이 할게! 응? 그냥 고양이 할 테니까 나 풀어주라."

"말하는 고양이가 세상에 어디 있냐?"

그렇지? 어림없긴 하지? 해인은 격한 동공의 지진을 느꼈지만 이대로 포기할 순 없었다.

"앞으로는 말 안 할게. 그러면 되잖아, 응? 그러니까 다른 사람한테도 비밀로 해주면 안 될까? 부탁할게. 깨문 것도 사과할게."

"하! 풀어달라, 말하지 말라, 바라는 것도 많네. 실컷 깨물어놓고는 말이야."

수의사가 비아냥댔다. 그는 결코 당하고만 있는 타입은 아닌 듯했다. 자신의 너덜너덜한 손을 흔들어 보이는데 그건 확실히 과다출혈 수준이었다.

"자, 골라봐. 해부해줄까, 아니면 방송국에 팔아줄까? 역시 비싸게 받으려면 그쪽이지?"

머리 좋은 놈이 나쁜 짓도 잘한다고 협박도 그런 끔찍한 협박이 없었다. 물어뜯은 것에 대한 보복일까? 새까만 고양이 털 위로 눈물이 주룩, 흘러내렸다. 안 나오는 줄 알았더니 나온다. 털 위를 적시는 눈물 자국을 보며 신랄하게 수의사가 비웃던 것을 그만뒀다. 해인은 애걸하다시피 했다.

"나 생각할 줄 알아! 사람만큼 똑똑하고. 그냥 고양이 아니야. 해부 싫어!"

"……그럼 대체 뭐냐고?"

"나도 몰라! 그래도 놔줘! 미야미야먁!"

사신탈인 건 알지만 그건 말할 수 없었다. 사신이 그런 주술을 걸어뒀기 때문이었다. 배를 째도 말할 수 없는 건 없는 것이었다. 수의사는 처음엔 신기해하더니 이제는 기가 막힌 모양이다.

"몇 살인데, 너?"

"몰라!"

"다 모르냐?"

"그으래!"

이렇게 속 보이게 잡아떼기도 힘들 텐데. 수의사는 허탈하게 웃으며 턱을 긁적였다. 식탁 위의 생선처럼 진찰대 위에 잡힌 해인을 빤히 내려다보다가, 구미가 당겼는지 참을 수 없다는 듯 물었다.

"그럼 너, 나랑 살래?"

"뭐약?"

"어차피 인간한테 길러지면서 전전하는 묘생이면, 내가 길러줄게."

그거 엄청나게 위험해 보이는 제안이었다. 지옥으로의 초대 같은 걸까? 해인은 누가 봐도 싫다는 얼굴이었다. 아니, 거의 혐오하는 수준의.

"으웩."

"반응이 너무한걸? 이상하네, 내가 더 잘생기지 않았나?"

그런 거 소리 나게 중얼거리는 놈치고 멀쩡한 놈 못 봤다. 해인은 이 수의사가 꽤나 제 잘난 맛에 사는 놈이라고 확신했다. 그리고 무지하게 재수 없고, 위험한 녀석이라는 것도.

"잘 생각해봐. 나랑 살면 비밀도 지켜주고……."

"미쳤어, 내가?"

"그럼 저 밖에 있는 남자한테 말한다? 네가 평범한 고양이는 아니라고."

홱!

"안 돼! 그 사람한테 말하면 가만 안 둘 거야!"

"하? 그럼 어쩔 건데?"

"……무, 물 거야."

그거 참 굉장한 협박이었다. 해인은 제가 말해놓고는 수치스러움에 부들부들 떨어야 했다. 수의사가 대번에 빵 터져서는 배를 붙잡고 웃어댔다.

"푸하하하! 이미 실컷 물어놓고는 무슨."

"우으, 우…… 웃지 마!"

배를 보이는 걸 극도로 싫어하는 해인인데 지금은 배를 훤히 드러낸 채 그냥 묶여 있다. 아무것도 할 수 없는 무방비한 상태라 그 어떤 협박도 가소로웠다. 해인의 눈에 그제야 가운 주머니에 두 손을 찔러 넣고 신나서 웃어 젖히는 수의사의 명찰이 보인다. 고양이 눈은 시야가 좋다. 선명한 세 글자.

해인은 자신이 얼마나 지적인 생물인가를 강조하기 위해 그의 이름을 불렀다.

"강. 시. 율. 수의사!"

"호?"

그가 조금이라도 냉정히 생각하길 바라면서. 설마 글씨도 읽는 지능 생물을 산 채로 해부하진 않겠지. 보아하니 자신의 정체를 어디 팔아먹기보다는 독점하고 싶은 욕구가 강해 보였다. 그것 역시 만만치 않게 무서웠지만 말이다.

"나 그냥 짐승 아니거든? 그러니까 관심 꺼!"

"이거 물건이잖아. 글씨도 읽고?"

"해, 해부 싫어!"

"……하여간 요물이야. 이게 대체 뭐 하는 생물이람."

시율의 얼굴이 가까워졌다. 그가 쿡, 하니 해인의 뺨을 손끝으로 찔렀다. 물어뜯으려 고개를 돌렸을 때는 이미 손이 떠난 뒤였다. 해인은 지적 생물인지라 인정하기 싫지만 인정해야 했다. 이 수의사 놈이 꽤 잘생겼다는 걸.

"마술 같은 거 부릴 수 있냐?"

"그런 걸 할 줄 알면 너한테 저주부터 걸 거야!"

미친놈은 잘생겼든 못생겼든 미친놈인 법이다. 해인은 다시 가까이 다가오는 시율의 얼굴이 무서워 오들오들 떨었다. 짧은 시간 안에 실험대 위의 외계인, 밥상 위의 생선, 진찰대 위의 고양이가 전부 되어봤기 때문에 공포는 가까웠다. 몸을 웅크리고 바들바들 떨면 기분이 좀 나아질 것 같은데 워낙에 단단히 묶여 있어야지.

심하게 버둥대자 그가 손을 내밀어왔다. 역시 해부하려는 걸까? 해인이 두 눈을 질끈 감았다.

"먀?"

"뭐, 좋아. 풀어주지."

해인은 얼떨떨했다. 조금 전까지는 해부하네 마네 하더니 포박한 네 다리를 풀어주고 있으니까. 배의 버클까지 끌러줘서 해인은 몸을 일으키자마자 일단 뒷걸음질부터 쳤다. 네 발로 슬금슬금, 꼬리를 한껏 추켜올려 살랑이는 게 전투태세랄까, 경계태세랄까. 갑작스레 태도를 바꾼 그의 꿍꿍이를 알 수 없어 더욱 긴장이 됐다.

레이더를 한껏 작동시키고 예민하게 온몸을 튕길 준비를 했다.

"네, 네놈 속내가 뭐냥!"

그리고 그런 해인의 반응 하나하나에 시율은 강한 흥미를 보였다. 작게 손뼉까지 쳐가며 감탄했다. 그거 참 잘 만들었네, 하듯이.

"와우, 정말 고양이 같은 반응이네? 하긴 보니까…… 뼈대는 고양이 뼈대야. 근데, 장기가 몇 개 없네?"

그가 방긋, 웃으며 해인의 엑스레이를 들어 보였다. 그새 나온 걸까? 불안에 떠느라 해인은 몰랐지만 시간이 꽤 흐른 모양이었다. 그가 또 손을 뻗어와서 해인이 등의 털을 바짝 세우며 경계했다. 짧고 빳빳한 털이 가시처럼 솟는다. 절로 이를 드러내는 해인은 머릿속이 어떻든 겉은 진짜 고양이와 별다를 바 없었다.

"시야악!"

"네 정체가 뭘까? 외계인? 무슨 행성 출신 그런 거?"

"아냐!"

"음, 그럼 지구 태생이긴 한 거네?"

해인의 정체가 궁금해 죽겠다는 얼굴이었다. 그는 아마도 어릴 적 우주

애기에 꽤나 열 올렸을 꿈 많은 소년 같았다. 지금이야 능글능글거리는 불량한 느낌의 수의사였지만 말이다. 이런 호기심 많은 인간 유형은 해인이 가장 경계해야 할 대상이었다. 심지어 손에 자신의 엑스레이까지 들고 있는 상대라니! 약점을 잡혀도 단단히 잡힌 상태였다.

해인은 털을 세우고 바짝 네 발로 서서는 잔뜩 경계 모드였다. 지금은 무슨 변심인지 풀어줬지만 언제 또 포박당할지 몰랐으니까. 그에 그는 호오, 감탄스러운 소리를 내며 진찰대 주변을 천천히 돌았다. 그리고 그게 아주 신경에 거슬려서 해인은 마치 새끼 낳은 고양이처럼 예민하게 울었다.

"으우오우으이이이……!"

그건 그냥 본능적으로 그 몸에서 튀어나오는 경계의 소리 같은 것이었다.

"이런, 너무 흥분하네? 진정하지그래."

"캬악!"

"우리 상부상조하자고. 나도 예민해진 녀석 더 괴롭히는 취미는 없으니까."

"샥! 누가 너 따위랑!"

"그래? 그럼 그 잘생긴 주인님을 불러서 알려줘야겠네. 여기 댁이 주워 온 고양이가 참 이상하다고."

인간이 어쩜 저리 사악하게 웃는담? 그는 벌써 해인이 의지하는 바, 염려하는 바를 다 꿰뚫어 보는 것 같았다. 해인이 정체를 들키기 싫어한다는 것과 태일에게 강한 호감이 있고, 그를 아주 신뢰한다는 것 등등 말이다. 해인은 이래서 머리회전이 빠른 사람이 싫다. 적당히 태평하고 너무 계산적이지 않은 인간이 좋았다. 태일같이.

"상부상조면…… 어떻게?"

해인은 끙, 하니 못마땅해 물었다. 이 수의사가 아주 나쁜 놈은 아니길 바라며 눈을 흘겨 보았다.

"뜻 알아?"

"……"

"아는 모양이네? 놀라운 지능이군."

"그래서 하고 싶은 말이 뭔데!"

"너는 보아하니 아까 그 남자가 마음에 든 것 같은데, 그렇지? 그 남자를 주인으로 인정한 거 아니야?"

해인은 잠시 궁리하다가 고개를 끄덕였다. 그건 그렇지. 주인이라긴 뭐하지만 그래도 태일은 유일하게 아군으로 느껴졌다. 이 수의사는 천하의 몹쓸 악마고. 자신을 거칠게 눌러 꽁꽁 싸매던 손길이 아직도 몸에 선명했다. 실행은 안 했지만 해부 운운한 데서 이미 없던 정나미도 다 떨어져버렸다.

그리고 지금도 이 인간의 속을 알 수 없어 도통 경계를 풀지 못하고 있다. 아마 진정이 된 뒤에도 바짝 선 털은 한동안 지속될 것 같았다.

"그걸 거들어줄게."

"뭘?"

"저 남자의 고양이로 살 수 있게 도와줄게."

"……속셈이 대체 뭐야?"

"뭘 그렇게 못 미더워해? 이래 봬도 난 의사라고. 거짓말은 잘 안 해."

그거 하긴 한다는 말로 들리는데. 해인은 미심쩍은 눈을 빛냈다. 아까는 자기랑 살자더니 이번엔 태일과 살 수 있도록 도와준다. 뭔가 변덕이 죽을 끓듯 하는 남자였다. 마치 고양이처럼.

"속셈이라기보다는 그냥 널 좀 더 관찰하고 싶을 뿐이야."

"……해부?"

"어이어이. 관, 찰, 이라고 했잖아. 그래서 내가 키워보고 싶지만 넌 지금 내가 맹렬히 싫은 것 같고, 저 남자는 좋은 거잖아? 그럼 저 남자의 고양이로 가끔 널 구경하는 거로 우선 만족할까 해."

시율이 안심하라는 듯 두 손을 반짝, 펴 보였다가 주머니 깊숙이 넣으며 말한다. 무기는 없으니 항복한다는 듯한 제스처였다. 웬 인심일까.

"병원 차원에선 주인 있는 고양이를 더 환영하기도 하고."

그는 갑자기 착하게 굴었지만 해인은 믿을 수 없는 의심의 눈길을 거두지 않은 채 여전히 그를 등지지 않게 조심했다. 언제든지 자신을 들었다 놨다 할 수 있는 남자니까. 묶었다 풀기를 아주 번개같이 하는 남자니까. 바짝 선 꼬리, 빛나는 눈, 힘 들어가 튀어나온 발톱, 어딜 봐도 살가운 구석이라고는 없는 고양이의 태도에 시율은 가증스럽게도 온화한 얼굴로 말했다.

"사과할게. 미움받을 짓 한 거 나도 후회하고 있어. 정말이야. 난 너랑 친하게 지내고 싶어."

"크으응⋯⋯."

"아, 이러면 어때? 날 믿어달라는 의미로 네 새 주인한테 네 몸에 이상이 없다고 말해줄게. 물론 다른 사람들한테도 네 얘기 하지 않을 거고. 널 그냥 평범한 고양이로 위장해줄게. 나라면 가능해."

"⋯⋯정말?"

"그래, 네가 아- 주 평범한 고양이라고 말해주지."

확실히 수의사가 거들어주면 고양이 행세를 하기는 좀 편해질 것 같다. 계속되는 시율의 회유에 긴장이 풀리려 해서 해인은 앞발 하나를 살짝 들어 올려 언제든 도망갈 태세를 정비했다. 이 수의사의 입담에 제 경계가 풀리려는 걸 경계했다.

"사실 나도 시끄러운 건 질색이야. 그리고 너도 모르겠다는 네 정체를 조금 파악해보고 싶기도 하고, 무엇보다 재미있는 걸수록 아껴둬야 한다는 신조라서."

맛있는 건 아껴 먹는 타입의 인간이로군. 해인은 그를 그렇게 정의했다. 물론 앞에는 '위험한' 혹은 '음흉한'이 붙었다. 믿음직한 상대는 아니었지만 달리 선택의 여지가 없었다.

"난 너 싫은데⋯⋯."

"솔직하긴."

"무섭잖아, 너."

"아무래도 좋아. 우선은 우리, 친해지자고."

해인은 정말이지 싫었지만, 이 수의사가 너무나 싫었지만, 지금으로선 어쩔 수 없었다. 뻣뻣한 목을 끄덕여 보이는 수밖에.

"검사 끝났습니다. 결과가 아주…… 흥미롭더군요."

"네? 어디 문제라도?"

"아, 너무 건강해서 흥미롭다는 말이었습니다. 굉장히 영리한 녀석이더군요."

극적인 협상 끝에 수의사는 얌전해진 해인을 태일에게 넘겨줬다. 해인은 악마의 품에서 천사에게도 옮겨간 듯 안도하며 태일의 품 안으로 바짝 파고들었다. 마치 정말 주인의 품으로 돌아가 어리광 부리는 고양이처럼 말이다. 하지만 속으로는 저 음흉한 수의사에 대해 그에게 일러바치고 싶어 끙끙 앓고 있다.

하나 다른 사람도 아니고 태일에게 자신이 범상치 않은 존재임을 들키고 싶지는 않다. 사실 아무에게도 들키고 싶지 않은데 저 수의사에게는 이미 들통 나버렸다. 태일은 손톱을 바짝 세우고 따갑게 제 품으로 파고드는 해인의 몸을 손바닥으로 받치며 되물었다.

"다행이네요. 그리고 사료를 사야 할 것 같은데 추천해주실 만한 게 있을까요? 밖에서 잠깐 봤는데 종류가 엄청 많더라고요. 제가 고양이에 대해 아는 게 거의 없거든요."

"아아, 우선 제가 이것저것 샘플부터 챙겨드릴 테니 먹여보세요. 고양이들이 워낙 입맛이 까다로워서 포대로 샀다가 안 먹으면 큰일이거든요. 될 수 있는 한 여러 가지 드리죠."

"아, 그래도 됩니까?"

태일은 몰랐다. 때로는 호의에도 계략이 숨어 있다는 걸 말이다.

"어려운 일도 아닌걸요. 그리고 고양이라는 게 종 특성상 워낙 예민하고 낯을 많이 가려서 이 사람 저 사람 손을 타면 스트레스를 심하게 받거든요. 될 수 있는 한 진료는 저한테 받으셨으면 좋겠네요. 그래도 저랑 조금은 익숙해졌으니까요."

"그러겠네요. 알겠습니다. 그렇지 않아도 이 병원이 제일 가깝거든요."

부들부들 품 안의 고양이가 몸을 떨었다. 태일은 고양이는 처음 길러보지만 보통 이렇게 겁이 많지는 않을 거라고 생각하며 토닥토닥 달래줬다. 뭘 그리 겁에 질렸는지 바짝 튀어나온 손톱이 옷 속을 따끔하니 찌르는데도 그는 착하지, 착하지, 하고 진정시켜줄 뿐이었다.

신태일은 천성이 더없이 선하고 부드러운 남자였다. 그리고 그 다정함을 무릎 위의 고양이에게는 아낌없이 내보였다.

"무서웠구나. 미안해라."

"니니니……."(당신 그 악마한테 속은 거야, 속은 거라고…….)

"그나저나 네 이름을 지어줘야 하는데. 병원에서 차트에 이름 없음이라고 적으니까 좀 미안하더라고."

사람의 본성은 같은 사람보다는 말 못 하는 짐승을 대할 때 나온다고 하는데, 그렇다면 태일은 믿어봐도 좋은 인물이었다. 병원에 데려가긴 했지만 거기에 악의는 없었으니까.

"으음, 뭐가 좋을까."

나긋한 목소리였다. 그는 남자인데도 피부도 뽀얗고, 웃는 입매가 상냥했다. 곱슬곱슬한 밝은 갈색의 머리카락은 염색인지 태생인지, 어느 쪽이든 그에게 잘 어울렸다. 전체적으로 옅은 색의 남자는 부드러워 보일 수밖에 없었다. 그가 자신을 향해 상냥하게 말을 걸어줄 때면 해인은 제가 다시 사람이 된 것 같은 기분이 들었다. 아주 조심스럽고 정중하게 대해주니까, 지금 자신이 고양이라는 걸 잊을 것만 같았다.

"어쩜 이렇게 예쁠까?"

저를 쓰다듬는 그의 손이 기분 좋아 절로 목 안이 그릉댔다. 누군가와는 정반대였다. 해인은 새삼 수의사를 떠올렸다. 아무리 생각해봐도 그 남자는 저를 실험동물이나 외계 생명체로 보는 듯했다. 저를 보는 그 의미심장한 눈길은…… 절로 털이 거꾸로 치솟았다.

해인은 놀란 털을 다시 가다듬었다. 손등에 침을 발라 눈 위를 누르고 목을 돌려 등 위의 털이 납작해질 때까지 핥았다. 부랴부랴 그렇게 진정시키고 나니 그제야 좀 마음이 편안해졌다. 그러고 보니 안락한 집 안에서 이렇게 털 관리나 하다니. 이거야말로 궁극의 상팔자였다. 옥상에서 비 맞던 때를 떠올리면 지금도 으슬으슬 발바닥이 시려왔다.

"미야."(신세 좀 질게요.)

해인은 이래저래 치인 터라 당분간은 얌전히 태일의 집에서 애완고양이가 되기로 마음먹었다. 적어도 사람 모드로 그럴싸하게 말하고 걸을 수 있게 될 때까지만이라도 말이다.

"뭐라고 하는 걸까."

그는 고양이를 좋아하고, 어쩌면 모든 동물을 좋아하고, 인간에게도 상냥하다. 그런 그의 집은 더없이 쾌적하고 안전하게 느껴졌다. 일단 해인 자신에게 막연한 호의를 보여주니 믿을 만했다. 온전히 고양이를 향한 것이지만 그래서 더욱 기댈 만한 것이 아닐까 싶었다. 마침 사신과 약속한 곳과도 가까우니까.

며칠 전까지만 해도 외간 남자와 어떻게 사나 싶었는데, 다시 맛본 문명의 안락함은 헤어 나가기가 힘든 것이었다. 결정적으로 깨닫기를, 이곳보다 제게 편한 곳은 없을 것 같았다. 그 망할 의사 놈과 협력하기로 한 마당에는 더더욱.

그렇게 생각한 해인이 갸릉갸릉 울며 고개를 꾸벅이자 태일의 손이 고양이의 턱 밑을 쓰다듬고 부드럽게 어루만졌다. 태일은 그저 자신의 집 안에 살아 있는 생명체가 있다는 사실에 만족스러워 보였다. 특히나 그 존재가 아주 얌전하고 총명해 보인다는 것이 더없이 흐뭇했다.

그렇게 둘의 동거 생활이 시작됐다. 물론 주인과 그 애완고양이로서였다.

하지만 거기에 악마 같은 수의사 강시율이 끼어들 거라는 점은, 해인에게 예견된 불행이었다.

고양이 흉내는 어렵다. 빌어먹을.

"똥을 안 싸요."

태일이 해인을 진찰대 위로 올리며 그렇게 말했다. 그에 수의사 시율이 픕, 하니 인중을 부풀리며 웃음을 참아냈다.

"픕크큭……."

환자에게 자주 듣는 말이긴 하지만 이 지적인 척하는 생물이 대상이 되니 우스운 것이다. 해인은 어떻게든 시율과 멀어지기 위해 태일의 어깨 위로 안간힘을 다해 기어 올라갔다. 겨우 3일 만에 다시 이 녀석을 마주하게 될 줄이야. 이럴 줄 알았으면 차라리 싸버릴 것을. 먹고 싸버릴 것을!

"잘 먹고 잘 싸야 건강한 거라던데…… 괜찮은 건가요?"

고양이 생활은 생각보다 디테일이 필요한 일이었다. 해인은 뜻하지 않게 인간으로서의 존엄성을 위협받고 있었다.

"화장실 모래는 뭘 쓰십니까?"

"일단 종류별로 세 가지 정도 자리를 만들어줬는데 거들떠보지도 않습니다."

샥샥! 하며 태일의 어깨 위로 올라간 해인은 애처로울 만큼 바짝 털을 세우고 시율을 경계했다. 그 모습을 올려다보며 시율이 물었다.

"먹는 건 잘 먹습니까?"

"네, 출근하기 전에 먹이를 주면 돌아와서 보면 다 먹고 없어요."

"그런데 배변 흔적은 없다? 삼 일이나?"

"그래서 그게 걱정스러워서요."

"확실히 이상하긴 하네요. 먹긴 먹는데……."

안 싼다? 시율의 눈이 또다시 흥미로움으로 가득 차 반짝였다. 해인은 그 눈빛을 볼 때면 그저 소름이 왕창 돋을 뿐이었다.

"제가 아파트에 살아서 달리 쌀 곳도 없는데. 집 안 말고는 돌아다닐 곳도 없거든요. 그렇다고 변기에 싸고 물을 내리진 않을 텐데……."

태일이 이상한 듯 걱정스러운 듯 중얼거렸고 시율은 알 만한지 소리 죽여 웃을 뿐이었다. 그는 아마도 해인이 뭔가를 변기에 넣고 물을 내리긴 했다고 여기는 것 같았다. 그게 사료인지 큰 볼일인지는 모르지만, 여하튼 눈치챘다. 시율은 피식 웃으며 믿음직한 수의사다운 어투로 말을 이었다. 눈 길은 내내 해인에게 고정되어 있었다.

"그거 변비일지도 모르겠네요. 그럼 배 속에 얼마나 쌓였나 한번 엑스레이를 찍어볼까요?"

"먀?"(변비?)

"아, 그럴까요? 큰 병이느니 차라리 변비였으면 좋겠는데."

호감 최고조를 달리는 주인 양반이 제 변비를 기원하는 건 아주 끔찍한 기분이었다. 해인은 저를 어깨에서 잡아 내리려는 태일에게 처음으로 이를 드러냈다.

"미야!"(싫어!)

"냐옹아?"

항상 너무 순해서 탈이었던 해인이 학을 떼며 샤악, 하는 소리를 내자 태일도 깜짝 놀란 듯했다. 그 모양을 지켜보던 시율이 뒤늦게 손을 내저었다. 여전히 알 수 없는 미소를 짓고 있었다.

"농담입니다. 무조건 돈 들여 엑스레이 찍는 것도 사실 우습고."

"그럼?"

"밖에서 생활하던 녀석들 중 드물게 진짜 흙이 아니면 안 싸는 녀석들이 있거든요."

"그럼 흙을 퍼 와야 할까요?"

"그보단 근처에 공원이나, 어디 널찍한 데 하루에 한 번쯤 잠시 풀어줘 보세요."

걱정 많은 집사인 태일은 시율의 처방에 꽤나 당황하는 얼굴이었다. 얕은 고양이 지식이었지만 그건 아주 위험해 보였기 때문이다. 개도 아니고 고양이에게 배변을 위한 산책이라니.

"그러다 도망가면 어떻게 합니까?"

"확실히 아무에게나 추천해드리는 방법은 아닙니다만, 녀석은 워- 낙 똑똑해서 괜찮을 것 같네요."

"……하긴, 우리 애가 영리하긴 합니다. '손' 하면 주고 '앉아' 하면 앉더라고요."

"오, 그래요?"

해인은 그가 장난삼아 개에게 하듯 손을 달라고 했을 때 기꺼이 그의 손위에 자신의 손을 얹어주었다. 마치 개처럼. 찰나 심각하게 걱정하던 태일은 이내 흔한 팔불출이 되어서는 고개를 끄덕여 보였다.

"생각해보니 아파트 옥상정원에 풀어주면 되겠네요. 처음 데려온 곳도 그곳이거든요."

"좋네요. 거기라면 위험한 일도 없을 테고. 그리고 아직 집이 낯설어 화장실을 안 가는 걸 수도 있습니다. 마음에 안 들면 참거든요. 아무 데나 싸기도 하고. 하지만 그러진 않죠?"

"네, 그러진……."

"일단 옥상에 하루 이틀 풀어줘보시고 계속 안 싸는 것 같다 싶으면 다시 데려와보세요."

태일은 경청하며 열심히 고개를 끄덕였다. 그는 의사나, 선생님의 말이라면 무조건 맞는 줄 아는 순진한 유형이었다. 이내 시율이 방긋 웃으며 그래도 혹시 모르니 잠시 진료해보겠다며 태일에게 대기실을 권했고, 태일은 별의심 없이 해인을 악마의 손에 넘겼다.

"먀먀!"(가지 마요!)

방심하고 있던 해인은 어느새 시율의 손에 들려 있는 자신을 발견했다. 애타게 태일을 불러봤지만 소용없다. 이미 진료실 문은 굳게 닫힌 뒤였다.

"어이, 변기에 싸는 거야? 아니면 안 싸는 거야?"

"······."

단둘이 되자마자 시율이 주체 못 하는 탐구욕에 물었다. 그 간지러운 곳 좀 긁어달라며 못 견디는 얼굴이라니! 해인은 고양이 행세를 하기 위해 사료를 제거하는 데는 성공했지만 배변에는 성공하지 못했다. 먹질 않는데 쌀리가 있다. 이 고양이의 형상을 한 몸은 사실 사신탈이라는 저승의 물건이라, 배고픔은 느끼나 미약했고 식은 필수 요소가 아니었다. 또한 추위에도 더위에도 강했다.

전부를 말해줄 수는 없지만 정체를 말하는 것도 아니고 배변 현황일 뿐이니 해인은 팩! 하니 고개를 돌리며 심술맞게 대꾸했다.

"안 싸!"

일단 이 수의사와는 떼려야 뗄 수 없는 공생관계였고, 저 눈빛은 너무도 부담스러웠으니까.

"그거 엄청나군. 너 안 먹어도 살 수 있는 거냐?"

"······아마도."

"묘하네. 대체 뭘까, 이게?"

그는 아무래도 궁금한 게 많은지 근질근질한 얼굴이었다. 하지만 더 이상 해인을 자극해봐야 아무것도 나오지 않을 거라는 걸 알았다. 해인이 꽤나 심술이 덕지덕지한 신경질적인 고양이라는 걸 이미 잘 파악했다. 그의 손등에는 아직도 해인에게 할퀸 자국들이 선명했다.

"내가 한 번 도와준 거다, 너?"

"우냐냐! 뭘 도와줬다는 거야!"

"변비 진단 안 내려줬잖아?"

"먀먀먀! 거참 고맙네요!"

해인은 콧방귀를 뀌며 고개를 돌렸다. 시율이 뭐가 또 궁금한지 해인의 쫑긋한 두 귀를 만지작거렸지만 이를 박박 갈 뿐 물지는 않았다. 이 수의사 덕에 좀 더 고양이 행세를 하기 용이해진 건 분명하기 때문이었다. 적으로 만들긴 두려운 상대니 마지못해 아군으로 두기로 했다.

아침마다 보지도 않을 볼일을 위해 옥상에 올라가야 할 테지만, 적어도 흉내 내기는 그럴싸해졌다.

관찰 결과 태일은 출퇴근 시간이 일정치 않고 항상 카메라를 들고 다녔다. 종종 잡지 같은 걸 산더미같이 들고 돌아오는 걸 보아 해인이 짐작한 대로 사진작가가 맞는 듯했다. 아마도 패션 쪽의 포토그래퍼로 보였다. 본인도 안 꾸민 듯 꽤나 멋스러운 스타일이었고. 친구로 보이는 안경잡이는 같은 아파트에 사는 모양으로 집에 쓸데없이 자주 찾아왔다. 잘은 모르겠지만 둘은 같은 회사 소속인 듯했다.

아, 대화를 주시해보고 알게 된 사실이지만 둘은 소꿉친구인 것 같고, 그 사이에는 여자인 소꿉친구가 하나 더 있는 듯했다. 셋은 매우 친해서 자주 모였고, 해인은 그 사실이 영 마음에 들지 않았다.

우습지만 애완고양이로서 그를 독차지하고 싶은 욕망이 속에서 부글댔다.

그녀의 하루는 대부분 태일을 중심으로 돌아갔다. 태일을 기다리고, 태일을 반기고, 태일의 손길을 받고. 혼자 있을 때는 무엇을 해야 할지 알 수 없어서 무료하게 시간을 보내기만 했다. 홀로 보내는 시간은 점점 무의미하고 따분해서 잠을 자는 것으로만 때웠다. 그가 집에 있을 때만이 해인의 시간은 외로움에서 벗어났다.

하루 종일 집 안에서 그만을 기다리는 게 최근 해인의 모든 일과였다.

"다녀왔어."

"먀?"(왔어요?)

돌아온 그는 매번 그렇게 다정하게 인사하며 해인을 안아 올리고는 했다. 그리고 코끝으로 키스하고는 다시 살며시 바닥에 내려줬다. 처음엔 낯간지러웠지만 이제는 익숙해졌다. 곤란할 정도로 당연하게 그의 손길을 받아들이는 자신을 발견한 것이다. 고양이 행색을 하고 있어서인지 주인에게 애완동물로서 애정표현을 받고 하는 데 점차 적응하고 있는 모양이었다.

그와의 일상이 해인은 점차 마음에 들었다.

하루의 대부분은 해가 잘 드는 베란다 창가에서 잠들었고, 그 외에는 그의 곁에서 골골댔다. 그가 자신을 안아 들고 집 밖으로 향하면 얌전히 안겨 있었다. 어디로 가는지 알기 때문이다.

"자, 다녀와."

태일은 출근하기 전과 후에 해인을 옥상정원으로 데려가 잠시 풀어줬다. 그러면 해인은 자신이 한동안 지냈던 수풀들을 한 바퀴 탐험하고는 그의 앞으로 돌아왔다. 처음에 몇 번 그의 근처에서 흙을 파는 시늉을 했더니, 그는 볼일을 보고 온다고 여기고는 안심했다. 물론 그냥 그런 척할 뿐이었다.

둘은 여유가 있을 땐 공원에서 좀 더 자유를 즐겼다. 바람을 맞으며 같이 앉아 있거나 그가 해인을 카메라로 찍고는 했다. 해인은 좋은 피사체였다. 얼마나 영리한지 그가 손짓하는 대로 움직였다. 움직이길 원하는 것 같으면 천천히 걷고, 가만있기를 바라는 것 같으면 멈춰서 그를 돌아봤다. 그의 손이 만져주는 대로 턱을 들고 꼬리를 세우고 서 있기도 했다.

"미야?" (이렇게요?)

고개를 갸웃하며 해인이 그렇게 물으면 그가 핫, 하니 웃음을 터트리는 얼굴. 너무 매력적이라 좋아할 수밖에 없었다. 해인은 점차 그의 앞에서 애교가 늘었다. 예쁜 척, 귀여운 척 하는 게 그리 창피하지 않았다. 점점 자연스러워졌다. 왜냐하면 애완고양이에게 애교 부리는 일은 일종의 업무였으니까.

심지어 할당량이 있는 느낌이었다. 그가 다른 일을 하고 있어도 먼저 다가가서 비비적대야 직성이 풀렸다.

"넌 왜 이렇게 귀여운 거니."

그도 그럴 것이 태일이 보여주는 웃음은 너무도 상냥하고 다정했기 때문이다. 불안한 마음에 유일한 위안이었다. 누군가에게 예쁨받고 있다는 사실은 못내 행복한 것이었으니까. 그와의 생활은 생각대로 안락하고 그의 곁은 편안했다. 종종 그 동물병원에 가는 건 마음에 들지 않았지만, 아무튼 나쁘지 않았다. 좋은 편에 가까웠다.

그의 모델이 되는 데도 익숙해졌으니 이대로 1년쯤은 금방 갈 것 같다. 해인은 이거 제법 할 만하다고 태평하게 생각했다.

금세 후회했지만.

"선생님, 제가 급하게 일주일 정도 출장이 생겨서요. 그동안 이 아이 좀 맡아주실 수 있나요?"

썩은 동태 같은 눈을 한 채 해인은 태일의 품에 뚱하니 안겨 있었다. 못마땅한 건 두 가진데, 하나는 당연하겠지만 이 동물병원에 왔다는 사실이고, 다른 하나는 태일이 앞으로도 종종 출장을 갈 것 같다는 점이었다. 그것은 즉 시율에게 그때마다 신세를 져야 한다는 뜻이었다.

혼자서도 집 잘 볼 수 있다고 태일에게 전할 수 있다면 참 좋을 텐데, 그건 거의 불가능에 가까운 문제였다. 말하는 고양이는 역시 기분 나쁘니까.

"얼마든지요. 저희 병원은 호텔 층이랑 입원 층이 다르니까 안심하고 이용하셔도 됩니다."

"오늘처럼 갑자기 출장이 잡히는 경우가 많아서 걱정입니다. 매번 호텔에 자리가 있을까요."

"걱정 마세요. 없으면 저희 집에서라도 맡아드리죠."

"그거 말씀만으로도 감사하네요."

시율의 말은 백 프로 진심이었다. 이 병원이 싫어서 진저리 치는 누군가와 달리 시율은 항상 매우 반가운 눈치였다.

"자주 오세요. 공짜로는 무리지만 지인 할인가를 좀 해드릴 수 있을 겁니다."

"엇, 그러지 않으셔도 되는데…….."

"부담 갖지 마세요. 저도 이 아이가 아주 마음에 들어서 그럽니다."

"예뻐해주시니까 감사하네요. 그래서 그런지 선생님한테 맡겨야 안심이 되고요. 선생님은 정말 좋은 분 같아요."

"이거 사람 보는 눈이 있으시네요."

"미약!"(없어!)

해인이 꽥 하니 기겁해서는 항의했지만 두 남자는 고양이가 뭐라고 하든 관심을 두지 않았다. 해인은 원체 병원을 싫어하는 고양이였으니까.

"그럼 잘 부탁드리겠습니다. 화장실은 역시 흙 위가 아니면 안 보는 것 같고. 사료는 먹는 거로 좀 챙겨 왔습니다. 그리고 또……"

"좋은 주인이시네요."

"아, 아닙니다. 부끄럽군요. 의사 선생님께서 그렇게 말씀해주시니."

"정말 그렇게 생각합니다. 이 까다로운 녀석이 잘 따르는 건 그런 이유겠죠. 참, 이름은 정하셨습니까?"

해인이 태일과 지낸 지도 어느덧 이 주째였다. 하지만 그는 여전히 해인을 고양아 혹은 야옹아, 라고 부를 뿐 이름을 지어주지는 않고 있었다. 하지만 병원에 올 때마다 진료카드에 무명, 이라고 기재하는 것도 슬슬 한계였다. 오죽하면 수의사가 먼저 물었을까.

"사실은 주인이 나타날까 봐 이름 짓기를 좀 망설이고 있었습니다."

"아아, 그러셨군요."

"포스터도 정류소에 붙여보고, 인터넷에도 주인 찾는 글을 올려봤는데……"

"그랬습니까? 그래서 연락은?"

"연락이 없네요. 역시 제 고양인가 봅니다."

그렇게 대구하는 태일은 약간 기뻐 보였다. 저를 올려다보는 해인의 머리를 쓰다듬어주다가 코끝에 쪽, 하니 입을 맞추는 것으로 애정을 표현했다. 보통의 고양이라면 꽤나 싫어할 일이었지만 해인은 순순했다. 그녀는 마치 개처럼, 주인에게 한없이 순종적인 고양이였다.

해인은 자신에게 이름이 생길 수도 있다는 사실에 두 귀를 쫑긋거렸다. 궁금하긴 시율도 마찬가지인 모양이었다.

"그럼 이름은?"

"한참 고민해봤는데 딱 어울리는 게 마침 있더라고요."

"호오."

"개냥이로 할까 합니다. 고양인데 꼭 개처럼 애교가 많거든요. 그런 애들은 개냥이라고 한다더군요."

잠시 말을 알아듣지 못했던 해인은 이내 입을 딱, 하니 벌리고 말았다. 그건 수의사인 시율도 마찬가지였다. 태일만이 해사하게 웃으며 진심으로 들떠 보였다.

"너무 귀엽지 않습니까? 개냥이."

둘 중 누구도 이 완벽함에 가까울 만큼 점잖고 착한 데다 잘생긴, 신태일이 그런 처참한 작명 센스를 가졌으리라고는 여기지 않았으니까. 역시 신은 공평했다. 시율은 태일의 품에 안긴 해인과 눈을 한 번 마주치고는 풉, 하니 웃음을 터트렸다. 해인은 마치 입에 뭔가 물고 있는 것처럼 입을 헤- 하니 벌리고 있었다.

"개냥이라, 크크큭, 개냥이…… 아주 좋네요. 어울려요. 정말 딱이네요."

"아, 괜찮습니까?"

절대 안 괜찮지! 해인은 제발 그것만은 막아달라는 뜻을 담아 간절하게 시율을 바라봤다. 그건 지적 생물에게는 너무 가혹한 이름이었다. 남녀노소 불문 많은 생물이 항복을 외친다는 고양이의 애절한 얼굴이었지만, 수의사인 시율은 그런 데 면역이 되어 있었다. 알 바 아니라는 듯 어깨를 으쓱할 뿐이었다.

심지어 거참 잘됐다는 듯 콧노래까지 부르는 그는 역시 나쁜 놈이었다.

"흔하지 않은 이름이라 더 좋군요. 잘 어울립니다. 개냥이한테."

개냥이, 병원 차트에 해인의 이름은 그렇게 기록됐다.

"개냥~?"

"……."

"어이, 예쁜 개냥 씨?"

놀리고 있는 게 분명했다. 마치 가벼운 바람둥이 같은 어투로 심심하면 와서 불러댔으니 말이다. 그런 게 제 이름이라고 해인은 결코 인정하고 싶지 않았다.

"본인은 진지하게 잘 지었다고 생각하는 모양이던데."

"으으."

"그 얼굴에 그런 작명 센스라니. 좋은 주인을 뒀네?"

"컁! 저리 가! 너 싫다고!"

참다못해 해인이 이를 드러내며 소리쳤지만 이 고약한 수의사는 배를 잡고 낄낄댈 뿐이었다. 이럴 바에는 차라리 야옹이나 나비가 낫겠다. 해인은 철장 안에서 꿍해서는 식빵 자세로 요지부동이었다. 이름도 마음에 안 들고 이 호텔을 빙자한 쇠 감옥도 마음에 안 든다. 깨끗한 건 인정하지만 너무 차갑고, 무섭고 외로운 냄새가 난다.

불안해 흘린 눈물 냄새가 났다. 태일과 일주일이나 떨어져 이곳에 있자니 벌써부터 끔찍했다.

"이거이거, 단단히 심술이 나셨네?"

"……여기 싫어."

"까다롭고, 누가 고양이 아니랄까 봐."

"냄새나."

결정적으로 위아래 옆 칸을 골고루 차지한 다른 짐승들이 계속 짖어대고,

울고, 먹고, 싸는 소리는 사람의 정신으로는 버티기가 힘든 것이었다. 특히 그 울음소리가 얼마나 외롭고 불안한 것인지가 고스란히 와 닿아서 그게 고역이었다. 물론 냄새도 냄새였다. 이 고양이 몸은 귀도 코도 너무 좋아서 탈이었다. 애초에 이런 곳이 쾌적할 리 없었다.

뚱한 해인에게 시율이 병원 마감 시간을 알리더니 불을 끄며 물었다.

"우리 집에 데려가 줄까?"

"됐거든. 내가 널 뭘 믿고 따라가?"

"내일 아침엔 다시 여기로 데려다줄게."

그거 조금, 아주 조금 구미가 당기는 제안이었다. 이 철장 안에서 이대로 밤을 지새우는 건 분명 고통일 테니까. 하지만 시율이 제 사지 육신을 멀쩡히 지켜줄 거라는 믿음이 해인에게는 없었다. 저 녀석 앞에서 까닥 잠들었다가는 해부될지도……

"싫어!"

"그럼 그러시든가."

시율은 미련 없이 등을 돌리고 사라졌다. 절로 끙 소리가 나왔지만 그렇다고 천적의 집에서 잠들쏘냐, 관심 없는 척 해인은 고집을 부렸다.

결국 그날 밤 내내 해인은 귓등을 눌러 귀를 막고도 잠들지 못했다. 아마 거울을 본다면 눈이 새빨갛게 변했으리라.

주인 찾는 개들의 끙끙거리는 소리가 어찌나 괴로운지. 예민한 후각은 하루 사이 다른 짐승들의 냄새로 마비될 지경이었다. 하루 종일 철장 안에 꼼짝없이 갇혀 있어야 하는 건 분명 고문에 속하는 일이었다. 그러고 보니 죄를 지으면 감옥에 가지. 그건 이런 고통을 주기 위해서일까? 사람의 지능으로 버티기에 철장 생활은 매우 버거운 일이었다.

심지어 그런 생활이 이틀 밤이나 이어졌다. 아직 닷새가 남았다. 눈앞이 빙빙 돌았다.

일단 한번 맛본 문명이 눈앞에 아른거려 미칠 노릇이었다. 시율에게 재워 달라고 해야 할까?

아니, 아니다. 그게 얼마나 위험한 짓인데! 내 자제심이 이것밖에 안 된다 니, 해인은 짐승 됨을 핑계 삼아 자신이 너무 안일해졌음을 탓했다.

"강 선생님, 이 아이가 식사를 안 하는데 어쩌죠? 오늘이 삼 일째예요."

3일째. 아침이 되면 불을 켜고 식사를 챙겨주는 건 젊은 간호사였다.

그리고 그녀는 해인이 자신 몫의 사료를 먹지 않아 걱정스러운 모양이다. 당연하겠지만 해인은 사료를 건들지도 않았다. 평소 태일의 집에서도 태일 이 걱정하지 않도록 먹은 척, 변기에 흘려보낼 뿐이었으니까.

"물도 안 먹어요."

다른 동물들이 주인을 찾아 시끄럽게 울어대는데도 해인은 입을 꾹 다물 고 묵언수행만 했다. 웅크린 채 한 발짝도 움직이지 않는 건 철장 안이라고 해도 심했다. 해인 정도의 덩치라면 그 안에서 몸을 길게 펴고 뒹굴 만한 공 간 여유가 충분한데 말이다.

"두세요. 주인이 없다고 심술부리는 겁니다."

"하지만 선생님, 개중에는 주인이 자길 버리고 갔다고 굶어 죽도록 안 먹 는 애들도 있잖아요."

"그럴 녀석은 아닙니다. 주인이 자길 두고 가서 심술부리는 거지, 버리고 갔다는 생각도 안 할 녀석이고요."

"그래요……?"

"네, 똑똑한 녀석이라 일부러 나 보라고 저러는 겁니다. 제가 담당이거든 요. 제가 지켜보고 있으니 김 간호사님께서는 너무 걱정 안 하셔도 됩니다."

시율은 해인이 안 먹어도 된다는 걸 알기 때문에 해인의 단식 투쟁에도 시큰둥할 뿐이었다. 마치 떼쓰는 아이에게 무관심으로 일관하는 것처럼 말 이다. 그래도 간호사가 없을 때면 종종 찾아와 궁금한 걸 묻고는 했다. 그가 묻는 것은 대개 다른 짐승의 말을 알아들을 수 있느냐 혹은 기분은 알겠냐, 뭐, 그런 거였다.

"대충은 알아."

"어떤 식으로? 언어가 들려?"

"으음, 아니. 감정 같은 게 느껴져. 마치 내 감정처럼."

"그렇군. 대단하네."

시율은 주로 다른 직원들이 퇴근하고 폐점 직전이 되면 불을 끄러 와서는 이것저것 물었다가 불을 끄기 직전에 항상 같은 걸 물었다.

"오늘은 우리 집에 갈래?"

"아니."

해인은 아직 시율을 믿을 수 없었다.

사흘째 되는 날이었다. 어째 병원이 하루 종일 한가한 날이었는데, 시율이 대뜸 철장 문을 열어주었다.

"나와."

"……왜?"

"도망갈 건 아니잖아? 내 진찰실 안에서라면, 적당히 있어도 좋아."

그거 아주 반가운 소식이었다. 그러고 보면 병원에서 기르는 개와 고양이 몇 마리는 병원 안을 자유롭게 뛰놀고는 했다. 시율은 해인의 지능으로 미루어보아 풀어줘도 무리가 없다고 여긴 모양이다. 확실히 해인에게는 철장 안이 더 스트레스였다.

"우냐아아."(으아아아!)

사흘 만에 그 안에서 빠져나온 해인은 시율이 자신을 진찰대 위로 내려주자마자 시원하게 기지개부터 켰다. 어깨부터 등을 지나 꼬리 끝까지 쭈우욱! 하니 힘을 줬다.

"개운해?"

"냥."(엉.)

나름 성의껏 대답하며 손등을 핥았다. 다른 짐승 냄새가 잔뜩 밴 몸을 여기저기 핥는 건 고양이의 몸에 잠재되어 있는 본능이었다.

"오늘은 내가 담당이니까 괜찮지만 내일은 안 돼."

"냥, 냥."(알았어, 알았어.)

"내 진료실 안에만 얌전히 앉아 있어야 해. 할 수 있겠지?"

그가 보기에도 지적 생명체인 해인에게 그곳은 고문이었나 보다. 철장보다는 나으니 까짓, 그러마 하고 해인은 고개를 끄덕였다. 진료실 한구석을 차지하고 앉아 있는 해인을 다른 손님들이 저 고양이는 왜 풀려 있느냐고 관심을 보였다.

"얌전한 아이라서요. 괜찮습니다."

그러면 시율은 그렇게 대답하며 진찰을 계속하고는 했다. 해인은 오도카니 그가 진료하는 모습을 지켜보는 것 말고는 달리 할 일이 없었다. 그러곤 시율이 의외로 제대로 된 의사라는 데 놀라야 했다. 말하는 고양이로서는 아주 비호감인 상대지만 말이다.

"선생님! 우리 캐리 어떡해요! 발에서 계속 피가……."

"이런, 발톱이 깨졌네요. 뽑아야겠습니다."

"네에! 마취는……."

"이만큼 깨졌으면 이대로 뽑는 게 낫습니다. 마취는 되도록 안 하는 편이 좋기도 하고요."

그리고 그의 진료방식을 보자면 약간…… 무식했다. 될 수 있는 한 간단명료하게 치료할 수 있는 방법을 권했다.

자신이 보기에 불필요하다 싶으면 환자가 원해도 단호하게 고개를 내저었다. 쓸데없는 돈지랄이라는 표현도 서슴지 않았다. 심지어 안 될 것 같으면, 심각하면, 치료보다는 안락사를 권유하기도 했다. 냉정한 건지 매정한 건지 오묘한 녀석이지만, 인간미가 없어서 그러는 건 아니었다. 어떤 심각한 분위기가 올 때면 해인은 구석에서 숨을 죽였다.

"안락사라고 나쁘게 보시면 안 됩니다. 이 수술을 반복하게 되면 아이는 더 고통스럽고, 힘들고, 말은 못 하지만 어마어마한 통증을 견뎌야 합니다. 사람이 당한다면 죽는 게 더 낫다고 여길 만큼 끔찍할 겁니다. 솔직히 말씀드려서 더 이상 회복도 불가능하고…… 주인분도 이 아이도 힘들 뿐입니다. 서로를 위해 보내주시길 권해드리죠."

한 손님에게 그가 안락사를 권한 후 뺨을 맞는 것까지 구경한 해인이 물었다. 물론 사람들이 모두 떠난 뒤였다. 공중으로 살랑거리는 해인의 긴 꼬리가 뜻하는 건 드물게도 시율에 대한 호기심이었다.

"왜 수의사가 됐어?"

일단 수의사가 됐다는 건 동물을 좋아한다는 건데 안락사를 권하다니. 그러고 나서 맞고는 그럴 줄 알았다는 듯 시큰둥하다니. 하여간 강시율은 특이한 인간이었다. 좋게 말하면 자기관이 뚜렷한 거지만.

"이젠 질문도 하네?"

"……대답하기 싫으면 말고, 흥!"

모처럼 물었는데 그는 해인이 제게 관심을 보였다는 사실이 오히려 더 신기한 모양이었다. 제가 궁금해하고는 제가 민망해 해인은 별로 관심 없는 척 고개를 팩 하니 돌려 보였다. 시율은 그 관심이 나쁘지 않았는지 대수롭지 않다는 듯 제 이야기를 털어놨다.

"우린 집안이 의사 집안이야. 아버지는 외과의, 어머니는 신경과의, 형은 성형외과, 여동생은 치과의. 그래서 그래."

"엄청 엘리트네. 그런데 왜 당신만 수의사야?"

"맞아. 다섯 명 중에서도 나 하나지."

"……사람을 구하는 게 낫지 않나?"

아무리 생각해도 수의사보다는 그쪽이 본인에게 이득이 아닐까 싶었다. 공부를 못했나? 해인은 잠시 그렇게 생각했지만 저 인간이 그런 타입일 것 같지는 않았다. 시율은 뭐가 그리 재밌는지 입가에 웃음을 걸고는 체온계를 소독하며 대꾸했다.

"동물은 말을 못 하잖아. 아, 보통은 그렇잖아?"

말하다가 해인을 슬쩍 턱짓했다. 너는 아주 특이케이스라는 듯, 동의를 구해서 일단 고개를 끄덕였다.

"그렇지?"

"그러다 보니 아파도 어디가 아프다, 이래서 아픈 것 같다, 어떤 식으로 아픈데 언제부터 아팠다고 말을 못 해서 진료가 힘들어. 아기들도 그렇지. 그래서 소아과랑 수의사가 점점 줄어들거든."

"그래서 수의사가 됐다고? 이왕이면 소아과가…….''

"내가 좀 별종이거든 집에서 하지 말라고 말리니까 더 하고 싶더라고. 사람만 생명인 건 아니니까."

그렇게 대답하며 진찰대를 정리하는 강시율은, 좀 좋은 인간 같기도 했다. 이러니저러니 해도 해인의 비밀을 지켜줬고, 은근히 신경 써주고. 얄밉게 웃는 얄미운 인간이지만 말이다. 그래도 지켜보니 악인은 아닌 것 같았다. 단골인 동물 중에는 친해 보이는 동물도 많았고 말이다. 예민한 짐승들이 호의를 가진다는 건 본성은 나쁘지 않다는 뜻이리라.

어차피 계속 봐야 할 사이니 조금 친하게 지내줄까? 해인은 그를 지켜보는 동안 그렇게 생각하게 됐다. 얼마 안 가 또 원수 사이가 되었지만.

그것은 마지막 날의 일이었다. 내일이면 태일이 돌아오는 날. 그날도 해인은 시율의 손에 옮겨져 진찰실에서 쉬고 있었다. 고맙다는 말도 없이 뻔뻔하게 진료실에 기거했다. 낮에는 캐비닛 위에 누워서는 늘어지게 하품을 했다. 오늘도 무료한 하루가 될 것 같았다.

"살짝 꿰매면 되겠네요."

"어머나…… 심한가요?"

"조금요. 음…… 마취는 필요 없겠습니다. 살짝 집는 개념이라."

"그래도 아프지 않을까요?"

"당연히 아프죠. 그래도 마취할 정도가 아닌데 굳이 마취할 필요는 없습니다."

시율의 말에 의하면 동물을 마취하는 비용은 병원에 따라 다르지만 대충 10만 원 선이었다. 마취 비용보다는 그 마취를 그 짐승이 받아도 되는지, 조직 검사에 드는 비용이라고 했다. 실제로 100마리면 5마리꼴로 마취에서 깨어나지 못한다고 했다. 같은 마취약을 같은 종의 짐승에게 사용해도 사람이 그렇듯 개체차가 있어서. 약한 장기가 있으면 그 장기만 마취에서 안 깨는 경우도 있다고 한다. 사람이라면 법적으로 마취 전 검사를 무조건 하지만 짐승의 경우 주인이 돈을 아낀다는 명목으로 검사를 거부할 수 있다고 했다. 못 깨어날 확률은 약 5% 미만이니 주인에 따라 10만 원은 아까울 만도 했다.

"상처가 그리 심하지 않다는 뜻인 거죠?"

"네, 금방 끝납니다. 일단 잠시 밖에 나가 계시는 게 낫겠습니다."

또한 마취 자체가 좋은 것은 아니라 시율은 심각하지 않으면 마취를 추천하지 않는 수의사였다. 동물에게는 전신 마취밖에 사용할 수 없는데, 전신 마취 자체가 성격을 변하게 할 만큼 몸에 미치는 영향이 크다고 하니 말이다. 대신 매번 피를 보는 건 시율이었다. 험한 짐승들에게 할퀴고 물리고를 반복해야 했기 때문이다.

마취시켜 늘어뜨리면 될 텐데. 그럼 돈도 벌고 수술도 편하고, 시율이 고집하는 건 해인이 보기에는 좀 손해 보는 일이었다.

"네…… 얼마나 걸릴까요?"

"넉넉잡고 삼십 분 안에 끝납니다. 잠시면 되니 걱정 마시고 기다리세요."

주인이 나가자 더 불안해하는 하얀 페르시안 고양이를 보며 해인은 저도 저랬을까 생각해봤다. 그리고 아마 비슷했으리라는 결론에 도달했다. 하지만 저 페르시안 쪽이 더 동정표를 호소하기 좋은 생김새였다. 긴 털에 파란 눈.

얼마나 우아하고 예쁘단 말인가. 새까만 자신과는 너무도 상반되는 외모였다.

페르시안이 공주 같은 외모로 바들거리니 해인의 마음이 다 약해질 지경이었다. 하지만 시율은 이번에도 꿈쩍하지 않았다. 의사의 소양 중 하나로 매정함이 있다면 시율은 그걸 갖춘 셈이다. 저렇게 예쁜 아이가 떨고 있는데 약해지지 않다니.

"먀?"

문득 예의 그 페르시안 고양이가 돌연 해인 쪽으로 튕기듯 날아왔다.

"키양야아아앙!"

예상치 못한 일이었지만 동체 시력이 워낙 좋은 해인은 날아오는 모양을 마주 보며 슬쩍, 옆으로 몸만 조금 움직여 피했다. 해인이 있던 자리에 내려 앉은 페르시안은 높은 캐비닛 위로 또 훌쩍훌쩍 높이 올라갔다. 고양이답게 아주 높은 곳으로. 그래 봤자 진찰실 안이었지만. 시율이 잡으려고 손을 뻗자 이번엔 단번에 캐비닛 아래로 뛰어내려서는 우다다 도망을 쳤다.

진찰실은 금세 난장판이 되었다.

시율은 얌전하게 오들오들 떨던 저 페르시안이 이렇게 말괄량이일 거라고는 여기지 않은 모양이었다. 낯선 곳에 놀라고 주인이 없음에 한결 불안해진 페르시안 고양이가 마구 진찰실 안을 뛰어다니며 날뛰었다. 잡으려는 시율과 더욱 온 힘으로 여기저기 건드리며 도망 다니는 페르시안 고양이 덕에 비커가 떨어지고 액자가 떨어지고 난리였다. 우장창!

"이 녀석!"

"우먀먀먀먀!"

페르시안은 결국 그의 손에 잡히긴 했다. 하지만 해인보다 거칠어서 저를 붙든 시율의 손이며 머리를 마구잡이로 공격하고 있었다. 아무래도 눈이 보이는 게 없는 공황상태 같았다. 시율은 어쩔 수 없이 페르시안을 붙든 손을 머리 위로 높이 치켜들었다. 이미 얼굴은 할퀴어져 엉망이었다. 구경하는 해인의 인상이 절로 찡그려질 정도였다.

'히익, 저런 녀석은 마취를 해야 할 것 같은데.'

다른 애완고양이와의 싸움으로 목덜미 근처가 찢어진 하얀 고양이는 유난히 거칠고 신경질적이었다. 제압에 능숙하기만 하던 시율이 못 당해내는 건 처음 보는 일이었다.

"캬이야아아앙!"

"아얏, 잠깐! 잠깐!"

시율은 계속된 페르시안의 사력을 다한 공격에 고전을 면치 못하고 있었다. 두 손은 벌이라도 서듯 위로 올린 채로 내릴 틈이 없었다. 고양이가 버둥거리자 중심을 잃고 휘청이며 절로 뒷걸음질을 했다. 어느샌가 한쪽 슬리퍼가 벗겨졌는데 정신이 없어서 그것도 모르는 것 같았다.

"캬앙!"

"안 되겠다. 너 그만 못…… 우왓!"

"시야아악! 우캭!"

절로 긴장해서 둘의 싸움을 지켜보던 해인은 깜짝 놀라 시율을 불러 세웠다. 그가 뒷걸음질 치는 자리에 비커가 깨져 있으니까.

"응? 뒤에, 거기 조심…… 어어?"

아까 페르시안이 난리를 치며 깨트린 모양인데, 그건 신발을 신고 밟아도 아킬레스까지 닿을 만큼 뾰족하고 커 보였다. 하지만 그는 해인이 놀라 부르는 소리를 듣지 못하는 것 같았다. 손에 잡힌 페르시안이 워낙에 흉포한 상태였으니까.

"이봐, 야! 어? 야아!"

폴짝, 서랍 위에서 진찰대 위로 옮겨간 해인은 재차 시율을 불렀다. 하지만 괴성에 가려 전혀 들리지 않는 듯했다. 너무 가까이 갔다간 인간과 고양이의 싸움에 말려들 것 같았다. 해인은 불안해서 진찰대 위에서 발을 돌돌 구르며 시율의 발아래를 주시했다. 뒤를 조심하라고! 거기 발밑!

손가락만큼이나 높은 비커 조각을 밟았다가는 대량의 유혈사태가 벌어질 게 분명했다. 하지만 고양이 손으로는 어떻게 말려줄 수가 없었다.

"저기 뒤에……."

해인의 염려 가득한 경고에도 불구하고 시율은 자꾸만 깨진 유리 쪽으로 뒷걸음질을 쳤다. 해인은 황금빛 눈동자를 가늘게 떴다.

"가만! 있지, 못해!"

"캬아앙!"

그가 점점 페르시안 고양이의 공격에 밀려 뒷걸음질 치는 게 이제는 보기가 무서웠다. 바로 반 발자국 뒤에 뾰족하게 솟은, 칼날이나 다름없는 비커 조각이 있으니까. 그게 뒤꿈치에 박히는 모습은 상상만 해도 소름이 끼쳤다. 심장이 크게 콩닥대기 시작했다. 살 속으로 밀려들어 뼈를 찌를……. 예견하는 것만으로 끔찍했다.

마치 제 뇌 속으로 조각이 찔러오는 듯한 아찔함에 현기증이 일었다. 다급해진 해인이 손을 뻗어 그를 말려보려 했지만 그래 봤자 그의 옷깃을 좀 잡아 늘릴 뿐이었다. 그리고 그건 오히려 더 그가 중심을 잃게 했다.

"아……!"

그때였다. 하필이면 시율은 피가 튈 만큼 손가락을 크게 깨물리더니, 중심을 잃고 뒤로 넘어지려 했다. 해인의 성능 좋은 눈에는 그것이 마치 슬로모션처럼 보였다. 그대로 넘어지면 발로 유리를 밟는 게 아니라. 뒤통수에 처박힐지도 몰랐다. 애탄 경고의 외침은 사나운 페르시안에게 모조리 먹혀 버렸다. 안절부절못하던 해인은 너무 당황해서는 성큼 일어났다.

"캬아오오옹!"

"너 그만…… 어?"

전도유망한 수의사 강시율은, 자신이 붙들고 있던 페르시안 고양이가 제 손등을 인정사정없이 아작아작, 깨물다가 이내 도망가 버렸는데도 몸을 굳히고는 그대로 움직이지 못했다. 그렇게 안간힘을 다해 붙잡고 있던 녀석이지만 지금은 신경 쓸 수가 없었다.

"……뒤, 돌아…… 보지 마."

뒤를 돌아보지 말라는 경고를 분명히 들었지만, 그는 갑작스레 자신을 끌어안은 말랑한 존재의 정체를 확인하기 위해 고개를 돌려야만 했다. 참을 수가 없었다. 그건 거의 본능이라 어쩔 수 없는 일이었다. 분명 진료실 안에는 자신과 고양이 두 마리밖에 없었는데 홀연히 여자의 목소리가 들리며 누군가 뒤에서 자신을 끌어안았으니, 황망한 기분이 드는 건 당연했다.

그야말로 인간이라면 외면할 수 없는 강력한 호기심의 본능. 설마설마하는 강렬한 의구심.

"……하?"

그는 '고양이가 말을' 했을 때보다 더 놀라고 말았다. 아마 그 수백 배쯤, 아니 감히 어림할 수 없을 만큼이었다. 당장 얼이 빠졌다. 왜냐하면 자신의 하늘색 수의에 살짝 감겨 있지만, 제 등 뒤에서 저를 끌어안고 있는 그것은…… 분명 사람이었으니까. 그것도 하얗고 말랑한 나신의 인간 여자.

눈이 마주치자 새빨갛게 뺨을 붉히며 내는 목소리는…… 자신이 최근 지대한 관심을 쏟고 있는 검은 고양이와 똑같은 음성이었다. 그 특유의 얄미운 어투였다.

"보지…… 말라니까!"

해인의 얼굴이 새빨갛게 달아올랐다. 왜 그냥 찔리든 말든, 그러다 운 나쁘게 죽든 말든 모른 척하지 못한 걸까.

그리고 자신은 왜 변신을 하면 알몸인 걸까.

해인은 생각했다. 찔리게 둘걸. 하지만 그건 그것대로 후회했으리라.

"으악!"

그것은 분명 해인이 아닌 시율이 낸 소리였다. 인간 자체가 좀 의뭉스럽고 능글능글한 타입인 시율이었지만 이것만은 경박스럽게 놀라지 않을 수 없었다. 고양이가 사람으로 변했다!

놀란 입에서 나오는 것은 어, 어! 이런 말뿐으로 시율은 너무 당황한 나머지 몸의 중심을 잃었다. 정확히는 순간 온몸에 힘이 빠져 바르작대는 페르시안에게 밀려 살짝 뒤로 기우뚱, 한 것이다. 해인이 저를 받치고 있는 뒤쪽으로. 그리고 180센티 이상의 장신인 그를 지탱하는 것은 해인에게 아무래도 무리였다. 둘은 머리 하나보다 더 키 차이가 났다.

"아얏!"

시율의 무게를 이기지 못한 해인은 거의 넘어질 뻔했다. 진찰대를 겨우 붙잡았지만 대신 유리 조각을 살짝 밟고 말았다. 아픔에 눈을 질끈 감았다가 시율을 매섭게 노려봤다.

"대체 이게."

"……바보야! 정신 차려!"

답지 않게 얼이 빠진 시율에게 욱해서 소리치긴 했지만 무리한 요구라는 건 알았다. 아무렴 '말하는 고양이'보다는 '사람으로 변하는 고양이'가 훨씬 더 충격적일 테니까. 둘은 비할 바가 못 됐다. 사람으로 변해가면서까지 그를 구한 해인이 얻은 거라고는 유리 조각에 발이 크게 베이는 상처였다.

"너……."

시율은 그 자리에서 굳어 선 채 해인을 바라봤다. 개냥이가 아닌 해인을 말이다. 해인의 목소리나, 저를 향한 태도로 그는 누가 알려줄 것도 없이 둘이 동일 존재임을 깨달아야 했다. 믿을 수 없지만, 이 사람과 그 고양이가…….

"맘, 소사……."

해인은 입술을 잘근잘근 깨물었다. 이 수의사 녀석이 피를 보는 게 자신이 이만한 위험을 감수할 만한 일이었던가? 눈앞에서 사람이 다치는 걸 두고 볼 수 없어서 반사적으로 나서기는 했지만 크게 후회하는 중이었다.

하나 다시 기회가 주어진다고 해도, 같은 선택을 하고 말리라. 제가 그런 인간이라는 건 정말 지긋지긋한 일이었다.

"뭐야, 너……."

"……뭐긴 뭐야!"

해인은 팩하니 짜증을 냈다. 지금 시율이 인지한 것은 참으로 기묘한 광경이었다. 쇠로 된 회색빛 진찰실 한가운데 선 이질적일 만큼 몸이 새하얀 여자. 작은 몸집에 새침한 눈동자, 어깨를 덮고 내려와 가슴을 살짝 가리는 새까만 머리칼과…… 유독 시선을 잡아끄는, 맨가슴.

시율은 얼마나 놀랐는지 해인이 저를 붙잡다가 유리를 밟아 다친 거나, 그렇게라도 막아서지 않았다면 자신이 더 크게 다쳤을 거라는 걸 깨닫지도 못하고 있었다.

"아파……."

놀라 경직됐던 그의 표정이 이내 살짝 풀어졌다. 그건 난감함과 약간의 화로 시율과 마찬가지로 굳어 있던 해인이 발꿈치를 들며 고통을 호소했을 때였다. 피가 흐르는 발을 들어 올리며 이내 해인은 한 가지 더 후회할 것을 직감했다. 놀라고 경악한 시율의 표정이 이내 소름 끼친다는 듯 변하거나, 공포에 물들거나 하는 걸 상상해버린 거다. 아아, 그것도 당연하지. 자신이라도 눈앞에서 짐승이 사람으로 변하면 끔찍한 기분이 될 거다. 무섭고 소름 끼치고 괴물을 본 듯 그렇게. 자신이 생각해도 자신은 영 기분 나쁜 존재였으니까.

시율이 그런 표정을 짓는 걸 보고 싶지 않았다. 그래서 바닥만 노려봤다.

"너, 개냥이 맞지?"

그런데 얼떨떨한 물음과 함께 자신의 어깨를 감싸는 천 자락이 느껴졌다. 시율이 뒤늦게 자신의 가운을 벗어 해인에게 둘러준 것이다. 해인은 그것을 받아 입으면서도 신경질적으로 소리쳤다.

"개냥이라고 부르지 마!"

"……개냥이 맞네."

"개냥, 개냥 하지 말라니까!"

해인은 사람을 모습을 하고는 잘도 캭캭, 대고 있었지만 시율의 관심사는 이제 피가 배어 나오는 해인의 발바닥이었다. 그는 정신을 차리자마자 무릎 꿇으며 해인의 발부터 살피려 했다. 종아리를 들어 올리려고 해서, 해인은 가운을 여며 입다 말고 몸을 굳혔다.

"다리 좀 보자."

알몸에 가운 하나 입었을 뿐인데, 다리를 들어 올리면……. 해인은 놀라 시율을 걷어차다시피 했다.

"이 변태야!"

"얌마, 봐야 알지. 피 나잖아."

"끄악!"

사과를 바란 것도 감사를 바란 것도 아니었다. 하지만 이 반응은 너무했다. 시율은 대뜸 종아리를 들어 올리고 있었다. 팬티도 안 입었는데.

"싫어!"

"다쳤잖아!"

시율은 짐승을 진료하면서 줄곧 취하던 태도를 지금 해인에게 하고 있다. 이건 명백히 의사로서의 반응이었다. 이 둘의 머릿속 차이라면 해인은 '사람' 고양이가 된 것이고, 시율의 머릿속에서는 '고양이가' 사람이 된 것이었다. 하여튼 사람이 아닌 것이 사람으로 변했다는 게 시율의 관점이었다.

누드라고 설레기에는 그의 머릿속에서 개냥이의 이미지가 너무도 강했다. 건방지고 새까만, 말하는 고양이. 사람으로도 변할 수 있는 신기한 녀석!

똑똑.

"선생님? 혼자 힘드시면 도와드릴까요?"

"아! 아니요. 지금은……."

인기척에 놀란 시율이 잠시 고개를 돌린 찰나였다. 뒤를 한 번 돌아본 그 사이, 해인은 원래대로 돌아가 있었다. 그러니까 검은 고양이로 다시 순식간에 마술처럼. 그가 느낀 거라고는 손안의 발이 휙 하고 사라지는 것뿐이었다.

"……."

지금 시율이 목격한 것은 가운을 뒤집어쓰고 손등을 짜증스레 핥으며 저를 노려보고 있는 개냥이였다. 마치 방금 본 여자가 환상처럼 느껴질 지경이었다. 이 병실 안에 따로 덧붙인 것처럼 이질적으로 느껴졌던 검은 머리에 새하얀 피부의 여자.

그것을 떠올리는데 해인이 표독하니 소리쳤다. 사나운 고양이 얼굴로 말이다.

"은혜는 갚으라고!"

"뭐……."

"당연하지만 조금 전 그건 비밀이야! 알겠어!"

이제는 오히려 큰소리였다. 시율은 기가 막혀 이마를 쓸어 넘겼다. 그가 다시 정신을 차린 것은, 해인이 뒤집어쓰고 있던 커다란 가운에서 빠져나가 진찰대 위로 훌쩍 뛰어오른 다음이었다. 홀린 듯 자신의 가운을 바닥에서 주워 든 시율은 거기에 피가 묻은 것을 발견했다.

그리고 바닥에 흐트러진 유리 조각과 핏자국, 찬장 위에 올라가 이상한 소리를 내며 경계 중인 페르시안 고양이를 차례차례 돌아봤다. 시율은 자신을 중심으로 진료실이 빙글빙글 돌고 있는 것 같은 혼란에 빠졌다.

아주 잠시, 그의 뇌는 과부하를 맞아 생각을 정지했다. 이해할 수 없는 상황에는 일시 정지뿐이었다.

"흥!"

그러다 저를 보며 콧방귀를 뀌는 해인을 보고서야 다시 머리가 돌아가는 걸 느꼈다. 방금 본 건 헛것이 아니었던 모양이다. 해인은 피가 흐르는 뒷발 바닥을 열심히 핥고 있었다. 아까 시율이 몰랑몰랑한 종아리를 들어 올려 상처를 보려 했던 여자와 같은 부위였다. 아무리 생각해도 답은 하나였다.

자신이 미친 것 같지는 않으니…… 저 고양이가 그 여자였다.

그는 여전히 혼란을 정리하지 못했지만 신경 쓰이는 해인의 뒷발부터 치료하기로 했다. 천천히 다가가 고양이의 작은 뒷발을 쓰다듬으며 두 단어 사이에서 고민한다. 그리고 결국 둘 다 말하기로 했다.

"미안, 고맙다."

고개 돌린 해인은 입을 꾹, 다물어버렸지만 말이다. 해인은 그대로 태일이 올 때까지 한마디도 하지 않았다. 시율 역시 질문을 쏟아낼 만도 한데 머릿속이 어지러워 아무 말도 하지 못했다. 이해할 시간이 필요했다.

저녁 9시가 되어서야 병원에 도착한 태일은 촬영장에서 곧장 온 듯 피곤해 보이는 기색이었다. 하지만 자신을 크게 반기는 해인을 보고 보람을 느끼는 듯했다.

"저기…… 신태일 씨?"

"네?"

시율의 부름에 해인과 태일이 동시에 시율을 돌아봤다. 품에 안긴 해인은 유달리 싸늘한 시선이다. 입조심하라는 무언의 압박을 보내오며 이를 살짝 드러내기까지 했다. 시율은 태일이 자신만큼이나 해인의 비밀에 대해 알고 있으리라는 생각은 아예 해보지도 않았다. 왜냐하면 해인은 그에게 그냥 평범한 고양이고 싶어 했으니까. 지금처럼 태일의 품에 안겨서 골골대는 게 행복한 모양이었으니까.

시율은 이내 고개를 저었다.

"아닙니다. 그보다 개냥이 다리는 죄송합니다. 제 관리 소홀입니다. 호텔비는 받지 않겠습니다."

"괜찮습니다. 신경 써주시다가 그런 건데 그럴 수도 있죠."

"정말…… 죄송합니다."

태일은 시율이 진심으로 사과하고 있다고 느꼈다.

3. 고양이로 길거리 생활하기

기껏 집으로 돌아왔지만 해인은 기분이 좋지 않았다.

"왜 그러니, 개냥아?"

그가 걱정스레 묻는데도 해인은 토라져서 고개만 팩 돌렸다. 평소에는 냥냥, 잘도 대답하지만 오늘은 입을 꾹 다물고 있었다. 왜냐하면 일주일 만에 그와 집으로 돌아왔는데…… 단둘이 아니었으니까. 거실을 마음껏 뒹굴면서 둘이 그렇고 그런 시간을 보낼 수 있을 줄 알았는데!

"이름을 그따위로 지어놨으니 나 같아도 그러겠다."

"어머, 왜? 나는 귀여운데, 개냥이."

그의 귀환을 축하하기 위함인지 술을 바리바리 싸든 두 명이 찾아온 것이다. 예의 그 안경잡이 매니저 친구와 너무 예뻐서 그게 아니꼬운 여자 하나. 저 안경잡이 친구는 원래 싫었고, 처음 보는 여자는 뭔가 싫었다. 달짝지근한 향수 냄새를 은근하게 풍기면서 계속 머리칼을 귀 뒤로 넘겼다. 자연스레 잘 빠진 목덜미를 보여주는 게, 그냥 비호감이었다.

일단 자신의 영역에 다른 사람이 있는 것 자체가 그냥 불만이었다. 시끄럽고 불편하고 거슬린다. 해인은 점차 고양이화가 되어가는지 갈수록 타인에게 예민해지는 자신을 발견했다. 그것 말고는 제 속이 이렇게 부글대는 원인을 찾을 수 없었다. 하나 여긴 태일의 집이었다. 양심이 있어서 대놓고 내색은 못 하고 시위하듯 꼬리만 탁탁 거칠게 쳐댔다.

"고양이 주제에 기분 안 좋아 보여."

"야, 고양이도 감정이 있어."

"아무래도 호텔에 있던 게 스트레스였나 봐."

아니, 그냥 저 여자의 향수 냄새가 싫었다. 해인이 괜스레 코를 비비적거렸다. 뾰로통하게 세 사람이 거실에서 술판을 벌이는 모습을 지켜봤다. 대충 들어보니 셋은 학생 시절부터 이렇게 뭉쳐 다닌 모양으로, 아주 거리낄 것 없이 친해 보였다. 마음에 안 들어.

해인은 또 탁탁탁, 불만의 표시로 꼬리를 휘둘러댔다.

"이봐, 야옹이. 이거 먹어봐. 우쭈쭈……."

관심을 끌어보려는 모양인지 그런 해인에게 안경잡이 친구가 캔 하나를 따서 내밀었다. 짐승 비위를 맞추는 데는 먹을 게 무조건 최고라고 여기는 모양인데, 해인은 상종도 하지 않았다. 흥! 하고 고개를 돌리자 이번엔 여자 쪽이 귀찮게 굴었다.

"냐옹이 이리 온, 우쭈쭈."

그 목소리가 어찌나 예쁘고 맑고 청명한지. 해인은 저를 유혹하는 여자의 부름에 땅을 파는 시늉을 하고는 소파 헤드 위로 홱! 도망쳤다. 너 싫어!

"세상에, 저거 고양이가 똥 덮을 때 하는 짓 아니니……?"

"난 몰라. 안 길러봐서."

"……네 향수 냄새가 싫어서 그런가 보다."

여자는 저를 싫어하는 짐승은 처음이라며, 꽤나 충격받은 모양이었다. 상처받은 시늉을 하며 귀엽게 흑흑대 보이더니, 하필이면 태일 쪽으로 몸을 기울이는 게 아닌가. 둘이 상당한 친분이 있는 건 알겠는데, 그건 알겠는데!

둘이 붙는 건 싫었다. 여자와 남자니까!

해인은 곧장 달려가서 태일에게 기댄 여자의 허리 사이로 파고들었다. 굳이 그 사이를 차지하고는 술 냄새와 향수 냄새에도 꿋꿋이 버텼다.

"고양이도 질투하냐?"

"……그런 듯?"

두 친구는 어이없어했지만, 태일은 흐뭇해 보였다. 해인은 태일이 너무너무 좋았다. 그가 자신만 예뻐해줬으면 좋겠고, 자신만 봐라봤으면 좋겠다고 생각했다. 쓰다듬어 달라는 뜻으로 그의 팔꿈치에 이마를 비볐다. 그가 만져주자 비로소 만족스러운 입 모양으로 가릉가릉거리는 소리를 흘렸다. 그건 그냥 절로 목에서 나오는 소리였다.

"그 고양이 사람 가리네."

"신기하다! 얘는 태일이 네가 정말 좋은가 봐."

그 순간 해인은 문득, 자신이 그에게 꽤나 엄청난 독점욕을 품고 있다는 사실을 깨달았다.

'……왜지? 좀 이상하지 않나? 뭐지, 이 느낌은?'

애완고양이로서 주인에게 품는 소유욕이라고 하기엔…… 자신은 사실 사람이지 않은가. 그렇다면 그의 관심을 받고 싶고, 그가 저만 바라봐줬으면 싶은 이 감정은 뭘까. 해인은 고양이로서의 자신과 사람으로서의 자신 사이에서 정체성에 극심한 혼란을 느꼈다. 그러다가 문득 깨달았다. 자신은 혹시 고양이의 마음 이전에, 그를 이성으로 좋아하는 건 아닐까 하고.

"네가 나를 좋아해서, 나도 기쁘다."

해인은 그럴 리 없다고 부정하며 태일을 올려다봤지만 그가 너무도 다정한 목소리를 내며 저를 향해 웃어주는 순간, 인정해야만 했다. 자신이 태일을 좋아한다는 것을. 이성을 향한 사랑 같은 거라고 확신은 못 하지만 그는 자신에게 분명 '특별하게 좋아하는 사람'이었다.

고양이의 몸을 가지고 이런 걸 깨달아서 어쩌자는 걸까.

"하은아."

"응? 왜, 태일아."

"전에 말한 제주도 촬영 말이야……."

해인은 지금 하은이 부러웠다. 항상 눈웃음이 매달린 듯한 순한 눈매에 인형 같은 속눈썹, 아기 같은 피부, 복숭앗빛 뺨과 입술, 어깨 너머로 등까지 찰랑거리는 풍성하고 탐스러운 연갈색 머리카락. 자신이 잃어버린 모든 걸 가지고 있었다. 아니, 그 이상이었다.

"아, 미스 세원대 특집 말하는 거야?"

"그래, 그거. 다른 대학 출신들도 조인할 것 같아. 미스 세원대에서, 미스 명문대 출신 특집이 되어버려서. 뭐랄까, 거의 추억의 첫사랑 찾기 프로젝트랄까? 잡지사에서 기획을 크게 하는 모양이야."

"정말? 아는 사람이 있을 수도 있겠다."

"캐스팅이 다 되면 보여줄게."

"기대된다."

대화를 대충 들어보니 그녀는 명문인 세원대를 나왔고, 그중에서도 대표 미인이었던 모양이다. 하긴, 해인이 보기에도 하은은 탁월한 미모의 소유자였다. 해인으로서는 새까만 고양이일 뿐인 자신이 얼마나 초라하게 느껴지는지.

누군가를 좋아한다는 걸 자각하자마자 이루어질 가망이 없다는 걸 깨닫게 되다니, 이건 너무도 잔인한 일이었다. 힘들 때 상냥하게 보듬어준 사람을 좋아하게 되는 게 자연스러운 감정이라면 이유 없이 그 곁에 있는 사람을 미워하는 건 얼마나 흉측한 감정인가. 화끈, 얼굴이 달아오르는 걸 느꼈지만 고양이 형태라 밖으로 내보이진 않았다.

"개냥아?"

황급히 태일의 품에서 빠져나온 해인은 침대 밑으로 숨어들었다. 그러고는 두 앞발 사이에 얼굴을 푹, 하니 묻고 자신을 원망했다. 어쩌자고 이런 꼴로 사랑에 빠진 걸까. 그것도 자신을 애완고양이 삼아 보살펴주는 남자에게. 제정신이 아닌 게 틀림없었다.

"냥아? 개냥아?"

태일이 침실로 쫓아 들어왔다. 자꾸만 이상하게 구는 해인이 걱정스러운지 침대 아래로 몸을 숙이고 들여다봤지만 그러면 그럴수록 해인은 손이 닿지 않을 만큼 깊숙이 숨어들 뿐이었다.

'이런 마음은 안 되는 것 같은데…….'

태일이 주는 다정함에 너무 기대버린 나머지 그에게 소유욕을 느끼고 있었다. 그를 특별하게 생각했다. 깨닫고 나니 그를 보기가 창피해졌다. 머릿속에는 온통 지난 한 달간 태일과 함께한 시간들이 떠올랐다. 벌거벗은 몸으로 끌어 안겨 잠들고, 뺨에 뺨을 비비고, 턱 아래를 만져지고, 키스하고. 그것들이 즐거웠던 이유를 깨닫는 순간의 아찔함이라니.

머리가 핑핑 돌았다. 해인은 계속 구석으로 웅크리며 벽을 팠다. 있을 수 없는 일이다. 보답받을 수 없는 마음일 게 뻔한데, 왜 싹트고 만 걸까. 그저 감당할 수 없는 혼란이 될 뿐이었다.

해인은 이런 낯선 감정을 좋아하지 않았다.

다음 날 아침. 해인은 그대로 태일의 집에서 빠져나왔다. 태일이 출근한 사이였다. 신발로 문틈을 열어두고 나왔으니 그는 자신이 도어록 문을 잘못 닫은 줄로만 알 거다. 애초에 탈출할 마음만 먹는다면 그건 하등 어렵지 않은 일이었다. 여태까지 미뤄왔던 건 바깥에서 지낼 자신이 없어서였다. 아니, 어쩌면 태일을 너무 좋아하게 되어서일지도.

'어느 쪽이든 이상해. 처음부터 이랬어야 하는데.'

너무 오래 미적거렸다. 잠시만 신세 진다던 게 어느덧 한 달을 넘어가고 있었다. 그러고는 당연하게 그의 애완고양이로 살 궁리를 하다니. 그것도 모자라서 좋아하게 되는 건 말도 안 되는 일이었다. 아무리 외로웠고, 그럴 때에 태일이 다정하게 대해줬다고 해도 말이다.

태일이 자신을 찾겠지만 어쩔 수 없었다. 처음부터 이렇게 했어야 했다.

"엄마야!"

사람들의 시선을 피해 계단으로 내려가던 해인이었지만 그럼에도 몇몇과는 마주쳐야 했다. 그들은 아파트 비상계단에 웬 고양이냐며 경악했고, 해인은 그러거나 말거나 유유히 탈출했다. 그렇게 험한 세상으로 첫발을 내디뎠다. 그러나 집 나가면 고생이라는 건, 아직 모르고 있었다.

도심 한가운데에 위치한 고급 아파트 단지. 태일의 아파트 주변은 그녀가 예상했던 대로 완전히 낯선 곳이었다. 여기가 서울 어디쯤인지는 우편물을 훔쳐봐서 파악해둔 해인이었고, 대충 도로의 표지판을 보고 집에 가보자고 생각했다. 쉽진 않은 길이겠지만 배낭여행 하는 기분으로 걷다 보면 언젠가는 도착하리라.

"으음."

도로 표지판이 있는 큰길이 어디쯤이려나. 해인은 두리번거리다가 눈에 익은 길을 발견했다. 시율이 있는 동물병원으로 가는 길이었다.

잠시 망설이던 해인은 그쪽으로 발을 내디뎠다. 자신이 말한다는 걸 알고 있는 시율이니까, 그 녀석에게만이라도 예의상 작별 인사 정도는 해야지 싶었다. 그리고 병원 근처에서 큰길도 본 것 같았다.

이내 동물병원 맞은편의 커다란 나무 뒤에 숨은 해인은 시율이 나오길 기다렸다. 마침 오늘은 수요일이라 화요일 당직을 한 시율이 오전 근무만 하는 날이었다. 이러니저러니 해도 자주 본 사이다 보니 본의 아니게 그의 스케줄을 꿰고 있었다.

지그시 병원 문을 노려보며 해인은 머릿속으로 시뮬레이션을 했다. 떠날 거라고 운을 떼면 시율은 분명 걱정하며 자신이 보살펴준다고 할 것이다.

그럼 못 이기는 척, 그의 집에서 잠시 지내줄 의향도 있었다. 그는 말하는 고양이인 자신이라면 껌뻑 죽으니까. 며칠 옆에 있으면서 은근슬쩍 엄마의 집 근처에 데려다 달라고 조르면 완벽했다.

'후후…… 난 천재야. 이용해주겠어!'

베푼 은혜는 받아야 할 것 아닌가. 아직도 뒷발이 욱신거리는 해인이었다. 고통이 상기되자 슬그머니, 지금이라도 집에 돌아가서 발이 나으면 가출할까 싶어졌다.

'아냐, 아냐!'

해인은 얼른 고개를 털어내며 바쁘게 제 손바닥을 핥기 시작했다. 이러면 좀 어지러운 마음이 가라앉았다. 독하게 마음먹고 처음 계획대로 해야 했다.

"퇴근합니다!"

얼마 지나지 않아 시율이 방울이 달린 병원 문을 밀며 걸어 나왔다. 원래 퇴근 시간인 10시 정각에서 30분쯤 지나서였다. 기다림의 끝이라 해인은 반짝 일어나 꼬리를 세우고 그를 향해 낭창하게 걸음을 옮겼다. 그를 부르며 반갑게…….

"먀……."

"오빠!"

소리가 난 방향을 쳐다보니 다른 누군가가 시율을 부르며 손을 흔들고 있었다. 해인은 그대로 멈춰 서고는 뒷걸음질 쳐 나무 뒤로 다시 숨었다. 아담한 몸집에 귀엽게 생긴 그녀는 아까부터 동물병원 근처에 서 있던 여자였다. 그녀 역시 시율을 기다렸던 모양이다. 대학생쯤 될까? 힐을 신었지만 사람인 해인과 비슷한 키일 것 같았다. 하지만 해인과 달리 애교가 듬뿍 담긴 목소리는 콧소리로 가득 차 있었다.

그리고 그걸 받아주는 시율은 꽤나 비위가 좋아 보였다.

"어, 왔어?"

"응응! 오빠가 밥 사 주는 게 대체 얼마 만이야!"

"그런가?"

"그래! 나 삐칠 뻔했어. 전화도 자주 안 하고. 내가 전화하면 안 받잖아."

"내가 설마 일부러 그러겠냐? 밥이야 시간만 있으면 매일 사주지. 바빠서 그랬어."

여자의 애교를 익숙하게 받아주는 시율을 보는 순간 해인의 속이 제대로 틀어졌다. 그래, 예쁜 여자 앞에 장사 없다, 이거지. 해인은 한껏 가늘어진 눈으로 대화하며 걸어가는 두 남녀를 노려봤다.

"그래도 섭섭해! 오늘 제대로 만회하기다, 응? 나 갖고 싶은 구두 봐뒀거든!"

"네네."

"정말이지? 나 가방도 사주면 안 돼?"

"너 하는 거 봐서."

"아잉! 오빠아."

해인은 팔짱을 끼고 걸어가는 두 남녀를 한참 아니꼽게 바라보다가 몸을 돌려세웠다. 애인 있는 남자의 도움은 받을 게 아니었다. 잠시 시율의 도움을 받을까 했지만, 역시 좋은 생각이 아니었던 모양이다.

난 혼자서도 잘할 수 있어! 해인은 자신만만하게 시율과 반대 방향으로 걸어가기 시작했다. 아직까지는 가벼운 발걸음이었다. 이후에 벌어질 일들은 상상도 해본 적 없었으니까. 자신의 안일함을 깨닫는 건 조금 나중의 이야기였다.

퍽!

"검은 고양이다!"

"와아! 맞혀라!"

"캬아옹!"(이 초딩들이!)

방심하고 있다가 그만 날아온 돌멩이에 등을 맞은 해인은 바짝 온몸의 털을 세우며 위협했다.

"우와, 무서워!"

"야야 더 큰 걸로 던져봐."

"샤악!"(저리 꺼지지 못해!)

해인은 가출한 이래 부쩍 욕이 늘었다. 세상사가 험하니 저도 사나워지는 수밖에 없었다.

"맞아랏!"

"마녀 고양이!"

"야! 도망가잖아."

하지만 사내아이들이라 그런지 겁도 없었다. 이를 세우면 더 큰 돌을 던졌고, 도망가면 괴성을 내며 쫓아왔다. 해인은 아이들을 피해 얼른 담벼락 위로 폴짝 뛰어올랐다. 한 뼘쯤 되는 담벼락 폭을 내달려 낮은 지붕 위로, 그리고 높은 지붕 위로 뛰어올라, 보다 안전한 곳을 찾아 더 높이 도망쳤다. 해인은 살아남기 위해 어쩔 수 없이 도망치다 보니 어느새 고소공포증을 극복하고 있었다.

"냐냥?"(이제 못 오지?)

고양이의 몸은 쓸수록 그 특징대로 활성화됐다. 더 유연해지고, 더 기민해졌으며, 더 멀리 보이고, 더 높은 곳을 원했다. 고양이로서의 감각은 위기가 닥칠수록 예민해졌다. 살아남기 위해 한계치까지 육체의 능력을 끌어올리는 것이 느껴졌다. 해인은 안전하다 싶자 그제야 한숨을 내쉬며 낯선 옥탑방 앞에 앉아 자신의 뒷발을 살폈다.

"아파라……."

시율을 구하느라 생긴 뒷발의 상처가 채 아물지 않은 상태였다. 아예 움직이지 못할 정도는 아니지만 평소에도 살짝 절뚝거려야 했고, 지금처럼 크게 뛰고 나면 욱신거리기 일쑤였다. 그렇지 않아도 불길함의 상징인 검은 고양이가 절뚝거리며 비실대니 사람들이 보기에 얼마나 만만하겠는가. 해인은 어쩔 수 없이 사람을 피해 다녀야 했다.

그럴 때면 상냥한 손길로 저를 쓰다듬으며, 제 검은 털이 예쁘다고 칭찬해주던 태일이 떠올랐다.

'착하다, 착해. 우리 고양이 아가씨는 안 예쁜 곳이 없어.'

상냥했지. 그러니 좋아하게 되어버렸고. 해인은 자신이 태일과 지낸 시간이 얼마나 편안했는가를 새삼 되새겼다. 그의 집에서 지내는 동안은 배고픔도 별것 아니었는데, 그저 약간 거슬리는 불편함일 뿐이었는데, 그가 주는 나른함만 만끽하면 됐는데. 그때와 달리 커다래진 공복감이 지금은 해인을 콕콕 찌르며 괴롭혔다.

고양이의 탈과 더욱 일체화되어 그런 것일 수도 있었고, 잠을 자지 못해 지친 몸이라 더욱 괴로운 것 같기도 했다. 분명한 건, 모든 게 힘들다는 사실이었다.

"냐하……."(하아…….)

해인은 문득 고개를 들어 태양이 뜨겁게 내리쬐는 하늘을 올려다봤다. 여름과 가을의 경계지만 여름에 가까워 아직은 따가운 햇살이었다. 햇살에 달궈진 바닥은 발바닥이 아플 정도로 뜨거웠다. 해인은 앞발을 몇 번인가 달싹이다가 자리를 떠났다. 유난히 튼튼하다고 해봐야 결국 고양이 몸이었다.

이렇게 계속 햇빛을 받다가는 탈진해버릴 게 분명했다. 밤이면 모를까, 낮에까지 지붕 위를 배회할 수는 없었다.

"시야아아악!"

"깜짝이야!"

별생각 없이 담벼락에서 그늘로 뛰어내린 해인은 그늘 안쪽에서 튀어나온 덩치 큰 고양이에게 화들짝 놀라고 말았다. 쓰레기 냄새에 다른 고양이의 냄새를 맡지 못했던 것이다. '진짜' 고양이들은 사람 냄새를 폴폴 풍기는 낯선 검은 고양이를 절대 반기지 않았다. 영역 의식이 강한 데다 사람 냄새를 싫어했으니까.

"가! 간다고!"

크고 작은 고양이 세 마리가 어두운 그늘에서 걸어 나오자 해인은 후다닥 뒷걸음질을 쳤다.

싸워서 이길 리 없었다. 여기저기 갸웃거려봤지만 오늘도 마땅히 자리 잡을 곳을 찾지 못했다. 좀 쉴까 싶어 눈독을 들이는 곳에는 반드시 터줏대감 고양이가 있다. 그도 아니면 천적인 개. 가는 곳마다 쫓겨나기도 이젠 지쳤다. 내가 동네북인가?

거의 하루 종일 걷고 나서야 해인은 한적한 마을을 발견했다. 개도 고양이도 적다. 거리는 깨끗하고 아이들도 별로 없다. 마음에 드는군! 가출 사흘 만에 편히 발 뻗고 잘 수 있겠어. 다시 하늘을 보니 해가 천천히 지고 있었다. 해인은 울타리에 앉아 퉁퉁 부은 뒷다리를 핥았다. 얼마나 걸은 걸까? 까칠한 자신의 혀가 왜 이리 서러운지. 이렇게 1년을 지낼 순 없으니 얼른 하루 정도는 사람으로 지낼 만큼의 음기를 모아야겠다.

그러면 대중교통을 이용할 수 있으니까, 집으로 돌아갈 수…….

"놓?"

문득 코끝에 이상한 냄새가 스쳐 해인을 고개를 바짝 들었다. 하지만 길거리에 나앉은 지 얼마 되지 않아 길고양이 레벨이 낮은 해인으로서는 당장 그 냄새의 정체를 알 수 없었다. 탐색하기 위해 귀를 앞으로 세웠다가 옆으로 세워본다. 킁킁, 공기의 냄새를 맡아본다. 하나 달리 느껴지는 게 없어 귀를 제자리로 돌렸다.

그리고 그 순간 이미 해인은 잠자리채 같은 커다란 망에 잡혀 있었다.

휙! 갑자기 세상이 뒤집혔다.

"잡았다!"

"미야옹!"(이게 뭐야!)

해인은 화들짝 놀랐다. 어느 틈에 잡힌 건지 알 수 없었다. 자신이 잡혔다는 걸 인지하는 데는 시간이 좀 더 걸렸다.

"자자, 이제 퇴근하자고!"

그건 유기동물센터의 사람들이었다. 그들은 퇴근 시간에 맞춰 운 좋게 한 마리 더 포획한 것이 그저 즐거운 모양이었다. 단, 해인의 입장에서는 날벼락이지만.

"냐!"(싫어!)

"신고받은 것보다 못 잡은 것 같아."

"그러게. 새끼 낳은 고양이가 있다고 했는데."

"거참, 어디 숨었는지."

이 동네가 유난히 한적한 이유는 그 때문이었나 보다. 길짐승을 신고하는 사람들이 많아서. 세상엔 자신의 집 앞을 지나가는 주인 없는 개나 고양이를 못 보아 넘기는 사람이 의외로 많았다. 이 마을은 아무래도 그게 유난스러운 모양이었다. 그것도 모르고 동네에 접어든 해인은 운 나쁘게 잡히고 말았고.

짐승을 경계하는 방법은 가까스로 깨우쳤지만 사람을 경계하는 것만은 아직 깨우치지 못한 해인이었다. 고양이와 사람의 경계에 선 해인이지만 분명 속은 사람이었기 때문에.

"오늘 몇 마리 잡았더라?"

센터 사람들로서는 이름표도 없는 해인을 잡는 데 망설일 이유가 없었다. 게다가 방치된 지 오래된 듯 여기저기 다쳐 있으니 더욱 그랬다.

"미야 미야~!"(이거 놔줘~!)

애걸해봤지만 소용없었다. 헛된 울음이라는 걸 알면서도 내뱉고 말았다. 그물로 된 반투명한 포획망 안에서 몸이 뒤집혀 난리를 쳐보지만 그렇다고 편해지지는 않았다. 다만 이대로 잡혀갈 수는 없었다. 운 좋으면 중성화 수술을 받고 그 증거로 한쪽 귀를 잘릴 거다. 운 나쁘면? 안락사당할 수도 있었다.

아, 물론 그 전에 자신이 보통 고양이와 다르다는 걸 들키지 말아야겠지만. 해인은 순간 오싹하니 소름이 돋아 몸을 뻣뻣하게 굳혔다.

"오늘? 일곱 마리째던가. 그래도 이 마을은 이제 대충 정리가 된 것 같아."

"그럼 다음 마을은 어디려나……. 유난히 신고 들어오는 데가 어디랬지?"

찰칵. 해인이 들어 있는 포획망을 목에 걸친 남자가 회색 캐리어를 웃으며 들었다. 이게 일상인 양 지극히 편안하게, 해인으로서는 공포 그 자체건만. 캐리어 안으로 떠밀리지 않으려 해인은 죽을힘을 다했다.

"음?"

그 회색 캐리어 안에 들어가면 모든 게 끝이었다. 그리고 그런 해인이 작은 덩치에 비해 힘이 세고 고집 있다는 걸 눈치챈 센터 사람은 노련하게도 포획망 입구를 아예 캐리어에 대고 뒤집어 흔들었다. 해인이 캐리어 안으로 날름 떨어지지 않고는 버틸 수 없도록 거칠게. 그래도 가까스로 해인은 캐리어 입구에 매달려보지만, 끈질기게 버틴 대가는 퍽! 하고 한 대 맞는 것뿐이었다.

"캉!"

덜컹. 얼굴을 얻어맞은 해인은 캐리어 안으로 떨어져 몇 바퀴 굴렀다. 그러곤 차 트렁크에 휙! 하니 던져 넣어 캐리어 안의 해인은 또다시 이리저리 구를 수밖에 없었다. 이어 차에 시동이 걸리는 순간은 또 왜 이리 무서운지.

차가 움직이는 동안 해인은 공포에 떠는 수밖에 없었다. 무언가에 짓눌리는 것처럼 온몸이 오들오들 떨려왔다. 자신과 같은 처지의 다른 짐승들의 눈이 무서웠다. 자신이 죽을 걸 아는 짐승들의 눈에 자꾸만 숨이 막혔다.

"워어우우우~!"

"미야옹! 미야옹!"

"워웅워오오……."

다른 캐리어의 짐승들이 우는 소리가 마치 저승 곡처럼 들렸다. 끔찍했다.

'살려줘! 돌아갈래.'

'엄마, 아빠. 언니!'

자신을 버린 주인을 찾거나, 있던 곳으로 돌아가고 싶어 미친 듯이 울어대는 소리가 귓속으로 처절하게 파고들었다. 짐승의 말을 알아듣는다는 건 이럴 땐 그저 패닉에 빠지게 할 뿐이었다.

"끼잉! 낑."

해인은 다른 동물들이 쏟아내는 불안과 공포에 짓눌려 이성을 잃어버릴 것만 같았다. 만약 사람이 아니었다면 결코 이 압박을 이기지 못했으리라. 한참을 굳어 있다가 겨우 정신을 차렸다. 캐리어 입구의 작은 틈새로 손을 내밀었다. 손등의 털이 다 벗겨져 나가겠다 싶을 만큼 구멍이 좁아 움직이기 벅찼다.

끼긱. 낑······.

"끄응."

고양이 손이지만 사람의 지능을 가진 해인은 약간 고전한 끝에 캐리어를 열 수 있었다. 다만 잘못 꺾는 바람에 손목이 많이 아파왔다. 낑낑거리며 캐리어에서 세 발로 기어 나온 해인은 이대로 쓰러지고 싶었지만 포기했다간 정말 죽을 상황이라 몸을 일으키며 사람으로 변했다. 스멀스멀 해인의 몸이 커지기 시작하자 다른 캐리어의 짐승들이 조용해졌다.

홀연한 침묵, 그건 짐승들도 놀랄 만한 광경이었다. 무릎으로 서며 해인은 잠시 주변을 둘러봤다. 열댓 개쯤 되는 캐리어와 그중 반쯤 채워진 짐승들.

"······미안."

안타깝지만 그 아이들까지 풀어줄 수는 없었다. 해인은 작게 사과하고는 차가 속도를 줄이길 기다렸다. 마침내 차가 멈췄을 때는 크게 심호흡을 했다. 안에서 열 수 있는 구조라 천만다행이었다. 가만히 바깥쪽으로 귀를 기울이며 손잡이를 당겼다.

끼이이익. 문 틈새를 바라봤다. 아마도 도로 한가운데. 그 순간 해인은 문을 활짝 열며 고개를 강하게 털었다. 긴 검은 머리가 찰랑인다 싶은 순간, 해인은 다시 고양이로 돌아가 있었다. 벌린 문틈으로 휙! 하니 차에서 뛰어내리자 도로 한복판이었다. 퇴근 시간이라 차들이 어마어마하게 많았다. 전부가 너무 크고 위협적이었다. 특히나 차는 해인 하나쯤 얼마든지 깔아뭉개 고깃덩이로 만들 듯했다.

맹렬히 빠르고 위협적이며, 바퀴 아래는 보지 않는 공포스러운 것.

"엄마! 저기 고양이!"

열린 자동차 창문으로 고개를 내민 한 아이가 해인을 가리켰다. 해인은 힐끔, 그 아이를 한 번 보고는 냉큼 초록 신호를 향해 뛰었다. 작은 몸에 4차선 도로는 너무도 거대했다. 하루 종일 뛰어도 건널 수 없을 것만큼.

"헉, 헉!"

숨이 차게 뛰어도 끝이 다가오질 않았다. 그때, 신호가 바뀌며 차 한 대가 돌진하다가 브레이크를 밟는 소리가 해인의 귓가를 찢었다. 어둠이 막 내려 앉은 도로 한가운데서 두 눈을 빛내는 고양이.

끼이이익! 빠아앙!

고양이에게 그런다 한들 보통은 알아들을 리가 없는데, 거칠게 사방에서 클랙슨을 울려댔다. 무섭고 놀라 눈물이 핑 돌았다. 하지만 일단은 살아야 하기에 해인은 도보까지 죽어라 뛰었다. 네 발로 달리는데 앞발과 뒷발, 등이 너무 아파 속도는 느렸다. 그런 해인을 본 누군가는 저 고양이가 차에 치였다고 생각했다. 그만큼 상태가 좋지 못했다.

절뚝거리며 겨우 도보 위에 앞다리를 올리고 숨을 고르며 해인이 뒤를 돌아봤다.

"아니! 이게 왜 열려 있어!"

유기동물센터 차가 비상등을 켜고 도로 한가운데 서 있었다. 해인이 탈출한 건 아직 모르는 모양이었다. 그들은 문이 열려 있어 기겁하고 있었다. 해인은 좁은 골목 속으로 또다시 뛰어 들어갔다. 그 와중에 왈칵 눈물이 나는 건 자신이 너무도 나약한 존재라서였다.

고양이란 이토록 약하고 작은 생명체였던가? 사람은 이다지도 무서운 것이었나. 자신이 아는 한 세상은 안전한 곳이었다. 하지만 그건 사람인 자신의 눈에만 그런 것이었다. 작고 볼품없는 고양이에게는 모든 곳이 위험했다. 숨을 쉬는 자체가 싸움이었고, 전쟁이었다.

"흐흑!"

태일이 보고 싶었다. 시율도 보고 싶었다. 다들 보고 싶었지만, 너무 멀리 와버려서 돌아가는 길을 잃어버린 뒤였다.

쏴아아. 가출 열흘째, 하루 종일 비가 내렸다. 이제는 여기가 어딘지도 알 수 없었다. 발 닿는 대로 움직이기만 했으니까. 지금 해인에게 가장 시급한 것은 엄마가 있는 집으로 찾아가는 게 아니었다. 우선 그 전에 달빛을 충전해서 사람으로 지낼 수 있도록 기운을 모으는 일이었다. 괜히 이 모습으로 찾아갔다가 변신이라도 풀리면, 딸이 고양이가 됐다고 엄마가 졸도할 수도 있으니까.

"엣취!"

비가 내려서 그런지 오늘따라 몸이 으슬으슬했다. 아무리 보통의 고양이보다 몇 배는 튼튼하고, 추위를 덜 느낀다고 해도 무적은 아니었으니까. 가출할 때만 해도 옥상 정원에서 지냈던 것처럼 적당히 잘 곳만 찾으면 된다고 여겼다. 하지만 세상은 그리 친절하지 아니었다. 태일의 집이 너무 안락해서 잠시 간과하고 있었던 모양이다. 보호가 주는 약간의 불편함을 감수하는 편이 훨씬 안전하다는 사실을 말이다.

뭐, 마치 부모의 품처럼, 꼭 떠나서 고생해봐야 깨닫는 점도 똑같았다.

"먀……"(나오지 말걸…….)

해인의 눈가와 코 위로 빗물이 타고 흘러내렸다. 온몸이 흠뻑 젖어 보기 흉했다. 집에 있을 때는 항상 보송보송했던 몸인데, 지금은…… 물에 퉁퉁 불어 발바닥 사이가 쓰리고 따가웠다. 집에 돌아가고 싶었다. 엄마가 있는 집은 언감생심 바라지도 않았다. 태일이 있는 집에라도 돌아가고 싶었다. 울고 싶은 걸 꾹 참으며 계속 걷던 해인은 문득 지금 자신이 걷는 거리가 눈에 익다는 사실을 깨달았다.

"……음?"

길 구석으로 걷다 보니 긴가민가해서 중앙으로 옮겨 가서 다시 앞을 봤다.

그리고 옆도 보고 뒤도 보았다. 분명 와본 적이 있는 길이었다. 사람이었을 때!

"앗!"

고양이의 낮은 시야로 걷느라 잠시 눈치채지 못했지만, 이곳은 해인의 대학 시절 친구가 사는 동네였다. 지방에서 올라와 혼자 사는 친구였는데, 외로움을 잘 타서 그룹 과제가 있을 때면 항상 그 친구의 집으로 향했다. 지금도 가끔 연락하며 지내는 친구의 얼굴이 떠올라 해인은 가출한 뒤 처음으로 반짝반짝 빛나는 눈이 되었다.

기억을 더듬어 친구의 집으로 가는 동안은 발의 아픔도 잠시 잊어버렸다. 그 친구 고양이를 좋아했지. 아직 거기에 살고 있을까? 그럴까? 이제 다른 건 아무래도 좋았다.

해인은 익숙한 친구의 집을 향해 뛰었다. 이성을 잃을 정도로 반가웠다. 믿을 수 있는 친구니까 사정을 얘기하면 보살펴줄 거다. 그런 생각이 온통 머릿속을 지배했다. 반지하방이라 지상으로 반만 튀어나온 창문이 한눈에 보기에도 익숙했다. 창문에 붙은 스티커도 낯이 익다. 아직 여기 사는구나!

해인이 자신도 모르게 창문을 두들기며 소리쳤다. 캉캉!

"가은아, 가은아!"

급한 마음에 고양이 소리 대신 사람 목소리로 이름을 불렀다. 사신이 누구에게나 정체를 숨겨야 한다고 했지만 이미 한 명에게 들킨 상태였다. 새삼스레 한 명 더 추가된다고 뭐가 다르겠어? 그저 쉬고 싶다. 이제 너무 지쳐서 그 외에는 생각할 수 없었다.

오래된 빌라의 반지하방 창문에 코를 박고 손톱을 세워 문을 두들기자 금세 안에서 인기척이 들렸다. 분명 귀에 익은 목소리였다.

"에, 누구세요?"

"거기 있어? 나야, 나!"

"누구……."

카각, 카각.

해인은 반가운 목소리로 친구를 부르며 창문을 긁어댔다. 창문과 지상의 경계인 방범봉 사이로 얼굴을 비집고 넣었다. 가은이 자신을 반겨줄 것을 의심치 않았다. 고양이도 좋아하고 자신도 좋아했으니까. 녹슨 창문이 끼긱, 거리며 열리고 안쪽에 있는 가은이 보였다. 가은의 뒤쪽으로 깔린 폭신한 이불과 웃음소리를 내는 텔레비전이 있는 그 방이 천국으로 보여서, 다른 건 눈에 들어오지 않았다.

"가은아! 나……."

다시 문명에 기댈 수 있으리라는 기대와 반가움에 해인이 화색을 띤 채 조금 더 다가섰다. 친구가 굳어 있다는 걸 느끼지 못할 만큼 그저…… 반가웠으니까.

"……끄아아아악!"

"어? 저기……."

"꺄악! 꺄아악! 엄마야!"

굳어 있는 친구에게 사정을 설명하려 했다. 하지만 설명할 기회는커녕 입을 열 수도 없었다. 고양이가 말을 하는 자체가 너무도 소름 돋는 일이었으니까.

쾅! 가은은 얼굴을 마주한 것만으로 미친 듯 비명을 지르더니 매섭게 창문을 닫아버렸다. 순간 목격한 가은의 표정이 너무도 경악한 채여서 소름이 뻗쳤다. 거의 공포에 질린 얼굴이라 해인은 그대로 그 자리에 굳었다. 닫힌 창문 안쪽에서 허겁지겁 창문을 잠그고 커튼을 치는 소리가 연달아 났다. 이어 쿵쾅대는 소리가 났다. 악몽이라도 꾸고, 괴물이라도 본 것처럼 계속 비명이 들렸다.

"끄하악! 저게 뭐야!"

해인은 깜짝 놀라 뒷걸음질을 쳤다. 가은의 비명이 집 안에서도 멈추지 않는 건 그만큼 끔찍하기 때문일 거다. 그 소리가 얼마나 두려움과 경악에 찬 것인지 주변으로 하나둘 사람들이 몰리기 시작했다.

"뭐야! 무슨 일이야!"

"이거 지하방 아가씨네서 들리는데?"

"무슨 일 있나?"

아아아악! 재차 들리는 비명에 해인은 가은의 집과는 반대로 뛰기 시작했다. 난 괴물이야! 아무도 받아주지 않을 거야. 해인은 그걸 이제야 깨달은 자신의 바보 같음에 절망했다. 기어코 눈물을 흘리며 생각했다.

시율이라도 보고 싶었다.

휘청휘청, 불안한 걸음으로 한참을 도망친 해인은 어느 골목 처마 밑에 버려진 종이상자를 발견했다. 킁킁거리며 안을 들여다보니 비를 잠시 피할 순 있을 것 같았다. 냅다 들어가 힘없이 누워버렸다. 비가 오는데도, 사람이 많이 다니는 골목인데도, 그냥 쓰러지듯 엎어져 몸을 둥글게 웅크렸다. 더는 지쳐 움직일 수 없었다.

'항복이야. 이제 걷는 것도 더는 못 하겠어. 사신 거짓말쟁이…… 살 만할 거라더니.'

생각해보니 그 사신은 순간이동을 할 수 있으니까 쉽기야 하겠다. 해인은 이대로 죽으면 다시 사신을 만나게 되는 걸까, 하는 진지한 고민을 해봤다. 차라리 그게 나을지도 모르겠어. 그렇게 웅얼거리며 느리게 눈을 감았다. 이대로 죽어도 어쩔 수 없지, 뭐. 전부 내 탓인걸. 얼마나 그렇게 웅크리고 있었을까.

"냐옹아?"

힐끔, 작은 기척에 눈을 떴더니 빗속에서 빨간 우산을 쓰고 검은 비닐봉지를 든 사내아이가 보였다. 제 앞에 쪼그리고 앉아서는 어째 갈 생각이 없는 듯했다. 해인은 고개를 들 기운도 없어 다시 눈을 감았다. 돌 던질 거냐? 그렇게 속으로 비꼬면서 그냥 나 죽여라 하고는 기진맥진해 더욱 몸을 작게 말았다.

"어디 아파, 야옹아?"

이 꼬마는 걱정을 하는 건지, 놀리는 건지. 쿡, 해인의 등을 찌르는 손이 꽤 강했다.

"캬악!"(저리 가!)

자리를 옮기기엔 높은 곳으로 뛸 힘이 없었다. 해인은 아이에게 한차례 이를 드러내며 성질을 부렸다. 그런데도 아이는 가지 않고 해인을 내려다보고만 있었다.

"그럼 배고파?"

해인은 무시하고 다시 드러누웠다. 애들이 위험하다는 건 알았지만 반쯤 자포자기한 심정이었다. 될 대로 되라 하고 있는데, 문득 비가 내리지 않았다. 이상해서 올려다보니 상자 위로 빨간 우산이 쓰여 있었다.

아이는 벌써 멀찍이 비를 맞으며 뛰어가고 있었다.

"어머, 어머, 어머. 세상에!"

"거봐! 고양이 죽어."

"너는 그래도 우산을!"

아이의 손에 끌려온 엄마는 요리를 하던 중이었는지 밥 냄새를 폴폴 풍겼다. 그건 해인의 식욕을 자극하지는 않아도 향수를 자극하기에는 충분했다. 우리 엄마도 날 기다리며 저렇게 밥을 하고는 했는데. 해인은 울컥 눈물이 났다.

"미야아……."(으, 엄마…….)

"세상에."

고개를 푹 숙이고 울컥 눈물을 흘리는 해인을 아이의 엄마가 수건으로 덮어주더니, 조심스레 안아 들었다. 아마도 전에 고양이를 키워본 적이 있는지 익숙한 손길이었다. 해인이 버둥거리거나 불쾌감을 느끼지 않을 선에서 품으로 안아 들고는 토닥여주는 손길에 해인은 또 눈물이 나서 그 품으로 파고들었다.

태일과는 다른 다정함이었다. 엄마 냄새가 나는 품이었다.

"어쩜 이렇게……."

"엄마! 야옹이 괜찮아? 안 죽어?"

"글쎄……. 일단 집에 가서 먹을 걸 주자. 응? 자, 우주도 이제 집에 가자."

아이가 꽤나 보챘던지 그녀는 한 손으로는 해인을 안아 들고, 다른 손으로는 아이를 잡아끌며 함께 다독였다. 만약 아이의 엄마가 센터 사람이라거나 병원 사람이었다면 어딘가 물고 벌써 도망쳤겠지만, 지금은 그러지 않았다. 평범한 사람이 주워줬으니 잠시 이 따뜻함에 몸을 기대고 싶었다. 겪어 보니 알 수 있었다. 처음부터 길에서 태어났다면 모를까, 사람 손에서 길러지다가 길에서 생활하는 건 매우 불가능한 일이었다.

해인은 곧장 욕조에 넣어졌다. 털이 젖는 게 불쾌해서 보통은 물이 싫지만, 지금은 제가 얼마나 더러운지 알아서 목욕이 기꺼웠다. 해인은 얌전히 몸을 맡겼고, 우주의 엄마는 이렇게 얌전한 고양이는 처음 본다며 연신 감탄했다. 그도 그럴 것이 따뜻한 물을 대든, 빗질을 하든, 비누를 대든 발톱 한 번 세우지 않고 의젓하게 앉아 있었으니까.

하지만 입이 굉장히 짧아서, 아니 아무것도 입에 대질 않아서 어쩔 수 없이 걱정을 쏟아내야 했다.

"그것도 안 먹어? 그럼 안 되는데……."

"닭고기 맛있는데."

우주는 해인이 외면한 삶은 닭 가슴살을 제가 대신 집어 먹다가 엄마에게 혼쭐이 났다.

"그거 웬 고양이야?"

"우주가……."

"그 녀석 기어코 주워 왔나 보네."

저녁 무렵 돌아온 이 집의 가장도 꽤나 동물을 좋아하는 사람인 듯했다.

"사람 손을 많이 탄 것 같아. 분명 주인이 있을 거야."

"그래? 그럼 어떡해?"

"일단 인터넷에 주인 찾는다는 글을 올려야지. 그런 카페가 있거든. 아니면 찾는 글이 올라와 있을지도 모르겠네."

아이 엄마는 익숙하게 컴퓨터를 켰고, 고양이 관련된 카페를 이리저리 뒤지기 시작했다. 그 뒤에 매달려 우주가 징징댔지만 소용없었다.

"엄마! 우리가 기르면 안 돼? 응? 엄마아~"

"무슨 소리니! 빌라에서는 동물 못 길러!"

"왜에! 주인집 할머니는 강아지 기르잖아!"

"떼쓰면 혼난다? 거긴 주인집이잖아!"

"……싫어! 나도 기를래에~! 기를 거야아아아악!"

젊은 부부 둘에 초등학생 남자아이가 하나 사는 작은 빌라는 거실 겸 큰방과 작은방이 전부였다. 아담한 편이었고, 확실히 짐승을 기르기에는 너무도 좁았다.

"안 돼!"

"주인 없어!"

"있을 거야. 지금 글 올렸으니까 떼쓰지 마."

"엄마 나빠! 내가 발견했단 말이야!"

우주는 사내아이라 그런지 손길이 억셌다. 주워 와서 씻을 수 있게 해준 건 고맙지만 꼬리를 쥐거나 다친 뒷발을 움켜쥐거나 해서 곤란했다. 뒷다리는 특히나 상처가 커서 만지면 못 참을 정도였다. 해인은 가까스로 우주의 손에서 탈출해 옷장 위로 뛰어올랐다. 씻었더니 조금은 기운이 났다.

느긋하게 손과 꼬리를 핥으며 오늘 하루쯤은 이 집에서 신세를 지자고 생각했다. 며칠 고생하면서 적당한 뻔뻔함은 삶의 덕목이라는 걸 배웠으니 말이다.

"어? 우주 엄마! 여기 좀 봐. 글이 두 개나 올라와 있어."

"어디?"

"봐봐! 여기."

'찾습니다.' 게시판을 살피던 남편의 부름에 우주도 그 엄마도 컴퓨터로 다가갔다. 해인도 은근슬쩍 그 뒤에 고개를 디밀었다. 확실히 그 화면 속의 그 검은 고양이는, 자신이 맞았다. 달을 등지고 난간 위에 앉아 고개만 살짝 카메라 쪽으로 튼 검은 고양이. 선명한 황금색 눈동자에 윤기 흐르는 털, 새침한 표정. 총명해 보이는 데다가 사랑받는 느낌이 물씬 났다. 전문 사진작가의 손길이 묻어나 자태가 더욱 훌륭했다.

그건 일전에 태일이 찍은 사진이었는데, 주워 와 씻기 전의 해인과는 극과 극일 만큼 상태가 달라 보였다. 목욕한 지금은 그나마 좀 비슷했다. 엄마 쪽이 해인과 사진을 번갈아 보며 게시글을 읽었다.

"검은색 털, 금색 눈, 3.5kg 정도, 뒷다리 다침. 말을 걸면…… 냥냥 하고 잘 대답함. 이름은 개냥이지만 아직 못 알아듣는 것 같음……. 사람이 보는 데서는 아무것도 먹지 않음."

"얼추 맞는데?"

"하지만 여긴 지역이 한남동이잖아. 거기서 여기까진 고양이가 걸어오기엔 좀 먼데……."

내가 좀 걷긴 했지. 잘 나온 자신의 사진에 뿌듯해하던 해인은 엉뚱한 것에도 에헴, 하며 쓸데없이 뽐내고 있었다.

"……개냥아?"

"……."

하지만 우주가 제 이름을, 아니 개냥이라고 불렀을 때는 고개를 팩! 하니 돌려버렸다. 대답하지 않을 셈이었다. 시침을 떼면 이 순진한 가족이 어찌 알겠는가. 비슷한 고양이야 쌔고 쌨다는 게 해인의 생각이었다. 하지만 검은 털에 금색 눈을 가진 고양이는 조금 드물었다.

"이름은 못 알아듣는다잖아."

"아무래도 비슷한 것 같지?"

"그러게."

여자가 게시판을 좀 더 들여다보며 덧붙였다.

"애타게 찾는 것 같은데……. 응? 글이 두 개야. 하난 주인이 올린 것 같고, 하나는 동물병원에서 올린 것 같아."

"위에부터 전화해봐."

시간은 벌써 저녁 9시를 넘어섰지만 애완고양이를 잃고 슬퍼할 누군가를 위해 부부는 기꺼이 전화를 걸었다.

주인 찾아주기에 대한 의욕이 충만한 부부 덕에 해인은 금세 저를 그리는 이와 마주할 수 있었다.

"개냥아. 우리 사이에 왜 그럴까?"

"먀악!"(싫어어!)

"자자, 착하지?"

"우갸갹!"(얼굴 치워!)

해인은 아주 불쾌한 티를 팍팍 냈다. 태일이 올 줄 알았는데, 시율이 왔으니까. 하필 네놈이냐! 해서는 뾰로통한 것이다. 은연중 아는 사람을 만난 것이 반갑긴 하지만 티를 내기에는 부끄러웠다. 그러다가 시율이 억지로 안아 들어 키스하려고 하자 두 앞발을 뻗어 얄미울 만큼 잘생긴 얼굴을 네 발을 이용해 힘껏 밀어냈다.

"우으옹~ 이야냐냐……!"(왜 이래~ 징그럽게……!)

완강한 거부에도 시율이 삐죽 내민 입술을 들이밀어서 해인은 주먹으로 몇 번 후려치며 거부했다. 그래 봐야 손톱도 빼지 않은 고양이 펀치였다. 잽잽.

지켜보던 우주의 가족이 의심스럽다는 듯 묻는다.

"……정말 냥이 주인이세요?"

"호흠."

"아무래도 이상한데⋯⋯. 엄청 싫어하는 것 같고⋯⋯."

"아뇨! 저는 담당 수의삽니다. 주인분 대신 왔습니다."

"주인분 대신이라고요?"

"네, 이 녀석 주인이 지금 해외 출장 중이라."

태일의 부탁으로 같이 글을 올린 것은 사실이었다. 하지만 대신 왔을 뿐, 대신 맡아달라는 부탁을 받진 않았다. 그러나 시율은 뻔뻔하게 잘만 웃었다.

"아무리 그래도⋯⋯."

"여기 제 신분증. 그리고 수의사 면허랑 명함도. 마음껏 보세요. 병원으로 전화해보셔도 됩니다."

해인의 짜증스러운 태도에 시율을 잠시 미심쩍어하던 우주네 가족이지만, 이내 시율이 내밀어 보인 믿을 만한 증거 앞에서는 안심할 수밖에 없었다. 사실 둘은 아웅다웅하면서도 묘하게 친해 보였고, 해인은 싫어하되 시율에게 발톱을 세우지는 않았던 것이다.

"제가 데리고 있다가 주인분에게 잘 인계하겠습니다."

게다가 수의사 차림 그대로 달려온 시율은 확실히 믿을 만해 보였다. 전화를 건 지 30분 만에 도착한 걸 보면 서두른 것도 분명했고, 굳이 그가 과일 세트를 사 와서는 아니고, 일단 사람은 의사라는 종족에게 절로 신뢰를 할 수밖에 없다.

"그럼 뭐⋯⋯ 믿고."

"사례금도 일단 제가."

"네? 그러실 것까지야. 괜찮아요."

"므으응⋯⋯."(불길한데⋯⋯.)

저를 찾은 시율이 너무나 기분 좋아 보여서, 해인은 오히려 불안해지기 시작했다.

4. 천적이 반가워질 때

시율은 차에 올라타자마자 줄곧 신경 쓰이던 해인의 뒷발부터 살폈다. 해인은 조수석에 앉아 태평하게 발바닥을 핥는 중이었다. 그가 한순간 해인을 억세게 잡아 올리더니, 치킨 같은 뒷다리를 꾹 잡고 조몰락거렸다.

"먁!"(아파!)

그러더니 전혀 낫지 않은 상처를 보고는 마치 귀신같은 얼굴로 소리쳤다. 귀가 따끔할 정도였다.

"상처가 아주 그냥 다 부르텄네! 죽고 싶냐, 이 무식한 고양아!"

"먁먁먁!"(잔소리하지 마!)

"너 이거 보통은 감염으로 골골댈 일이거든? 그럼 어떻게 되는 줄 알아! 괴사돼서 뒷다리를 잘라야 한다고!"

"므악!"(내 다리 놔!)

그가 갑자기 화를 내니 해인은 반사적으로 그의 손을 물기 위해 입을 벌렸다가 이내 꼼짝 못 하고 굳어버렸다. 자꾸 소리치니까 욱했지만, 듣다 보니 전부 제 걱정이었으니까.

"다리뿐이냐! 고양이 주제에 사람 무서운 줄도 모르고 말이야! 아무나 저렇게 따라가면 안 된다고! 그리고 가출을 왜 해, 가출을!"

"……끙."

"나랑은 안 살아도 얌전히는 살아야 할 것 아니야, 이 멍청아! 머리 좋은 척은 다 하더니!"

차마 진심으로 자신을 걱정하는데 물어버릴 수가 없었다. 가운 차림에 슬리퍼를 끌고 당장 달려온 시율의 모습 때문에 더욱 그랬다. 하지만 잘못했다, 미안하다, 그 말은 하기 싫었다. 해인은 팩 하니 시율에게서 시선을 돌렸고, 시율은 계속 열을 내나 싶더니 트렁크로 가서 뭔가를 꺼내 왔다.

"다리 줘봐!"

차에 응급처치 도구를 구비하고 다니는 모양이었다. 소독약과 붕대를 꺼내 드는 시율은 무서운 의사 선생님 모드였다. 해인이 싫다며 버둥거렸지만 기어코 시율은 다친 뒷다리에 붕대까지 칭칭 감아버렸다. 하지만 그러고도 성에 차지 않는지 해인의 몸을 이리저리 뒤집어 봤다.

분명 어딘가 더 다쳤을 거라고 확신하는 것 같았다. 그게 귀찮아 해인은 못마땅하게 앞발을 내밀었다.

"미양."(여기도.)

슬쩍 내민 앞발은 털이 듬성듬성 빠져 있고 살이 드러난 자리에는 붉게 피딱지가 앉아 있었다. 유기동물센터의 캐리어에서 탈출할 때 생긴 상처였다. 이어 해인은 등을 돌려 어깨 위의 상처도 핥았다. 돌을 맞은 자리였다. 보란 듯이 여기도 아프다는 행동이었다.

"너! 대체 뭘 하고 다닌 거야!"

"망망?"(가출?)

"말로 해!"

"미이~"(싫어~)

팩! 하니 고개를 돌리는 해인은 가은과의 일 이후로 말하는 게 조금 무서워졌다. 공포영화라도 본 것처럼 놀라던 친구의 얼굴이 떠올라 제가 마치 괴물처럼 느껴졌기 때문이다. 반면 전혀 아무렇지 않은, 오히려 사람 말을 해보라던 시율이 새삼 신기해 보였다. 이 녀석은 괜찮은 건가?

해인은 슬쩍 눈동자만 굴려 자신의 앞발 치료와 잔소리에 열중하는 시율을 훔쳐봤다. 안 보는 척하고 보는 건 고양이의 특기였다.

"참 나, 기가 막혀서, 너 비도 맞았냐? 너 고양이나 개한테 폐렴이 얼마나 무서운 건지 알아? 골로 간다고, 골로! 아, 이상한 건 안 주워 먹었겠지? 하긴 먹을 필요가 없댔지. 그건 그나마 다행이군. 식중독이나 굶어 죽을 걱정은 없으니까 말이야."

"……"

"내 말 듣고 있어?"

말하면서 시율이 고개를 번쩍 들었는데, 해인은 재빨리 시선을 돌렸다. 관심 없다는 듯 말이다. 잔소리도 심하네, 그 양반. 해인은 속으로 툴툴대면서도 시율이 전처럼 불편하지만은 않다고 생각했다.

"발바닥도 다 터졌잖아! 보니까 자립력이 하나도 없고만! 무슨 배짱으로 가출을 하냐, 가출을, 너는!"

"흥!"

"집고양이가 길고양이 되면 열에 다섯은 죽는 거 몰라!"

"하아암."

해인은 듣기 싫어 하품하는 척을 했다. 그걸 잠자코 두고 볼 시율이 아니었지만. 그가 해인의 귀를 잡아당기며 윽박질렀다. 잔소리하는 의사 선생님이 따로 없다.

"못 알아듣는 척하지 마!"

"끄응."

"사람이 말을 하면 대답을 해야지!"

"……캭! 미약미약! 먀먁!"(……캭! 시끄러, 시끄러! 귀찮아 죽겠네!)

고양이한테 대꾸를 바라는 네가 이상한 거지! 해인은 시율이 계속 싫은 소리를 하자 대놓고 짜증스레 냥냥댔다. 그러자 시율은 눈썹을 실룩이며 이 번엔 해인의 볼살을 잡아 늘렸다. 고양이 말인데도 무슨 뜻인지 이해한 듯 했다. 얼마 없는 볼살을 수염과 함께 늘어뜨리는데, 위협용으로 드러냈던 어금니뿐만 아니라 휜히 잇몸까지 드러나 무섭긴커녕 우스워졌다.

"이~ 게! 기껏 찾으러 와줬더니 건~ 방~ 져!"

짐승 주제에 사람을 무시하니 그도 뿔이 난 것이다. '저는 사람, 해인은 고양이. 고로 내가 위!'라는 게 그의 쌈박한 이론이었다.

"으야우야오아옹!"(무어하느은그으야!)

물론 해인은 그 이론에 절대 동의할 수 없었다. 나도 사람이거든! 해인이 발톱까지 세워가며 시율의 손을 긁어댔지만 사실 그는 짐승들에게 긁히고 물리는 데 익숙했다. 시율은 단단히 혼쭐을 낼 작정인지 소리쳤다. 도도한 병신미를 탑재한 이 고양이의 버릇을 잡고 싶은 모양이다.

"걱정을 끼쳤으면 사과부터 해야 될 것 아니야! 멋대로 가출하고 말이야! 말도 통하는 녀석이 그러면 되냐!"

"우미양! 으으응…… 크악! 시! 끄! 러! 누가 찾으러 오랬어? 그리고 가출 하든 말든 그게 너랑 무슨 상관인데! 당장 이 손 놔!"

"너……! 지금 이 꼴을 하고는 그 말이 나오냐! 아무리 짐승이지만 양심 이 있어야지!"

"내 양심이 어때서 그런 모함을 하냥!"

해인은 시율이 제 뺨을 쭉쭉 늘려대자 참지 못하고 사람 말을 뱉어냈다. 냥냥거리는 고양이 말과 투덜대는 사람 말이 섞여 나오는 건 분명 재미있는 상황이지만, 일단 시율은 버릇을 들이는 게 중요하다고 생각했다. 짐승에게 서열을 인식시키는 건 아주 중요한 일이니까.

시율은 해인의 등가죽을 잡아 올리며 똑바로 눈을 마주치고 호통쳤다. 저 를 가르치려 한다는 사실에 해인은 분노했고.

"잘못했어, 안 했어! 네 주인이랑 내가 얼마나……."

"바로 그 주인 때문에 가출한 거라고!"

"……뭐? 대체 왜? 그렇게 좋아했으면서?"

생각지 못한 가출 사유에 시율은 영문을 알 수 없다는 얼굴이었다. 어느새 해인의 뺨에서 손도 놓아버렸다. 해인은 얼얼한 두 뺨을 비비다가, 저도 모르게 대답할 뻔했다.

"아먀먀, 아파라! 그야 내가 주인을……."

"주인을?"

"……."

"왜 또 말을 안 해?"

아차 싶어 해인은 입을 다물었다. 고양이가 자기 길러주는 주인 좋아한다는 한마디가 뭐 비밀이겠냐마는 그 뉘앙스가 문제였다. 주인으로서가 아니라…… 이성으로서 좋아하는 것이었으니까. 그걸 말한들 이해받을 리 없었다.

"뭔데? 나 비밀 잘 지켜. 알잖아."

"……."

"가끔 도움도 되고."

"그랬나……?"

"그래! 난 단지 네가 왜 가출했는지, 뭐가 힘들었는지 걱정되고 궁금해서 그래."

시율은 머리가 좋은 인간이라 말솜씨도 탁월했다. 그 속살거림에 해인은 그만 솔깃하고 말았다. 생각해보니 제가 만약 어딘가에 고민 상담을 한다면 그 상대는 시율밖에 없기도 했다.

"이거…… 비밀이다?"

"그럼, 그럼. 내가 어디에다 말하겠어."

"정말 비밀이야?"

"알았다니까 그러네. 애초에 고양이한테 들은 이야기라고 어디 가서 말한들 나만 정신병원에 들어갈걸."

그러게, 그것도 그러네! 해인은 털어놓을까 말까 잠시 고민하느라 끙끙댔다. 그러곤 얼마 못 가 이 속상하고 답답한 마음을 시율에게라도 시원하게 말해보자는 결론에 이르렀다.

"있잖아……."

"으흠."

"듣고 또 놀리면 안 된다? 난 그냥 이게 사람인 네 입장에서 어떻게 들리는지 궁금한 것뿐이니까. 알았지?"

"그래그래."

뭐랄까, 여고에 다닐 때 친구에게 누굴 좋아한다고 고백할 때의 그 느낌이었다. 두근거림을 주체하지 못해 말하고 나면 이상하게 그 사람과 제가 무슨 사이라도 된 기분이 드니까. 그 사람 본인은 아니지만, 누군가 내가 그 사람을 좋아하는 마음을 알고 있다는 건 묘하게 힘이 됐다.

"나 말이야, 주인이 좋아."

"원래 좋아하잖아?"

"바보야! 이성으로 말이야!"

"……암컷으로서?"

아, 암컷이라니! 해인은 질색했다. 하고많은 단어 중에 암컷!

"무례한 놈아! 여자로서지! 암컷이라니! 난 숙녀라고!"

"……러브?"

"그래!"

"그거 놀라운걸."

이 녀석 또 못 참고 피식피식 웃고 있었다. 해인은 괜히 말했다는 생각에 볼을 빵빵하게 부풀렸고, 시율은 고양이의 그런 얼굴은 처음 봤는지 결국 대놓고 웃기 시작했다. 해인은 시율이 어디 가서 비밀을 이야기하진 않지만 대신 면전에 놓고 비웃는 타입이란 걸 뒤늦게 상기해야 했다.

"젠장…… 괜히 말했어!"

"맙소사, 그래서 가출한 거야? 그게 이상해서?"

"정상은 아니잖아……."

"이루어질 수 없는 사랑을 비관해서 가출하셨다?"

"……그 정도는 아니거든!"

사실 뭐, 시율의 말이 맥락은 같았다. 태일에 대한 마음이 대책 없이 커질까 봐 도망친 거니까. 해인은 아닌 척 시선을 돌렸지만 호락호락하게 속을 시율이 절대 아니었다.

"아아, 가출 사유가 그런 거였단 말이지. 고양이 주제 참……."

"나 고양이 아니거든!"

"그럼 네가 사람이냐?"

해인을 꿀 먹은 벙어리가 됐다. 시율의 머릿속에서 자신은 말도 하고 사람으로 변신도 할 수 있지만 일단 고정적인 이미지는 '사람은 아닌'이라는 걸 깨달았으니까. 그런 상대가 뭔가 터놓고 대화한다는 건 역시 불가능한 일이었다.

"억울하면 말 좀 해봐. 네 정체가 대체 뭔지."

"……흥."

"외계인? 생체실험의 잔재? 아니면 구미호 같은 요괴? 난 마지막이 제일 그럴싸한 것 같단 말이지."

시율은 정말 해인에 대한 모든 게 궁금했다. 세상에 어떻게 이런 생명체가 있을 수 있는지부터가 그랬다. 베일에 싸여 있는 정체를 어떻게든 벗겨보고 싶은데 남의 고양이라 지금껏 참아왔다. 속내를 드러내면 도망갈까 봐 친분을 쌓으며 살살 달래기도 했고. 그런데 어느 날 갑자기 가출을 하더니, 어렵사리 찾아서 보니 지금처럼 만신창이가 되어 있었다. 심지어 가출한 이유는 사람을 좋아하게 되어서. 대체 이 녀석 똑똑한 건지 아닌 건지 그것도 의문이었다.

"불리하면 모르는 척하고 말이야. 이봐, 개냥이."

"캭! 그렇게 부르지 마!"

"개냥이 맞잖아? 아니면 뭐, 딱히 부모가 지어준 이름이라도 있냐? 묘묘? 먀먀? 미미?"

"우이이······!"

해인은 약이 올라 바짝 털을 세웠지만 이게 시율의 노림수라는 걸 알았다. 저를 욱하게 해서 더 많은 정보를 얻어내려는 얄미운 수작 말이다. 이건 고차원적인 정보 유도였다.

"어쭈, 말 안 해?"

"안 해!"

"뭐, 좋아. 아무튼 이 고생을 했으니 사람 품이 얼- 마나 안전한가는 새삼 깨달았으리라 믿는다, 개냥아."

앞발에는 거즈를 붙이고 뒷발에는 붕대를 칭칭 감은 해인은 언뜻 보면 중상을 입은 고양이 같았다. 본래 해인은 성격이 무던한 편이었지만, 고양이가 된 뒤로는 나날이 단순화되고, 난폭해지고, 사나워지며, 예민 수치가 높아지고 있었다. 본인의 종족은 물론이고 주변의 모든 환경까지 바뀌어서 나타나는 어쩔 수 없는 부작용이랄까. 이럴 때 평정을 유지할 수 있다면 그게 비정상이리라.

"그렇게 부르지 말라니까!"

"예쁜 원래 이름 있으면 말해봐. 불러줄 테니까."

시율이 마치 유혹하듯 말했다. 해인은 처음 듣는 유혹적인 음성이었는데, 괜히 두근댔다. 이제 보니 이놈이 여자를 홀리는 놈이구나! 선수가 틀림없었다. 해인은 더욱 경계했다. 더 이상 정보를 내뱉었다가는 사신한테 그 회색 공간으로 잡혀갈지도 몰랐다. 하여간 시율 앞에서는 조금도 방심할 수가 없었다.

"뭘 그리 경계하고 그래. 알았어! 안 물어볼게. 그보단 가출해본 소감이 어때? 보통은 이렇게 개고생하고 돌아온 애완동물의 배부터 채워주겠지만 너는 딱히, 먹고 싶은 건······ 없을 테고. 하고 싶은 거 있나? 샤워? 마사지?

드라이브라거나?"

"……하, 하고 싶은 거?"

"그래. 보통은 참치 캔이나 따주겠지만, 넌 다를 것 같아서."

시율은 해인의 이름 대신에, 해인의 취향을 은근슬쩍 알아보기로 했다.

"뭐가 필요해? 뭐가 좋아?"

좋아하는 걸 알아야 길들일 텐데. 시율은 뭐든 들어주겠다는 듯 사람 좋게 웃어 보였다. 해인은 꽤나 시율에 대해 조심하고 있었지만, 시율 쪽이 훨씬 고단수였다.

"말해봐. 고생하고 돌아왔는데 뭘 못 해주겠어."

너무도 유혹적인 말이었다. 해인은 맹렬히 고민하기 시작했다. 제가 또 휘둘리고 있다고는 생각도 못 한 채, 사실 꼭 필요한 게 있긴 있었다. 해인은 한참 만에야 어렵사리 입을 뗐다. 부끄럽다는 듯 시선을 피하며 가까스로.

"돈 좀 빌려줘……."

꿍얼, 너무 작게 말해서 잘 들리지 않았다. 시율은 해인만큼 청력이 뛰어나지 못했기에 되물었다.

"뭐라고?"

"……돈 좀 빌려달라고!"

"푸합!"

"우, 웃지 마! 난 진지하단 말이야! 강시율 너 왜 자꾸 웃고 그래!"

엄마에게 전화 한 통, 편지 한 통 쓸래도 돈이 필요하고, 사람으로 변해서 옷이라도 한 장 사 입으려면 돈이 필요했다. 하지만 현재 자신은 무일푼 빈털터리였다. 사람일 때 가지고 있던 돈을 찾으려고 해도 또 약간의 돈은 필요했다. 해인은 그렇게 심각한 데 반해 시율은 뭐가 그리 우스운지 배를 잡고 웃어댔다.

고양이 주제에 이런 인간적인 대사를 읊을 줄이야! 핸들에 이마를 박고는 얼마나 신나게 웃는지, 차가 흔들리고 클랙슨이 울릴 정도였다. 빠앙!

"크하핫! 내가 살다 살다…… 크크큭, 고양이한테 돈 빌려달라는 소리를…… 흐히힉……!"

"니가, 니가 말해보라며! 이 나쁜 놈아! 그만 웃으라니까?"

"아, 정말…… 웃겨 죽겠네. 그래! 얼마면 되냐? 천 원? 이천 원? 멸치 사먹게? 아니면 고등어 통조림? 크크큭!"

"이익! 됐어! 너한테 안 빌려! 관두라고냥!"

억울하지만 빌릴 곳도 시율뿐이었다. 시율도 그걸 알았다. 이 도도한 척하지만 어딘가 불쌍한 고양이가 의지할 데가 그리 많지 않다는 정도는 말이다. 삐져서는 씩씩대는 고양이는 우습기도 하고 귀엽기도 했다. 시율은 웃음을 참지 못한 채 해인의 머리를 토닥였다. 놀리는 건지 달래주는 건지 알 수 없었다.

"미안, 빌려줄게…… 빌려준다고……. 크큭, 정말로…… 미안미안, 안 웃을게, 응?"

"지금 웃고 있잖아!"

"이제 안 웃을게, 정말이야. 대신 그 돈을 어디에 쓸 건지만 알려주라. 궁금해서 그래. 안 갚아도 되니까 말이나 해봐라. 돈 없는 냥이 씨."

이 고양이는 과연 돈을 빌려서 뭘 하고 싶은 걸까. 그건 시율에게 꽤나 흥미로운 주제였다.

"갚…… 을 거지만, 될 수 있는 한 빨리. 정말이야!"

사람이 되면 돈쯤이야 얼마든지 갚을 수 있다. 시율은 갚는다는 말을 그다지 믿지는 않지만 일단 웃으며 되물었다. 이것만은 인간 여자들에게 묻듯 상냥하니.

"그래, 뭐가 갖고 싶은데?"

"……"

"응? 말을 해야 알지."

이걸 들으면 시율이 또 웃을 것 같았다. 하지만 너무도 필요한 물건이었다.

"······옷."

"옷? 고양이 옷?"

"아니! 사람 옷!"

"그게 가지고 싶어?"

빤히 부끄러워하는데 왜 계속 묻는지. 아, 그래서 더 이러는 것일 수도 있겠군. 고약한 녀석이니까. 해인은 시선을 외면한 채 볼을 부풀렸고 시율은 그저 웃었다. 연인에게 묻듯 무엇이 갖고 싶으냐 다정하게 질문을 건넸지만 설마 대답도 인간 여자들이 하는 그것으로 돌아올 줄은 몰랐으니까. 하여간 이 고양이랑 있으면 매사 놀랄 일투성이였다. 모든 반응이 예상 밖이었다.

"그랬구나. 옷이 필요했구나. 하긴, 사람으로 변하면 옷이 필요하니까."

"응, 그렇지, 뭐······."

문득 해인의 인간모드를 떠올리며 시율은 뭘 입혀야 좋을지 궁리했다.

"그럼 옷 사줄 테니까 나한테 입은 모습을 보여주기다?"

"그건 싫은데?"

"하여간 츤데레 녀석. 그럼 안 사줄래. 벗고 돌아다니든가."

"우우······ 알았어! 보여주면 되잖아!"

돈 없는 자의 설움이었다. 해인은 어쩔 수 없이 타협해야 했다.

마감을 코앞에 둔 어느 여성의류 매장. 20대 여성이 주 타깃인 브랜드로 전체적으로 분홍빛 혹은 누드 톤의 살랑거리는 시폰 소재 옷들이 많아 러블리한 이미지가 강하고, 매장 자체도 사랑스럽게 디자인되어 있었다. 남자들이라면 딱, 출입을 꺼릴 만한 여성스러운 곳이었다. 올해 활약 중인 홍보모델이 영화로 대박을 터트리는 바람에 특히 손님이 늘어난 브랜드였다.

그러다 보니 연인의 손에 죽지 못해 끌려오는 남자들이 많았다. 하지만 저렇게 제집 들어오듯 신나서 혼자 들어오는 남자 손님은 처음이었다. 당당한 걸음걸이에 여유 있는 미소. 모델인가 생각할 정도로 잘생겼는데 슬리퍼를 신은 채 들어오는 수의사 차림의 남자에게 점원들의 이목이 집중됐다.

시율이 쾌활한 목소리로 물었다.

"아직 마감 전입니까?"

그는 상당히 매력적으로 웃는 타입이었다. 그걸로 여자들을 흔드는 건 그의 특기였고. 실제로 그가 일하는 동물병원에만 해도 그를 노리는 젊은 여자 손님이 많았다. 필요 이상으로 잘생긴 얼굴에, 지적인 말투에, 그럴싸한 직업에. 성인 남자 특유의 부드럽고 낮은 허스키 보이스까지.

점원은 정성을 다해 응대했다.

"네, 제가 도와드리겠습니다. 선물하실 건가요?"

"선물…… 비슷합니다. 간단하게 원피스 쪽으로 보고 싶은데."

"그럼 이쪽입니다. 최근 잘나가는 건 이 라인으로 올 시즌 신상인데요."

점원이 대략의 설명을 늘어놨지만 시율은 한 귀로 듣고 한 귀로 흘리고 있었다. 어떤 게 어울리려나. 고심하는 얼굴이 꽤나 진지했다. 이상하게도 딱 한 번 본 해인의 사람 모습이 머릿속에서 떠나지 않았다. 너무 충격적인 사건이라 그런가.

놀랄 만큼 속눈썹이 풍부한 커다란 눈동자, 발그레한 입술, 사랑스러운 뺨, 온전히 드러난 부드러워 보이는 어깨, 쇄골…….

그는 스스로 원피스 한 벌을 골라냈다.

"이걸로."

"아, 사이즈는 확인 안 해보셔도 될까요?"

"이거면 맞을 겁니다. 그리고 여기 속옷도 있지 않습니까?"

"네, 취급합니다. 그런데…… 그것도 사이즈를 알아야 하는데요."

"아마 80B? 대충 그 정도일 겁니다."

그는 그때 본 걸 잊을 마음이 없었다. 해인이 알면 노발대발할 테지만. 속옷 사이즈까지 정확하게 아는 남자를 보며, 점원은 이 남자가 누구의 선물을 사러 왔는지 깨달았다.

"아하! 여자 친구분 걸 사러 오셨군요."

"풉, 뭐라고요?"

"여자 친구분……."

"살다 살다 그렇게 웃긴 말은 처음 듣네요."

시율은 말은 그렇게 하면서 얼굴은 정색을 하고 있었다. 점원은 제가 말실수를 했나 싶어 머쓱하니 고개를 숙여 보였다. 하지만 속옷 사이즈까지 알고 있다면 보통은 연인 사이였다.

"그런 거 아닙니다. 절대."

시율은 묻지도 않았는데 거듭 부정하고 있었다.

"아무리 그래도 고양이랑 어떻게."

"……아, 예."

고양이 같은 타입의 여자 친구라는 걸까? 점원이 의아해하며 대답했고, 시율은 큰일 날 말이라도 들은 양 손사래까지 쳐 보였다.

"말도 안 돼."

시율의 집은 전형적인 독신남의 오피스텔이었다. 고층이라 야경이 좋았고, 창은 컸다. 집 주인의 취향대로 푸른색 계열로 인테리어가 되어 있었다. 모직으로 된 새벽하늘색의 커튼은 해인의 마음에도 들었다.

"미요?"(깔끔하네?)

남자 혼자 사는 집치고 센스가 제법이었다. 해인은 저도 모르게 집 안을 살피며 코를 킁킁댔다. 야외 생활을 한 덕에 생긴 낯선 곳에 대한 탐색이기도 했고 순수한 호기심이기도 했다. 해인은 하얀 가죽 소파 위로 단번에 뛰어 올라갔다.

당장에라도 문명 만세! 하고 소리치고 싶어 온몸이 근질거렸다.

"옷 입어봐야지."

한창 집 안을 탐색 중인 해인의 앞으로 시율이 제가 사 온 원피스를 펼쳐 보였다.

"지금?"

특유의 능글거리는 웃음을 지으며 연한 살굿빛 원피스를 살랑살랑. 이렇게 예쁜데, 어서 입어보고 싶지 않냐는 듯 말이다. 뭔가 서두르는 느낌인데. 그는 왠지 즐거워 보이는 얼굴이었다. 고대하던 순간이라는 양.

"그래, 어서 입어봐."

시율이 냉큼 옷을 사준 이유는 해인의 인간 모드를 다시 보고 싶기 때문이었다. 생각할수록 굉장하지 않은가. 사람으로 변하는 고양이라니. 어디가 특별한 걸까. 아니면 사람이랑 완전히 똑같은 걸까. 사람으로도 변한 후에도 고양이 귀나 꼬리가 그대로 있진 않은 걸까.

"……지금은 별로 그런 기분이 아닌데."

시율의 기대하는 눈빛 때문에라도 해인은 영 변신하기 싫었다. 원래 시키면 더 하기 싫은 법이니까.

"약속했잖아? 보여주기로. 닳는 것도 아닌데 얼른 해치우라고."

"닳거든? 아주 확실히!"

"어라, 그런 거냐."

한 달에 약 24시간, 하루 종일 모아도 40분 정도. 사람으로 변하는 건 충전 대비 효율이 나쁜 느낌이었다. 하지만 약속은 약속이었고, 나중을 위해 부지런히 모아둬서 20시간 정도 저장해뒀으니 오늘은 인심을 쓰자고 생각했다. 해인은 시율의 집을 다시 한 번 둘러보며 물었다.

"그런데 어디서 갈아입어?"

"내 앞에서 변신하면 안 되겠지?"

시율이 제 턱을 쓰다듬으며 하는 소리에 해인은 입을 쩍, 벌리고 말았다.

"……이 변태야!"

"어째서? 난 순수한 과학자일 뿐이야. 그러니까 순수한 호기심일 뿐이라고. 질량변화의 순간은 항상 흥미롭거든."

"웃기지 마! 넌 의사잖아!"

"비슷해. 의학은 과학의 한 분야잖아."

이런 뻔뻔한 놈 같으니. 변신한 직후에 알몸이 아니라고 해도 해인은 변신하는 모습을 보여주고 싶은 마음이 전혀 없었다. 그 순간은 해인에게 있어 최대의 약점이나 다름없었으니까. 본능적으로 남에게 드러내선 안 될 것 같다는 생각이 강하게 들었다.

"그럼 변신 안 해!"

"알았어, 알았다고. 그럼 화장실에서 어때?"

반면 시율은 그 질량 보존의 법칙이 무시되는 순간이 매우 궁금했다. 고양이가 사람으로 변하는 그 광경이 보고 싶어서 피가 끓고 몸살이 날 정도였다. 하지만 너무 밀어붙이면 이 고양이는 분명 토라질 터. 그는 아쉬운 대로 변신 후의 모습이라도 보자고 생각하며 해인을 화장실로 떠밀었다. 누가 고양이 아니랄까 봐 해인은 상당한 기분파였으니까.

마지못해 화장실로 향했지만 해인은 뭔가 영 찜찜했다.

"훔쳐보면 죽어!"

그녀가 걸음을 옮기다 말고 뒤를 보며 샥! 하니 이를 드러냈다.

"네, 네."

"보기만 해봐!"

말은 그렇게 했지만 사실 해인은 늘 고양이로 지내느라 맨몸에 대한 수치심이랄까, 저항감이랄까…… 그런 거부감이 상당히 줄어든 상태였다. 그래서 더욱 옷의 필요성을 느꼈다. 인간으로서의 존엄을 지키기 위해. 흐려지는 인간 박해인을 회복하기 위해. 나날이 고양이화가 되어가는 자신을 느낄수록 그것이 시급했다.

오랜만에 두 발로 서자 어색함이 밀려왔다. 본래 사람인데 사람 모습이 어색하다니, 큰일이었다. 거의 한 달 만에야 사람의 옷을 입은 해인은 엉거주춤 화장실에서 걸어 나왔다. 본래 치마나 너풀거리는 옷을 좋아하지 않는데 이건 너무 여성스러운 원피스였다. 처음 치마를 입어본 것처럼 왠지 부끄러웠다.

맨발도 부끄럽지만 자신의 다섯 발가락이 왜 이리 낯선지. 고개를 숙여 무릎을 한 번 보고 자신도 신기한 듯 자신의 두 다리를 한참 내려다보던 해인은, 이내 고개를 살짝 들며 시율에게 물었다.

"음…… 어때?"

눈을 똑바로 마주치지 못하고 부끄러워하는 시선이 영락없이 소녀 같았다. 커다란 눈망울은 사랑스러운 다갈색이었다. 앞머리 없는 긴 머리칼이 이마 옆을 가리고 어깨 아래로 떨어져 흘렀다. 특히나 치마 밑으로 쭉 뻗은 가는 두 다리는 그녀를 확실히 사람답게 보이게 했다.

"……와우, 진짜 사람 같잖아."

시율의 두 눈이 한계까지 커다래졌다. 화장실로 들어간 고양이가 사람이 되어 나왔다. 그것도 제법…… 예쁘장한, 뽀얀 다리를 가진.

짝짝짝!

"예쁜데?"

시율은 정말 열과 성을 다해 손뼉을 치고 있었다. 마치 재롱부리고 받는 갈채 같아서 해인은 머쓱한 느낌이었다. 그래도 예쁘다는 소리에 기분이 나쁘진 않아서, 제자리에서 한 바퀴 빙그르르 돌아봤다. 예쁜 옷이었다. 그런데 문득 의문이 한 가지 들었다.

"그런데 속옷 사이즈까지 너무 정확하게 딱 맞는데?"

"우연이야, 우연."

"그런가?"

해인은 이상하게 생각했지만 그냥 대수롭지 않게 넘겼다. 설마 시율이 한 번 본 것으로 제 사이즈를 알아챘다고는 상상하지 못했으니까.

"만져봐도 되냐?"

"……에?"

"조금만."

어느새 코앞에 다가온 시율의 물음에 해인은 마지못해 고개를 끄덕였다. 시율은 마치 신대륙이라도 발견한 모험가처럼 이채 어린 얼굴이었던 것이다. 옷도 사줬으니까, 손 정도는 만지게 해줄까? 해인은 슬그머니 손을 내밀었고 시율은 사양 않고 덥석 그녀의 손을 붙잡았다. 그러곤 손가락 마디마디와 손톱 하나까지 세밀하게 살펴봤다.

말랑거리는 손등 위를 매만지며 안쪽의 뼈와 힘줄, 그리고 두근대는 맥박을 느꼈다. 느리게 제 손으로 깍지도 껴보고 풀었다. 보드라운 피부 끝을 더듬어보는 손길에 사심이라고는 전혀 없었다.

"그렇게 신기해?"

"음."

탐구심 어린 눈길은 순전히 감탄스러운 미지의 것을 조사하는 듯했다.

"대단한데…… 너 정말 사람이야."

시율은 기막힌 듯 중얼거리며 해인을 바라봤다. 해인의 존재 자체가 지금 그에게는 대단한 충격이었다. 눈앞의 이 여자가 사실은 고양이라니. 이걸 어떻게 해야 정확히 이해할 수 있을까? 시율은 손을 들어 해인의 목덜미를 만져봤다. 그의 손안에서 너무도 선명하게 맥박이 두근거렸다.

"왜, 왜 이래! 징그럽게."

"너 제대로 살아 있잖아?"

"……당연하지!"

"놀라워. 정말 놀랍다고. 심박 수까지 사람이랑 똑같아."

그야 원래는 사람이니까. 어느새 시율의 손은 해인의 쇄골을 타고 내려가 가슴 위로 올라가 있었다. 옷 위라 조금 뒤늦게 눈치챈 해인이었다. 거긴 가슴인데!

"너……!"

해인은 움찔거렸다. 하지만 시율의 시선이나 손길에서 느껴지는 것은 감탄뿐이었다. 그래서 화내야 할지 말아야 할지 헷갈렸다. 그의 손이 지금 느끼고 싶은 건 부푼 가슴이 아니라, 그 안쪽에 있는 심장이었으니까.

"이게 대체 어떻게 된 구조야? 응? 이 심장 뭐냐고. 너 고양이일 때도 심장이 유난히 크더니……."

"나도 잘 몰라."

시율이 흥분하고 있었다. 해인은 해부의 위기를 느끼고 뒤로 한 걸음 물러섰다. 요즘 잊고 있었지만 이 녀석 위험했지!

"정말 몰라? 어떻게 이렇게 변신할 수 있는 거야? 언제부터 할 수 있었는데? 그냥 처음부터 됐어? 변신할 때 에너지는 뭘 써? 무슨 이론이야?"

해인은 도리도리 고개만 내저었다. 이 몸은 저승의 것이었다. 그리고 이 사신탈에 대해 해인이 아는 건 극히 일부였다. 애초에 인간의 물건이 아니었다. 미지의 것에 대한 그의 탐구욕과 호기심이 한계까지 울렁거렸다. 그는 더는 참을 수가 없었다. 해인의 손목을 꽉 붙잡아 당기며 요구했다.

"입 벌려봐."

"뭐?"

"네 입안이 보고 싶어서 그래. 어떻게 고양이 말이랑 사람 말을 둘 다 하지? 구강 구조만 조금 볼게. 응?"

"……싫어!"

해인은 발작하듯 소리쳤다. 하지만 시율이 바짝 달라붙어 떨어지질 않았다. 그는 고양이인 해인의 입안에 손가락을 쑤셔 넣었듯, 지금도 그러고 싶어 안달이 나 있었다. 이 신기한 생물체의 입 안쪽은 어떻게 되어 있는지, 그 몸속은 또 어떻게 되어 있는지가 궁금해 죽을 지경이었다.

해인은 시율의 손가락이 입가에 닿자 입술을 꼭 다물며 고개를 완강히 내저었다. 외간 남자의 손을 어디 입안에! 만지기만 한다고 허락할 문제가 아니었다. 내가 말이냐! 소냐! 구강 검사를 당하게!

"뭐, 어때. 우리 사이에, 응? 보여줘."

"웃기지 마! 우리가 무슨 사인데?"

해인은 혹시 기습당할까 봐 될 수 있는 한 이를 악물고 웅얼거리며 말했다. 그러자 시율이 어깨를 으쓱하며 상큼하게 대꾸했다.

"우린 비밀을 공유하는 사이잖아."

"난, 네 비밀 모르는데?"

해인은 괴상하다는 표정으로 되물었다. 시율이 슬금슬금 다가와서 뒷걸음치다 보니 어느새 소파에 무릎이 닿았다. 슬그머니 앉게 됐는데 그게 더 위험했다. 시선을 피해 스르륵, 얼굴을 옆으로 움직여봤지만 시율이 집요하게 따라왔다. 맞아, 이놈 그냥 위험한 게 아니라 엄청 위험한 놈이었어!

"내 비밀은, 네 비밀을 안다는 게 비밀이지."

결국 해인은 시율의 품 안에 갇혀 소파로 내몰린 모양새가 되었다. 녀석의 눈이 위험하게 빛난다 싶은 순간, 해인은 턱을 들려 잡혔다.

"으읍!"

그리고 불안함은 적중했다. 기어코 시율이 자신의 손가락을 해인의 입안으로 비집어 넣은 것이다. 한 손으로는 턱을 붙잡고 움직이지 못하게 하며 깊숙이 치열이며 입천장까지를 더듬어갔다. 무자비한 손길이었다. 물지 못하게 턱을 붙잡고 있는 시율의 손은 마치 짐승 다루는 것 같았다.

시율로선 동물을 상대로 자주 해왔던 검사일 테니 손놀림이 익숙했다. 그에 해인이 제 턱을 벌리는 시율의 손목을 붙잡으며 바르작댔지만 건장한 남자가 힘으로 억누르는데 이겨낼 수 있을 리 없었다.

"조금 차가운가?"

"아, 으우……! 싫…… 어!"

타인의 손가락이 입안으로 들어와 혀나 안쪽의 살을 만져대니 숨이 막혔다. 기다란 손가락은 목구멍까지 닿도록 깊숙이 들어왔다. 역함이 얼핏 밀려들었다 사라진다. 그러니 제대로 말할 수 있을 리도 없었다. 이건 인간으로서 받을 대접은 아니다. 그야말로 고양이로서면 모를까!

하지만 해인이 온 힘으로 떠밀어도 시율은 조금도 밀리지 않았다. 꽉, 하니 힘준 그의 손목은 단단하고 돌덩이 같다. 이 녀석은 역시 날 짐승 취급하고 있어! 그가 엄지와 검지로 해인의 혀를 쥐어보며 중얼거렸다.

"구강구조는 사람인데……."

"으읍!"

"고양일 때 입안을 보는 게 더 나으려나? 아, 잠깐만. 조금만 더 보자. 응? 금방 끝나."

시율은 그저 해인의 어디가 보통 사람과 다른지가 궁금했다. 저를 달래는 시율의 목소리에 해인은 그만 왈칵 눈물을 터트렸다. 내가 정말 짐승이야?

"……왜, 왜 우냐?"

시율은 그제야 깜짝 놀라 손을 떼어냈다. 해인은 겨우 놓아졌지만 방울방울 눈물을 쏟아냈다.

"싫다고, 싫다고 했는데!"

"그래도 봐야 알지."

"이…… 나쁜 자식아! 사람이잖아! 지금은 사람이잖아!"

"원랜 고양이잖아?"

이 온도 차이를 어떻게 좁히겠는가. 해인은 억울하고 서러워서 눈물을 쏟아냈다. 저를 짐승 제압하듯 꽉 누르고 있는 시율의 가슴팍을 손이며 이마로 치며 온갖 화를 냈다.

"난 짐승 아니란 말이야!"

"그럼 뭔데?"

"보면 몰라! 여자잖아, 여자!"

내가 여자 사람이요! 그걸 꼭 말로 해야 아냐? 해인은 단단히 화가 났다. 이러기 위해 뇌물 삼아 사준 거라면 옷 따위 당장 벗어버리고 싶었다. 이리저리 자존심이 상하고 수치심까지 들었다. 아무리 고양이로 알고 있다지만, 지금은 버젓이 사람 모습인데! 훌쩍임을 참는 해인의 얼굴은 숨이 차서 약간 붉었다. 그가 손을 뻗어오자 힘껏 밀어내고 보는 해인이다.

아랫입술을 앙다물며 화가 나 시선을 맞추지 않았다. 시율은 무안한 손을 바닥에 떨어뜨렸다. 칭얼거리는 게 꼭, 사람 같기도 했다. 이러니 정말 제가 나쁜 짓을 한 것 같아서 기분이 묘해졌다. 이 녀석은 고양이 주제에 왜 사람처럼 굴어서 마음을 이상하게 하는 걸까.

"흐, 흐흑!"

"으음."

정말 여자라도 되는 양 굴고 말이야. 여자 대접을 해달라는 고양이는 살다 살다 처음이었다. 애초에 사람으로 변하는 고양이가 처음이었지만. 잠시 고심하던 시율은 아까처럼 만져봐도 되냐는 듯 툭, 물었다.

"그럼 키스해봐도 돼?"

눈물 맺힌 해인의 눈이 화들짝 떠지며 시율을 노려봤다. 다시 벌어지는 입술은 물론 그래도 좋다는 뜻은 아니었다. 그만큼 놀랍다는 거지. 그가 예의상 덧붙인다. 어쩌면 당연하다는 듯.

"딥 키스."

될 리가 있냐, 이 미친놈아? 해인은 그렇게 생각하며 경악했다. 하지만 그건 이 순간 내뱉을 수 없는 말이었다. 틀어 막혔으니까, 입술에.

뜨겁고 말캉거리는 것이 입안으로 밀려들어 왔다.

해외 출장을 끝내고 집으로 돌아온 태일은 기절하듯 잠들어 있었다. 해인을 잃어버린 뒤 가장 길게 눈을 감았다. 하지만 그마저도 선잠이라 새벽쯤 깨어나고 말았다. 고작 한 달 같이 있었을 뿐인데 침대에 혼자 있으니 허전했다. 꿈속에서 길을 잃고 헤매는 개냥이를 본 것 같았다. 먕먕거리며 어디론가 끌려가고 있었다.

"하아……."

미안함과 걱정스러움이 범벅되어 뭘 해도 개냥이 생각만 났다. 제가 문만

꼭 잠갔더라면. 비행기 안에 있는 동안 부재중 전화가 몇 통 왔지만 시차 때문에 바로 다시 걸지는 못했다. 태일은 아침이 밝자마자 전화를 걸어봤다. 혹시 개냥이를 보호하고 있다는 연락은 아닐까? 그런 희망을 품었다.

"여보세요? 신태일이라고 합니다. 어젯밤에 전화를 주셨던데."

-아~ 아! 네, 맞아요. 고양이 때문에.

"고양이요? 저희 개냥이를 데리고 계십니까?"

그의 정신을 확, 깨게 하는 단어가 전화기 너머에서 들렸다. 심박 수가 저절로 올라갔다. 저도 모르게 흥분한 목소리가 나왔는데, 그게 화난 것으로 들렸는지 수화기 너머의 여자가 당황하며 대꾸했다.

-어머? 아니요. 담당 수의사라는 분이 데려가셨는데요.

"⋯⋯누구요?"

-명함을 받았는데, 그러니까⋯⋯ 강시율 선생님이시네요.

"아아!"

-고양이랑도 친해 보이고, 사례금까지 대신 내주셔서⋯⋯. 혹시 저희가 실수한 건가요?

아니, 그건 아닌 것 같았다. 왜냐하면 다른 부재중 전화가 그 수의사에게서 온 것이었으니까.

태일은 곧장 시율에게 전화를 걸었다

시율의 첫마디는⋯⋯ '살려줘'였다. 어젯밤 고양이를 보호하고 있다는 연락을 받았고, 태일이 출장 중인 데다가 언제 돌아올지 알 수 없어서 우선 제가 데려왔다고 시인했다. 그런데 이 문제의 고양이가 주인을 찾아 쉴 새 없이 울고 있으니, 얼른 데려가란다. 냐옹냐옹 밤새 신경이 바짝 곤두서서는 울어대는 통에 한숨도 못 갔다며 시율은 대단히 투덜댔다.

-미안합니다. 그쪽 귀국 날짜를 몰라서⋯⋯.

"아닙니다. 오히려 제가 감사하죠!"

-그보다 지금 개냥이 녀석이 단단히 화가 나서요. 손도 못 대게 하고 있어서 그러는데, 직접 데리러 와주셨으면 합니다.

"알겠습니다. 당장 가겠습니다."

개냥이가 집을 나갔는데 어떻게 해야 하냐고 반쯤 정신이 나가 묻자 차근차근 벽보를 만들고, 반드시 사례금을 명시한 뒤 인터넷에도 글을 올리라고 알려준 시율이었다. 병원에도 포스터를 붙이게 해줬고 동물병원 간의 네트워크로 해인을 찾아보겠다고 적극 나선 사람이었다. 꼭 찾을 수 있을 거라고 위로도 해줬다. 그러니 해인을 먼저 데려가서 보호하고 있는 시율에게 태일은 일말의 불쾌함도 갖지 않았다. 감사 인사를 어찌해야 할지, 그저 고마운 마음뿐이었다.

태일은 답례할 선물을 사 들고 서둘러 시율의 집으로 향했다. 하지만 시율을 마주 본 그는 잠시 말을 잇지 못했다.

"어, 얼굴이……."

예의 바른 인간의 전형인 태일이지만, 저도 모르게 손으로 시율의 얼굴을 가리키는 무례한 짓을 하고 말았다.

"심해 보입니까?"

"엄청……."

시율은 갈등했다. 자신의 얼굴에 선명하게 그어진 이 손톱자국이 개냥이 짓이라고 말해도 될지 말이다. 하지만 고양이 짓이라고 하기엔 상처가 너무 컸다. 누가 봐도 사람이 낸 손자국이었다. 이마에서 시작해 코 위를 거쳐 뺨까지 사선으로 무지막지하게 그어져 있었다.

뺨을 맞아본 적은 있어도 얼굴에 이렇게 대놓고 손톱자국이 나기는 처음이었다. 뻔뻔함의 대명사인 시율도 이 모습은 좀 민망했다. 오늘이 휴무일이라 망정이지. 물론 이 상처가 하루 이틀 가지고 회복될 것 같지는 않지만 말이다.

"어쩌다 그렇게……?"

"뭐, 여자들이 다 그렇죠. 속을 알 수가 있어야죠."

"아아……."

"냥!"(주인!)

"어엇."

열린 문틈으로 해인이 폴짝! 튀어나와 태일의 품에 냉큼 안겼다. 그러고는 뭐가 그리 서러웠는지 쉬어버린 목으로 한참을 울어댔다. 태일의 가슴에 얼굴을 비비며, 미양미양. 시율은 그 모양을 보며 배가 아파 죽을 맛이었다. 제 얼굴을 이렇게 만든 주제에 눈앞에서 순한 척은 혼자 다 하고 있지 않은가.

해인은 태일의 품에 안긴 다음에야 시율을 돌아보며 사납게 소리쳤다. 당분간은 눈만 마주쳐도 이럴 것 같았다.

"히하하냥! 샤아냥!"(이 변태 새끼! 능글맞은 변태 새끼!)

어제의 원한은 목이 쉬도록 울어대고도 잊을 수 없었다. 그 격렬한 분노는, 착한 고양이 버전의 해인만 아는 태일에게는 아주 낯선 것이었다.

"아니, 왜 이렇게 화가 난 겁니까? 전 이런 거 처음 보는데요."

"며칠 밖에서 고생을 해서 그런가, 그. 냥. 예민하더군요. 집에 데려가서 안정시켜주시면 많이 나아질 겁니다."

"목도 쉬었고……."

"밤새 주인분을 많이 찾더라고요. 쉬지 않고 울어서 좀 고생했습니다."

"죄송하고 감사합니다. 집에선 전혀 안 그러는데…… 이 은혜를 어떻게……."

"좋아서 한 건데요. 괜찮습니다. 그보다 차나 한잔하고 가시죠?"

태일은 마침 가져온 것도 있고 해서 시율이 권하는 대로 집 안으로 들어섰다. 해인이 어서 집으로 가자고 버둥댔지만 말이다.

젊은 남자 둘은 의외의 부분에서 의기투합했다. 시율의 집 벽에 걸린 사진들을 보며 태일은 진심으로 감탄했다.

"사진 분야에 꽤나 조예가 있으신 것 같네요. 이 작가는 그렇게 유명하지 않은데."

"거의 본가에서 가져온 겁니다. 형 취미였는데 어느새 제가 물려받아서요."

"그래도 이 정도면 멋진 취향인데요. 아, 직접 사진도 찍으십니까?"

"아니요. 저는 완성된 작품들을 보는 걸 좋아합니다. 그리고 보니 신태일 씨가 카메라맨…… 흐흠."

시율은 커피를 가져오며 말하다 말고 멈칫했다. 태일의 직업은 해인에게 들은 터라, 어떻게 알았냐고 되물으면 난감해지기 때문이다. 다행히 태일은 대수롭지 않게 넘기는 듯했고, 잠시 집 안을 둘러보다가 식탁 앞에 앉았다. 해인은 줄곧 그 품에서 떨어지지 않았다. 마치 천하의 몹쓸 곳이라는 양 바닥에 발을 대길 거부했다.

연신 온몸의 털을 바짝 세우며 시율을 경계했다. 쉬어버린 목을 재차 울렸다.

"……크오오옹!"(……변태 자식!)

"화가 많이 났네요."

"미움받는 것도 수의사의 일이려니 합니다."

뻔뻔하고 고약한 인간 같으니! 거짓말을 하는 것도 모자라 변태 짓을 일삼아! 해인은 목을 울리며 기분 나쁜 꼬리로 찰싹찰싹 테이블을 쳤다. 시율은 그러거나 말거나 유유자적했다. 확실히 둘의 사이는 전부터 이랬다. 앙숙에 가깝다고 할까.

커피를 마시던 태일이 문득 생각났다는 듯 물었다.

"참, 선생님. 이 녀석이 가출한 다음에 알게 된 건데, 그런 게 있다던데요? 애완동물 몸 안에 심는 칩……? 같은 거요. 위치 추적 기능도 있고 인식표 기능도 한다던데, 맞습니까?"

순간 시율과 해인 사이의 기 싸움이 사그라들고 대신 해인이 일방적으로 살려달라는 눈을 했다. 둘의 관계는 항상 이랬다. 해인은 지금 처음으로 시율이 뻔뻔한 인간이라는 데 감사했다.

"아아, 조금 잘못 알고 계시네요. 그건 동물 등록제를 실행하기 위해 나라에서 추진하는 마이크로 칩인데, 내장형 외장형 두 가지 종류가 있습니다. 그런데 어느 쪽도 위치 추적 기능 같은 건 없습니다."

"그렇습니까?"

"말 그대로 애완동물 인구가 늘면서 생긴 동물 등록제의 일환입니다."

"아하."

태일은 열심히 고개를 끄덕였다. 반면, 해인은 제 몸 안에 뭐가 심어질까 봐 공포에 떨었다. 애완동물로 살기도 쉽지 않은 세상이었다.

"이런 작은 몸 안에 뭔가를 심는다는 자체가 사실 위험 요소가 있습니다. 만약 그래도 하신다면 외장형이 낫겠습니다."

"그런데 위치 추적도 안 된다고 하셨는데, 그럼 대체 무슨 기능이 있는 겁니까?"

"주인 찾을 때 도움이 되긴 합니다. 어떤 칩이든 기능은 같거든요. 칩 안에 심어져 있는 그 동물의 고유번호를 검색하면 주인 연락처가 전산에 뜨는 겁니다."

"그런 방식이군요."

유기동물센터나, 동물병원에서만 칩 확인이 가능하다는 점에서 시율은 그 효율성이 아직은 미비하다고 생각했다.

"네. 그러니까 차라리 번호가 적힌 목줄을 평소에 해주는 편이 훨씬 효율적이죠. 어디까지나 개인적인 의견이지만 말입니다."

"무슨 말씀이신지 알았습니다. 하지만 고양이들은 이름표를 잘 안 달고 다니던데요. 그래서 저도 칩은 심어야 하나 했던 거고……."

"개냥이처럼 작고 예민한 녀석은 오히려 칩을 몸속에 삽입하려면 극심한 스트레스를 받을 겁니다. 그러니까 차라리 목걸이가 낫습니다. 물론…… 좀…… 느슨하게 해서."

그래, 사람으로 변해도 숨 막히지 않게 말이지. 시율과 해인은 이 순간 의견이 통했다.

태일이 돌아갈 채비를 했다. 시율은 사실 해인을 보내기가 싫었다. 어떻게 손에 넣은 녀석인데. 마음 같아서는 태일까지 보내고 싶지 않을 정도였다. 하지만 이 고양이가 얼굴을 긁어놓더니 당장 태일을 불러주지 않으면 창문으로라도 나가버리겠다 협박을 해댔다. 이 고층에서 뛰어내리겠다는 건 죽는다는 소리와 뭐가 다르단 말인가. 아무리 고양이라고 해도 17층에서 떨어지면 죽을 것이다. 무시무시한 협박에 시율은 결국 태일을 불러야만 했다.

"태일 씨, 한 가지 걱정스러운 게 있는데요."

"뭔가요?"

"쭉 봤는데 개냥이가 병원 호텔을 너무 싫어하는 것 같더군요. 보아하니 출장이 생각보다 잦으시던데."

하지만 이렇게 순순히 물러날쏘냐. 시율은 태일에게 음흉한 제의를 했다. 해인으로서는 게거품을 물 일이지만.

"사실 저도 그게 걱정이긴 한데…… 고양이가 외로움을 안 타는 동물이라는 건 틀린 말 같더라고요."

"당연하죠. 그리고 개냥이는 다른 짐승이랑 같이 있다는 자체에 많은 스트레스를 받는 것 같더군요."

"아! 아…… 이런. 그러고 보니 이 녀석이 가출한 게 호텔에서 데려온 직후였어요."

태일이 짐짓 죄책감이 묻어나는 얼굴로 해인을 내려다봤다. 그에 열심히 그건 절대 아니라고 도리질 치는 해인이지만 그 뜻이 전달될 리 없었다. 말을 하지 않는 이상에야 말이다. 먼저 말하는 자가 승자다. 시율처럼.

"그래서 제가 생각을 해봤는데 말입니다. 앞으로는 출장을 가게 되면 개냥이를 저희 집에 맡기는 건 어떻습니까?"

"예? 아뇨, 그럴 수는……."

"저도 개냥이가 좋아서 그럽니다. 괜찮은 이야기 아닙니까? 어차피 개냥이를 굶길 수도 없는 노릇이고."

"므미야아악!"(이 제대로 미친놈이!)

'어차피'라는 단어가 너무도 무섭게 들려 해인이 벌떡 일어나 경기했다. 교묘하게 자신이 원하는 쪽으로 말을 돌리는 시율은 천재라고 여겨질 정도였다. 누가 보면 정말 엄청 위하는 줄 알겠다.

"……어째, 싫어하는 것 같은데요?"

제 품에서 바들거리는 해인을 쓰다듬으며 태일이 의문을 표했다. 누가 봐도 싫어하는 기색이 분명했으나 시율은 천연덕스레 고개를 내저었다. 머리 위에 '나 수의사'라는 명함을 반짝이며. 그것이 사람을 홀렸다.

"고양이가 어떻게 사람 말을 알아듣겠습니까. 길에서 받은 스트레스 때문에 오늘따라 예민한 것뿐입니다."

속지 마! 해인이 염원했으나 역시나 태일이 알아들을 리 없었다.

"그렇군요."

"제 제의 한번 진지하게 생각해보세요. 가끔 봐드리는 정도는 저도 좋습니다. 혼자 있다 보면 쓸쓸할 때가 있는데…… 한 마리 들이기에는 아직 마음의 준비가 안 됐거든요."

태일은 저로서는 조금도 손해 볼 것 없는 시율의 제의에 조금 구미가 당기는 모양이었다.

"너무 감사한 제의라 선뜻 수락하기가……."

"먀! 우먀먀먀!"(싫어! 싫어싫어싫어!)

"개냥이도 좋아 죽겠다네요. 태일 씨 서른이시죠? 난 서른둘이에요. 우리 형, 동생 하면서 '자주' 만납시다. 편하게 형이라고 불러요."

"……예에? 예, 아…… 예, 형……."

세상에 이유 없는 호의가 없다는 건 알았지만, 시율은 수의사의 탈을 쓰고 있었다. 자고로 동물 좋아한다는 사람을 의심할 수는 없는 법.

"이 녀석이랑 친해지고 싶은데 아무래도 길들이기가 힘드네요. 오래 보면 좀 나으려나."

"개냥이 말입니까? 저는 전혀 모르겠던데…… 그래서 이름도 개냥이고."

이를 악문 해인은 그저 태일이 저를 시율에게 맡길 일이 없기만을 바랐다. 저 악마의 품에 다시 떨어지지 않기만을.

제발 하느님, 하고 빌었다. 무교이면서.

아무리 애타게 빌어도 들어주는 이가 그럴 의향이 없다면 소원이고 나발이고 별 소용이 없는 모양이다. 예를 들어, 해인이 하느님에게 염원한 것이나 지금 태일이 해인에게 바라는 그런 것. 해인이 바란 것은 다신 그 망할 놈을 만나지 않는 것이었고 태일이 바라는 것은 해인의 안전을 그 망할 놈에게 검사받는 일이었다. 그것들은 너무 상반되어 논할 가치도 없었다.

"개냥아? 잠깐만 나와보자, 응? 검진 가야지."

사람 손이 닿기 힘든 책장 꼭대기로 올라간 해인은 태일의 부름에 도통 묵묵부답이었다. 평소 그의 앞에서만은 착한 척하는 것이 특기였지만 지금은 마치 반항아와도 같았다. 그가 저를 얼마나 걱정하는지 뻔히 알면서도 말이다. 그가 좋은 보호자인 건 인정하지만, 지금은 시율과 한패였으니까.

"걱정돼서 그래, 조금만 보자. 잠시면 돼!"

"……."

"상처만 좀 보고 오자? 응?"

태일이 내려오라는 듯, 받아줄 테니 어서 안기라는 듯 손바닥을 뻗어왔지만, 해인은 그에 오히려 꾸물꾸물 좀 더 안쪽으로 기어 들어가 책장 벽에 납작하니 붙어버렸다. 식빵처럼 누워서는 시선까지 돌려 보란 듯 무시했다.

"개냥이 너!"

태일이 짐짓 엄하게 소리쳤지만 해인은 여전히 못 들은 척 상처 부위를 할짝댈 뿐이었다. 고양이답게 의뭉을 떨었다. 온몸으로 싫다 시위 중인 것이다. 애초에 그 개냥이라는 이름도 마음에 안 들었거니와 가출로 생긴 상처와, 혹여 밖에서 옮아왔을지 모를 질병에 대한 검사 따위 해인은 바라지 않았다. 결정적으로 필요도 없었다. 집으로 돌아온 지 만 이틀, 안정을 취하자 상처는 빠른 속도로 아물고 있었고 해인은 '평범한' 고양이가 아니었기 때문에 질병에 걸릴 염려가 전혀 없었다.

그런 해인에게 병원이란 필요는 둘째 치고 가장 멀리해야 할 곳이었다. 정체를 들켜선 안 되기에. 그러나 지금 해인이 기피하는 것은 정작 병원이 아니었다. 그곳에 있는 시율을 피하고 싶었다. 녀석이 있는 한 그곳은 동물병원이 아니라 악마의 소굴이었다. 녀석을 생각하면 그 머리 위로 빨간 뿔두 개가 함께 연상됐다. 손에는 번쩍이는 은빛 메스를 들고, 등 뒤로는 검고 뾰족한 꼬리를 감출락 말락 살랑이며 저를 해부하려 드는 딱 그런 모습. 그것이 해인이 가진 시율의 이미지였다. 웃을수록 무서운 사악한 악마.

"으오……."(우으…….)

해인은 상상만으로 끔찍해서 부르르 몸을 떨었다. 천적을 연상하면 반사적으로 몸이 긴장하듯 말이다. 또 녀석의 손에 들어갔다가는……. 상상만으로도 끔찍했다. 더 당할 일이라고는 이제 그야말로 해부밖에 남지 않은 거 같았다. 오싹함을 떨치려 발바닥을 열심히 날름날름 핥아보는 해인이다. 태일은 자신이 캐리어를 꺼낸 것이 문제라고 여긴 듯 슬쩍 그것을 구석으로 밀어 넣고는 상냥한 투로 해인을 꼬드겼다.

"자, 캐리어 치웠다. 병원 안 갈게, 내려와 보렴."

"……먀옹."(……절대.)

우쭈쭈, 하며 말하는 태일에게 콧방귀를 뀌어 보인 해인은 고개까지 설레설레 저어 보였다. 태일은 애완동물이 엄청 똑똑하다는 게 꼭 좋은 일은 아니라는 걸 깨달았다. 눈치가 이렇게 좋아서야 속일 수가 없었다. 이래서 고양이는 요물이라고 하는 모양이다.

"······후."

한참 만에야 드디어 포기했는지 태일이 어깨를 으쓱이며 침실로 들어갔다. 해인의 눈이 반짝였다. 해인이 요새로 선택한 높고 아슬아슬한 책장은 거실에 있는 것이었고 그 위에서는 거실과 부엌, 현관, 침실이 한눈에 보였다. 그곳에서 멀어지는 태일을 내려다보며 해인은 자신이 승리했음에 기분 좋게 목을 울렸다. 노래라도 부르고 싶은 심정이었다. 아니, 이미 부르고 있었다.

"미, 미웅, 미우웅. 먕먕!"(헤헤, 이겼어, 이겼다고. 내가 가끔은 이기지!)

제가 뭐라고 울고 있는지도 모르고 그저 고개를 까닥이며 흥얼거렸다. 승리다! 녀석을 보지 않아도 돼! 가늘어지는 눈과, 쫑긋거리는 두 귀와 살랑살랑 흔들리는 꼬리가 썩 기분 좋은 모양새였다. 아무렴 이래야지, 내버려 두면 나을 텐데 뭐하러 돈 주고 그 변태 수의사를 만난단 말인가. 해인은 짐승들이 대체로 의사를 싫어하는 이유를 알 것 같았다. 물론 해인이 가진 거부감과 분노는 보통 짐승들의 것에 비해 좀 더 지능적인 것이었다. 진짜 동물들은 그저 본능적으로 자신에게 아픔이나 굴욕을 준 의사에게 적개심을 가지는 것이고, 해인은 나름의 일목요연한 원한 리스트를 가지고 있었다. 입술로 검사당한 것 말고도 다양했다.

1. 저를 짐승 취급한다.

2. 그러면서 가지고 싶어 한다.

3. 최종 목표는 아무래도 해부인 거 같다.

4. 그러면서도 선한 인간인 척하는 가장 위험한 족속이다.

5. 믿을 뻔했지만 절대 믿어서는 안 된다.

이런 녀석을 경계하지 않으면 저는 멍청이였다. 그렇고말고! 해인은 결연하게 혼자 고개를 끄덕였다.

"개냥아? 고마워해야겠다, 너."

"퐁?"(엥?)

끝없이 뽑아낼 수 있을 것 같은 강시율이 싫은 이유를 몇 가지를 더 꼽고 있던 해인은 다시 거실로 나오는 태일과 눈을 마주쳤다. 올려다보며 손에 든 휴대폰을 까닥이는 태일은 기뻐 보였다.

"방금 통화했는데, 형님이 직접 와주시겠대."

"……먀아?"(……뭐?)

"오늘은 바쁘고, 내일 퇴근하면서 외진 와주신다는데? 널 정말 예뻐하시는 것 같다."

태일의 그 해사한 웃음에 해인은 그만 입을 벌린 채 굳어버렸다.

그날 저녁 해인은 침통하니 병 걸린 고양이처럼 골골대며 침실 구석에서 움직이지 않고 있었다. 다시 가출을 하자니 너무도 개고생할 게 뻔했고, 닥쳐올 시율을 만나자니 그건 그것대로 불만스럽고. 아니, 불만 정도가 아니라 부아가 치밀었다. 내가 왜 녀석을 피해 도망쳐야 하는 거야?

마수에 걸린 사냥감이 된 것 같았다. 따지자면 끝이 없지만 가장 근본적인 문제는 이 고양이 꼴이었다. 이렇게 되지만 않았다면 고양이 주제에 사람을 좋아하지도, 고양이 주제에 수의사에게 인권 모독을 따질 일도 없었을 테니까.

"크옹……!"(제길……!)

엄마에게 갈까도 생각해봤지만 이내 접어버렸다. 사람으로 누군가의 곁에 있자니 그 모습을 유지할 수 있는 시간이 너무도 짧았다. 한 달에 하루꼴, 결국 사람도 안 돼, 고양이도 안 돼. 그렇다고 왔다 갔다 하게 된 사연을 구구절절 설명하자니 그것도 끔찍한 일이었다. 또 괴물 소리를 듣고 싶지도 않았다. 1년만 버티면 되는데 엄마에게 걱정 끼치고 싶지도 않았다. 생각할수록 이런 해괴한 경험을 하는 건 저 하나로 충분했으니까. 다시 하아, 하니 짧은 숨을 토하며 해인은 애써 마음을 다잡았다.

띵동. 문득 벨이 울렸다. 이 시간에 누구지? 반짝 고개를 치켜든 해인은 밤 10시를 가리키는 시계를 한 번 보고는 어슬렁어슬렁 걸어 나가 침실 문

턱에 섰다. 그리고 고개를 갸웃하며 태일이 열어주러 나가는 현관문을 주시했다. 매니저인 친구 놈? 하은? 둘 다 별로 달갑지 않은데. 해인이 부루퉁한 표정을 지었다.

그러다 킁, 하니 코끝을 움찔 세워 방문자의 냄새를 탐해보고는…… 번개처럼 움직였다.

"오셨군요."

"아, 이거 실례……."

탁월한 후각과 짐승의 감이 천적의 방문에 기민하게 반응했다. 비상, 비상, 비상! 강시율이다앗! 해인은 냅다 다다다닥 소리를 내며 침대 밑으로 피신해버렸다. 그러고도 한참을 더 기어 들어가 가장 깊숙이 숨어서야 헉! 하니 숨을 들이켜며 자신이 도망친 사실을 인지했다.

그것은 거의 본능적인 도피였다. 자존심 상하지만 숨은 게 맞았다. 녀석을 인식하자마자 몸이 자동으로 반응한 것이다. 현실적으로 따져보고 이왕 못 피할 상대, 당당하게 마주하자고 결심했건만 몸이 먼저 거부하다니.

"히약……!"

숨어들어서도 해인은 심장이 쿵쾅거려 죽을 맛이었다. 이곳이 안전하지 않다는 것을 알면서도 오도 가도 할 수가 없었다. 뻔히 여기 있다는 사실을 들킬 텐데 도망친 것도 우스웠다. 하나 시율의 존재를 알아챈 순간 반쯤 제정신이 아니었다. 아직 마음의 준비가 덜 되어 있었기 때문이다.

내일 온다며! 해인은 그렇게 반박하고 싶었다. 하지만 침대 밑으로 보이는 두 쌍의 발을 보고는 그저 입술을 우물거릴 뿐이었다.

'다가온다, 다가와……!'

불안감으로 입술이 물결치듯 흐물거리는 기분이었다. 난감해하는 태일의 음성이 먼저 들려왔다.

"녀석 빠르네. 이 밑으로 숨은 것 같은데 어쩌죠? 한번 숨으면 잘 안 나오는데요."

"음, 내가 어지간히 싫은가 보네."

"크오우으읏!"(싫다 뿐이냐!)

당연한 것을 궁리하듯 말하는 시율에게 해인은 힘껏 화답해줬다. 침대 밑에 숨어서는 밖으로 들릴 정도로 크게 아르릉거렸고 태일은 그마저 미안했다.

"죄송해서 어쩌죠. 기껏 와주셨는데."

"수의사 몇 년 하다 보면 미움받는 것도 익숙해집니다. 애초에 이렇게 도망갈 것 같아서 일부러 급습한 거고. 녀석들이 눈치가 보통이 아니거든요. 흔히들 고양이는 영물이라고 하지 않습니까."

귀를 기울이던 해인은 꼬리에 바짝 힘을 줬다. 영악한 건 네놈이지! 내일 온다더니 오늘 온 것도 다 계획된 것이었던 모양이다. 제 방문에 해인이 또 가출을 고심할 거라는 걸 염두에 둔 게 분명했다. 시율은 제멋대로 해인의 머리 꼭대기에서 놀고 있었다. 심지어 태일까지 제 손아귀에 넣으려 들었다.

그는 직업을 살려 믿음직한 투로 말했다.

"사실 제가 데리고 있는 동안 간단한 검진은 해뒀습니다. 외관상에 큰 문제는 없었고…… 오늘은 뒷다리의 상처 경과를 좀 볼까 했던 건데. 이래서야 무리겠군요."

그리고 해인이 서식하는 환경도 좀 궁금했고. 그 말은 눈으로 태일의 집 안을 살피는 것으로 대신하는 시율이다.

"그렇습니까? 그럼 전염병 검사 같은 건……."

"저도 고양이 에이즈나 피부병 검사를 하고 싶긴 합니다만, 신경이 날카로워 보이니 좀 더 안정된 뒤에 할까 합니다. 아! 그리고 맥주는 제가 알아서 사 왔는데 괜찮습니까?"

이게 무슨 소리? 해인은 눈가가 바르르 떨리는 걸 느끼며 둘이 서 있는 쪽으로 조금 기어갔다. 냉큼 꺼지지 않고 뭘 어쩌겠다고? 제 성능 좋은 귀를 또 의심하는 해인이다.

"저는 딱히 가리는 건 없습니다. 그나저나 안줏거리가 별로 없는데 치킨을 시킬까요?"

"축구 하는 날이라 주문해도 치킨이 많이 늦을 텐데요."

"아…… 그 생각을 못 했네요."

"그리고 제가 제의했으니 제가 책임져야죠. 병원 근처에서 이것저것 사왔습니다."

시율은 지금 해인을 핑계로 '말을 얻으려면 장수를 쏴라' 전법을 적극 실천 중이었다. 사람 좋은 태일은 멋모르고 요령 좋은 시율에게 휩쓸리고 있었고 말이다.

"그리고 아까 말씀드렸다시피 경계가 심한 동물한테는 나는 네 주인과 친하다는 걸 보여주는 게 경계를 풀게 하는 데 가장 좋거든요. 검증된 효과적인 방법이죠."

해인은 이 두 남자가 친해지는 사태를 막기 위해 웅크리고 있던 몸을 침대 밖으로 조금 내밀었다. 하지만 시율과 눈이 마주치자마자 뒷걸음질 쳤다.

'흐악, 안 되겠어. 무서워서 못 나가겠어!'

결국 불안한 해인은 목을 울리는 것이 최선이었다.

"우오우으으우……. 우엥!"(주인 그 인간은 악마라구……. 속지 마!)

해인이 애타게 태일을 시율의 마수에서 구해보려 했지만 둘은 이미 거실 소파에 자리를 잡은 뒤였다. 성인 남자 둘이 술 한잔하면 급속도로 친해질 터다. 그게 싫은 해인은 그저 침대 밑으로 고개만 빼꼼 내민 채 안타깝게 울었다.

"저 봐요. 우릴 주시하죠?"

"정말이네요. 근데 뭐라고 하는 걸까요?"

"키야옹!"(개랑 놀지 마!)

경계하는 듯한 모습이 마냥 신기한 태일이었고, 그마저 이용하는 시율이다. 시율이 소파에 기대앉으며 턱으로 해인을 가리켰다.

"생각해보세요. 저 고양이 눈에는 수의사인 내가 얼마나 위험해 보이겠습니다. 자기한테 주사도 놓고, 아프게 하는 사람이니까. 그러니 주인에게도 가까이하지 말라고 위험을 알리는 거죠."

"꼭 어린 아기들 같은 시선이네요."

"단순해서 사랑스러운 녀석들이죠."

저 거짓말쟁이……! 해인은 이를 갈았으나 감히 밖으로 나갈 용기가 여전히 나질 않았다. 시율은 해인 생의 첫 천적이었다.

걸터앉은 자리에서 맥주를 여섯 캔 정도 비우고 안주도 새로 뜨며 두 남자가 오늘의 축구 경기에 몰입할 즈음, 둘은 마치 십년지기 친구 같아 보였다. 남자란 저게 문제야. 축구랑 맥주만 있으면 누구든 금세 친구 되는 거지!

"오늘 경기 흥미진진한데? 안 그래?"

은근슬쩍 말을 놓는 시율이었고 그에 전혀 거부감을 느끼지 못하는 태일이었다.

"이야, 그러게요. 어떻게 저 볼을 넣죠?"

"어시스트가 워낙에 좋으니까. 축구는 공격수만 가지고는 안 되고 윙스가 좋아야 하는데, 우리나라 선수들은 어시스트를 너무 우습게 봐."

"그러고 보니 그러네요. 다들 자기 볼 넣을 욕심만 있어서……. 저 외국 선수들 봐요. 어시스트에까지 목숨 걸지 않습니까."

둘에게는 몇 가지 공통점이 있어서 친해지는 건 아주 쉬운 일이었다. 비슷한 나이대, 축구, 개냥이, 사진. 그리고 당근을 우아하게 휘두를 줄 아는 시율.

"참, 이봐, 동생. 우리 집에 와서 마음에 들어 했던 사진 있잖아? 거실에 크게 걸린 거. 어디서 구했냐고 물었던."

"얀 아르튀스 베르트랑의 페리토모레노 빙하요?"

무슨 빙수라고? 해인은 태일의 혀가 술 때문에 꼬부라진 줄 알았다.

"그거 아주 싸게 넘길까 하는데, 생각 있으면 어때?"

"예? 그거 정말이십니까?"

"그럼, 정말이지."

시율은 아주 저렴하게 넘기겠다 홀렸고 태일은 넘어가면서도 그게 뇌물인지는 꿈에도 몰랐다. 둘은 속수무책으로 친해져 갔고, 해인은 그 모습을 불안하게 지켜보는 수밖에 없었다.

축구 경기의 후반전이 끝날 무렵 태일은 어느새 곯아떨어져 있었다. 그렇지 않아도 근래 잠이 부족했는데 술이 들어가니 곧장 잠에 빠져들었던 것이다. 그리고 이것마저 모두 시율의 계획에 포함되어 있었다. 시율은 주량이 상당한지 멀쩡하게 일어나 태일이 잠든 걸 확인했다. 그러고는 여전히 해인이 숨어 있는 침실로 유유히 걸어왔다. 그 느긋한 걸음걸이가 해인에게는 긴장의 날을 세우게 했고 그가 가까워올수록 해인은 숨을 죽이며 발톱을 길게 빼냈다. 여차하면 긁어줄 심산이었다.

"이봐."

그러나 다짐이 무색하게도 시율이 침대 아래로 얼굴을 내밀자 해인은 급히 안쪽으로 후퇴했다. 태일이 시율과 친해지는 것도 막지 못한 터라 어째 자신이 무력하게 느껴졌다.

"어이?"

"……."

"개냥 씨?"

"캬아욱!"(냉큼 꺼져버려!)

가지도 않고 사람, 아니 고양이 불안하게 계속 부르는 시율에게 해인이 해줄 거라고는 사납게 울어주는 것이 전부였다. 아무래도 시율은 해인과 대화가 하고 싶은 모양인데 해인은 말문을 트고 싶지도 않았다. 그러나, 강시율은 해인의 머리 위에서 노는 인간이었다.

"아, 그나저나 네 주인 참 괜찮은 것 같더라. 남자가 봐도……."

힐끔, 거기까지 말한 시율은 침대 밑을 살폈다. 사나운 씩씩거림이 잦아지는 걸 귀로 확인하며 말을 이었다. 그는 안다. 당근에 장사 없다는 걸. 사람이고 고양이고. 자기가 좋아하는 사람을 칭찬해주는데 기분 나쁜 사람, 아니 고양이 없었다.

"네가 반할 만하더라. 확실히 동물이 좋아하는 사람치고 나쁜 사람 없다고는 하지."

"……."

"진국이랄까, 사람 참 좋은 것 같던데…… 어디 예쁜 후배 있으면 소개해주고 싶네."

"그, 그건 싫어."

"아 참! 사랑에 빠진 여자였지."

그건 명백히 비꼬는 말투였다. 해인은 숨어 있는 주제에 따질 건 따졌다. 거실에 잠든 태일에게 들릴 리 없다는 걸 알면서도 바닥을 기는 목소리였다.

"짐승 취급 했으면서 이제 와서 생각해주는 척하지 말라고!"

"그럼 어쩌라는 거야? 사람은 아니니 외계인 취급? 아니면 요괴? 도깨비? 뭐가 좋으세요?"

결국 괴상한 생명체들뿐이군. 그 범주에 자신이 들었음에 해인은 치를 떨었다.

"뭐든 좋아. 난 너랑 더 친해지고 싶어. 정말이야."

더없이 진심이라는 듯 시율이 진하게 웃으며 말했고 해인은 그게 무서울 따름이었다. 시율이 저에게 집착하는 이유가 대체 뭘까? 관찰욕? 학자들이 가진다는 탐구열? 그도 아니면 희귀한 생명체에 대한 소유욕? 그리고 이내 해부욕? 부르르, 해인의 온몸은 떨리지 않는 곳이 없었다.

"내, 내가 미쳤냐? 응? 내가 바본 줄 알아?"

"……실수였다니까 그러네. 해부 같은 건 나도 취미 아니야."

"이젠 네 말 안 믿을 거야! 얼른 네 집으로 가버려!"

"어떻게 해야 네게 호감을 살 수 있을까 생각해봤거든? 이런 거 어때? 잘 되게 도와줄게. 네 주인이랑."

사람 좋게 웃는 낯에 잠시 정신이 팔려 해인은 시율이 대뜸 던진 말이 곧장 이해가 되질 않았다. 뭘 되게 해줘?

"뭐?"

"내가 저 녀석한테 너를 소개해줄게. 인간으로서."

천천히 웃음을 지워버린 시율이 진지하게 말했고 해인은 그 변화를 지켜보며…… 거참 바보 같은 제안이라는 생각을 했다. 하지만 그 제안, 조금 혹했다.

"내가 아는 여자 후배라고 하면서, 데이트 정도는 할 수 있게 만들어주지. 어때?"

"……사람."

"그래, 사람 대 사람으로. 내가 저 녀석이랑 왜 친해지고 있다고 생각해? 다 널 위해서야."

태일에게 사람으로서 다가갈 수 있다고? 심장이 조금 전까지의 불안과는 다른 것으로 작게 콩닥거렸다. 그러나 아주 잠시였다. 이내 자신의 처지를 인지하고는 고개를 털어버리는 해인이다. 악마의 속삭임에 또다시 휘둘릴쏘냐.

"안 들을 거야! 또 놀리려는 거 다 알아."

"놀리는 거 아냐. 널 돕고 싶어서 그래. 인간을 좋아하게 돼서 생긴 네 소원 같은 게 있을 거 아니야. 키스나 데이트. 옷도 그래서 사달라고 했던 거 아닌가. 너 인간 흉내 좋아하잖아? 그중 뭐가 하고 싶어? 설마하니 인간과 결혼하고 싶은 건 아닐 테니…… 연애 놀이 정도라면 내가 거들어주지. 얼마든지! 어드바이스도 맡겨두라고."

또다! 상냥한 척 웃는다. 해인은 흔들리는 이성을 붙들며 또박또박 대꾸했다.

"싫어. 넌 분명 그 대가로 뭔가를 요구할 거잖아!"

"있긴 있지만."

해인은 한 걸음 뒤로 물러섰다. 그러자 꼬리 끝에 벽이 닿아 몸을 살짝 틀며 혹여 시율이 다가올까 위협적으로 으르렁거렸다. 어둠 속에서 한껏 경계하면서도 해인은 쉽게 넘어오지 않았고 시율은 이 짐승 제법 머리 굴리네? 하며 피식, 웃어버렸다. 세상에 공짜가 없다는 걸 아는 짐승이라니, 제법이지 않은가.

그는 짙게 웃었고 해인은 그럴수록 경계했다. 웃음 뒤에 숨긴 걸 간파해보려 눈을 빛냈으나 어느 모로 보나 시율 쪽이 고단수였다.

"내가 바라는 건, 네 신뢰."

"……내 신뢰?"

"단순히 너랑 친해지고 싶어서 하는 작은 성의 표현이야. 난 정말 너에게 한 짓을 마음 깊이 반성하고 있거든. 너라는 존재가 낯설어서 실수를 조금 한 것뿐이야. 사과하고, 만회하고 싶어. 네게 도움이 되고 싶고."

그는 태일에게 호감을 샀듯 해인에게도 그러고 싶었다. 그것은 기실 그의 특기 중 하나였으니까. 해인이 차라리 정말 여자라면 돈이나 선물로 때울 수 있을 텐데. 하나 먹는 것도 통하지 않고, 이제 옷도 싫단다. 통하는 거라고는 태일에 관한 얘기뿐이었다.

"내 신뢰로…… 뭘 어쩌려고?"

"난 너랑 친구가 되고 싶어. 그뿐이야."

해인은 조금 늦추기는 했지만 여전히 경계 중이었고 그 벽을 부수기 위해 시율은 쉬지 않고 달콤한 속삭임을 이었다. 이 예민한 고양이를 채 다 파악하지 못해 지금은 미움을 샀지만, 그래 봤자 단순한 짐승이니 끈기를 가지고 꼬드겨볼 셈이었다. 주인도 꼬드겼는데 그 고양이쯤이야.

"응? 네 주인이랑 손잡거나 키스할 수 있게 도와줄게. 날 믿어보라니까? 검사해본 소견상 그런다고 들통 날 것 같지도 않고……."

"끄아악!"

그러나 여전히 해인을 다 파악하지 못한 시율은 민감한 구석을 다시 건

드렸고 해인은 그에 정신이 번쩍 들었다. 자칫 흐리멍덩하니 녀석이 바라는 대로 끌려갈 뻔하지 않았는가. 최면처럼 반복해 말하는 시율의 수법에 저도 모르게 귀 기울이던 해인은 녀석과 키스했다는 사실을 상기하자마자 정신이 들었다.

시율은 다시 멀어지는 해인은 보며 작게 혀를 찼다. 다 꼬셨건만 막판에 정신을 차리다니. 키스라는 단어가 안 되는 걸까.

"그냥 네가 사람이랑 가깝다는 말이 하고 싶었어."

"됐거든?"

"태일이랑 충분히 연애할 수 있을 거야. 하물며 나도 너를 보면 심장이 두근거리거든. 너에 대해 알고 싶어서 때때로 숨이 막힐 정도야."

이 인간…… 날 파헤치고 싶어 해! 역시 해부? 그렇게 받아들인 해인은 그저 오싹할 따름이었다.

반면 시율은 시율대로 제 두근거림의 방향을 다소 착각하고 있었다. 보통 짐승에게 두근거리면 그걸 사랑이라고 여겨지는 않으니까. 해인의 인간 모습이 계속 머릿속에 떠오르고, 다시 보고 싶은 강박감이 든다고 그걸…… 사랑이라고는 여기지 않으니까. 울먹이며 제 빰을 때리던 해인의 모습이 계속 떠오른다고, 그걸 사랑이라고는 여기진 않으니까. 그는 첫눈에 반한다 따위 믿지 않는 인간이었으니까.

이 두근거림은 단순히 새로운 것에 대한 호기심이다, 시율은 그렇게 정의 내렸다.

5. 천적의 치명적인 유혹

직업 특성상 한번 일하러 나가면 기본 12시간 이상 집을 비우는 태일이었다. 1박 정도 집을 비우는 건 잦은 일이었고, 2박 이상 출장이 잡히면 그땐 해인은 호텔에 맡겨졌다. 애완고양이가 된 지 두 달 차. 해인은 이제 혼자 집을 보는 일에도 익숙해져 있었다. 혼자가 되면 주로 즐겨 하는 일은, 역시 TV 보기였다.

틱틱. 리모컨을 눌러 TV를 보는 정도는 고양이 몸으로도 충분히 할 수 있었기 때문이다. 아마 이 집의 주인은 상상도 못 하겠지만.

"으냐. 볼 게 뭐 이리 없냐앙."

평일 한낮에는 당연히 볼만한 프로그램이 없었다. 툴툴대는 해인의 입에서 고양이의 언어와 사람의 언어가 기묘하게 섞여서 나왔다. 이런 고양이 말투는 몸이 너무 편할 때, 혹은 방심하고 있을 때 멋대로 튀어나오곤 했다. 하지만 그러거나 말거나 해인은 늘어져서 뒹굴뒹굴할 뿐이었다. 집에 혼자 있는데 뭐, 아무렴 어때. 편한 게 최고지.

그새 TV 보는 것에 싫증 난 해인은 까칠한 혀로 제 앞가슴의 털을 핥아내렸다. 심심하니 몸단장이나 할 심산이었다. 손바닥도 열심히 핥고, 고개를 돌려 등도 핥았다. 사람이라면 당연히 불가능한 기묘한 자세들이었다.

"엇. 나 너무 유연한데?"

핥핥. 해인은 등 부분을 핥다가 번뜩 깨달았다.

"좀 짱인 듯."

사람일 때는 너는 애가 뭐, 그리 뻣뻣하냐는 소리를 툭하면 들었으니까. 그에 반해 지금은 발레리나 언니들 저리 가라 할 정도로 유연했다. 왠지 콧노래가 나왔다. 기분이 좋아져서 꼬리도 열심히 살랑대며 몸단장에 더욱 열중했다.

"흐흥."

해인은 요즘 생활에 나름 안정이 되어서인지 본래의 낙천적인 성격을 서서히 되찾아가고 있었다. 청결 작업에 한창 몰입하던 그때, 고감도 센서를 가진 고양이의 귀가 엘리베이터 문이 열리는 소리를 캐치했다. 두 귀를 쫑긋하며 해인이 반짝 고개를 들었다. 지체 없이 리모컨을 향해 몸을 날려, TV 전원을 껐다.

그러곤 귀를 세우며 현관문으로 다가오는 발소리에 관심을 기울였다. 태일일까? 아니면 앞집? 의문을 가지는 그 순간, 익숙한 도어록 누르는 소리가 들려왔다. 띠디딕, 띠익.

비밀번호를 누르고 들어오면 태일이 왔다는 것인데. 하지만 이상했다. 태일이 촬영 짐을 싸서 나간 지 겨우 3시간밖에 지나지 않았는데. 벌써 돌아온 걸까? 일단 반길 준비를 해야지! 해인은 얼른 현관 쪽으로 뛰어갔다. 그의 귀가는 언제나 신나는 일이었다.

"미야앙?"(벌써 온 거야?)

현관문이 열리며 훅, 하니 끼쳐오는, 태일이 아닌 자의 체취에 곧장 뒷걸음쳤다. 해인은 그나마 방문자가 시율이 아니라서 그 정도로만 도망치긴 했다.

"어디…… 아, 있네, 있어."

남의 집 도어록을 열고 불쑥 집 안에 들어온 건 다름 아닌 태일의 매니저 친구였다. 그는 집 안에 들어서자마자 해인을 바라봤다. 마치 해인에게 용건이 있는 사람처럼. 고양이에게 웬 용건? 해인은 매니저를 똑바로 보며 슬금슬금 또다시 뒷걸음질 쳤다. 그런데 그보다 빠른 속도로 매니저가 다가왔다. 그리고 해인이 저와 친하다고 착각이라도 하는지 대뜸 안으려 드는 게 아닌가.

당연히 해인은 뱀처럼 그 손아귀에서 스르륵, 미끄러져 빠져나왔다. 고양이의 유연함을 우습게 보지 말라고!

"으왁, 뼈가 없나. 흐물흐물하네."

"미얍!"

"자, 잠깐. 이리 와라, 고양아. 응?"

이건 또 뭐야, 하는 미심쩍어하는 고양이의 시선에 매니저 녀석은 매우 난감해했다. 자신이 다가갈수록 해인은 뒷걸음질 쳤으니 그럴 만도 하지. 해인은 영락없는 새침데기라, 태일에게만 개냥이였다. 그런데 이름도 모르는 매니저 따위에게 순순히 꼬리를 흔들쏘냐!

"얌마, 야옹이! 나 기억 안 나냐? 응? 이리 와보라니까."

"……."

"자, 개냥이 착하지? 어이! 얌마!"

도망만 치는 해인에게 매니저가 버럭! 소리쳤고 해인은 미련 없이 구석으로 숨어버렸다. 그래도 아는 낯이라 봐주고 있던 건데 큰소리를 내다니. 저놈 혹시 도둑일까? 아니면 나를 납치하려고 하나? 침대 밑에 숨은 해인은 그저 두 눈을 반짝이며 매니저를 감시했다. 허튼짓을 하려 들면 사납게 덤벼볼 작정이었다.

다행히 해인이 매니저를 침입자로 간주하기 전에, 그는 태일과 통화를 했다. 아무래도 태일이 해인을 데려오라고 시킨 모양이었다.

"야, 태일아! 얼른 데려가야 하는데 네 고양이가 숨어서 안 나온다. 뭐? 이름? 불러봤지! 그랬더니 웬 똥개 보듯 쳐다보면서 도망갔어. 그래! 역시 네가 직접 와야…… 응? 잠깐만. 드디어 나왔다."

매니저는 어느새 기척도 없이 문지방 위에 앉아 있는 해인을 보며 침을 꿀꺽, 삼켰다. 무슨 변덕으로 다시 침대 밑에서 나온 걸까. 매니저는 아주 천천히 해인에게 접근을 시도했고, 해인은 이번엔 도망가지 않았다. 대신 고개를 갸웃거리며 물었다.

"미야옹?"(나 데려오래?)

"……얌마, 이거 요물이다. 너랑 전화하니까 다시 튀어나왔어. 그래…… 잡아갈게. 알았다니까! 살살 한다고! 끊어!"

"먀옹, 먕?"(왜, 어디 가는데?)

순순히 매니저의 손에 잡혀준 해인이 물었지만 그가 알아들을 리 없었다. 매니저는 다만 어깨에 끼고 있던 휴대폰을 다시 주머니로 넣으며 부랴부랴 캐리어를 찾았을 뿐이었다. 해인은 그 옆구리에 걸려 달랑달랑 잡혀 다녔다.

"캐리어가 분명 여기 어디 있댔는데?"

"먕먕?"(어디 가는 건데, 어디?)

매니저를 시킨 걸 보니 병원은 아닌 것 같고. 해인은 매우 궁금했다. 그래서 나름 귀엽고 깜찍하게 물어보았으나, 가보기 전에는 알 수 없는 일이었다.

"샤악!"(싫어!)

요괴 같은 비명에 매니저는 크게 당황했다. 분명 데려올 때까지만 해도 나름 얌전히 굴던 고양이가, 촬영장으로 데려와 캐리어에서 꺼내줄 때까지도 새침하니 있던 고양이가, 거의 30명이 넘는 스태프들을 보고도 스트레스는커녕 신경도 안 쓰이는지 태일에게 안겨 골골대던 고양이가, 하은이 다가오자 팔짝 뛰었으니 말이다.

"나 아무래도 얘한테 미움받는 것 같아."

오늘의 모델인지 완벽하게 차려입은 하은이 울상을 지었다. 태일이 '오늘 우리 같이 촬영할 거야.' 하고 속삭이자 알아듣는 것처럼 고개를 유순히 끄덕이며 영리해 보이던 것이 제게만 이를 드러냈기 때문이다.

"개냥아!"

"미약미약미약!"(싫어싫어싫어!)

잘해보자 하고 내민 하은의 손등을 자칫 할퀼 뻔했기에 태일이 크게 나무랐지만, 그 태도는 더 사나워졌으면 사나워졌지 수그러들지 않았다. 그리고 사람들은 왠지 저 고양이의 외침이 무슨 뜻인지 알 것 같았다. 너무 확고한 거절이었다.

"이러면 촬영이 안 되는데."

"미안. 왜 날 미워하지?"

"……글쎄."

"어쩌지, 태일아? 이제 와서 또 다른 고양이를 구할 수도 없잖아."

본래 오늘 촬영에 투입될 예정이었던 검은 고양이가 갑자기 발정이 났다. 하지만 사진작가인 태일이 크게 당황하지 않은 것은, 자신에겐 영리한 고양이 개냥이가 있었기 때문이었다. 사실 예정되어 있었던 고양이보다 해인이 오늘 촬영의 모델로 더 제격이라고 생각했다. 다만, 고생시킬까 싶어 데려오지 않았을 뿐이었다.

한데 문제가 생겼고, 급하게 매니저에게 해인을 데려와 달라고 부탁한 것이었다.

"괜찮을 줄 알았는데, 무리였나 봐."

촬영장 분위기에 금세 적응하는 해인을 보며 안심했건만, 의상을 갈아입고 나온 하은을 본 순간부터는 해인은 적이라도 만난 것처럼 캬옥캬옥 성질을 부리고 있었다. 촬영을 진행했다가는 모델인 하은이 피투성이가 될 것 같은 수준이었다. 태일은 아파오는 머리를 움켜쥐었다.

"결국 다시 구해야 하나. 하은이 너 스케줄 조정 안 되는 거야?"

"지금도 좀 일정이 빡빡해. 그리고 다음 주에 해외 로케도 있고."

"어쩐다. 그러면 가까운 펫숍에 연락해볼까? 누구 검은 고양이 키우는 친구 있는 사람 없어?"

온몸으로 격하게 하은에게 안기길 거부하던 해인은 태일이 심각하게 회의에 들어가자 자신이 실수했나 싶어졌다. 그를 은인이라고 하면서 막상 그에게 도움이 될 수 있는 순간 이리 비싸게 굴었기 때문이다. 하지만 하은이 싫은걸. 왠지 그냥 싫단 말이야.

볼을 부풀린 채 잠시 바닥을 긁던 해인은 결국 슬쩍, 하은의 발치로 다가가 섰다.

"전에 알던 코디 언니가 고양이 기른다고는 했는데. 회색 고양이라도 괜찮을까?"

"회색은 컨셉이 안 맞아."

"꼭 검은 고양이여야만 해?"

"아무래도 컨셉이 마녀라서."

아직 해인이 자신의 발밑에 서 있는 걸 모르는 하은은 태일과 매니저와 함께 머리를 싸매고 대책을 강구하고 있었다. 해인은 이 키 크고 스타일 좋은 여자를 한참 올려다봤다. 하은은 보면 볼수록…… 예뻐서 못마땅했다. 다리는 길고 가늘며 허리는 잘록하고 가슴은 꽤 볼륨 있다. 짜리몽땅한 제 본모습이 떠올라 또 못마땅해진 해인이지만 일은 해야 했기에 앞발을 들어 슬쩍 하은의 종아리를 눌렀다. 꾹. 네가 싫지만 태일의 얼굴을 봐서 한번 어울려주겠어, 그러니 빨리 끝내라고. 꾸우욱.

"어머……? 얘가 나한테 꾹꾹이를 하네."

"그 고양이 무슨 변덕이래?"

매니저가 살다 살다 이런 변덕스러운 동물은 처음 본다는 듯 해괴하게 쳐다봤고 태일은 손가락을 들어 입을 가렸다.

"쉿, 다 알아들어. 그러니까 개냥이 마음 바뀌기 전에 얼른 촬영하자."

태일만이 해인의 변덕에 대해 조금 이해했다. 자기만의 착각일지도 모르지만, 제가 난감해하니 개냥이가 양보해주는 거라고 생각한 것이다. 하은이 아주 조심스러운 손길로 제 다리를 꾹꾹 눌러대는 해인을 안아 올렸다. 마지못해 안기면서도 해인은 그게 싫어 목을 뒤로 뺐다. 하은과는 눈도 마주치지 않았다.

다행히 촬영하는 내내 눈을 마주칠 일이 없었고, 해인은 태일이 시키는 대로 하은의 품 안에 얌전히 안겨 있거나, 빗자루 위에 예쁘게 꼬리를 들고 서 있었다. 하은의 둥근 어깨 위에 올라가 있을 때엔 좋은 향수 냄새에 저도 모르게 머리카락 속을 킁킁대기도 했다.

"개냥아, 여기 보자."

문득 태일의 목소리가 들렸다. 해인은 그가 손짓하는 대로 서고 움직이고 뒤돌아봤다. 그 모습에 스태프들이 모두 영리한 고양이라며 감탄했다. 이 촬영의 주인공은 어느 브랜드의 신상 블랙 미니 드레스가 분명했다. 몸에 딱 붙은 검은 원피스들은 대부분 섹시보다는, 지적이고 도도한 느낌이었다. 청순하고 지적인 마스크에 늘씬한 몸을 가진 하은에게 썩 어울리는 것이었다.

부러운 몸매일세. 해인은 키가 작고 통뼈인 자신이 싫진 않지만, 여자의 솔직한 심리로는 하은처럼 길고 마른 몸매가 부러웠다.

"저기…… 태일아, 얘 은근히 발톱 세우는데."

"어, 좀만 참아라."

"일부러 그러는 건 아니겠지?"

태일은 차마 대꾸하지 못했고, 찰칵거리는 셔터 소리가 날 때마다 애써 웃는 하은과 심술 난 해인의 모습이 필름에 담겼다.

보통 시간을 잡아먹는 주원인인 동물 모델이 워낙에 탁월한 지능을 가진 덕에 촬영은 모델 교체에도 불구하고 예정보다 빠르게 마무리됐다. 하은이 옷을 갈아입으러 간 동안 매니저가 태일에게 다가왔다.

"태일아."

"음?"

친구의 부름에 태일은 모니터에서 시선을 떼지 않은 채 목만 올려 대답했다. 촬영이 끝나자마자 해인을 쓰다듬어주는 손길도 여전했다. 오늘 고마웠다는 뜻인지 해인의 귀 사이, 머리 위를 어르는 손길이 유난히 정성스러웠다. 하지만 시선만은 집요하게 오늘 촬영한 사진들을 점검하고 있었다.

"볼래? 건질 게 꽤 많겠어."

"뭐, 네가 어련히 잘 찍었겠지. 여배우들도 다 너랑 못 찍어서 안달 났는데."

"너무 과찬이네."

"패션 화보를 너만큼 고급스럽게 찍기도 힘드니까……."

태일은 과연 프로였고, 오늘의 결과물들은 까막눈인 해인이 보기에도 훌륭했다. 그의 실력 덕분인지, 그가 하은을 잘 이해하고 있어서인지 하은이 유독 매력적으로 보였다.

"그리고, 할 말이 좀 있는데. 하은이 일로."

매니저의 목소리가 제법 심각해서, 태일은 결국 모니터에서 시선을 떼어내야 했다.

"뭔데, 김기도."

"……매니저라고 불러."

자신의 이름을 썩 좋아하지 않는 기도가 호칭을 정정했고 태일은 작게 웃으며 기도 쪽으로 몸을 틀었다. 의자째로 몸을 돌린 그의 무릎에는 해인이 얌전하게 앉아 있었다.

"뭔데, 매니저?"

"하은이 지금 사귀는 남자가, 자기랑 결혼하면 모델 그만두라고 했단다."

"……아아, 들었어. 안 그래도 그 일로 상담해달라고 하더라."

기도가 꽤나 비장하게 운을 뗐지만 태일은 이미 알고 있었다고 하여 오히려 기도를 놀라게 했다. 어찌나 담담하게 말하는지 정말 개의치 않는 사람 같았다.

"얌마! 넌 아무렇지도 않냐?"

"내가 왜?"

"사내자식이 쟁취할 의지도 없나!"

두둥! 그건 정말 귓가에 충격의 북소리가 울리는 느낌이었다. 해인이 쩍, 하니 입을 벌리며 커다란 동공을 부들부들 떨었지만, 두 남자는 대화에 열중하느라 이 검은 고양이가 큰 충격을 받은 건 눈치채지 못했다. 어쩐지 그 여자가 싫더라니. 해인은 자신이 왠지 본능적으로 하은이 싫었던 이유를 이제야 깨달았다. 태일이 하은을 좋아했기 때문이다. 여자의 감인지 고양이의 본능인지가 그것을 일찌감치 알아챈 거다.

"쟁취라니. 우린 그냥 친군데. 누가 들으면 이상한 오해하겠다."

"너…… 나까지 속이려고 들진 마라. 친구인 건 맞지만 네 마음이 그게 다는 아니잖아."

"널 속일 생각은 없어. 다만……."

"다만 뭐!"

"내 마음이 어떻든 하은이가 원하는 건 친구인 나잖아. 15년지기 신태일. 편한 이성 친구. 그럼 그대로 있고 싶어. 내 역할은 그거야."

기도는 이 친구가 참으로 답답한지 가슴을 쳤고 해인도 비슷한 심정이었다. 태일은 아무렇지 않은 척하기 위해 모니터를 봤다가 그곳에 하은이 웃고 있자 다시 시선은 내려 해인을 바라봤다. 빨려 들 것 같은 금색 눈동자에 위로라도 받는지 한참을 말이다. 그러다 문득 입술을 떼어냈다.

"너무 오래 알아서인가. 남자로도 안 보더라고."

눈은 해인을 향하고 있었지만 물음은 다른 곳을 향했다. 기도에게 향하는 척 스스로에게.

"네가 너무 좋은 친구의 얼굴만 하니까 그렇지! 남자의 얼굴 없냐, 남자 얼굴!"

"글쎄. 난 원래 이런 얼굴인걸."

사람 좋은 미소. 부드러운 시선. 눈 안에 욕망이나 욕심이라고는 없는 그런 한없이 좋은 사람. 태일의 얼굴은 늘 그런 것이었다. 그리고 해인은 태일의 그런 다정한 얼굴이 좋았다.

"하은이 취향 모르냐? 남자다운 거잖아! 그런 쪽으로 노력을 좀 하든가!"

"난 평생 이런 놈이었어. 그런데 새삼 그러는 것도 웃기잖아? 그냥 내가 하은이 취향이 아닌 거지."

"으이고, 답답아."

"그리고 하은인 이미 사귀는 사람이 있잖아. 어쩌면 결혼할 수도 있는 사이고."

　해인은 자신의 안에 묻어뒀던 감정 하나가 울렁거리는 걸 느꼈다. 이건 좋지 않아. 하지만 태일이 안쓰러운걸. 저라면 태일의 있는 그대로를 사랑할 텐데. 아니, 이미 지금의 그가 좋은데. 그는 자신에게는 너무도 소중한 사람인데. 자신이라면 그렇게 씁쓸한 얼굴로 웃게 하지 않을 텐데.

　난 사실…… 사람이 될 수 있는데. 아주 잠깐이지만.

　새벽 3시, 달의 밝기가 가장 강한 그쯤 눈을 뜬 해인은 곤히 잠들어 있는 태일을 바라봤다. 물론 검은 고양이의 모습을 한 채였다. 달빛 속에서 해인은 새까맣다 못해 보랏빛으로 보이는 신비한 금빛 눈의 고양이였다. 소리 없이도 아름다운 짐승. 해인은 이제 자신의 옆에서 잠들어 있는 태일이 익숙했다.

　항상 상의를 탈의하고, 반누드로 맨등을 드러낸 채 엎드려 자고는 했다. 그렇게 자는 게 편한 모양이었다. 노상 함께 잠들다 보니 이제는 그 모습을 봐도 놀라지 않았다. 처음에는 낯부끄러워 도망가고는 했는데. 사진작가란 은근히 체력을 요하는 일이어서 태일은 벗으면 생각보다 남자다운 몸을 가지고 있었다.

　뼈마디가 굵어 근육이 도드라지는 몸. 은근히 선이 굵은 남자의 육체. 바라보다 보면 저 아름다운 몸을 그리고 싶은 본능이 꿈틀댔다. 물론, 그것은 사람인 해인이 가진 그림쟁이로서의 충동이었다. 본래는 사람보다는 풍경이나 몽환적인 식물들을 전문으로 그리긴 했지만 말이다.

　"……"

　촬영장에서의 일을 상기하며 해인은 침대 밑으로 내려왔다. 뒷발로 뛰어 앞발로 바닥을 디뎠다. 해인은 한 걸음마다 사람으로 변하고 있었는데, 그 역시 소리가 없었다. 성큼 한 발을 디딜 때마다 무럭무럭 커지더니 옷 방의 문지방을 넘을 무렵에는 이미 네 발이 아닌 두 발로 걷고 있었다.

　시야는 훌쩍 높게 변했고 손은 사람의 것이었다. 전신에 잠시 쥐가 난 것 같은 까마득한 감각이 어렸으나 가시는 건 순식간이었다. 익숙하게 손을 뻗어 두꺼운 모직 셔츠를 하나 꺼내 걸치고는 그대로 현관을 나섰다. 태일의 휴대폰을 챙긴 채였다.

옥상정원으로 올라오자마자 해인은 정원 중앙에 있는 커다란 나무의 구 멍 속에 종이쪽지를 숨겨두었다. 사신에게 보내는 편지였다. 두 달째니 슬 슬 한번 들르기로 한 시점이었다. 편지를 본 사신은 뭐라고 할까. 일단 지내 고 있는 집의 호수를 적어두었으니 분명 부리나케 쫓아오겠지.

쪽지를 보고 잔소리를 할까? 네가 이럴 때냐고 쓴소리를 하려나. 하지 만…….

<보살펴 주는 사람을 좋아하게 됐어요.>

그야 난 사람인걸. 해인은 그렇게 쪽지를 적었던 자신의 손을 둥글게 쥐 었다 펴기를 반복했다.

"……해인아, 박해인."

난 고양이가 아니라, 사람 박해인이야. 고양이일 때도 있지만, 원래 사람 이라고. 해인은 허공에 대고 몇 달간 아무도 들려주지 않았던 제 이름을 불 러봤다. 멀어지려 하는 그것을 애써 다잡았다. 고양이의 몸이 됐다고 사람 의 마음을 죽이자니 그게 너무도 슬펐다. 해인은 태일이 좋았다.

비록 대부분의 시간을 고양이로 살지만, 본래는 사람이었고 사람의 몸이 될 수도 있으니 그 힘을 써볼 생각이었다. 많은 걸 바라진 않았다. 태일이 저 를 상냥하게 쓰다듬어줬던 것처럼, 저도 그를 한 번쯤 보듬어주고 싶었다. 당신이 얼마나 좋은 사람인지, 멋진 사람인지 그런 마음을 전하고 싶었다. 그 정도의 보답은 하고 싶었다.

"후우우!"

해인은 크게 심호흡을 한 번 하고는 몰래 가져온 태일의 휴대폰을 열었 다. 시율의 번호를 찾아 통화 버튼을 누르기까지는 시간이 좀 걸렸다.

뚜르르르르. 신호음은 길게 이어졌다. 하긴 새벽 3시를 지난 시점이었으니 보통은 잠들어 있으리라. 하지만 이때는 해인이 전화를 걸 수 있는 유일한 시간이기도 했다. 새벽을 틈타 몰래 걸어야 했으니 말이다. 통화를 끝내면 통화 목록도 반드시 지워야 했다. 이래저래 조심할 것이 많아 입술을 질겅이는 해인이었다. 받아라, 받아. 집요하게 울리던 신호음이 마침내 연결음으로 이어졌다.

─······누구?

분명 태일의 휴대폰이라는 게 수신창에 뜰 텐데, 시율은 누구냐고 물었다. 태일이 이 시간에 전화할 리 없으니 해인임을 은근히 짐작하는 모양이었다. 눈치 빠른 타입은 이럴 때 좋았다.

"나야."

─아, 널 줄 알았지.

"일단······ 새벽에 전화해서 미안해."

잠기운 가득한 시율의 목소리를 들으며, 해인은 우선 예의 없는 시간에 전화한 것부터 사과했다.

─네 사정이야 뻔하지, 뭐.

그건 잠에 잠겨 약간은 나른하고 섹시하게 들리기는 했으나 분명 해인을 비꼬고 있는 음성이었다. 잠시 전화기 너머로 부스럭거리는 소리와 달칵, 하니 스탠드 켜는 소리가 들려왔다. 물론 그것들은 사람의 몸일 때도 탁월한 성능을 자랑하는 해인의 귀에나 들리는 작은 소음들이었다.

해인은 잠시 시율이 제정신 차리길 기다렸다.

─그래, 무슨 용건이야?

"전에 약속한 거······."

─개인적으로는, 지금부터 가출할 건데 우리 집으로 온다는 내용이면 좋겠는데.

꿈도 참 크지. 해인은 우선 헹, 하니 웃어줬다.

─잘해준다니까 그러네.

잠결이라 더 유혹하듯 들리는 허스키하고 낮은 남자의 목소리는 해인이 견디기 좀 힘든 유의 것이었다. 너무 좋은 귀는, 마치 성능 좋은 이어폰을 귀에 낀 것처럼 무슨 소리든 더 풍성하게 들리게끔 했으니까.

"바람둥이!"

-내가 뭘.

남자인 주제에 이렇게나 섹시한 목소리라니. 개인적으로는 감정이 별로지만, 이 남자가 섹시한 건 섹시한 거였다. 더군다나 지금 소리로 보건대, 시율은 나른한 동작으로 느리게 제 앞머리를 넘기고 있을 게 분명했다. 해인은 제 귀가 전해오는 그 사실에 자신의 전 재산을 걸 수 있었다. 당장은 십원도 없지만.

-네 반응이 웃기니까 그런 거지. 놀리기 좋잖아.

전화기 너머에서 낮게 웃는 소리가 들렸다. 이런 짓궂은 녀석 말고는 기댈 데가 없다는 현실이 한탄스러울 뿐이었다. 작게 숨을 들이쉰 해인은 최대한 차분히 말했다. 자신의 목소리가 떨리진 않을까 조심하며 진지하게.

"전에 약속한 데이트, 그거 하고 싶어."

-아아, 네 주인이랑?

"⋯⋯응!"

시율은 이 요물 고양이의 용건이 그것이었구나 하고 잠결에 태평하게 생각했다. 이상하게 목이 마르고 심장이 답답한 건 요즘 날이 건조해서라고 단순하게 넘겼지만 말이다. 뭔가 이상한 기분인데. 시율은 그 정체를 당장은 알 수 없었다.

-고양이가 사람 좋아하는 건 이상하다고, 안 하는 거 아니었어?

"그, 마음이 바뀌었어!"

-⋯⋯그렇군.

일전에 화가 난 걸 풀어주려고 그런 약속을 하긴 했는데⋯⋯ 왠지 싫었다. 뭔가 마음에 들지 않아서 자세히 물어봤다.

-데이트하면 뭘 할 건데?

"그런 것까지 보고해야 해?"

-내가 알아야 도와줄 것 아니야. 네가 입을 옷이며, 하물며 용돈도.

"아, 그러네!"

-그렇지?

해인은 시율의 말에 순진하게도 넘어갔다. 애초에 숨길 것도 별로 없었다.

"그냥…… 사람으로 한번 주인을 만나보고 싶은 거야. 주인한테 당신 아주 좋은 사람이라고, 여자들이 참 좋아하는 스타일이라고! 그렇게 응원해주고 싶어. 힘내라고!"

-……그게 다야?

"응! 처음 본 사이에 뭘 더 하겠어!"

-너 바보…… 아니, 순진하구나.

이 고양이 엄청 소박한 소망을 가졌구만. 보통 좋아하는 남자랑 데이트하면 더 장대한 꿈을 꾸지 않나? 시율은 그런 생각을 하면서도 뭘 준비해야 할지 어림해봤다. 우선 태일에게 여자를 소개받지 않겠냐고 밑밥을 뿌려야할 테고, 가진 거라곤 카랑카랑한 성격뿐인 이 고양이가 데이트 때 입을 옷도 필요하겠다.

그리고, 이 고양이가 잊고 있는 모양이지만 약속에는 한 가지 전제조건이 붙어 있었다.

-데이트 한 번 주선해주면 나랑도 데이트해야 하는 거, 알지?

"엑?"

-약속이었잖아.

"네 멋대로 한 거잖아!"

-그 조건도 약속의 일부였잖아. 난 손해 보는 장사는 안 하거든. 서로 그럼 약속 잘 지키자고. 졸려서 이만 끊는다.

뭐라 대꾸하기 전에 전화가 뚝, 끊어졌다. 해인은 이게 어떻게 된 건지 알 수 없어서 불만스러운 얼굴로 벤치에 한참을 앉아 있어야 했다. 세상에 공짜는 없다고, 딱 그 짝이었다.

아쉽게도, 끔찍하게도, 누군가에게는 기쁘게도 재회는 빨랐다. 그러니까 해인과 시율의 재회 말이다. 태일이 바리바리 들고 온 선물들과 함께 해인을 시율의 손에 넘기고 있었다. 다름 아닌 강시율의 집 현관문 앞에서. 이 두 남자, 너무 친해져 있었다.

"이번엔 촬영은 아니고 캐나다에 있는 친척이 결혼을 해서요."

"와, 가까운 사인가 봐?"

"큰이모 댁이기도 하고, 원체 친해서 안 갈 수가 없네요. 제가 웨딩 촬영을 해주기로 했어요. 일정이 길어지면 3박 이상이 될 수도 있겠는데…… 정말 맡겨도 괜찮을까요?"

"그럼, 그럼. 내가 이게 더 편하거든. 이 녀석도 병원보다는 여기가 편할 테고, 개냥이 걱정 말고 잘 다녀와."

연신 싱글벙글하는 시율이었고 캐리어 안에서 바득바득 이를 가는 해인이었다. 그녀가 얼마나 영리한지 학습한 태일은 옥상에 가자면서 해인을 시율의 집으로 데려온 것이다. 마음의 준비를 할 여유 정도는 줬어야지! 날 속여!

"끄으응……."

"그럼 잘 부탁드릴게요, 형님."

태일은 해인이 걱정되고, 맡기기 미안했는지 잠시 떠나는 걸 지체했지만, 결국엔 출국 시간에 맞춰 떠나야 했다. 해인은 속여서 데려왔다는 사실에 삐져 있었고, 시율만 손까지 흔들며 배웅했다. 지성이면 감천이요, 기다리면 복이 있나니.

"자, 그럼……."

시율은 기쁘게 캐리어의 문을 열어주었으나 해인은 도리질을 쳤다. 나가지 않겠다 캐리어 안쪽에서 잔뜩 웅크린 채 털을 세웠다.

"나와."

"……나, 나중에."

"흐으음."

둘이 분명 모종의 협정을 맺은 것은 맞지만 그게 평화 협정은 아니었으니까. 얼마 전에 그 키스, 아니아니 혀로 체온 재기? 아니아니! 어느 쪽이든 그 사건을 잊을 순 없었으니까. 유일하게 비밀을 들킨 인간이 가장 위험한 인간이라 해인은 피가 마르는 기분이었다. 해인이 불안스레 눈을 굴리는 동안 시율은 왔다 갔다 하며 무언가 연신 꺼내 소파에 쌓고 있었다.

캐리어 안의 해인에게 잘 보이도록 차곡차곡. 그것들은 각종 옷이며 구두, 운동화, 샌들, 모자며 벨트 등 입을 수 있는 거의 모든 것이었다. 새것은 아닌 듯했지만 제법 질 좋은 것들이 한가득. 세탁까지 되어 있는지 섬유유연제 냄새까지 솔솔 풍겼다.

"……."

꿈틀, 해인은 그것들이 무엇인지 알아보고 캐리어 밖으로 나가고 싶어졌다. 옷이다! 산더미 같은 여자 옷이다!

"어때? 동생이 대학생 때 입던 거야. 사이즈도 너랑 비슷할 거고."

몇 상자는 되어 보이는 옷가지들에 홀려 해인은 어느새 캐리어 밖으로 머리를 내밀고 있었다.

"너 주려고 본가 창고에서 찾아왔지. 집에 몇 년 만에 다녀왔다니까. 이거라면 너도 부담 안 될 것 아니야. 공짜는 싫다며? 이건 거저먹기 다름없는 물건이니까. 그치?"

"……그치?"

"주는 것도 아니고 잠시 대여니까, 한번 입어나 보지그래?"

그건 좀 고려해볼 사안이야. 해인은 시율이 자신의 사람 모습을 보려고 이런다는 걸 알았다. 이 녀석 왜 이리 사람 모습에 집착한담. 그편이 덜 사나워서? 그편이 위험한 발톱이나 송곳니가 없으니까? 단순히 부피가 커지는 게 신기해서? 이리저리 짐작해보지만 결론은 하나였다.

……예쁜 옷 입고 싶어!

시율이 밖에서 문을 두들겼다. 탕탕탕.

"이봐, 고양이 씨. 이제 그만 날 좀 내 집에 들여보내 주지 않을래?"

옷은 입어봐야겠고, 강시율은 못 미더워서 해인은 일단 시율을 그의 집에서 내쫓았다. 문을 걸어 잠그고 체인까지 건 뒤에야 그가 준비한 여동생의 옷을 뒤적여 이것저것 입어봤다. 코디하는 즐거움을 누리는 게 대체 얼마 만인지. 시율의 여동생은 해인과 비슷한 취향은 아니었지만, 센스가 좋은 것만은 분명했다.

봄에 어울리는 코디를 완성한 해인은 전신 거울에 오래간만에 사람다운 사람 모습인 저를 비춰 봤다. 역시 사람이 이래야지! 들뜬 기분을 주체하지 못한 해인은 시율이 다섯 번째로 문을 두들기기 전에 현관으로 뛰어나갔다.

"문 열……."

"나 나갈래!"

"뭐?"

문짝에 기대 안으로 들여보내 달라 시위 아닌 시위를 하던 시율은, 어느새 전부 차려입은 해인이 눈을 크게 반짝이며 문을 열고 나오자 깜짝 놀라 뒤로 물러섰다. 분명 안에 고양이 한 마리가 있었는데 사람이 튀어나오는 건, 언제 봐도 마술 같았다.

"밖에 나갔다 올래!"

"……어디 가게?"

"다녀오고 싶은 데가 있어!"

해인은 옷을 입은 김에 가고 싶은 곳이 있었다. 마침 태일도 며칠 외국으로 나갔으니 지금이 가장 적기였다. 시율은 신이 나 방방 뛰는 해인을 머리끝부터 발끝까지 찬찬히 살펴봤다. 고양이 주제에 패션 센스가…… 제법 귀엽잖아.

"저기, 강!"

"응?"

해인은 꼭 시율을 '강'이라고 불렀다. 강시율이라는 풀 네임은 길어서 귀찮은 모양이었고, 이름을 부르는 건 너무 정감 있어서 또 싫은 모양이었다. 하지만 보통은 수의사! 혹은 너 이 자식! 이런 식으로 불렀다. '강'이라고 부르는 건 해인이 시율에게 하는 최대한의 친근한 호칭이었다.

이렇게 부를 때는, 부탁이 있을 때가 대부분이었다. 잠시 우물거리던 해인은 작고 하얀 손바닥을 슬쩍 내밀어 보였다. 부탁해야 하니 두 손을 모아 얌전히.

"만 원만…… 빌려주지 않으시렵니까."

"어디 쓸 건데?"

"……교통비."

"어딜 가려고? 태워다 줄게."

실으어어, 하는 표정으로 해인이 거세게 도리질을 쳤다.

"우으으으. 너랑 둘이 비좁은 데 있는 거 싫어. 위험하잖아."

해인은 아마 모를 테지만 지금 그녀는 고양이가 경계하거나, 싫을 때 내는 목 울림 소리를 내고 있었다. 수의사라면 질리게 듣는 그 소리를 사람 행색으로 말이다. 그러니 태생을 고양이로 오해받는 것도 무리는 아니었다.

"뭐, 알았어. 교통비 빌려줄게."

"정말?"

"그렇다니까? 일단 집에 들어나 가자. 지갑도 안에 있고."

채무자의 입장인 해인은 얼른 고개를 끄덕이고 현관에서 비켜줬다. 시율은 오늘따라 시원시원한 태도였다. 금방 지갑을 찾아 나오더니, 당장 돈을 꺼내줄 것처럼 지갑을 뒤적여 보였다. 해인이 그 지갑 속에 정신이 팔린 사이 현관문을 여나 싶더니, 어느새 둘 다 문밖에 나와 있었다.

"어라?"

"자, 가자."

띠리릭, 소리를 내며 현관문도 자동으로 잠겨버렸다. 해인은 어느새 시율이 건네는 캐주얼 한 여자용 운동화를 받아 들며 얼떨떨하게 대꾸했다.

"……에? 나 같이 간다고 안 했는데!"

엄마가 있는 집에 가볼 참이었던 해인이니 시율의 동행이 반가울 리 없었다. 하나 시율은 역시나 승기를 잡았다 싶으니 뻔뻔해졌다.

"나는 돈 그냥 빌려준다고 안 했는데? 그리고 짐승을 어떻게 혼자 보내냐."

이 기회주의자! 해인이 가난한 걸 알고는 아주 제멋대로다.

"그런 게 어디 있어?"

"여기 있지."

"왜 네 맘대로 하는데?"

"돈 그럼 안 빌려줘도 돼?"

안 돼! 버스비도 없으니까! 이것이 돈 없는 자의 설움인가? 해인은 대놓고 볼을 부풀렸다. 떼어내려고 하면 어떻게든 붙어 있는 시율이 얄미웠다. 어쩜 이렇게 사사건건 태일과 비교되는지! 여자가 부담스러울까 봐 거리 두는 걸 미덕으로 아는 남자와 제 욕심을 채워야만 하는 이 이기적인 사내라니.

물론 각자 대하는 상대가 좋아하는 여자냐, 고양이냐의 차이가 있기는 했지만.

"무엇보다 난 네 임시 보호자니까."

"으 씨."

"안 갈 거야, 그래서?"

"……갈 거야."

다소 불만스러웠지만 앞서 가버리는 시율을 쫓지 않을 수는 없었다. 사람 모습으로 밖에 나가는 건 실로 오랜만이었기 때문이다. 해인은 인파가 그리웠다. 그리고 그 속이라면 시율도 함부로는 못 하겠지 싶어 결국 지고 말았다.

"뭔가 탈 거면 후문으로 나갈까? 그쪽에 꽃이 엄청 폈거든."

"정말?"

"그래, 끝물이긴 해도 벚꽃이 남아 있지. 모처럼 예쁘게 차려입었으니까 구경하자고."

"나 꽃 좋아하……."

그런데 이거, 은근히 데이트 같은데? 해인은 아리송해서 시율의 옷깃을 붙잡으며 물었다.

"그런데, 이거 이렇게 되면 데이트 아닌가?"

"아니지! 이건 보호자 동행이지."

"……뭐가 다르냐."

"다르지, 달라."

해인은 결국 시율을 말솜씨로 이길 수 없었다.

"그럼 뭔데!"

"음, 산책."

"……으씨!"

반박할 수 없었다. 겉으로 봐서는 아무리 봐도 데이트 같았지만 말이다.

각기 나름의 양보를 한 결과, 둘은 함께 버스를 타고 있었다. 시율은 몇 년 만에 타는 시내버스가 색달랐으나, 그건 해인이 느끼는 소풍 가는 기분에 비하면 별것 아니었다.

'역시 살아 있기 잘했어!'

"둘이요."

삑. 그가 지갑을 갈무리하는 동안 해인은 눈을 반짝반짝 빛내고 있었다. 버스 안의 승객 하나하나를 예술품 보듯 바라보더니 이내 창가에 매달려서는 창밖의 풍경에 넋을 놓았다.

그런데도 그건 아주 생기가 넘치는 모습이었다. 고작 이런 것에 행복해하다니. 고양이라 그런지 버스 타는 것 하나에 아주 감동하고 있었다. 시율은 해인의 신난 모습을 보며, 아마 그녀에게 지금 꼬리가 있다면 한껏 흔들고 있을 거라고 장담했다. 무표정한 얼굴에 비뚜름한 미소를 살짝 걸고는 해인을 바라봤다. 저렇게 착하게만 있어준다면 밖에서 어울리는 것도 나쁘지 않다 싶었다.

"오……!"

그리고 해인은 정말 크게 두근거리고 있었다. 일상적인 모든 것이 새롭고 감탄스레 다가왔다. 고양이로 지낸 지 두 달, 무려 두 달 만에야 사람답게 굴고 있지 않은가! 아무렴 이래야 사람이지. 걷고, 버스 타고, 대낮에 거리를 활보하고. 아직 다소 문제점들이 남아 있지만, 엄마 얼굴 잠깐 보는 정도는 가능할 것 같았다.

멍하니 창밖을 구경하는 해인은 바로 옆자리에 시율이 앉아 있는데도 경계는커녕 마냥 들떠 있었다. 버스 안의 다른 승객이나 사람들의 시선이 있으니 이상한 짓을 못 할 거라고 믿고 있는 거다.

"그렇게 좋냐?"

"응!"

그건 해인이 시율에게 처음 들려주는 기분 좋은 목소리였다. 한껏 말려 올라간 입꼬리에 저절로 눈이 가고, 헤실헤실 눈웃음을 흘리는 눈에 입술이…… 갈 뻔했다. 헛, 시율은 순간 미간을 좁혀야 했다. 이게 뭐지. 방금 그 생각 뭐지?

순간 극심한 고뇌에 빠진 시율이었다. 하지만 이내 결론 내렸다. 그래, 고양이도 귀여우면 힘껏 껴안고 싶어지잖아. 그거야, 그거.

어릴 적 살던 동네가 보였다. 엄마의 집이 있는 곳이었다.

"다 왔다. 다 왔어, 바로 다음 역이야."

해인은 흥분에 겨워 방방 뛰고 싶은 걸 참느라 안간힘을 쓰고 있었다. 시율 역시 무언가 참기 위해 입술을 꿈틀거렸다. 예를 들면, 해인의 머리카락이 엉망이 되도록 쓰다듬는다거나, 발그레한 두 뺨을 마구 늘리고 싶다거나, 오동통한 입술을 엄지로 쓸고 싶고…… 또…….

"흐흠."

여러모로 거슬렸지만 건드리지 않기로 약속했으니까 참아야 했다. 이 귀여운 것에 함락당해가는 증상. 시율은 위험하다고 생각했다. 새끼 고양이 열 마리에 둘러싸여도 무너지지 않는 자신이건만!

"하우와우아……!"

하지만 이 짐승, 아니 이 고양이 제법 귀여웠다. 온몸으로 즐거움을 뿜어내는 것도, 저 초롱초롱 빛나는 눈도 다 무기였다. 짐승의 먹고살기 위한 사랑스러움이란 무기. 타고난 수단이라 더욱 강력한 것. 세상엔 그런 이론이 있다. 어린 짐승일수록 귀여운 이유는, 다 살아남기 위해서라고. 이것도 그런 게 분명했다! 그렇지 않고서야 이리 사랑스러울 리 없지.

시율은 창밖에 홀린 해인을 보며 그렇게 자신을 강하게 세뇌시켰다. 그러곤 뭔가 흔들리는 정신을 다잡으며 벨을 누르려고 손을 뻗었다.

"내가 누를래!"

그런데 그 손을 해인에게 딱, 두 손으로 붙잡혔다.

"오랜만이란 말이야!"

해인은 버스에서 제가 벨을 누르고 싶어 하는 타입이었다. 공감대를 별로 얻지 못하지만 그건 아주 즐거운 일이었다. 언제 눌러도 신이 났으니까. 그런데 그 황금 같은 기회를 시율이 노리자 정말 정색하며, 어울리지도 않게 미간을 모으고 부리부리한 눈으로 시율을 노려보았다.

그저 그것뿐이었는데, 시율은 제 심장이 이상 반응을 보이는 걸 느꼈다. 마치 카페인을 다량 섭취한 것처럼 심장이 시끄러웠다. 이게 미쳤나, 싶었다. 내릴 역이 가까워질수록 해인은 흥분되는 모양이었다. 뭐가 그리 감격스러운지 그 기대로 들어찬 두 눈이라니. 벨 누르는 게 일생일대의 기쁨인 양 언제 누를까 움찔거리는 꼴이라니.

삑!

"……"

"야!"

뭔가 심술이 나버려서 쓱, 하니 긴 손을 뻗어 제가 벨을 누르고 마는 시율이었다. 그에 해인은 배신이라도 당한 표정이었다. 어쩜 이럴 수 있냐고 묻는 얼굴.

"너……!"

'나빠!'라고 말하는 그 얼굴. 그에 시율은 모종의 위기감을 느끼고 있었다. 이거 위험해. 이 녀석 하자는 대로 하다간…… 큰일이 날지도 모르겠어. 그는 이상한 설렘을 주체 못하고 심술맞게 굴고 있었다. 그리고 그게 단순히 오그라드는 커플 행각으로 보여, 미간을 찌푸리는 동승객들이었다.

버스에서 내린 해인은 볼이 퉁퉁 부어 있었다. 무슨 남자가 이리 잔인하단 말인가! 남의 작은 소원을 산산조각을 내다니! 사소하다고 인정사정없이 무참히 눌러버렸겠다……! 감히 내 벨을! 몇 달 만의 즐거움을! 절로 부아가 치밀었다.

해인이 원망스레 노려봤지만 시율은 뻔뻔하게 주위를 둘러볼 뿐이었다.

"흠, 한적한 동네네."

그는 해인이 이곳에 왜 오고 싶어 했을까 의아해하며 흔하디흔한 서울 외곽 동네의 풍경을 살폈다. 별다를 것 없는 평화로운 동네는 가장 가까운 지하철역이 10분 정도 걸어야만 나왔다. 뒤로는 산이 있고 강남과는 거의 한 시간이 떨어진, 특징은 눈을 씻고 찾아봐도 없는 그런 소박한…….

"……어?"

잠시 주변에 한눈팔았던 시율은 그 몇 초 사이 해인이 감쪽같이 사라졌음을 깨달았다. 정말 아주 잠시 주변을 둘러본 사이 소리 없이 말이다. 심장이 철렁 내려앉았다.

특기인 기척 죽이기를 살려, 거의 은신에 가까운 그 능력을 발휘해 해인은 시율의 시야에서 탈출했다. 고양이의 기민함은 사람일 때도 충분히 발휘

되었다. 골탕 좀 먹어보라지! 의기양양하니 샛길을 달려 나갔다. 분명 자신이 도망쳤다는 걸 눈치채고 기겁하고 있을 테다.

물론, 또 가출해서 사서 고생할 마음은 없으니 결국 돌아갈 예정이긴 했다. 그래도 잠시나마 안절부절못할 시율을 상상하니 절로 웃음이 나오는 해인이었다. 시율 특유의 그 느긋한 얼굴이 일그러진다면 얼마나 통쾌할까.

"후후후!"

이건 해인 나름의 소박한 복수였다. 소박한 바람을 훼방 놨으니 그에 상응하는 소박한 복수. 사방으로 복잡하게 뻗은 굽잇길 중 해인이 어디로 향했을지 시율이 알 리 없었다. 동네는 오래됐으나 제법 넓었고, 오래 산 사람들도 종종 길을 헷갈리는 복잡한 터를 자랑했다.

그런데 이곳이 낯설기만 할 시율이 해인을 쫓아올 수 있을 리는 만무했다. 미아는 내가 아니라 너다, 강시율! 드디어 한 방 먹인 것 같아 해인은 발걸음이 날아갈 듯 가벼워졌다.

"흐흥."

이곳은 10년을 넘게 살았던 동네였다. 지금은 독립해서 다른 곳에 살지만 이곳은 고향이나 다름없었다. 엄마는 잘 있을까? 해인은 두근거리며 언덕길을 따라 올라갔다. 지금의 겉모습도 본래의 모습과 같았지만, 엄마는 엄마라 혹시라도 뭔가 다르다는 걸 눈치챌까 봐 오늘은 멀리서 슬쩍 보기만 할 생각이었다.

그럼 마음이 많이 가벼워질 것 같았다. 위안도 될 테고. 무엇보다 고양이가 된 뒤로 내내 엄마가 보고 싶었다. 원하면 언제든지 만날 수 있을 때는 몰랐는데, 그럴 수 없게 되자, 다신 못 만날 뻔하자 너무도 그리웠다. 집과 가까워지자 해인은 혹시 마을 사람들이 저를 알아볼까 싶어 모자를 좀 더 깊이 눌러썼다.

익숙한 길을 따라 걷던 해인은, 마침내 제 집 앞에 다다라서는 우뚝 멈춰 서야 했다.

<개인 사정으로 쉽니다.>

　2층은 집이고 1층은 공인중개사무실이었다. 엄마의 일터이자 삶의 낙인 곳. 가게 특성상 항상 열려 있는 곳이었는데 하필이면 오늘 문이 굳게 닫혀 있었다. 동네 아줌마들이 모이는 수다방이기도 해서 365일 중 360일 열려 있는데. 눈이 오나 비가 오나 복덕방 안에 앉아 있던 엄마의 모습이 오늘은 보이지 않았다. 예상대로라면 저 유리창 너머로 뒷모습이 보여야 했는데……

　불이 꺼진 가게는 어제도, 그제도, 심지어 며칠은 닫았던 것 같다. 이상하다, 이럴 리가 없는데. 해인은 당연히 있으리라 여겼던 엄마의 부재에 당황하며 유리 사이로 가게 안을 들여다봤다. 집에 들어가 볼까 싶었지만 열쇠도 뭣도 없었다. 있는 건 그저 몸뿐이었다. 하지만 사실 어깨까지 오는 담벼락 따위 지금 이 몸이면 얼마든지 타고 넘을 수 있었다. 고양이처럼 유연하고 탄력 있는 가벼운 육체로 아주 거뜬히 휙! 하니 나는 듯, 사람들의 시선만 없다면 말이다.

　"음……!"

　일순 당황해 안절부절못하던 해인은 지금 시율이 이러고 있을까? 하고 잠시 스치듯 생각했다. 엄마 잃은 병아리가 된 기분이다. 말없이 사라지는 거, 이거 생각보다 잔인한 짓인 거 같다. 문득 시율에게 미안하고 엄마가 야속하고 걱정됐다.

　"해인이 누나야?"

　"……응? 아아, 용진이구나."

　"아줌마 놀러 가던데."

　알은척하는 목소리에 깜짝 놀라 뒤를 돌아본 해인은 조금 안심했다. 어릴 적부터 알던 동네 꼬마였다.

　"어디 가셨는지 알아?"

　"그러니까, 저기 밑에 슈퍼 아줌마랑, 진돌이네 아줌마랑, 태형이 형아네 아줌마랑…… 또……."

　"단체 여행 가셨니? 언제? 얼마나? 어디로?"

용진이가 호명하는 사람들은 전부 해인의 엄마와 친한 계모임 사람들이었다. 살짝 놀랐던 마음이 진정됐다. 사내아인 잠시 손가락을 어림한 뒤에야 대답했다.

"삼 일 전에, 중국인가 어디에 간다고 했는데. 울 엄마는 제사가 있어서 못 갔거든. 그래서 아까워 죽겠대."

"그렇구나…… 놀러, 가셨구나."

"다들 신나서 가던걸? 우리 엄마는 아빠가 못 가게 해서 못 갔어. 아빠가 곰탕은 아주 지겹대."

안도 반, 허탈함 반이던 해인의 마음이 이내 원망스러움으로 채워졌다. 아니! 딸이 두 달째 얼굴을 안 비치는데 태평하게 여행을 가? 이 아줌마가 정말……! 해인은 못내 그것이 섭섭해서 울컥했다. 걱정하고 있을까 봐 부랴부랴 와봤건만, 줄곧 미안했던 것이 억울할 지경이었다. 간간이 메일을 보내긴 했지만 그래도 보통은 더 걱정해야 하는 것 아닌가? 아무리 다 큰 딸이라지만 이리 무심할 수 있는 건가?

"끙…… 고맙다, 용진아. 누나네 엄마 보면 꼭! 전해주렴. 누나 왔었다고, 알겠지?"

"응."

"그래. 그리고 누나 삐졌다고도 전해줘."

"알았어! 누나."

해인은 툴툴거리다가 용진이를 바라봤다. 그때 죽었다면 이 아이도 다신 못 봤을 거다. 몇 달 새 이리 훌쩍 크고 까매진 녀석을 말이다. 야무지게 고개를 끄덕이는 게 기특해 머리를 쓰다듬어 줬다. 돈이 있으면 용돈이라도 줄 텐데.

"고마워, 용진아. 돈 있으면 치킨이라도 사 먹으렴. 반반에 무 많이로."

"에잉?"

"누나가 돈이 좀 없어."

지금도 채무자거든. 눈에 띄게 황당해하는 사내 녀석이 보였지만 그녀는 정말 줄 수 있는 게 없었다.

해인은 도망칠 때 탁월한 신체 능력을 이용했듯, 시율을 찾을 때도 그것을 사용했다. 코끝을 세워 킁킁, 시율의 냄새를 좇아갔다. 그리고 정거장에서 얼마 떨어지지 않은 지점에서 시율의 뒷모습을 발견했다. 그는 한눈에 봐도 난감해하는 상태로 뒷머리를 긁적이고 있었다. 좌우를 살피며 이리 갈까 저리 갈까 갈등하는 모양이었다.

종종 개냥아! 하고 소리치는 게 누가 보면 애완견이라도 잃어버린 줄 알 거다. 고작 15분 정도의 시간이 흘렀을 뿐인데, 그의 옆얼굴을 보니 사뭇 새파랗게 질려 있었다.

"……."

죽어라 걱정할 줄 알았는데 시원스레 여행을 떠난 엄마와, 저리 애타게 자신을 찾는 시율이 상반됐다. 거, 조금 미안하네. 해인은 저를 찾는 시율의 뒤로 슥 하니 다가갔다. 역시나 특기대로 소리 없는 접근이었다. 그러곤 톡, 시율의 어깨를 건드려 제가 뒤에 있음을 알렸다. 머쓱함이 들어 일부러 말없이.

"너 인마!"

시율과 눈이 마주친 순간, 말없이 사라졌으니 윽박을 들으려나 했는데, 그보다 시율은 눈에 띄게 안도하고 있었다. 일그러졌던 얼굴이 펴지는 그 찰나가 해인의 눈에는 아주 느릿하게 보였다. 흔들리는 눈동자가 진정되는 것도 해인에게는 똑똑히 감지됐다.

"잃어버리는 줄 알았잖아……!"

시율은 생각보다 많이 놀라고, 그 이상으로 걱정한 모양이다. 그거, 조금…… 감동이네. 해인은 새침하니 속삭이듯 투덜댔다.

"돌아왔잖아."

"말도 없이 어디 갔었냐, 너!"

"그러게 혼자 온다고 했잖아."

"말은 하고 사라져야지!"

으레 잃어버렸던 아이를 찾으면 안도됨과 동시에 화가 나듯, 시율이 그랬다. 찾아 헤맬 때는 찾기만 하면 더 잘해줘야지 했는데, 막상 돌아온 걸 보니 제 속을 썩인 게 그리 미울 수가 없었다. 사람 속을 이리 태우다니 너무도 고약하지 않은가. 반성하지 않으면 가만두지 않을…….

"미안."

"……."

"미안해. 그렇게 놀랄 줄 몰랐어. 저기, 이제 안 그럴게."

고개 숙이고 순순히 사과하는 해인의 모습에 시율은 그만 기세가 죽고 말았다. 자신을 놀리려던 행동임이 명백한데도 화를 낼 수가 없었다. 불같던 분노가 그저…… 바람처럼 사그라졌다. 그리고 그 자리에 대신 들어찬 건 다른 무언가였다. 몽글몽글하고 간지러운 것. 정체를 알 수 없는 것. 심장을 덥히는 무언가.

"……볼일은 다 봤냐?"

"응."

어쩜 이리 고개도 잘 끄덕이는지. 역시 얄미워서 한 대 쥐어박을까 싶어 손을 들었다가…… 가만히 해인의 정수리 위에 손바닥을 올리는 시율이다. 내가 고양이에게 뭘 바라겠어. 돌아왔으니 됐지, 뭐. 그는 미간을 좁힌 채 해인의 머리를 쓰다듬으며 물었다. 시큰둥하니.

"그래서 이제 뭐 할 거냐."

"이제 집에 갈래."

엄마가 잘 지내다 못해 저 없이도 잘 사는 걸 확인했으니, 해인으로서는 가장 급한 숙제를 끝마친 느낌이었다.

"그래, 이번엔…… 네가 눌러라."

"벨?"

"그래, 그 웃긴 거."

시율은 계속 이상한 기분이 들어서 먼저 뒤돌아서 버렸다. 집으로 가는 버스는 몇 번이더라? 기억을 되짚으며 시율은 내렸던 정거장 쪽으로 성큼 걸어갔다. 해인은 살랑거리는 걸음으로 그 뒤를 따르고 있었다.

왠지 시율에게 쌓았던 벽이 조금 허물어져 있었으나, 누구도 의식하진 못하고 있었다. 아주아주 조금이었으니까.

시율의 집에 맡겨진 지 이틀째 밤. 태일은 밤이면 책을 읽었다. TV도 별로 좋아하지 않았다. 조용한 시간을 즐기는 타입이었고 그는 잔잔함의 대명사 같은 남자였다. 적당한 조도를 유지하는 거실에 앉아 침묵을 즐기며 독서를 사랑했다. 그런 그의 곁에 있으면 들리는 소리는, 숨소리와 팔랑이는 책장 넘기는 소리가 전부였다.

그리고 시율은, 그 반대였다.

"뭐, 보는 거 있냐?"

"아니. 밤에 하는 건 잘 몰라."

밤이 되자 쇼 프로를 틀더니 소파에 털썩 누우며 홀로 캔 맥주를 땄다. 어두운 거실에서 TV만이 시율의 얼굴 위로 색색 빛깔을 터트렸다. 요즘 알던 밤과 달라서 조금 시끄럽게 느껴졌지만, 사실 이쪽이 해인이 본래 즐기던 밤과 흡사했다. 특히 저 맥주가…….

"왜? 너도 줘?"

"벼, 별로."

"……근데 먹으면 너도 취하냐?"

내젓던 고개를 갸우뚱하는 해인이다. 글쎄, 이 몸이 된 뒤로 뭔가 먹어본 적이 없어서 말이지.

"모르겠어."

먹어도 상관없고 먹지 않아도 상관없는 몸이었다. 그래서 항상 공복 상태였다. 먹으면 먹은 만큼 배출해야 하는 것이 꺼림칙했다. 그런데도 먹고 싶은 것 몇 가지를 꼽으라면 일단 치킨과 맥주, 닭발과 소주, 그도 아니면 계란찜에 쌀밥, 뼈해장국, 삼겹살…….

끝없이 먹고 싶은 것이 머릿속으로 쏟아지자 해인은 생각하는 걸 그만뒀다. 입안에 침이 고이기 시작했으니까.

"술 먹어본 적은 있고?"

"있지, 그럼!"

"헤에, 과연."

약간 얕잡아 보는 어투. 시율은 일부러 해인을 자극하는 것이 분명했다. 해인이 놀림을 못 견딘다는 걸 알고 이용하는 거다. 말려들지 말아야지, 하면서도 해인은 볼을 부풀리고 투덜대고 말았다.

"정말이야. 나 이래 봬도 제법 세!"

볼 탱탱한 고양이가 저를 얕보지 말라 소리치는 모양새라니. 그것참, 위협적이긴커녕 가로소운 꼴이었다. 그것도 검증되지 않은 제 주량을 자랑하면서 말이다.

"먹어봐, 그럼."

"흥!"

"역시 못 먹는 거지, 너? 거짓말쟁이구만."

"아냐!"

눈을 흘겨봤지만 말로는 백날 증명이 되질 않는다. 해인은 엎드렸던 자세에서 일어나 꼬리를 치켜세웠다. 심한 내적 갈등 중이었다. 한 캔쯤은 괜찮지 않을까? 간에 기별도 안 갈 텐데, 맥주 한 캔쯤 제 주량이면 술 냄새 맡은 수준인데, 하고 말이다. 엄마가 잘 지내는 걸 확인한 터라 긴장이 좀 풀린 해인이었다.

"많으니까 한잔하지?"

"……너 같으면 너랑 먹겠어?"

"요즘은 약속대로 이상한 짓도 안 했잖아. 어제 산책도 시켜줬고, 좀 믿어봐."

확실히 시율은 요즘 비교적 신사적으로 굴었다. 해인의 취향이 태일이라는 걸 알아서인지 착하게 굴려고 노력하는 눈치였다.

……꿀꺽. 본의 아닌 금주가 가져온 후유증일까? 그리고 식도를 넘어가는 차가운 맥주의 감각이 뇌리에서 번쩍이자 더는 견디기가 힘들었다. 액체 정도는 괜찮지 않을까? 조금쯤은? 이어지는 자신과의 싸움 끝에 결국 해인은 넘어가 버렸다. 태일과는 먹을 수도 없고, 그렇다고 남은 열 달을 금주하는 건 정신건강에 해롭고. 그러니 타협하기로 했다.

사실 고양이 생활에 많이 익숙해져서, 전처럼 긴장감이 살아 있지는 않았다.

"그럼. 딱, 한 잔만……."

먹기로 하니 지독한 갈증이 끓어 목이 잠겼다. 시율은 웃었고, 해인의 계산은 큰 미스를 낳았다. 이 몸은 제 본래 몸이 아니었으니 말이다. 주량이 제법인 그 몸, 지금은 없지 않은가.

모든 면에서 그리 성능이 좋은 몸이 술에 이리 취약할 줄 누가 알았나? 사신이 준 주의사항에도 이 몸이 술에 약하다는 말은 없었다. 설마하니 캔 맥주 하나를 해독하지 못해 이리 골골댈 거라고는! 술을 마시기 위해 사람의 모습을 한 해인은 한순간에 취해서는 어쩔 줄 몰라 해롱댔다. 그건 정말 해인의 인생에 처음 있는 만취 상태였다. 놀랍게도 고작 한 잔 만에 이리 취하다니.

사신들은 술을 안 먹나? 그래서 해독 기능을 아예 안 넣었나? 그렇지 않고서야 이럴 순 없는 거다. 해인은 어지러운 머리를 몇 번인가 빙글거리다가 결국 소파에 푹, 하니 박아야 했다.

"흐아……!"

"……바보냐."

시율은 잠시 재미있어하는 듯했으나 이내 한심해하는 투였다. 제 주량도 모르면서 단번에 캔 맥주 하나를 원샷 하는 고양이라니. 먹을 줄 아는 것 같기에 내버려뒀더니 그냥 바보였다.

"먹을 줄 안다며?"

"······알았는데에?"

해인은 그리 열심히 경계하더니 녹다운은 한순간이었다. 과연 은근 허당인 게 고양이다웠다.

"이상, 하다······ 아?"

이 술이 내가 알던 술이 아닌가? 해인이 도저히 이 사태를 이해할 수 없는지 난생처음으로 겪은 심각한 취중에서 벗어나기 위해 발버둥 쳤다. 하나 그것은 혼자만의 생각이고, 겉으로 보기에는 소파에 기대 손끝을 움찔, 하는 정도의 움직임이 다였다.

그리고 시율은 이때다 싶어 해인에게 속삭였다.

"야, 고양이로 돌아가. 그럼 내가 침대로 옮겨줄게."

"끄으응······."

"고양이로 변해보라니까?"

시율이 또 악마의 속삭임을 중얼거리고 있었다. 그가 소원하는 것 중 하나가 해인이 고양이에서 사람으로, 혹은 사람에서 고양이로 변하는 그 물량 변화의 순간을 목격하는 것이었다. 계획에도 없었건만 스스로 취해준 고마운 사태를 놓칠쏘냐.

하지만 취한 와중에도 악착같이 그것만은 보이지 않으려 버티는 해인이다. 최대, 최악의 약점인 순간이었으니까. 본능적으로 그것만은 보이면 안된다 몸이 외치고 있었다.

"시르엉······."

"얌마, 얼른. 그럼 편해진다니까?"

이 녀석이 하는 건 다 거짓말이야! 해인은 있는 힘껏 반항했다. 그러니까······ 엎드린 채 꿍얼꿍얼.

"······거짓말! ······사기꾼, ······악마, 나쁜 놈······."

일단 시율의 눈앞에서 벗어나려 몸을 일으키는 해인이다. 하지만 다리를 세우는 것도 무리였다. 고양이의 특기 중의 특기인 중심 잡기가 지금은 도저히 불가능했다. 일어나려다 다시 소파 쿠션에 코를 박기를 반복하던 해인은 안 되겠다 싶어 기어가기로 했다.

도망가려고 지렁이처럼 꼬물거리는 그 꼴을 5분가량 구경하던 시율은 결국 해인을 들쳐 안았다. 5분째 그 자리에 있었으니까. 이 고집 센 짐승을 일단을 제대로 재워야 했다. 변신하는 걸 보고 싶기는 했지만 이러다 이 녀석이 죽을 것 같았다. 하긴, 생각해보면 본체는 4kg 남짓한 고양이였다. 변신 후가 사람이라고 해도 말이다.

고로 맥주 한 캔이란 실로 많은 양일지도……. 그제야 그렇게 짐작해본 시율의 인상이 험악해졌다.

"주량 세다며!"

"……그랬었단 말이야아. 흐엉."

"아오! 너 열은 안 나? 구역질은?"

늘어지는 해인의 몸을 침대에 눕히며 시율이 물었다. 애초에 고양이가 술을 먹는다는 자체가 자살행위였으니 의사로서 적잖게 걱정이 되고 있었다. 우리나라 설화에 보면 구미호는 술을 좋아하고, 일본 민화에도 여우요괴가 술을 좋아하길래 해인도 그 맥락인 줄 알았다.

결정적으로 본인이 먹어도 된다고 호언장담을 해놓고는 이 꼴이 되다니.

"너 앞으로 술 먹지 마, 안 맞는 것 같으니까. 어이! 듣고 있어?"

모처럼 시율이 걱정스레 물어봤지만 돌아오는 대답은 영 기운이 없다. 애초에 사람 말이 아니었다.

"……아우, 으응."(……물, 물.)

"많이 울렁거려?"

몸은 사람인데 입에서는 고양이 소리만 나오고 있었다. 취하긴 취한 모양이다. 시율이 해인의 이마에 손을 올려봤지만 딱히 열은 나지 않았다. 혈색도 약간 진한 정도라 크게 문제 되어 보이지는 않았다. 해인의 심장 위에 귀를 대봤다. 청진기가 없으니 그렇게라도 해봤다. 역시 크게 문제는 없었다. 혹시 싶어 목덜미의 맥박도 짚어봤으나 이상 무.

전체적으로 정상 수치임에 시율은 꽤나 만지작거린 뒤에야 안도의 한숨을 쉬었다. 사실 평범한 고양이였다면 알코올로 죽을 수도 있었다. 특별하긴 특별한 모양이었다. 평범하게 취한 걸 보니.

"끄으흥……."

"물 좀 줄까?"

몸을 둥글게 말아가는 해인은 이미 시율의 목소리가 잘 안 들리는 것 같았다. 나중에라도 혹시 물이 먹고 싶어지지 않을까 싶어 시율은 물을 한 잔 가져오며, 그사이 해인이 고양이로 돌아갔으면 했다. 본래 몸인 그쪽이 제 몸에는 편할 테니까. 아무래도 그편이 시율이 진찰하기도 편했다.

그러나 시율의 바람이 무색하게도 해인은 무의식중에도 변하면 안 돼, 안 돼, 하는 강박에 시달리느라 계속 사람 모습 그대로였다.

"고양이로 돌아갈래? 안 볼 테니까."

용쓰는 게 좀 가여워서 그렇게 말했지만 역시나 안 들리는 모양이었다. 해인은 긴 머리칼을 전부 흩트려놓은 채, 무릎을 두 손으로 꼭 끌어안고 무릎에 뺨을 대고 두 눈을 감고 있을 뿐이었다. 잠들어보려 이리저리 침대 위에서 뒤척이고는 있었는데 잠이 오지도 않는 것 같았다. 그저 눈을 감고 낑낑댈 뿐이었다.

무언가 찾는지 손을 침대 위 여기저기 더듬거리는 해인이다. 보다 못한 시율이 시트를 덮어줘 봤으나 홱 발로 차버렸다. 대체 뭘 바라는 건지 알 수가 없었다. 해인은 저도 답답한지 시트 위로 얼굴을 비비며 칭얼댔다.

"미양…… 아냐, 이게 아냐냐……!"

반은 또 고양이 말이었다. 술에 취해 잠들고는 싶은데 낯선 침대에, 오랜만에 사람의 몸으로 잠들려니 도통 편하지가 않았던 것이다. 고양이로 돌아가면 좀 편할 텐데, 취한 고양이에게 바랄 사안은 아니었다. 그리고 마침내 손끝에 원하던 걸 발견한 해인이다.

한참을 여기저기 헤매던 손끝이 멈춘 건 시율의…… 가슴팍이었다.

"뭐, 뭐야?"

시율이 당황하거나 말거나 미심쩍다는 듯 꾸욱, 눌러보더니 그 단단함이 퍽 마음에 들었는지 마침내 베개 속에서 얼굴을 들었다. 찾았다, 해인은 얼굴에 그렇게 써 붙이고 있었다.

"……벗어."

"뭐!"

시율은 해인을 만난 이래 자주 경악했다. 해인에게는 확실히 그를 놀라게 하는 재주가 있었다. 본인은 느끼지 못하는 것 같지만. 해인이 졸려 반쯤 감긴 눈을 부릅뜨며 딴에는 위협했다. 그리고 그러다…… 훌쩍였다.

"벗어, 벗으라고! 버, 벗어엉……!"

제발 벗어달라는 투정에 시율은 잠시 이게 미쳤나, 심각하게 고민했다. 그러다가 떼를 쓰듯 제 옷깃을 잡고 늘어지는 해인의 손에, 제가 생각하는 그 뜻이 맞음을 깨달았다. 그걸 이해하고 받아들이는 데는 잠시 시간이 걸렸지만 어려운 일도 아니라 결국 탈의했다. 시율이 머리 위로 티를 벗어내고 맨가슴을 드러내기 무섭게 해인이 납작, 안겨왔다. 베개 대신이라는 듯. 태일과 흡사한 그 가슴팍에 뺨을 문대며 그제야 만족스러운 표정이었다.

"아아. 이거지, 이거."

이제야 잠들 수 있다 안도하는 얼굴이었다. 제가 지금 시율을 덮치고 있다고는 전혀 생각지 않는 개운한 얼굴이었다. 사뭇 행복해 보이기까지 했다.

"너…… 설마, 맨날…… 니 주인이랑 이러고 자냐?"

"냐암."

"대답해보지?"

짐작하는 바가 틀렸길 바라면서도 시율은 해인을 밀어낼 수가 없었다. 완연한 성인 여자의 몸과 다를 바 없는 말랑한 육체가 자신에게 꼬옥, 하니 바짝 안기는데…… 몸이 파르르 떨려왔다. 그 살의 말캉함이 주는 부드러움에 돌연 목 안이 바짝바짝 타들어갔다.

이 무슨 일인지! 발육 부진 고양이 따위한테 심장이! 시율은 심각한 불편함을 느껴야 했다.

"흠냐…… 냐……."

뭐, 사실 거기까지는 참을 만했던 시율이다. 다만 문제는 그 뒤부터였다. 자신이 평소 아는 그 몸과 다소 다른 시율의 몸이 그럭저럭 괜찮긴 한데, 아무래도 뭔가 이상한지 코를 킁킁대던 해인이…… 혀를 내민 것이다. 날름, 할짝할짝 핥기 시작했다. 촉촉하고 작은 혀가 제 입술과 가까이 있는 남자의 가슴 아래를 줏대 없이 살살 맛보고 있었다. 넓다는 듯 손바닥으로 꾹, 꾹, 눌러가며. 그건 분명 꾹꾹이였다. 새끼 고양이가 어미젖을 빨 때 젖이 잘 나오도록 본능적으로 하는 일종의 마사지 행위. 고양이들은 기분이 좋을 때도 꾹꾹이를 했다.

시율은 수의사로서 그 사실을 애써 상기해내면서도…… 내면서도…… 부들부들 떨어야 했다.

"조…… 좀…… 떨어……."

고양이가 그런다면 애교 부리는구나, 할 텐데. 지금은 어디로 봐도 여자사람인 해인이 자신에게 이런 행동을 하는 건, 진정 고문이었다. 두 눈을 질끈 감아도 견디기 힘든. 심지어 벗겨놓고 이러니 덮쳐지는 기분이었다. 이 짐승 같은 여자가 정말.

"너, 이……!"

이 변태 고양이! 그는 전에 해인이 자신에게 했던 말을 그대로 되돌려주고 싶었다. 그는 지금 적잖게 수치심을 느끼고 있었다. 짐승에게 내가 반응하다니. 내가, 짐승한테……. 그건 분명 그의 인생 최대의 굴욕이었다.

시율은 놀라고 억울해 그 밤을 꼴딱 새워야 했다. 물론 뜬눈으로.

해인은 여러모로 복수했다. 자기만 몰랐지만 말이다.

6. 화난 고양이는 까다로워

태일은 약속대로 딱 3일 만에 해인을 데리러 왔다. 더 늦어질 수도 있다고 한 걸 고려하면 빠른 귀가였다. 그게 너무 반가워 해인은 신이 나 냥냥거렸다. 두 귀를 연신 파닥거리며 태일의 가슴에 안겨 그의 턱 아래를 까끌까끌한 혀로 핥아댔다. 그건 일종의 영역 표시이자 애정 표현이자 친밀함의 상징이었다.

지금 태일에게 하는 건 단순히 반갑다는 의미였지만, 그 외에도 수십 가지 의미가 있는 행동이었다. 상대가 아프거나 슬퍼 보일 때 위로하는 수단이 되기도 하고, 제가 심심할 때 놀아달라는 표현이 되기도 한다. 그리고 소유를 주장하는 침 묻히기이기도 하다. 해석하려면 끝이 없는 고양이의 행위. 아무튼 주로 친한 상대에게 하는 접촉이다.

하지만 그중 상대를 발정하게 하는 목적은 없을 거다. 그게 단순히 짐승들이 하는 인사의 일종과 다르지 않다는 건, 수의사인 시율이 가장 잘 아는 일이었다. 고양이가 사람을 핥는 행위는 그저 그런 거라는 걸 말이다.

딱히 구체적인 의미는 없는, 그냥 그런. 그저 그런……. 그런데 왜 지금 이토록 화가 날까. 머리가 지끈거린다.

"형님, 안색이 별로십니다?"

"……너 말이야."

"네."

할짝. 눈앞에서 날름거리는 혀를 대수롭지 않게 넘겨보려 '저거 별 뜻 없음' 반복적으로 되새김질해봤지만 소용없었다. 시율은 속이 부글부글 끓어서 죽을 맛이었다. 그걸 태일에게 하고 있는 해인도, 당연하게 받으며 그저 간지러워할 뿐인 태일도 이상해 보였다.

자신은 그에 이상하게 반응했으니까. 차마 말 못 할 수컷의 은밀한 본능 때문에. 시율은 이를 악물었다.

"혹시 평소에 벗고 자냐?"

"어, 그걸 어떻게 아셨어요?"

때마침 웃으며 해인과 키스를, 그러니까 코끝 부비부비를 하던 태일은 오늘따라 시율이 여유가 없어 보인다고 생각했다. 눈치를 보아하니 크게 언짢은 일이 있는 모양이다. 컨디션도 별로인 것 같았다. 평소의 말끔한 모습과 달리 푸석푸석해 보였다. 눈 밑은 퀭하니 다크서클이 어렸고 입술은 바스락거려 보였다.

물론, 그래도 성인 남자의 나른한 색기를 물씬 풍기는 잘난 사내임은 분명했다. 해인의 눈에는 그냥 악마였지만. 시율은 두통이 오는지 이마를 누르며 약간 갈라진 목소리로 말했다.

"어젯밤에 계속 옷 속으로 파고들어서…… 좀 힘들었거든."

"아아. 버릇이 들었나 보군요."

"……하하하!"

시율이 고장 난 물건처럼 이상한 소리로 웃어 보였다.

태일과 함께 집으로 돌아온 그날 밤, 해인은 모처럼 깊게 잠들어 있었다. 이제는 이곳이 마치 제집처럼 편안하게 느껴졌다. 태일의 가슴 근처에 기대어 골골거리며 몸을 둥글게 말고 잠드는 건, 꽤나 행복한 일이었다.

[해인아, 박해인아.]

홀연히 누군가 저를 부르는 소리에 해인을 반짝, 두 눈을 떴다. 머릿속으로 목소리가 웅웅 울리는 이 감각, 분명 사신이었다. 반사적으로 몸을 일으켜 주변을 두리번거려보는 해인이다.

"먀?"(사신님?)

[여기다, 여기. 창밖.]

해인이 계속 찾지 못하자 사신이 부리 끝으로 창문을 톡톡 두드렸다. 침실의 한쪽 벽을 채운 커다란 유리창 너머에 두 달 만에 보는 사신이 있었다. 까만 하늘 중간에 날갯짓도 안 하고 멈춰 서 있는 하얀 새는 정말이지 기이해 보였다. 그대로 유리를 통과해 방 안으로 날아오는 건 저절로 입이 벌어지게 하는 일이었고.

"엇!"

사신이 제 코 위에 내려앉는다 싶은 순간, 해인은 이미 태일의 방이 아닌 다른 공간에 있었다. 처음 죽음을 예감한 순간 옮겨졌던, 위아래가 없는 회색빛 사신의 공간 말이다. 무중력 상태를 느끼며 해인은 공중을 부유했다. 우주에 온 느낌이었다.

[편지 봤다.]

"아, 그거요."

[이게 무슨 소리냐, 아가?]

사신이 발톱으로 쥐고 있던 쪽지를 해인 쪽으로 흘려보냈고 해인은 그것을 슬그머니 외면하며 말을 돌렸다.

"전 아가가 아닌데요."

[아 참, 미안하다나. 복제를 만들다 보니 헷갈렸다. 그러고 보니 너 말을 제법 하는구나?]

사신이 제법이라는 듯 말했다. 뭔가 전보다는 많이 친근한 어투였다. 해인은 샐쭉한 눈으로 사신을 바라봤다.

"그건 잘되고 있나요? 제 몸 만들기요."

[그럼, 그럼! 이제 콩알만 하지.]

"태아네요, 그럼?"

[그렇지. 여덟 달을 더 채워 선계로 보내야 하니 이제 시작이기도 하고. 지금은 백두산 호랑이 선인이 봐주고 있지.]

"호랑이이? 웬 호랑이예요?"

해인은 중심을 잡지 못하고 허공에서 파닥대다가 깜짝 놀라 되물었다.

[그건 설명을 안 했던가? 아, 네가 워낙 혼란스러워서 자세한 건 생략했었지.]

"그러셨겠죠……."

이 사신, 귀찮다는 이유로 멋대로 생략한 설명이 또 있을 게 분명해.

[나는 일이 많아서 계속 네 육체에 붙어 있을 수가 없으니까. 지금부터가 중요한 시기라 한가한 친구 녀석에게 맡겼지.]

"그런데 호랑이면 육식동물 아니에요? 괜찮은 거예요, 그거?"

호랑이에게 어린아이를 맡기다니. 그거 고양이에게 생선 맡긴 느낌인데? 해인은 제 장래가 호랑이 손에 달려 있는 듯해 긴장하지 않을 수 없었다.

[그전에 도인 같은 존재니까 안심해라. 정확히는 도를 닦는 호랑이라고 해야 할까? 뱀이 도를 닦으면 용이 되는 것처럼, 선계에 가기 위해 도를 닦는 내 오랜 친구지. 산신이라고 하면 알려나.]

"도……. 그렇군요."

[덕을 쌓는 셈 치고 도와주고 있다. 고마워할 일이지.]

도를 믿는 호랑이 친구가 있다니. 사신이라 그런지 영 하는 짓이 인간과는 괴리감이 느껴졌다.

[그보다 이게 대체 무슨 소리지? 정말이냐?]

해인의 눈앞을 흘러 지나갔던 쪽지가 사신의 눈짓 한 번에 다시 팔랑, 하니 날아와 눈앞에서 펼쳐졌다. 염력 같은 것도 쓰는 모양이었다. 사신이라 그런지 별 해괴한 능력이 다 있네. 유리를 통과하질 않나, 이런 공간을 만들지 않나, 호랑이 선인 친구가 있질 않나, 선계라는 걸 이용해 사람을 만들지 않나. 근데 이런 신기한 것들을 너무 서슴없이 보여주는 것 아냐?

해인은 문득 그게 이상했다. 저승의 일은 비밀이라며 그리 겁을 주더니 정작 사신은 묻는 족족 대답해주고 있었다.

[대답을 좀 해봐. 사람을 좋아하게 됐다고?]

"……네."

[어쩌다?]

사신이 희한하다는 듯 물었다. 그러게, '어쩌다'일까? 처음엔 그저 마음 둘 곳이 필요했는지도 모르겠다. 정을 붙인 사람이 하필이면 너무도 좋은 사람이었고 말이다. 가장 힘들고 약해졌을 때 곁에 있어준 사람을 좋아하게 되는 건 당연한 일일지도 모른다.

"고양이인 저를 보살펴주는 남자가 있는데…… 좋아하지 않을 수 없는 사람이에요."

[이런, 이런. 인간이란 하여간 너무 약하다니까.]

이런 말도 안 되는 상황에 처한 주제에 사랑에 빠지다니, 해인도 스스로가 기가 막혔다.

"나도 내가 바보 같아요. 그런데 마음이란 게…… 마음대로 안 되는 거잖아요."

[겉은 고양이어도 속이 사람이니 사람을 좋아하게 되는 거야 당연하겠지.]

"그, 그렇죠?"

[네 마음대로 해봐라. 본래 사람이고 사람의 몸이 될 수도 있는데 뭐가 문제냐.]

"……정말요?"

말릴 줄 알았던 사신이 의외로 대수롭지 않게 말했다. 심지어는 장려하는 느낌이었다. 이 사신, 무슨 꿍꿍이지? 분명 혼이 날 줄 알았는데. 사실은 혼이 나고 싶어서 사신에게 편지를 쓴 것이기도 했다. 지금 연애 같은 걸 해서는 안 되는 이유를 줄줄이 나열하며 혼내주기를 바랐건만.

[그리고 전에 너한테는 무리일 것 같아서 알려주지 않았다만, 그 몸 말이다. 양기로도 충전이 돼.]

"혜에……?"

양기가 뭐 어쨌다고? 해인은 또 사신이 어려운 얘기를 하자 머리를 갸우뚱하며 못 알아듣겠다는 얼굴을 했다.

[평소엔 너 달빛으로 충전하잖냐.]

"그렇죠."

[그건 음기, 쉽게 말하면 여자의 힘이지.]

"그렇군요."

사신은 쉽게 설명해줬다. 묘하게 친절한 태도였다.

[양기는 남자들이 가진 힘으로, 음기보다 파워가 세지. 당연히 효율도 훨씬 좋고.]

"……그래서요?"

[결론만 말하자면, 그 몸으로 여자로 변해서 사내놈과 교접하면 양기가 충전된다. 어때? 참 쉽지?]

"푸읍."

미쳤어. 해인은 정말로 대놓고 사레가 들려서는 콜록대기 시작했다. 쉽긴 뭐가 쉽다는 거야!

"교, 교, 교……!"

해인의 뇌가 차마 이 충격적인 사실을 받아들이지 못하고 있는데, 사신이 말을 덧붙였다. 못 알아들었다고 여기는 모양이었다.

[교접. 혹은 성적 접촉.]

"끄아아악!"

[쉽게 말하면 수컷들 양기를 빨아먹는 거지. 사실 그게 음기보다 농도가 진해서 더 좋…….]

"내가 뭐, 구미호예요!"

[비슷해, 너.]

하여간 이 사신은 배려심이 너무 부족했다. 이건 정말 충격의 연속이었다. 해인은 뜻하지 않은 사실에, 자신의 몸이 가진 몰랐던 기능에 거의 게거품을 물다시피 했다. 해인이 충격으로 반쯤 앓아누웠는데도 사신은 잘됐다는 듯 전에 못다 한 이야기를 쏟아냈다.

[네가 그 몸으로 수컷 만날 생각을 할 것 같지 않아서 안 알려줬지만 말이다. 사실 한 달 내내 달빛으로 충전하는 것보다는 인간 사내와 키스 두세 번하는 게 효과적이야.]

"말도 안 돼!"

[본래 그 사신탈은 요괴들을 본떠서 만든 거거든. 같은 원리라고 해야 하나? 인간으로 변하는 기능을 넣으려면 그래야 했어.]

이 이야기 안 들은 귀를 사고 싶었다. 순진했던 때로 돌아가고 싶었다. 그 것도 안 되면 들은 이야기를 당장 머릿속에서 지우고 싶었다. 내가 요괴라니! 그것도 남자 양기를 빨아먹는!

[그런 반응일 것 같아서 비밀로 했던 건데.]

"계속 비밀로 해줬어야죠!"

[좋아하는 사람이 생겼다며. 그럼 써먹어야지 않겠냐. 이왕 키스할 거 충전도 하면 좋지 않니. 일석이조.]

반쯤 패닉에 빠졌던 해인은 문득, 자신이 이 몸으로 키스한 적이 있다는 사실을 떠올렸다. 그러니까…… 시율과.

"……헛?"

해인은 사신이 잘못 알고 있는 거였으면 했다. 그래서 얼른 한 손을 들어보였다. 이의 있다는 듯.

“사신님, 질문 있어요!”

[뭐냐?]

“전에 어쩌다 보니, 우연히, 그러니까 본의 아니게 사고처럼 키스를 한 번 했는데…… 전혀 충전이 안 되던데요?”

이성과의 접촉으로 따지면 태일과도 매일 키스를 하는데, 조금도 충전된 적은 없었다. 사신의 말대로라면 달빛과는 비교도 할 수 없는 만큼 기운이 차야 하는데 말이다.

[성적인 접촉이라니까?]

“성적?”

[아빠가 딸한테 하는 그런 키스는 전혀 양기가 안 나와. 너한테 성적으로 흥분한 남자가 너를 갈구하면서, 너를 가지고 싶어 하면서, 너에게 음심을 품고 키스를 해야……]

“왁왁왁!!”

[네가 물어봐 놓고는 그게 무슨 난리냐?]

온몸을 버둥거리며 자체 모자이크를 시도했던 해인은 격렬하게 난리를 친 탓인지 숨이 차는 걸 느꼈다. 아니, 야한 이야기를 들어서 숨이 차는 건지도 모르겠다. 그쪽일 확률이 높았다.

“너무하시는 거 아니에요, 정말!”

해인은 왠지 눈물이 핑 돌아서 사신에게 빽빽거리며 항의했다. 고양이 꼴로 만든 것도 모자라서 양기를 빨아먹는 요괴라니! 하지만 이 사신은 전부터 인정머리가 조금도 없었다.

[다 싫으면 그냥 여기서 살든가.]

“……으으!”

[인간들 표현으로 좋은 게 좋은 거 아니냐. 요괴들은 오래전부터 인간 사내를 유혹해 그 양기를 양분으로 삼아 젊음이나 힘을 유지했다. 인간이 죽을 만큼 양기를 빠는 것만 아니면 불법도 아니고.]

뭐, 그런 법이 다 있는지! 해인은 자신이 그 양기를 섭취하는 날이 올 거라고는 생각하지 않았다. 인간으로 변하는 기력을 충전하는 건, 달빛이면 충분하다고 굳게 믿었으니까. 괜한 이야기를 들었다고 여기며 머리를 털어내는데, 사신이 아무렇지 않은 목소리로 더 충격적인 이야기를 전해줬다.

[뭐, 부담 갖지 말고 유혹해봐라. 어차피 몸이 완성되어 네 영혼이 제자리를 찾으면 넌, 모든 기억을 잊어야 하니까.]

"……그건 또 무슨 소리예요?"

[네 기억을 지울 거라고 말했다만.]

분명 멈춰 있는 공간임에도 해인은 온몸이 뒤흔들리는 기분을 맛봐야 했다. 몸 안의 모든 것이 요동치고 머릿속이 흔들려 제가 뭐라고 되물었는지도 그새 잊어버렸다. 잊어? 모든 걸? 그 말의 뜻을 채 이해하기도 전에 사신이 흔들리는 뇌리를 또 진탕 놨다.

[당연한 것 아니냐? 넌 너무 많은 비밀을 알고 있으니 전부 지울 거다. 그 사고 직후의 모든 기억을 지워서 네가 평범한 인간으로 여생을 살게 할 거다.]

"하지만……."

[네가 1년간 고양이로 살았던 것도, 그 상태로 누군갈 좋아한 것도, 날 만난 것도, 네가 한 번 죽었던 것도 전부.]

사신은 그냥 단조롭게 말하고 있는 것 같은데 머릿속에 들어와 박히기가 칼날 같았다. 한마디 한마디가 비수가 되어서 눈물이 날 것만 같았다.

[박해인 네가 후에, 수명을 다 채우고 염라대왕님 앞에 섰을 때 그 기억이 남아 있어서는 안 되니 말이다. 그래서야 우리가 이 노력을 하는 이유가 없지 않으냐.]

해인은 빠르게 지난 두 달간의 일들을 떠올렸다. 그것들이 모두 잊어야 할 기억이라니. 태일에게 주워지고, 병원에서 시율을 만나고, 가출하고, 다시 주워져……. 머릿속으로 쉼 없이 태일과 함께한 시간이 스쳐 갔다. 그리고 밉기만 했던 시율 역시. 그 얼굴들이 해인의 머릿속을 뒤죽박죽 헤집었다.

[너의 남은 평생을 살기 위해 그 1년, 잊어야 할 거다. 본래 인간은 몰라야 할 일들이니 억울해하지 마라.]

그래서였구나. 사신이 저승의 이야기나 선계의 이야기를 서슴없이 들려줬던 건, 어차피 지워야 할 기억들이기 때문이었구나. 해인은 아무런 대꾸도 할 수도 없었다. 당연한 일인데 그게 왜 결코 안 될 일처럼 느껴지는 건지.

왜 심장이 아파오는데 그것이 태일 때문만이 아니라 시율이 함께인지. 미운 정인가 보다.

"하지만요. 그럼, 이…… 마음은요?"

분명 사람을 좋아하게 됐다고 말했는데, 사신은 못 들은 것인 양 군다. 양기나 빨아먹으면 그만인 이야기인 것처럼.

[마음이라. 인간 박해인아, 잘 들어라. 그건 참 부질없는 것이다. 지금 아무리 소중해도 몇 년 후에는 몰랐더라면 하는 감정이 될 수도 있다. 인간들의 사랑이란 대개 그런 거지.]

"아닐 수도 있잖아요?"

[과연 그럴까? 그럼 이렇게 해보자. 네 마음이 정녕 그렇게 소중하다면, 그래서 평생 간직하고 싶거든 남은 평생을 고양이로 살 거라.]

"그건, 또……?"

기억을 간직하고 싶다면, 계속 고양이로 살라고?

[네가 인간으로 돌아가지 않고 남은 인생을 고양이로 살겠다면, 네 수명이 유효한 한은 그 몸을 빌려주마. 그동안은 기억을 지울 필요 없을 테니 말이다.]

"그 말은, 남은 인생과 바꿀 만큼 중요한 감정이 아니라면…… 버리라면 말인가요?"

[그래! 둘 중 하나다. 완전한 인간으로 돌아가거나, 그걸 포기하거나. 그리 어려운 이야기는 아니지 않느냐.]

사신은 인간의 감정을 아주 우습게 보고 있었다. 평생과 바꿀 만큼의 감정이 아니라면 포기하라고.

[뭐, 설마 그만한 사랑이 세상에 있겠냐마는.]

사람이길 포기할 만큼 사랑할 리 없다고 말하는 사신이다. 그리고 그에 차마 반박할 수 없는 해인이고. 사신은 멈추지 않고 또 다른 파문을 던졌다.

[기억이란 쌓으면 쌓을수록 무거워지지. 나중에 잊는 것이 두렵다면 인간계로 돌아가지 말거라. 이곳에서 남은 시간을 보내는 쪽을 권하마. 지내보니 어때냐? 역시 인간세계는 혼란스럽지?]

"난······."

[어차피 잊을 기억을 새로 쌓아 무엇하겠어?]

해인은 생각했다, 태일과 시율을. 왠지 그 둘만을 머릿속 한가득. 종내에는 잊어야 한다는 그들을 계속 떠올렸다. 결코 자신의 가족이나 친구들, 남은 일생보다는 소중할 리 없는 그들을. 고작 두 달 함께했을 뿐인 둘을.

[여기 남겠느냐?]

남은 열 달을 더 기억해 그만큼 아파해야 할지, 지금이라도 외면해 덜 아플 것인지 정해야만 했다. 그리고 해인의 마음은 이성이 소리치는 것과는 반대로 기울고 있었다. 그쪽은 아프다, 많이 아프다. 아프지 마라.

이성이 외치나 소용없었다. 또 바삐 결정을 재촉하는 사신에게 해인은 한참 만에야 대답할 수 있었다.

"······돌아, 갈래요. 그래도······."

뚝뚝 끊어지는 음성이었다. 아파서 어쩔 줄 모르는 눈이었다. 잘은 모르지만 그곳엔, 이 아픔을 감당할 만큼 소중한 것이 있었다. 눈물이 나도록 아쉬운 것이 있었다.

잊고 싶지 않은 것이 있었다. 잊어야 한대도 조금이라도 더 느끼고 싶은 것이 있었다.

해인은 다시 평화로운 일상으로 돌아왔다. 그러니까, 고양이의 일상. 겉

보기에는 나른하기 그지없는 그 몸짓으로. 낮에는 일광욕을 했고 밤이면 그 것을 달빛으로 바꿀 뿐인 나날. 무엇이든 가장 익숙하게 느껴진다는 석 달째는 해인이 무기력한 기분에 빠진 사이 그렇게 빠르게 지나갔다.

속절없이 흐르는 한 달을 해인은 멍하니 흘려보낼 뿐이었고…… 그 시간 동안 시율과 태일은 급속도로 친해졌다. 어느덧 자연스레 형, 동생 하며 속을 나누는 사이로 바뀌어 있었다.

"형님, 전 사실 모델들보다는…… 광활한 대자연이 찍고 싶어서 사진작가가 된 겁니다. 열대림이나, 늪지대…… 뭐, 그런 곳이요. 그럼 작품들은 잘 안 팔리지만요."

"그래? 패션잡지 분야가 적성인 줄 알았는데. 네 사진들 훌륭하잖아. 대중성도 있고."

"물론 모델들도 아름답지만, 가끔 처음 이 일을 시작했던 이유가 떠올라서 멈칫하곤 합니다."

특히나 술을 한잔할 때면 남자들은 다 그런지 몰라도 정말 오래 알아온 사이처럼 격 없이 보였다.

"하긴. 나도 월급쟁이만 할 게 아니라 개업하는 게 목표긴 하지. 언제까지 원장 밑에 있을 수도 없고. 지금 있는 데도 좋긴 하지만 역시 나랑은 지향하는 게 좀 달라서."

"예를 들면요?"

"나는 가망 없는 녀석들이라면…… 서둘러 안락사를 권하는 사람이고, 원장은 아무리 고통스러워도 하루라도 더 살기를 바라는 사람이랄까. 뭐, 그런 식이지."

"……형님."

"뭐! 하여튼 자기 병원 개업하는 건 모든 의사의 로망 아니겠어? 그렇지? 자, 마시자고."

술잔과 함께 기울이는 대화들은 제법 깊었다. 너무 친해졌다. 저 둘, 말려야 하는데…… 의식은 했지만 해인은 그저 멍하니 있을 뿐이다. 사신과 다시 만난 뒤부터 일부러 멍청하고 싶은 것처럼 뒹굴거리기만 했다. 기운도 없고 의지도 잃었고 뭘 어떻게 해야 할지도 알 수 없었다. 결국 잊을 것들이라 더 이상 정붙이기가 무서웠다. 무력함에 빠진 해인은 모든 걸 방관할 뿐이었다.

"그런데 요즘 개냥이가 기운이 좀 없는 것 같다?"

"아, 여름 타는 거 같아요, 형님."

"그런가? 하긴 장마철이기도 하고."

두 남자가 걱정하는 것도 무리는 아니었다.

지금도 아무것도 안 하고 있지만 더 격렬하게 아무것도 안 하고 싶은 얼굴로, 해인은 시간만 쭉쭉 흘려보냈다. 해인을 결정적으로 무력하게 한 건 사신이 이번에 새로 건 주술이었다. 인간을 사랑하게 됐다고 하자, 양기를 빼앗는 건 좋지만 정체를 들키는 건 안 된다면서 이상한 주술을 걸었다.

[나, 사신 모달은 인간 박해인의 영혼에 금동술(禁動術)을 건다. 그대 저승에 대한 것이나, 인간인 자신에 대해서는 그 어떤 것도 무언, 무행하리라. 내 영혼의 무게를 걸고 강력히 주박(呪縛)을 거니, 이 결코 어길 수 없을 것이다.]

그것은 분명 저주였다. 말할 수도 표현할 수도 없게 하는 저주.

[한 가지 자비라면, 가족을 만날 수는 있게 해주마. 그들에겐 고양이로서의 너를 금언해야겠지.]

그게 무슨 자비야. 해인은 매일을 시무룩하게 보낼 수밖에 없었다. 이렇게 될 줄 알았다면 사신에게 사람을 좋아하게 됐다고 말하지 않았을 텐데. 기억을 잃기 싫다고 떼를 쓰지도 않았을 텐데. 말하지 않기로 약속해서 침묵하는 것과 이렇게 강제로 침묵해야 하는 건 명백히 느낌이 달랐다.

이렇게 우울할 수가 있을까.

'저 녀석 요즘 이상한데.'

그런 해인이 너무 신경 쓰여서 시율은 하기 싫었던 일 한 가지를 진행하기로 했다. 꽤나 거나하게 취한 태일의 어깨를 잡아 흔들었다.

"태일아, 너 말이야."

"예, 형님."

태일은 정말 말 잘 듣는 동생이었다. 우연히 알았더라도 친한 사이가 됐을 게 분명했다. 시율은 큰맘 먹고 말했다.

"너…… 소개팅 안 할래?"

"예?"

"소개팅 해라. 예뻐."

둘의 뒤에서 흐물흐물 녹아 있던 해인이 번쩍 고개를 들었다. 그거, 사신 때문에 완전 잊고 있었던 일이었다.

주말, 해인은 여전히 극심한 우울함에 시달리고 있었다. 주술도 주술이지만 또다시 시율의 집에 맡겨져서였다.

"너 요즘 왜 그러냐?"

"내가 뭘?"

"앙칼진 맛이 없어졌잖아."

사납게 구는 것도 기운이 있어야 하지.

"다 귀찮아."

"……이상하긴."

요즘 시율은 전법을 바꿨는지 섣불리 해인에게 다가오거나 건들지 않았다. 고양이와 친해지는 데는 천천히 시간을 두고 가까워지는 게 최고라는 걸 되새긴 모양이었다. 대신 적당한 거리를 두고 있었다.

치이익!

그래서일까. 드물게 해인이 시율을 관찰하기도 했다. 예를 들어 시율이 어울리지 않게 파스타 같은 걸 할 때. 그것도 앞치마까지 두르고 아주 능숙한 솜씨로.

"강, 너…… 제법이다?"

"그렇지?"

"요리하는 남자였어!"

"이 정도는 돼야 사랑받지 않겠냐."

젓가락으로 막 완성되어가는 비프 크림스파게티를 뒤적이며 시율이 콧대를 세웠다. 마침 심심했던 해인은 아일랜드 식탁 위에 새침하게 앉아 시율이 요리하는 모습을 구경했다. 태일은 거의 음식을 사 먹는 남자라 이건 나름의 볼거리였다. 풍기는 음식 냄새도 제법 유혹적이었고 말이다.

"후추 넣어야지!"

시율이 스파게티를 맛깔나게 그릇에 담는 걸 구경하던 해인은 참지 못하고 훈수를 뒀다.

"난 크림스파게티에 후추 안 넣는데?"

"……넣어야 맛있어!"

"너도 먹을 거면 넣어줄게."

해인은 부루퉁해졌다.

"안 먹어!"

사실 먹고야 싶었다. 하지만 이 몸으로는 액체 외에 무언가를 먹는 것은 부담됐다. 해인은 야속한 제 고양이 앞발을 한참 할짝거렸다. 스파게티 대신 아쉬운 대로. 그러자니 시율이 스파게티를 접시를 식탁으로 옮기며 잊고 있었다는 듯 물었다.

"그런데 너, 정말 네 주인 소개 안 받을 거야?"

"응, 안 받아."

"왜?"

"그사이 마음이 바뀌었어."

"아무리 고양이 변덕이 심하다지만 너무하는 거 아니야?"

흥, 하니 해인이 고개를 돌리자 시율이 이해할 수 없다는 듯 어깨를 으쓱였다. 태일에게 자기를 소개해달라고 할 때는 언제고, 막상 자리를 만들어주자 안 한다는 해인이었으니까. 이랬다저랬다. 고양이는 참 비위 맞추기가 참 힘든 동물이었다.

"사람으로 만나고 싶은 것 아니었어?"

"……전엔 그랬는데, 지금은 아니야."

"왜?"

그땐 자신이 그래도 고양이보다는 사람이라고 생각해서 용기를 낸 것이다. 하지만 전부 잊어야 하는 지금에 와서는 아무것도 자신이 없었다.

"이유는 없어! 그냥이야!"

하지만 그걸 시율에게 설명할 수는 없으니 성질만 부리게 됐다. 기억도 잃어야 하고, 자신이 남자의 양기를 흡수하는 요괴 비스무리하다는 걸 깨달아버린 마당에 기분이 좋을 리 없었다.

"너 계속 이랬다저랬다 할 거야? 너야 변덕 부리면 그만이지만 난 이미 소개해주기로 했다고."

"흥!"

"안 하겠다는 녀석을 기껏 설득해놨는데 왜 그러는 지 정도는 말을 해야 할 거 아냐."

시율은 프라이팬을 물에 담그며 말을 이었다.

"네가 싫다면 다른 여자 후배라도 소개해줄 거야. 그 녀석 솔로로 두기에는 아까우니까."

"……그건 싫어!"

시율이 미간을 꿈틀댔다.

"심술도 적당히 부려. 어차피 넌 안 만난다며?"

"그래도 나 있는 동안은 안 돼!"

우우! 해인이 참으로 오랜만에 경계의 몸짓으로 털을 바짝 세웠다. 그건 시율이 좋아하는 해인의 앙칼진 구석이었으나, 시율은 그게 태일 때문이라는 게 불쾌했다. 제 주인만 독점하고 싶어 하는 이 고양이가 싫었다. 고양이 주제에 사람을 좋아하는 것도 웃긴데, 다른 여자를 만나게 하는 건 더 싫단다. 마치 여자의 질투처럼.

"사람은 사람끼리 잘해봐야 할 것 아니야. 너도 네 주인을 정말 생각하면 그러면 안 되는 거……."

"싫! 어!"

카앙! 앙칼진 해인의 거부에 구겨지기 시작했던 미간이 극까지 좁혀진 순간, 시율은 들고 있던 프라이팬을 싱크대 안에 집어 던졌다. 쇠 긁히는 소리가 부엌에 어지럽게 울렸다. 그렇지 않아도 자신이 느끼는 이 해괴한 감정이 싫어 죽겠는 시율이었다.

하루 종일 태일 타령만 하는 이 고양이에게 갈수록 섭섭함이 생겼다. 저 역시 잘해준다고 잘해주는데도 이 짐승은 점점 털을 세울 뿐이라…… 결국 소리쳤다. 그것은 누구를 향한 것인지.

"그럼 나더러 어쩌라는 거야! 넌 어차피 고양이잖아!"

"……."

"그런 데 왜, 자꾸 사람처럼……!"

그 윽박에는 해인도 놀랐고, 소리친 시율도 놀랐다. 아차! 하며 그가 눈을 질끈 감기 전에 본 것은 익히 잘 아는 상처 입은 짐승의 눈이었다. 방금 자신이 무슨 짓을 했는지 이해할 수가 없어서 시율은 악문 턱 근처가 다 아파왔다. 짐승을 상대로 무슨 짓을 하는 걸까. 겨우 변덕 좀 부리고 제 주인에게 독점욕을 보인다고 화를 내다니.

시율이 찰나 감았던 눈을 뜬 것은 해인이 담담하니 대꾸한 뒤였다. 쓴 물이 올라왔다.

"나도 알아, 안다고. 내가 짐승인 거."

"미…… 안."

"……놀랐잖아!"

순간 자신이 왜 프라이팬을 내던졌는지 시율은 알 수 없었다. 그냥 순간

화가 머리끝까지 치밀었다. 이래도 싫다, 저래도 싫다, 고집부리는 고양이에게 짜증이 났던 걸까? 그가 자책하는 동안 해인은 휙 하니 자리를 떠나버렸다. 놀라 크게 움찔거렸으면서도, 놀라지 않은 척 종종 뒤돌아 가버렸다.

하지만 한껏 놀란 꼬리털이 아직 숭숭했다. 평소의 2배로 부푼 꼬리가 해인이 얼마나 놀랐는지 알려주고 있었다. 그 모양을 보며, 시율은 제가 화낸 이유를 찾아 머리를 싸매야 했다. 저답지 않은 일이었다.

새벽 3시. 늦게 잠드는 편인 시율의 색색거리는 숨소리를 들으며 해인은 창가에 앉아 있었다. 사람으로 돌아가 굴러다니는 그의 하늘색 셔츠 하나를 주워 입은 뒤였다.

'알지, 안다고. 내가 고양인 것쯤. 질투할 주제도 안 되는 거 알아.'

낮에 시율이 화를 낸 것도 무리는 아니라고 반성하는 중이었다. 제가 봐도 오는 너무 답 없이 군 것 같았다. 머리는 유리창에 대고 무릎을 끌어안으며 몸을 웅크렸다. 시선은 저 멀리 밤하늘을 배회했다. 일부러 사람의 모습을 했는데도 사람이 됐다는 생각이 들지 않았다.

몇십 층 아래 걸어가는 사람의 얼굴이 바로 앞에서 보는 것처럼 똑똑히 보이고, 귀를 조금만 기울여도 윗집에 윗집이 걸어 다니는 소리까지 전부 들렸다. 사람의 몸인데도 뛰어난 성능 때문에 사람 같지 않았다. 그게 씁쓸했다.

"……."

멍하니 창밖의 달을 구경하던 해인이 몸을 일으킨 것은 시간이 제법 흘러서였다. 달이 반 뼘쯤 움직인 뒤. 시율이 완전히 잠든 것을 재차 확인한 뒤에야 거실의 소파 밑으로 손을 넣어 5절짜리 드로잉북을 끄집어냈다. 워낙에 좁은 틈새라 해인의 손처럼 얇고 가는 손이 아니면 드로잉북을 꺼내기가 힘들었다.

사실 드로잉북을 사 온 것도, 4B연필을 사 온 것도 시율이지만, 그래도 나름 숨겨둔 터였다. 그림을 보여주는 게 부끄러웠으니 말이다.

"숨겨둔 거 모르겠지?"

완성되지 않은 작품에 평가를 받는 건 작가에게 좀 부끄러운 일이었다. 물론, 완성되어도 보여줄 일은 없겠지만. 해인은 위쪽 스프링에 끼워둔 연필을 뽑은 뒤, 종이를 몇 장 넘겨 저번 주에 그리다 만 그림을 펼쳤다. 흐릿한 버드나무가 보였다. 늘어진 잎이 많아 오래되어 보이는 회색빛 버드나무는 바다 한가운데 있었다.

다시 달빛이 닿는 곳에 기대앉은 해인은 연필을 쥔 손을 몇 번인가 쥐락펴락 했다. 빈 종이 위에 간단한 선을 반복해 그려 손을 풀어준 뒤에야 다시 버드나무로 돌아왔다.

사각사각. 해인은 연필이 북 위를 스치는 소리에 집중하기 시작했다. 연필이 남기는 세밀한 탄 찌꺼기까지 염두에 두며 그림을 덧붙여 갔다. 수많은 나뭇잎의 그림자 하나하나까지 그려갔다. 파도의 물결이 스친 자국까지 손끝으로 탄을 문대가며 새겨 나갔다. 그렇게 아주 사소한 구석까지 형태를 잡는 게 해인의 특기였고, 취미였고, 기쁨이었다. 한없이 집중해 빠져들 수 있는 행위였으니까. 이 순간만은 복잡하고 어지러운 심중을 잠시 잊을 수 있었다. 본래 직업이 그림쟁이인 해인은 시율의 집에 맡겨진 동안만 그림을 그릴 수 있었다.

태일의 집이 더 넓었지만 혹시 들키면 정말 난감했기 때문이다. 시율은 이러니저러니 해도 해인의 비밀을 알아 차라리 편한 구석이 있었다. 종종 이렇게라도 손을 풀 수 있는 건 가뭄에 단비와 같은 일이었다. 그림 그리는 데 흠뻑 빠져서는 저도 모르게 작게 입술을 벌리고 있던 해인은 한참 만에야 손을 멈췄다. 집중의 끈이 풀리자 한숨이 새어 나왔다.

"아…… 살 것 같다."

그림을 그리면 안정이 됐다. 뭔가 하고 있다는 느낌이 들어서일까.

"응?"

몇 시간이 흘렀는지 정확히는 알 수 없으나 해인이 기댄 창가로 미명이 깃들었다. 아침이 오고 있으니 그림을 숨길 때가 되었다. 하지만 그게 아닌 다른 것이 해인의 손을 멈추게 했다. 무언가 매캐하고 자욱한 냄새가 예민한 코끝을 자극했던 것이다.

쿵쿵. 해인은 일단 드로잉북을 다시 소파 밑으로 밀어 넣었다. 몸을 일으켜 위쪽의 공기를 맡아봤고, 이내 그것이 무언가 타는 냄새임을 직감했다. 그냥 누군가 아침을 하는 냄새라고 여기기에는 너무 독했다. 음식이 아닌 다른 것이 타는 냄새. 이 집이 아니니 다른 집 중 어딘가에서 탄내가 급속도로 퍼지기 시작했다. 아직은 미약해 보통 사람이라면 감지하지 못할 수준이었지만 해인은 알 수 있었다. 이웃집 어딘가에 불이 났다. 그것은 확신이었다.

"맙소사!"

해인은 얼른 시율이 잠든 방으로 뛰어갔다. 혹여 불이 커질지도 모르니 집주인에게 알려야 했다. 이 오피스텔의 구조는 거실 하나, 침실 하나였다. 평소에는 시율의 침실에 드나들지 않는 해인이었지만 이건 위급 상황이었다. 일부러 인기척을 내며 들어가는데도 시율은 그대로 잠들어 있기만 했다. 잠귀가 밝은 태일과 달리 시율은 한번 잠들면 누가 업어 가도 모를 지경이었다. 일어난다고 해도 한참을 몽롱하고는 했다. 저혈압인지 아침이면 둔해지는 시율을 한두 번 봤어야지.

"강! 일어나 봐, 이상한 냄새 안 나?"

찰싹. 그래서 침대 위로 올라가자마자 주저 없이 시율의 뺨을 쳤다. 물론, 지극히 가볍게였다. 하지만 별 반응이 없어서 이번엔 멱살을 흔들어봤다. 조금 반응이 오기는 하지만 여전히 두 눈은 감은 채였다.

"⋯⋯으음?"

"타는 냄새 말이야! 근처에 불이 난 것 같아!"

"어우⋯⋯."

시율은 깨우는 사람이 민망하도록 뭉그적거렸다. 냄새는 점점 강해지는데 말이다. 동물의 감이 경고등을 울렸다. 조금 마음이 급해졌다. 물을 가져다 부어볼까? 해인이 심각하게 궁리하는데 시율이 그제야 슬쩍 눈을 떴다. 부스스 눈가를 비비며 시야를 살려보려 애쓰는 게 보여 해인은 다시 시율에게 가까이 다가갔다.

"얼른 일어나 보라니까?"

바짝 붙어 이놈이 언제 정신을 차리려나, 하고 내려다봤다. 시율의 눈이 조금씩, 천천히 깜빡였다. 정신을 차릴락 말락 하는 잠에 취한 눈이었다. 해인은 손을 뻗어 시율의 어깨를 흔들었다.

"큰일……."

그런데 무슨 조화인지 시율이 그 손을 제 뺨으로 가져갔다. 이게 뭔가 싶어 해인이 내칠 생각도 못 하고 있자, 이번엔 해인의 손바닥 안으로 깊숙이 키스했다. 다급한 때에 어울리지 않게 부드럽고도 경건했다. 그리고 이내 끌어당겨졌다. 시율의 다른 손이 시트 속에서 슥, 하니 올라오더니 아주 느릿하게 해인의 뒷목을 감싸 쥐었다.

그러고는 두 손을 이용해 해인을 제게로 당겨가 그대로…….

때르르르르르르릉!

"……!"

화재경보벨이 온 집 안을 진동시킬 듯 찢어져라 울리자 그제야 시율이 눈을 부릅떴다. 눈을 뜨자마자 시율이 한 일은 해인을 거의 내던지듯 풀어주고 몸을 경직시키는 일이었다. 시율은 어째서인지 해인을 황망한 눈으로 바라봤다. 경적과 같은 커다란 비상벨 소리에 깨어났으면서도 그 소리가 들리지 않는 것처럼 경악한 채 말이다.

경보음이 울리는 통에도 상반되게 정지해버린 시율과 인상을 찌푸린 채 제 입을 비비적거리는 해인의 시선이 마주 닿았다.

"예쁜 언니랑 키스하는 꿈이라도 꾼 모양이지?"

해인은 그렇게 비아냥거렸다. 자칫 닿을 뻔했지만 미수로 그쳤으니 인심 써서 봐주기로 했다. 아침부터 남자의 침대 위에 사람 모습으로 올라

온 저를 탓하기로.

"……아니……."

시율이 문득 탄식했다. 절로 입술이 벌어져 신음이 나왔다. 그는 아직 몽롱한 채였다.

"……?"

"그거 분명 너였……."

-아, 아! 알려드립니다, 화재 경보입니다. 훈련이 아닌 실제 상황이니 주민 여러분은 신속하게 대피해주시기 바랍니다. 귀중품을 챙겨 서둘러 이동해주시기 바랍니다. 반복합니다…….

아직 꿈속인 듯 멍한 정신을 추스르지 못하고 있었지만 쉬지 않고 울리는 경보벨과 급박함을 알리는 방송은 이게 현실임을 억지로 일깨워줬다. 시율은 해인을 바라보다가 그제야 급박하게 몸을 일으켰다. 그러고는 해인을 냅다 둘러업으려고 들자 해인이 소리쳤다. 순서가 틀렸다는 듯.

"귀중품부터 챙겨!"

"……너부터."

"난 고양이로 돌아갈 테니까 챙겨 와."

어딘가 불이 났다고 해도, 그게 아주 가깝다는 걸 인지했어도, 해인은 그게 당장 이곳이 위험할 정도는 아니라는 걸 감지하고 있었다. 온몸이 안테나 역할을 톡톡히 하고 있었다. 잠시 얼떨떨하니 손 둘 곳을 찾던 시율이 침실을 뛰어나갔다. 해인은 킁킁, 다시 탄 냄새에 집중하며 고양이로 돌아갔다. 그 모습이 시율의 손에 안겨 대피하기도 편했고, 저에게도 훨씬 익숙한 모습이었으니까.

"가자!"

얼마 안 가 다시 방으로 뛰어 들어온 시율은 얼른 해인을 품에 안아 들었다. 매캐한 냄새가 나기 시작하는 집을 벗어나며 그는, 한 가지 사실을 번개처럼 깨달아야 했다. 평소라면 무슨 꿈을 꿨는지 잊어버렸을 거다. 하지만 오늘은 전부 기억이 났다. 그는 일종의 각성처럼 깨우쳤다.

자신이 해인을 고양이로 '만' 보지는 않는다는 사실을 말이다.

그렇지 않고서야 꿈에서 그런 짓을 할 리 없었으니까. 아득한 키스 같은 거. 그는 제가 날카로워졌던 이유를 깨닫고 말았다.

주말의 아침. 화재 진압이 한창인 소방차 주변으로는 넋이 반쯤 나간 주민들이 늘어서 있었다. 허공을 시끄럽게 때리는 사이렌 소리와 하늘에서 비처럼 내리는 소방차 펌프 물의 잔재, 그리고 새까맣게 타고 있는 누군가의 집. 난리도 이런 불난리가 없었다. 바삐 움직이는 소방대원들과 구경 온 인근 주민들까지 더해져 도로는 극심한 혼란 상태였다.

"……하, 하."

발화지점은, 정확히 시율의 윗집이었다. 시율의 집은 두 번째로 큰 피해를 당하고 있었다.

해인은 커다란 눈을 깜빡여 주변을 둘러봤다. 갑작스레 터진 일에 잠이 깰 새도 없이 튀어나온 주민들은 대부분은 잠옷 차림이었고, 머리는 엉망이며, 손에 가까스로 통장이나 패물함 따위를 들고 있을 뿐이었다. 아예 그도 못 챙기고 빈손으로 어린아이나, 노부만 겨우 모셔서 대피한 주민도 있었다.

드물게 애완동물을 안고 있는 주민도 있었는데, 시율이 그랬다. 뚱한 눈으로 해인은 시율이 저를 안지 않은 손에 챙긴 것들을 노려봤다. 매일 출근할 때 들고 다니는 서류 가방 하나와…….

"우냐냐냐!"(네가 그걸 어떻게 아는 거야!)

"응?"

그건 시율이 가장 마지막에 챙긴 물건이었다. 집을 나오기 직전에 소파를 들춰내고 그 밑에서 자연스레 꺼내 든 것은, 해인의 스케치북이었다.

"므악!"(그거 말이야!)

다른 주민들처럼, 발화지점을 조금 멍하니 올려다보던 시율이 해인의 울음소리에 시선을 제 옆구리 쪽으로 내렸다. 아직도 불이 이글거리는 로열층은 물벼락을 맞고 있었다. 시율은 옆구리에 고양이 펀치를 맞고 있었고.

팍팍팍! 피난민에 대한 최소한의 양심으로 손톱은 안 뺀 앞발로 시율의 옆구리를 가격하며 해인은 불만을 터트렸다.

"미야악!"(일부러 숨겨뒀는데!)

"아아, 이 그림."

시율은 다 알고 있던 게 분명했다. 해인이 밤이면 사각대며 무언가를 한다는 것도, 그게 그림이라는 것도 말이다. 이 녀석, 대체 모르는 게 뭐야!

해인은 제 머리 꼭대기에 시율이 있다는 게 불만이었다.

"우으으."

"고마워하라고. 내가 안 챙겨 나왔으면 다…… 탔을 테니까."

활활 불타고 있는 자신의 집 때문일까? 시율은 어째 정신이 다른 곳에 가 있는 듯했다. 해인은 더 따지고 싶었지만 차마 그럴 수 없었다.

그날 오후, 시율은 아무렇지 않은 얼굴로 동물병원에 출근했다.

"강쌤~ 오늘 오후 출근이시구나."

"어제 휴일이었거든요."

"어머? 개냥이 또 보내? 호호, 누가 보면 강쌤네 고양인 줄 알겠어요."

"좀 그렇죠?"

평소와 별다를 것 없는 태도였기에 직원 중 그 누구도 그가 오늘 아침 불난 집에서 대피했다고는 여기지 않았다. 그의 차에 얼마나 큰 짐 가방이 있는지도 몰랐다.

병원의 오후는 평소와 같았다. 시율은 이내 예약 손님이 왔다며 진료실로 가버렸고, 해인은 해인대로 산책을 시작했다. 해인은 최근 들어 직원들에게도 그 영리함을 인정받아 병원 안을 자유자재로 돌아다니고 있었다. 어느새 이 동물병원은 태일의 집 다음으로 익숙한 곳이었으니까.

아, 시율의 집도 있다. 이제는 불난 집이긴 했지만.

"개냥이 안녕? 또 놀러 왔구나. 이거 먹을래?"

데스크 위에 늘어져 있는데, 지나가다 말고 해인의 머리를 쓰다듬어준 간호사가 친해지기용 육포를 내밀었다. 하지만 해인은 콧방귀를 뀌며 데스크에서 가뿐히 뛰어내렸다.

"언니, 개냥이는 개냥이라고 부르면 저렇게 삐져서 가버려. 몰랐구나?"

"에엑? 정말?"

"그렇다니까. 자기 이름이 마음에 안 드나 봐."

"똑똑하긴 엄청 똑똑하네."

그럼, 그럼. 개냥이도 웃긴데 육포가 웬 말인지. 해인은 우아한 걸음으로 자리를 옮겼다. 어디로 갈까나? 총 4층으로 지어진 이 동물병원은 규모가 인근에서 가장 큰 편이었다. 직원도 많았고, 친절하기로 정평이 나서 타 지방에서도 진료를 맡길 만큼 인지도가 높은 편이었다. 4층에는 주로 암이나 중병의 동물들이 장기 입원해 있었고, 3층에는 동물 호텔과 의사들의 당직실이 있다. 주로 애완동물용품 판매가 이루어지는 1층이 해인의 주 영역이었다.

"으음."

두리번거리던 해인은 문득 시율을 떠올렸다. 아무렇지 않은 척하는 것 같았지만 그래도 집에 불이 났는데 속상하지 않을까 싶었다. 어째 평소랑 달리 멍해 보여서 걱정 아닌 걱정이 됐다. 평소라면 제 발로 시율을 찾아가는 일은 절대 없었을 테지만, 지금은 모처럼 시율을 찾아 나섰다.

"우리끼리니까 하는 말이지만 말이야…… 강쌤."

"응?"

계단을 오르던 해인은 걸음을 멈췄다. 누가 시율의 뒷말을 하나 싶어 귀를 기울였다. 젊은 여자 간호사 둘이었다. 속닥속닥 무슨 비밀 이야기를 하는 걸까. 고양이가 다 듣고 있다고!

"꽤 잘생기지 않았어?"

"애, 우리 말은 똑바로 하자. 꽤 정도가 아니라 아마 수의사 중에 제일 잘생겼을걸?"

"어머, 그거 말 된다."

"강쌤 웃을 때 완전 지적이지 않니?"

"꺅! 맞아. 거기다가 섹시하고!"

아무래도 저 여인들은 눈이 삔 걸까? 그 악마 같은 웃음에 무슨 어울리지 않는 찬사란 말인가. 해인은 못 들을 걸 들은 양 후다닥 계단을 올라갔다. 목적지는 원장실이 있는 3층이었다.

"세상에, 집에 불이 났다고?"

중년의 여자 원장이 호들갑스레 물었고, 시율은 가볍게 어깨를 으쓱해 보였다. 정말 별일 아니라는 듯 태연하게 말이다.

"정확히는 윗집입니다."

"강쌤 집은 그럼 괜찮고?"

"아뇨. 안 괜찮아서 그렇지 않아도 당분간 당직실에서 지내야 할 것 같습니다."

"이런, 심한가 보구나?"

"당직실은 우선 원장님께 허락을 받아야겠지만……."

"괜찮고말고. 그런데 당분간이면 얼마나? 불난 거 보험 처리는 된대?"

고양이 애호가인 원장의 사무실 문에는 캣 도어가 달려 있었고, 해인은 그 간이 문을 통해 원장실에 마음껏 드나들 수 있었다. 책상 위로 점프해 자연스레 대화 중인 두 사람 사이로 슥 하니 끼어들었다. 고양이의 뻔뻔함은 이럴 때 편리했다.

"아…… 전적으로 윗집 과실이라 보험 처리는 된다는군요."

시율은 눈만 움직여 해인을 바라보며 해인이 제가 아닌 원장을 만나러 왔다고 생각했다. 원장실은 다른 곳에 비해 한적하고 조용해서 병원에서 기르는 다른 고양이들도 좋아하는 곳이었으니까.

"어쩌다 그랬대?"

"캔들을 켜놓고 여행을 갔다나……. 아무튼 윗집은 거의 전소된 모양이고, 제 집도 그을음이 심해서 당분간은 사람 살 곳이 못 되는 모양입니다. 퇴근하고 들러봐야겠지만요."

"이런……!"

"조만간 휴가라도 내고 살 집을 새로 구해야 할 것 같습니다."

"놀랐겠네. 우선 당직실 편하게 쓰고, 기운 내요. 도움이 필요하면 말하고."

그래, 기운 내! 해인은 저도 원장을 따라 응원하며 시율의 손바닥 안으로 제 작은 머리를 집어넣었다. 그러곤 비비적비비적, 쓰다듬어도 좋다는 인심을 썼다. 다른 고양이가 이렇게 하면 원장은 자지러지며 좋아하던데. 너는 어때? 좋아?

"어머어머, 개냥이가 애교를 다 부리네? 도도한 녀석인 줄 알았더니."

"……저한테 이러는 건 처음이네요."

"그래? 고양이고 개고 하여간 영물이라니까? 어떻게 강쌤 집에 불난 거 알고 위로해주나 보다."

"그런가 보네요."

그럴싸한 해석이 아니라 정말 정답이었다. 불쌍하니까 오늘 특별히 만지게 해준다! 해인은 그런 생각을 하며 계속 시율의 손바닥 안으로 머리를 들이밀었고, 시율은 얼떨떨한 손으로 쓰다듬어 줬다.

"그래…… 고맙다."

눈이 가늘어지는 시율의 웃음은, 굳이 따지자면 나쁘진 않았다.

재앙이다. 이거야말로 진정 재앙이야! 해인은 딱, 벌어진 입을 다물지 못했다. 보다 못한 시율이 손을 뻗어 그 입을 다물려 줬다. 태일은 해인을 안고 있느라 그 경악한 표정을 보지 못했고 말이다. 제 품 안의 고양이가 또 스르륵, 입을 벌리고 있다는 걸 알지 못했다.

그저 사람 좋은 특유의 태도로 말을 이을 뿐이었다. 느긋하나 정중하고 흔쾌히.

"그렇게 하세요, 형님! 저희 집으로 오세요."

"……이 고양이가 안 좋아하지 싶은데."

훈남으로 간호사들에게 인기가 많은 태일은 동물병원에 들어서자마자 시율의 사고 소식을 들을 수 있었다. 걱정 반, 호들갑 반인 간호사들의 이야기를 듣고는 바로 시율을 찾아왔다. 해인은 설마 그것이 제게 이런 천재지변에 버금가는 재앙을 가져올 거라고는 생각지 못했다.

"미야미야. 먀!"(싫어싫어. 안 돼!)

"아닙니다. 이래 봬도 개냥이가 형님을 얼마나 좋아하는데요."

"키약!"(미쳤어!)

"그러니까 오세요. 어차피 방도 남고, 무엇보다 형님 병원이랑도 가깝고요. 형님 지내시기 불편하진 않을 겁니다. 두 달이고 석 달이고 정리될 때까지 계세요. 저는 어차피 당분간 출장이 잦으니까요."

이 사람아, 이 사람아! 왜 그러는 거야! 해인은 처음으로 태일의 이 넘치는 호의가 원망스러웠다. 태일로서는 그간 시율에게 고마운 게 많아서 그러는 거겠지만, 해인에게는 날벼락이 따로 없었다.

"흐음……."

해인이 싫다며 격렬히 항의하는 게 눈에 빤히 보였지만, 시율에게 이건 정말이지 두 번 다시 없을 절호의 기회였다. 룸메이트를 둬본 적은 없지만, 분명 구미가 당겼다. 당직실에서 지내는 거나, 한두 달 지낼 단기 숙소를 찾는 거나, 퀴퀴한 고시원에서 묵는 것보다는 아무렴 백번 나은 제안이었다.

무엇보다 그 집에는 해인이 살고 있지 않은가. 그건 엄청 큰 포인트였다. 이게 바로 전화위복일까? 해사하게 변해가는 시율의 표정을 보며 해인은 이것이 엄청난 비상사태임을 깨달았다.

"사실 전부터 은혜 갚을 기회가 없을까 하고 있었습니다. 개냥이도 많이 보살펴주시고. 항상 신경 써주시니까요."

"별것 아니었는데…… 고양이 맡아주는 게 무슨 은혜거리라고."

"물론, 제 사심도 있습니다, 형님."

해인은 이미 이 사태가 걷잡을 수 없다는 걸 깨닫고는 절망해 기절하듯 몸을 늘어뜨렸고, 시율은 시율대로 그 단어가 주는 묘한 뉘앙스에 몸을 굳혔다. 이 녀석 멀쩡하니 생겨서는 총각이더니 혹시…… 나를……? 하는 것이다.

"너 설마 게……."

"제가 얼마든지 집을 비워도 안심이잖습니까."

"아아, 그거."

"속셈이라면, 개냥이 전속 수의사가 생기는 거구요. 맡길 때마다 죄송하지 않아도 되고…… 신세 갚을 기회도 되고. 이런, 말하다 보니 괜히 신난 것 같아 죄송하네요. 형님이 큰일 당하셨는데. 그런데…… 게…… 뭐요?"

"아니다. 아니야, 아무것도 아니었어."

태일은 뭐가 문제인지 모르겠다는 듯 웃었다. 서로에게 아주 좋은 제의라고 생각했다.

"오시죠, 형님."

"……이거 참, 정말 신세 져도 될지 모르겠네."

"형, 동생 좋은 게 뭐냐고 형님이 그러셨잖습니까. 뭘 망설이세요. 남자끼리."

품 안의 고양이는 암컷이었으나 짐승이니 예외였다. 시율은 잠시 힐끔하고 태일의 품 안에서 죽어가는 해인을 보았다. 그리고 이내 느긋하게 웃어 보였지만. 역시 좋은 게 좋은 거지?

"염치없지만 그럼 신세 좀 질까?"

방긋, 강시율은 매사 운 좋은 인간이었다. 또한 철저한 기회주의자였다. 반대로 태일은 참으로 사람 좋은 남자였다. 그것도 기회주의자에게 호의를 가득 품은. 그러니 결국 운명처럼, 어느 고양이에게는 저주처럼, 셋의 동거가 시작됐다.

바로 그날 저녁부터.

해인은 자신의 안식처가 악마에게 침범당했음을 믿을 수가 없었다. 그날을 기점으로 해인은 아침이면 두 남자가 풍겨대는 스킨 향에 몸이 흐물흐물해져야 했다. 그렇지 않아도 태일이 집에서 잘 벗고 다니는 사내라 익숙해지는 데 상당한 시간이 소모됐는데, 거기에 신상남이 얹어졌다.

그러니까 반나신이 신상인 강시율 말이다. 태일이 과하진 않지만 한눈에 보이는 울룩불룩한 근육을 자랑한다면, 시율은 움직일 때면 자르르, 비늘드러나듯 형체가 살아나는 철저하게 관리된 매끈한 근육의 소유자였다. 둘 다 탐스럽다는 공통점이 있으나, 그건 해인에게 메두사의 머리와도 같아서 직시하면 굳어버리고는 했다. 겨우 하나 적응했더니 이제는 둘이 됐다.

왜 남자들은 아침이면 벗고 다니는겨? 꼭 머리에 물을 뚝뚝 흘리며 돌아다녀야 하는겨?

해인은 아침마다 이런 답이 나올 리 없는 물음을 이어야 했다. 시선 둘 곳이 없어 괜스레 베란다에 앉아 창밖을 구경하고는 했다. 아침의 남자들이 자랑하는 그 느른한 관능미라니. 확실히 혈액순환에는 좋은 느낌이었다. 심박 수가 자동으로 상승하니까.

"왜 저렇게 멀리 있지?"

"왜 이렇게 가까이 있냐?"

해인은 다소 불만스러운 눈으로 상반된 의문을 품는 둘을 주시했다. 태일에게 비비적거려야 하는데, 시율 때문에 다가갈 수가 없었다. 시율과 거리를 둬야 하는데, 태일이 그 옆에 있었다. 두 남자와의 동거 생활은 이래저래 고문이었다.

7. 남자들의 고양이 아가씨

두 남자는 나이에 비해 어른스럽다는 공통점이 있어서인지 원만하게 잘 어울리는 편이었다.

"언제까지 있게 될지는 모르겠지만, 있는 동안 밥이랑 청소는 내가 하마."

"네? 안 그러셔도 되는데요. 편하게 계시죠, 형님."

"원래 하던 일인걸, 뭐. 요리는 내가 좋아해서 그래. 청소도 거실만 할 거다."

한쪽은 조용한 걸 못 견디고 한쪽은 조용한 걸 좋아했으나, 태일이 약간 감수함으로써 그건 해결됐다. 그리고 요리하는 재주가 없어 편의점 도시락으로 매 끼니를 대충 때우던 태일은 하루 한 끼는 만들어 먹어야 하는 시율 덕에 따뜻한 저녁을 보장받았다.

어느 날은 크림스튜였고, 어느 날은 연어 샐러드였고, 어느 날은 토르티야를 먹을 수 있었다. 남자면서 여자들이 좋아하는 서양식 요리만 왜 이리 줄줄이 해내는지. 게다가 신기하게도 전부 맛있었다.

두 남자와 고양이 한 마리의 동거 일주일째.

태일은 매우 만족하고 있었고 시율 역시 그런대로 흡족해했다. 단, 한 사람(?)만 빼고.

"어이, 고양이! 오늘은 베란다 문틀 청소다."

"으으……."

"다 하면 꼭 베란다 한 번 쓸고."

해인만이 이 동거에 대해 불만투성이였다. 자신에게는 이익이라고는 하나도 없었기 때문이다. 시율은 해인의 영역에 멋대로 침입한 주제에 해인을 부려먹었다. 태일은 모르지만, 지난 일주일 내내 시율은 청소를…… 해인에게 시켰다. 일주일째 말이다. 시율이 이 집에 있는 한 앞으로도 쭉- 해야 할 것 같은 불길함에 해인은 치를 떨었다.

감히 게으름의 대명사인 고양이의 손에 걸레와 빗자루를 쥐여 주다니! 하루 이틀도 아니고 일주일을! 해인은 결국 참다못해 오늘은 걸레를 집어 던졌다.

"내가 우렁각시냥!"

"……고양이잖아."

"그거나 그거나!"

"우렁이는 연체동물이고 고양이는 포유류……."

"부려 먹는 게 같다고!"

발을 동동거리며 해인이 격렬하게 항의했지만, 시율은 심드렁한 얼굴로 귀를 팔 뿐이었다. 이것이 바로 갑의 여유라는 듯.

"내가 못 시킬 것 시켜? 손발이 있으니 밥값을 하라는 거 아냐. 그리고 알바비도 줬잖아."

막 오늘의 저녁 메뉴인 카레를 위해 가루를 개며 시율이 가르치듯 말했다. 해인은 억울했다. 시율이 언급하는 알바비는 일전에 빌려준 버스비였는데, 그 돈은 요 일주일간 하루 한 시간 노동한 거면 갚고도 남아야 했다.

"말은 똑바로 해! 그때 그 만 원은……."

"이자가 붙었어."

"그땐 그런 말 없었잖아!"

"사채가 이래서 무서운 거다."

"……이, 악덕 사채업자야!"

해인은 약이 바짝 오르는지 시율이 일할 때 입으라며 제공한 연보라색 트레이닝복 차림으로 발을 동동 굴렀다. 사실 처음에만 해도 빚을 갚으라기에 하루 이틀 요리를 도와주면 끝날 줄 알았다. 안 한다고 버텨도 되겠지만, 시율은 해인의 약점을 너무도 많이 알고 있는 남자였다.

"그리고 너, 만날 태일이가 주는 사료, 변기에 버리기도 미안하지 않냐? 이러다 이 집 변기 막히면 그거 네 탓이다?"

"우으이……!"

"너 나한테 잘해야 돼. 불난 집에서 구해줬잖냐. 이 몸은 은인이라고."

뻔뻔한 인간은 이래서 무서웠다. 누가 누굴 구해줘? 해인은 볼을 탱탱 불렀지만 사람 모습으로 그러는 건 하나도 위협적이지 못했다.

"그 볼 눌러버리기 전에 얼른 청소나 하시지?"

"두고 보자!"

"오, 제법 악당 대사 같네?"

반란을 꾀했지만 결국 놀림 받을 뿐이었다. 해인은 구시렁거리며 다시 걸레질을 시작해야 했다. '나쁜 놈, 나쁜 놈.' 하면서 벅벅 문틀을 시율이라고 여기며 문댔다.

"다 했다……!"

뽀득뽀득 소리가 나는 하얗게 변한 창틀을 보니 뿌듯하지 않을 수 없었다. 해인은 더러워진 걸레를 빨아 팡팡, 턴 다음 햇볕에 널었다. 내가 안 해서 그렇지, 하면 또 잘한다니까? 해인은 기분 좋게 기지개를 켰다.

"어이."

"응? 왜 또, 나 청소 다 했는데?"

시율이 이리 오라 손짓하자 해인은 다가서다 적당한 거리를 두고 멈춰 섰다. 베란다에서 부엌 근처로 갔을 뿐인데 카레 냄새가 공기 가득 퍼져 있었다. 후각이 마비될 정도로 매콤한 냄새. 그리고 황금색 저녁 햇살과 완벽하게 어울리는 노오란 카레색. 맛있겠구만……. 어쩔 수 없이 식욕이 올라와 해인은 꼴깍 침을 한 번 삼켰다.

"너 옷 입은 김에 심부름 가볼래? 녹말가루가 없는데. 어떻게 이 녀석 집에는 기본이 없냐."

"……아니! 그러다 주인이라도 마주치면 어떡해?"

"네 주인 오늘 늦잖아. 밤늦게 온다던데?"

"그래도 싫어."

본능적으로 꺼림칙한 건 하고 싶지 않은 해인이고, 사실은 굳이 해인의 사람 모습을 내보이고 싶지 않은 시율이었다. 일부러 해인에게 집안일을 시키며 괴롭히는 이유 자체가, 사람 모습인 해인을 조금이라도 더 보고 싶어서였으니까. 잡일이라도 시키는 것 말고는 구실이 없었다.

"그럼 내가 다녀오지, 뭐."

결국 시율은 싱크대에 손을 털고 부엌을 걸어 나왔다. 그 모습에 전혀 위화감을 느끼지 못하고 바라보던 해인은, 시율이 제 손에 앞치마를 들려주자 고개를 갸웃했다.

"그동안 카레 안 눌어붙게 젓고 있어라."

"……나 이래 봬도 고급인력이거든!"

"아, 예, 10분만 부탁합니다."

한 달에 겨우 하루, 사람 꼴로 있을 수 있는 해인이다. 그간 저장된 것까지 합쳐도 그리 많지 않은 시간이건만, 근래 매일같이 써서 남은 게 더 없건만, 그걸 카레 젓는 데 쓰라니! 물론 모아둬도 딱히 쓸데가 없긴 하지만.

"전에도 말했지만, 이 사람 모습으로 있는 거 엄청 힘든 거거든!"

"알겠다니까 그러네? 대신 올 때 초콜릿 사다 줄게, 딸기 들어 있는 걸로. 그러면 되지?"

초콜릿 따위, 맛은 있지만 음기도 양기도 안 나와! 물론…… 먹고 싶긴 하지만. 진짜 고양이라면 초콜릿은 절대 먹으면 안 되는 음식이었지만, 해인은 근래 단것에 심취해 있었다.

"······큰 거 사 와."

"당연하지."

"빚에 안 넣는 거지?"

"그럼, 그럼."

고양이가 된 초창기에 모든 음식을 거부했던 데 반해 요즘은 주스나 초콜릿 정도는 야금야금 먹고 있었다. 태일과 단둘일 때는 불가능했지만 시율이 있어서 가능했다. 다시 찾은 먹는 즐거움은 꽤나 중독성이 있었다. 해인은 싫은 척하며 앞치마를 목에 둘렀고, 그대로 시율을 지나쳐 부엌으로 걸어갔다. 다분히 속 보이는 행동이었으나 시율은 못 본 척해줬다.

너무 놀리면 도망가 버릴 것이 뻔했으니까.

"빨리 다녀와!"

하여간 고양이는 재밌는 짐승이야. 시율은 작게 미소 지은 채로 집을 나섰다.

"으흠, 흐흠~ 우흥."

보글보글, 퐁. 부엌에 혼자 남은 해인은 왠지 신이 났다. 햇살 잘 드는 부엌에서 냄비 가득 들어 있는 맛있는 카레를 뒤적이는 것. 자글자글 끓는 소리에 작게 흥겨움이 일었다. 그래, 이건 분명 소소한 행복이라는 것 중 하나였다. 해인은 절로 콧노래를 흥얼거렸다.

"카레는~ 맛있어요~ 엄청~ 흐흥."

계속 카레의 맛을 보고 싶은 충동이 일었지만 움찔, 하면서도 그것만은 곧잘 참아냈다. 초콜릿 하나 먹는 것도 상당히 큰맘을 먹어야 하는 일이기 때문이다. 대신 해인은 카레를 저으며 이상한 노래를 계속 흥얼거렸다. 즉흥적으로 작사 작곡을 해대며 이 정도면 제 노래 솜씨가 제법이라고 생각했다. 아니, 완벽할지도?

그렇게 생각하며 냄비를 휘젓고 있는데 현관문 열리는 소리가 들렸다. 해인은 시율이 빨리 왔다고만 생각했다.

"카레에도 후추~ 후추는 크림 스파게티에! 스파게티에는 소고기~ 그럼 그럼! 다 맛있지요~ 냐옹이도 좋아해~"

그래서 하던 장난을 계속했다. 콧소리가 섞인 고양이 울음소리와 내키는 대로 이것저것 흥거운 소리였다. 몇 번인가 더 그렇게 냐옹거리며 기분 좋게 고개를 살래살래 흔들던 해인은 뒤로 다가오는 기척에 고개를 돌렸다. '초콜릿 사 왔어?' 하고 묻는 낯을 시율이 봤다면 그가 본 최고로 해맑은 해인의 얼굴이었을 거다.

봤다면, 말이다.

아쉽게도 시율은 보지 못했지만.

"……안녕하세요."

목격한 것도, 목격당한 것도 시율이 아니었다. 제집에 있는 낯선 이에게 저를 경계하지 말라는 듯 살며시 웃는…… 태일이었다.

"흐헉?"

해인은 저도 모르게 이상한 소리를 내며 뒤로 깜짝 놀라 물러섰다. 모든 걸 멈춘 채 원망했다. 무엇을? 카레를. 그것이 제 민감한 후각을 둔하게 했으니까. 진한 카레 냄새만 아니었다면 귀가한 이가 태일이라는 걸 알아채고 숨었을 텐데! 카레가 밉다. 이상한 노래를 부른 제 입이 밉다. 부끄럽다.

태일이 왜 제 눈앞에 있는지 누군가에게 묻고 싶었다. 그도 아니면 하느님, 이제부터라도 믿을 테니 저에게 쥐구멍을 주세요.

"그런데…… 누구…… 세요?"

퐁, 하는 카레 끓는 소리가 얼굴이 붉어지는 소리 같기만 했다. 어찌나 새빨갛게 달아올라 있을지가 뻔해 그것이 또 부끄러워졌다.

'누, 누가 날 좀 구해줘!'

남의 주방에서 얼굴 붉히고 있는 이 얼간이를 사라지게 해달라고! 어쩔 줄 몰라 하늘로 꺼질까, 땅으로 꺼질까 발만 동동거리며 파닥거리는 해인에게 태일이 고개를 기울이며 다시 물었다. 별 의심 없는 낯으로 방긋 웃으며.

"아, 형님의……?"

당연하겠지만 태일이 도달한 답은 그것인 듯했다. 보통 시율이 저녁을 만드는 시간에 부엌에서 카레를 끓이는 낯선, 여자라니. 당당하게 부엌을 쓰는 도둑은 없을 테니 그건 현실적인 도달이었다. 차분하게 상황을 짚은 결론. 물론 그만의 착각이지만 말이다.

"어…… 어어……!"

뭐라 대답할 수 없는 해인은 입술만 벙긋거렸다. 거짓말은 재주가 없어서 위기도 이런 위기가 없었다. 그리고 때마침, 해인의 그 소리 없는 절규를 듣기라도 했는지 다시 띠리릭 하는 도어록 여는 소리가 들려왔다. 이번엔 정말 시율이었다.

두 손으로 꼭, 하니 앞치마를 쥐고 광대뼈가 아프도록 입술을 깨물고 있던 해인은 후다닥 현관으로 뛰어나갔다. 이토록 시율이 반가운 적은 맹세코 처음이었다. 이런 날이 올 줄이야.

태일과 사람으로 맞닥뜨린 패닉에 해인은 그 문제의 근원이 시율인 것도 잠시 잊어버렸다. 그저 살려줘, 살려줘 하며 꼬리를 흔드는 기세로 바삐 달려 나갔다. 큰일 났다고 얼굴에 써 붙이고는.

"나 왔……."

시율은 태일보다 정확히 1분 늦게 집에 도착했다. 정말 간발의 차였다. 그리고 돌아오자마자 현관에 놓인 태일의 운동화를 보고는 아차, 했다. 해인이 말하기도 전에 말이다. 그건 시율도 예견치 못한 상황이었고. 이내 신발에서 눈을 떼고 앞을 보자 자신에게 달려오는 해인이 보였다.

당황한 얼굴로 어쩌지, 라고 속내를 숨길 줄 모르는 그 얼굴. 강! 하고 부르는 그 당황한 기색이 역력한 얼굴.

"강, 강!"

커다란 눈망울에, 부드러운 분홍빛 입술에. 저게 뭔가 싶을 만큼 뽀얗고 햇빛이라고는 모르는 듯 새하얀 피부. 약간 홍조가 들어 사랑스럽기 그지없는 두 뺨. 곤란해 어쩔 줄 모르는 두 눈동자. 그게 사람을 아득하게 하는, 숨 쉬는 것이 불편해져서 눈살을 찌푸리게 할 정도의 것이라는 걸 이 고양이는 결코 모르겠지. 순간 그 얼굴을 뚫어져라 보는 것 말고는 아무것도 할 수 없게 한다는 걸 말이다. 이런 걸 감상할 때가 아니었는데.

"……."

"난 몰라!"

해인은 어쩔 줄 몰라 하다가 반쯤 엉엉대며 시율의 뒤로 숨어버렸다. 바짝 매달리며 그의 손을 붙잡았다. 아담한 몸의 온기가 그의 등과 팔꿈치를 타고 전해졌다. 순간 시율은 심각해졌다. 어째서일까. 이보다 매력적인 인간은 아주 넘치는데. 더 아름다운 여자도…….

애초에 시율의 취향은 섹시한 여성인데. 해인은 어딜 봐도 그것과는 거리가 멀었다. 한데 분명 심장이 뛴다. 크게 뛴다. 그래서 더 큰일이었다. 취향을 넘어버린 심장의 요동질이라니.

"나갔다 오셨나 봐요, 형님?"

그러나 지금은 심장을 탓할 여유가 없었다. 태일이 현관으로 천천히 걸어 나오고 있었다. 그 느긋한 걸음걸이는 지금 시율과 해인이 자신 때문에 비상사태에 봉착했다는 걸 까맣게 모르는 게 분명했다.

"아아."

시율은 설명 없이도 단번에 상황을 알아챘다. 운이 나빴군.

"저녁 재료가 조금 부족해서."

"강……!"

"그렇군요. 한데…… 이쪽 분은?"

돌아가는 정황상 해인을 시율에게 소개해야만 했다. 분명 난감한 상황이었지만 시율은 지금 태일만큼이나 느긋하게 굴었다. 살면서 그가 이성을 잃은 적은 정말 많지 않았다. 고양이가 사람으로 변하는 경우가 흔하진 않았으니까.

"여긴."

"……?"

"여긴 내……."

일단 입을 열고 시율은 1초가량 생각했다. 변명거리를 짜내고 있었지만 너무 순식간이라 그가 망설인 기색은 누구도 읽지 못했다. 태일과 함께 의문을 표하던 해인 역시.

"여동생."

사실은 여자 친구라고 했으면 좋겠지만 그러면 해인이 가만있을 리가 없었다. 그렇다고 그냥 아는 후배라고 말하자니 그건 그것대로 찜찜했다. 장기적으로 봤을 때, 가장 무난한 답변이 이것이었다. 어차피 강, 강! 하며 강아지처럼 매달리니 말이다.

"아아, 그랬구나. 잘 보니 닮은 것도……?"

"……네! 아마 그거, 그거예요."

해인이 막힌 숨과 함께 가까스로 대답했다. 태일이 순진하게 속아줘서 다행이었다. 졸지에 시율의 여동생이 되어버렸지만 그것은 확실히 완벽에 가까운 거짓말이었다.

"전 신태일입니다."

그러나 곧장 두 번째 난관이 닥쳤다. 예의 바른 태일이 악수와 함께 통성명을 시도하는 게 아닌가. 이런, 맙소사. 해인은 반사적으로 제 손을 내밀면서도 머릿속은 하얗게 되어가고 있었다. 사신이 걸어놓는 주술 때문에 사람인 자신에 대해서는 단어 하나 벙긋하지 못하는 상태였으니까.

"전……."

가명, 가명을 지어야 해. 김영희? 이철수? 해인이 그렇게 바보같이 아무 이름이나 뱉으려는 찰나, 시율이 악수하려는 둘의 손가락 사이를 막으며 해인의 손을 틀어쥐었다. 그리고 제 쪽으로 당겨가며 말했다.

"강시연."

역시 그는 노련하고 치밀했다. 또한 해인이 어버버거리는 것만으로 그녀에게 마땅한 사람의 이름이 없다는 것도 눈치챘다.

"아, 시연 씨. 반갑습니다. 그나저나 형님, 여동생분을 너무 아끼시는 것 아닙니까?"

그에 무안해할 법도 하건만 태일은 그저 스치듯 말했다. 자신이 악수를 저지당한 것이 그리 기분 나쁘지 않은 것 같았다. 다만, 민망해진 손을 들어 올려 뒷머리를 긁적이며 웃었다. 오히려 그 모습에 해인이 민망해졌다. 악수하자는 사람한테 이게 뭐 하는 짓이야!

눈에서 불꽃을 튀겼으나 '오빠'인 시율은 깐깐한 인간이었다. 이건 기회였고, 좋은 위장이다. 자연스레 접촉할 수 있는 연극. 뭐, 잘됐네. 시율은 잠시 의외의 상황에 화가 났으나 이용할 수 있는 건 이용하기로 했다.

"소중한 여동생이니까."

"맞다. 그러고 보니 전에 말씀하신 적 있죠? 치과의사 지망생이라고……."

"아니, 그건 시영이."

"가끔 병원 앞으로 뭐 사달라고 조르러 온다고 한 게?"

"그게 시영이."

음? 해인은 문득 가출하던 날 병원 앞에서 봤던 키 작고 발랄한 여자를 떠올렸다. 분명 그 여자도 시율에게 뭔가 사달라고 졸랐던 느낌이…….

"나이가?"

"스물…… 넷."

시율이 적당히 갖다 붙였다. 실제 나이는 그보다 많았지만, 어리게 만들어줬으니 해인은 기분이 썩 나쁘진 않았다.

"그럼 저한테도 동생이시네요."

사무적인 음성이었다. 태일은 이상하게도 여자한테'는' 별로 친절하지 않은 편이었다. 항상 뚜렷한 거리를 뒀다. 예를 들어, 동물병원의 간호사들이 많은 어택을 하는데도 전혀 거들떠보지도 않았다. 그녀들이 안타까워하는 소리는 그의 애완고양이인 해인이 아주 쉽게 들을 수 있는 것이었다.

역시나 지금도 태일은 해인에게서 금세 관심을 거뒀다. 대신 고양이를 찾았다.

"그런데 형님, 개냥이는?"

"아…… 시연이 때문에 숨었다. 낯선 사람이 있어서 안 나오네."

"그래요?"

"어디로 숨었는지 감쪽같이 안 보이네."

시율이 너스레를 떨었다. 태일은 의아해하면서도 그런가 보다 하는 눈치였다.

"이, 그리고 보니 하은이도 이상하게 싫어하더라고요. 여자는 싫은 건가."

"그런 동물들도 있지. 남자만 싫어하는 녀석들도 많거든. 나름 개성이랄까."

해인은 두 남자가 대화를 주고받을 때마다 움찔거렸고, 해인이 갖추지 못한 태연함으로 무장한 시율은 그런 해인의 어깨를 토닥이며 태일에게 턱짓으로 물었다.

"그보다 오늘은 늦는다더니."

"아아, 모델 스케줄이 꼬여서 좀 복잡하게 됐어요. 펑크 나서 다른 모델을 찾는 중입니다. 어쩔 수 없이 촬영 내용도 좀 바뀔 것 같고, 렌즈를 다시 가져갈 겸 들렀습니다."

"그렇구나."

"그리고 오늘은 밤샘 촬영이 될 것 같아 잠깐 있다가 다시 나가봐야 합니다."

그거 듣던 중 다행이었다. 해인은 두 눈을 빛내며 도망갈 타이밍을 노렸다.

"동생 오는 건 말 못 해서 미안하다. 내가 얹혀산다니까 걱정됐나 봐. 오고 싶다고 해서 잠시 부른 건데."

"얹혀살긴요. 정당하게 월세도 내시잖습니까."

시율은 태일이 한사코 안 받겠다는 월세를 쥐여 주고 있었다. 빚지고는 못 사는 타입이었으니까.

"참, 그런데 카레가 너무 많은 것 아닙니까, 형님? 5인분은 족히 되어 보이는데."

"맞다, 카레."

"제가 불은 껐습니다."

"다행이다. 원래 카레는 묵혀야 맛있거든. 냉동했다가 해동해서 먹어도 되고. 할 땐 넉넉하게 하는 편이야."

"그렇군요. 저도 온 김에 같이 먹어도 될까요? 여동생분이 너무 불편하지 않으시다면요."

캭! 해인이 속으로 식겁하지 않을 수 없었다. 지금 당장 이 상황에서 탈출하고 싶어 안달이 난 고양이더러 카레를 먹으란다. 태일은 시율과 해인, 두 사람이 카레를 먹을 예정이었다고 여기는 눈치였다. 말하자면 길지만, 전혀 아니었다.

"얘가 낯을 좀 가려서……."

"아, 그러면 제가 빨리 나가겠습니다. 두 분이 드세요."

어느 타이밍으로 보나 태일은 밥을 먹으러 집에 들른 거였다. 그리고 태일은, 이 집의 주인이었다. 해인은 울며 겨자 먹기로 앞으로 나서야 했다.

"머, 먹어요! 먹어! 아이참 오, 오…… 오빠는…… 내가 무슨 낯을 그리 많이 가린다고 사람을 이상하게 만들고 그래?"

"……먹겠다고?"

오빠? 시율의 눈썹이 위로 씰룩거렸다. 해인의 입가도 만만치 않게 어색한 경련을 했다.

"그러엄!"

일그러진 웃음이었다. 카레…… 울며 겨자 먹기로 먹어주마. 해인의 처절한 마음을 아는지 모르는지, 태일이 물었다.

"불편하신 것 아닙니까? 전 나가서 대충 먹어도 되는데요."

"그럴 리가요. 아까는…… 그, 오…… 빠가 없어서 당황한 거예요. 저 원 랜 안 그래요. 그치, 오빠?"

시율은 자신을 올려다보는 해인을 보며 여동생으로 소개하면 안 됐던 이유를 한 가지 깨달았다. 자신을 오빠라고 부르는 입술이 아무리 촉촉해 보인들…… 키스할 수 없을 테니까. 뭐, 당장은 그럴 기회도 없겠지만.

띵동! 세 사람이 그렇게 현관에서 기묘한 신경전을 벌이는데, 누군가 또 초인종을 눌렀다. 더 이상 찾아올 사람은 없을 텐데. 누구랄 것 없이 모두의 시선이 문 쪽으로 향했다.

이상한 저녁 식사 시간이었다. 해인이 사람 모습으로 카레를 퍼먹는 것도 어색한 일인데, 거기에 남자 셋이 더 껴 있었다. 오빠 역이 된 시율과, 오빠의 룸메이트인 태일, 그리고 태일의 친구인 김기도까지. 태일이 소속한 엔터테인먼트의 매니저인 기도가 일이 펑크 난 태일을 도우러 온 건 당연했다.

"이야, 동생분이 아주 귀여운데요, 형님."

"그래?"

"두 분이 닮은 듯 안 닮았네요."

기도는 시율과도 몇 번 안면이 있었다. 그는 카레를 좋아하는지 덥석 같이 식사를 하겠다고 덤볐다. 보아하니 해인이…… 아니 시연이라는 가명을 쓴 시율의 여동생이 썩 마음에 드는 눈치였다.

"아무리 찾아봐도 개냥이가 없는데?"

그 와중에 가장 먼저 밥을 먹은 태일은 열성적으로 개냥이를 찾고 있었다. 어딘가 구석에 꼭꼭 숨었다고 여기는 듯한데, 어디에서도 나올 리 없었다. 왜냐하면 지금은 식탁에서 카레를 먹고 있었으니까. 이 상황이 가시방석인 해인이었다.

"어디 숨어 있겠지. 이리 와서 한 접시 더 먹어라."

"아, 배불러서 괜찮습니다."

태일은 그렇게 대꾸하며 뒷베란다로 개냥이를 찾으러 가버렸다. 해인은 석 달 만에 먹는 음식이 분명 체할 것임을 예견했다. 거짓말을 잘 못 하는 체질이라 무언가 연신 콕콕, 심장을 찌르는 것만 같았다.

"여동생이 대학생이시라고요?"

"어어……."

"전에 의대생이라고 들은 것 같은데."

의대는 문턱도 못 밟아본 해인이었다. 하지만 시율의 집안이 죄다 그쪽인 건 식탁 앞에 모인 사람들은 다 알고 있었다. 근래 가장 자주 모이는 구성이었으니까 말이다. 물론, 해인은 고양이 역할로 그 자리에 참석했었다.

"학교에서 인기가 많겠어요."

"전혀, 전혀요."

"알바 같은 거 해요? 혹시 모델 일 관심 없고?"

기도는 은근히 해인에게 관심을 표했고, 해인은 이놈이 왜 이러나 싶어 입에 수저를 문 채로 시선을 회피했다.

"내가 보기엔 뭔가 특이한 매력이 있는데. 잡지 모델이라도 한번 안 해볼래요?"

"전, 키도 작고요."

"대신 비율이 좋잖아요. 팔다리가 가늘고, 얼굴도 작고. 분명 먹힐 겁니다, 시연 씨는."

기도는 제법 끈질겼다. 평소의 고양이 모습이었다면 상대도 하지 않았을 테지만, 지금은 지성과 인을 겸비한 사람인지라 어색하게라도 웃으며 분위기를 맞춰야 했다. 해인이 힘겹게 웃음을 흘리자 끼어든 건 시율이었다.

"적당히 해. 어딜 넘봐?"

"생각해보세요, 형님. 귀여운 의대생 모델, 꽤 먹힐 것 같은데요."

"우리 집은 그런 거 안 시킨다."

"……그런 거라뇨?"

"모델이라는 직업을 무시하는 게 아니라, 그냥 집안이 좀 고루해. 그래서 얼굴 파는 일 안 좋아하시고."

기도의 관심은 어딘가 독특한 매력이 있는 해인을 모델로 써보고 싶은 것이었고, 시율은 당연히 그걸 가드하고 있었다. 분위기가 나빠지기 시작한 건 어쩔 수 없는 일이었다. 시율도 기도도 말을 좋게 하는 타입은 아니었으니까.

"아…… 가, 강 오빠? 왜 그래애……?"

화기애애했던 식사 시간이 살벌해지려는 기미가 보이자 해인이 냉큼 옆자리에 앉은 시율에게 몸을 비볐다. 뿐만 아니라 팔뚝을 끌어안으며 어깨 위로 뺨을 문질렀다. 그건 고양이의 흔한 습성으로 싸움이 날 것 같으면 그러지 말라고 달래는 본능적인 행위였다. 싸우지 마, 싸우지 마, 하는.

다시 부엌으로 들어온 태일과 눈이 마주쳐서 비비적거리다가 아차! 하기는 했지만. 그 친밀한 행위를 목격한 태일과 기도는 남다르게 친한 남매라고…… 여겼다. 그러면 시율이 이렇게 아낄 수도 있겠구나 하는 생각도 함께했다. 그것을 거든 건 괴팍하게 굴었던 시율의 미간이 해인의 애교에 곧장 원상 복귀됐기 때문이었다.

"……형님이 여동생 사랑이 좀 지극하시더라. 들이대지 마라, 기도야."

"뭐, 서로 나쁜 뜻은 없었으니까요. 제 실수입니다."

"아니. 괜히 민감하게 굴어서 나야말로 미안하지."

태일이 돌아오자 상황은 확실히 좀 나아졌다. 해인은 격하게 냉수가 필요해졌다.

겨우겨우 위기의 끝이 보였다. 한때 위태했던 식탁 분위기는 해인의 애교 아닌 애교로 인해 다시 좋게 돌아왔고, 해인은 제가 설거지를 하겠다며 거실에서 도망쳐 나왔다. 식사 시간 내내 자신에게 무슨 질문이 떨어질까 전전긍긍했더니 분명 먹긴 했는데 카레 맛도 기억이 안 날 정도였다.

해인은 일부러 약하게 물줄기를 조절한 후 천천히 설거지를 하며, 태일과 기도가 얼른 식후 커피를 마시고 나가기만을 기다렸다. 그래야 자신도 이 상황에서 탈출할 수 있었다.

"참, 태일이 너 다음 달 창립기념파티 말이야. 이번엔 누구랑 갈 거냐? 하은이는 이제 동행 안 해줄 것 같던데."

"이제 구해봐야지."

설거지를 하는 동안에도 해인의 성능 좋은 귀는 남자들의 대화를 놓치지 않았다. 그건 의지와는 상관없이 들려왔다.

"하은이면 그 모델인 여자 친구?"

"예, 형님은 본 적 없으시죠?"

"듣기만 했지. 너희 셋이 고등학생 때부터 친했다는 것만."

시율은 시큰둥하게 대꾸하며 커피 잔을 기울였다. 그의 눈은 계속 불안불안하게 설거지를 하고 있는 해인에게 가 있었다.

"그 녀석이 이번에 진지하게 사귀는 남자가 생겨서, 매해 태일이랑 같이 가던 회사 창립파티에 그 남자랑 오려는 눈치더라고요. 누굴 사귀어도 그간은 태일이랑 갔는데."

"아아, 커플 동반인가 봐."

"그렇죠. 태일이 이 녀석은 당장 2주밖에 안 남았는데 파트너도 없고요."

"괜찮아. 혼자 가지, 뭐."

"너 그러다간 사람들이 정말 게인 줄 안다."

과연 죽마고우는 죽마고운지, 기도는 아무도 태일에게 선뜻 말하지 못한 단어를 마구 내질렀다. 반면 시율은 그 말에 커피를 마시다가 조금 흘렸을 정도로 움찔했다. 자신도 전에 한번 했던 생각이니까. 멀쩡한 놈이 주변에 여자라고는 그림자도 안 보여서 잠깐 의심했었다.

"아, 안심하세요, 형님. 이 녀석 정말 게이는 아니니까."

"……알아, 알아. 짝사랑을 뭐, 오래 했다고."

그게 남자일 수도 있겠다고 의심은 했지만.

"어? 그걸 아십니까?"

"태일이한테 들었으니까."

"의외네요. 태일이 녀석이 그 얘기를 누구한테 할 줄은 몰랐는데."

"전에 형님이 자꾸 여자를 소개해준다고 하셔서…… 어쩌다 보니 이야기가 나왔어."

해인이 또 한 번 설거지하다 말고 흠칫거리는 건, 제 발 저려서였다. 그 여자가 저라는 걸 알아서. 상황을 알 리 없는 기도는 시율에게 반색하며 엄지를 치켜세워 보였다.

"이야! 형님 의리 있으시네요. 그럼 그 여자 얼른 소개해주시죠. 우리 이 녀석 좀 구제하자고요."

"……음, 그 후배가 그사이 남자 친구가 생겼더라고. 미안."

"아, 그거 아쉽네요."

"난 괜찮은데."

"너 지금 회사 사람들이 다 너 게이인 줄 안다니까. 그래도 괜찮냐."

태일은 이래저래 첫사랑의 대상이 되기 딱, 좋은 타입의 남자였다. 누구에게나 상냥하지는 않지만 타고난 인성이 발랐고, 서글서글한 성격이라 주변에서 누구나 그를 신뢰했다. 모델들에도 뒤지지 않을 만큼 키가 크고 몸이 다부진 데다가, 잘생기기까지 했다. 심지어 본가가 큰 사업을 한다는 소문이 파다했다. 당연히 탐내는 여자는 많은데 함락시킨 자가 없으니 공공연히 게이라는 이야기가 돌았다.

"게! 이!"

"너 이 자식…… 저주하냐, 지금."

태일이 친하게 지내는 여자라고는 눈을 씻고 찾아봐도 하은뿐인데, 하은이랑은 아무리 봐도 단순한 친구 사이였으니까.

"그럼 그냥 아무나 데리고 가든가! 너 좋다는 여자야 줄 섰잖아. 네가 부탁하면 서로 자기가 가겠다고 할걸?"

"으음. 아무나…… 라는 거 자체가 실례인 것 같아서. 여자한테……."

"야, 인마! 부부도 원래 아무나였어!"

"그리고 혹시 기대할게 할까 봐. 특별하게 여긴다고 생각하면 어쩌냐. 책임질 수도 없을 텐데. 이용하는 것 같아서 미안해."

기도가 답답하게 소리쳤고, 시율은 커피를 거의 비우며 부엌에서 긴장하고 있는 해인을 바라봤다. 저기 있는 고양이 한 마리도 그중 하나지. 다정하고 금욕적인, 신사 같은 남자 태일에게 푹 빠진. 해인의 취향이 그런 거라면 저는 맞출 수 없었다. 그는 금욕과는 좀 거리가 멀었으니까.

시율은 잠자코 생각에 빠지나 싶더니, 대뜸 웃으며 태일의 어깨를 움켜쥐었다.

"언젠데, 그 창립기념파티?"

"아, 다음 달 8일입니다."

"잘됐네. 그럼 쟤 좀 데려가."

"예?"

지금 시율이 가리키는 건 누가 봐도 해인이었다. 지금은 강시연이라는 가명을 사용 중인, 그의 여동생인 척하고 있는 여자. 해인은 돌연 시율이 자신을 숟가락으로 가리키자 소리칠 뻔했다. 가까스로 참았으나 그 어색한 웃음, 오늘 식탁에서 내내 띠고 있었던 것이었다.

"……오빠? 그게 무슨, 소리야. 갑자기……!"

"마침 쟤 애인도 없고, 시간도 남아도는 녀석이고, 뒤끝도 없고. 딱이지?"

"……아무리 그러셔도, 형님."

"오빠아?"

"이 악물지 마. 내 심부름하는 셈 치고 하루만 태일이랑 파티에 동행해주면 되잖아."

오빠라고 그를 부르는 그 소리는 무슨 짓이냐, 죽고 싶냐, 미쳤구나! 그런 의미들을 내포한 강력한 분노를 담고 있었지만, 시율은 아무렇지 않게 눈앞에서 사람 뒤통수를 쳤다. 아니, 고양이 뒤통수. 네 마음대로 결정하지 마!

"좋은 생각 아닌가? 내 동생이라면 너한테 쓸데없는 기대도 안 할 테니까. 당연히 책임질 필요도 없고."

"전 괜찮지만 동생분한테 다른 일정이 있을 수도 있고."

"절대, 그럴 리 없는 녀석이니까. 편하게 일일 파티 도우미라고 생각하고 다녀와."

해인은 행주를 쥔 제 손이 부들거리는 걸 느꼈다. 소개받는 거 취소라니까! 대체 왜 이러는 거야!

"솔직히 말씀드리면 좀 부담스러운데요. 시연 씨랑은 오늘 초면이고……."

"내가 너한테 고마운 게 많아서 그래."

"정말 괜찮은데요……."

태일 역시 시율의 때아닌 호의에는 적잖게 당황하고 있었다. 그도 그럴 것이 시율의 말을 빌리자면 '아주 소중한' 여동생 아닌가. 기도가 모델로 눈독을 들이자 으르렁거려놓고, 제 손에 대뜸 쥐여 주다니.

"기도랑 달리 넌, 늑대 과는 아니니까."

"믿어주시는 건 감사하지만…… 동생분이 싫어하시는 것 같은데요."

"……아뇨. 가요. 가! 가! 두 번 가요! 아니, 세 번 가!"

해인은 울화가 치밀어 결국 소리쳤다. 이놈의 데이트! 차라리 한 번 해버리고 말지!

어차피 시율의 속은 알 수 없으니 까짓 호쾌히 승낙해버렸다. 머리 아픈 건 이제 질색인 해인이 아니던가. 시율은 분명 무슨 꿍꿍이가 있는 모양인데, 피할 수 없다면 즐기랬다.

"아니, 데이트는 딱 한 번 허락할 건데? 그리고 태일이 너…… 알아서 잘해라. 내 소중한 여동생한테."

데이트 상대로 제 동생을 내주면서 손잡는 것도 안 된다고 눈으로 말하는 그 살벌함. 그럴 거면 굳이 인심 쓰지 않아도 되는데…….

"가면 되잖아!"

그러나 이제 와서는 거절하기가 힘들어졌다. 태일은 일단 고개를 끄덕였다. 내버려두면 없었던 일이 될 것 같다고도 여겼다. 하지만 그럴 일은 없었다. 이건 시율이 거는 일종의 싸움이었으니까.

시율이 자신만만하게 말했다.

"자고로, 여자는 젊을 때 남자를 많이 만나봐야 하는 법이거든. 그래야 정말 좋은 남자를 알아볼 수 있는 법이지. 예를 들면…… 나처럼."

그건 실로 엄청난 자신감이었다.

태일과 기도가 밤샘 촬영을 하러 떠나고, 집에 남은 건 그 동거인과 동거묘뿐이었다. 그리고 동거묘는 아직 사람의 모습을 한 채로 씩씩대고 있었다. 펄쩍! 뛰며 시율에게 악을 써댔다. 여차하면 사납게 덤벼 물어뜯을 태세였다.

"이게 대체 무슨 짓이야! 싫다고 했잖아!"

"뭐가 문제야? 어차피 소원하던 거잖아. 신원도 생겼겠다. 한번…… 만나봐."

"우으이잉……! 왜 다 네 맘대로인데! 이…… 이 개 같은 놈! 개야! 개! 똥개야!"

둘만 남은 집이니 해인은 거칠 것 없이 할 말을 했다. 자신이 할 수 있는 최대한의 욕을 하며 힘껏 소리치고 따져들었으나, 시율은 그 기력이 아까울 만큼 여유롭기만 했다. 그저 한가로이 CD를 고르고 있었다. 유난히 해인에게 시선을 주지 않은 것이 오히려 함정인 것도 모르고 해인이 쿵쾅거리며 다가가, 시율이 '유심하게 보는 척' 목록을 읽고 있는 CD를 빼앗아 들었다.

제 발로 파고든 그 간격, 반걸음이었다.

"대체 무슨 생각이냐고! 이 바보 똥개야! 말 좀 해봐!"

옷깃이 닿는 거리. 너무도 가까웠으나 해인은 시율의 그 노련한 수에 자신이 빠져들었음도 눈치채지 못하고 있었다.

"왜일 것 같아?"

시율이 손을 뻗어 자신의 허리를 휘감기 전까지는. 그건 엄청나게 나른한 손길이었다. 뜨악, 해인의 눈이 황망하니 커졌다.

"……이, 이거 안 놔?"

"내가 왜 싫다는 너한테 굳이 그 녀석과 데이트를 주선해줬을까?"

시율의 손이 버둥거리기 시작한 해인을 부드럽게 사로잡았다. 그러고는 몸을 바싹 붙이더니 움직일 수 있는 공간을 한결 좁혀왔다. 그제야 자신이 포박됐음을 알아챈 해인이다. 함정에 빠졌음을. 도, 도망쳐야 하는데. 이건 맹수의 아가리 속인데.

요즘 시율이 접근해오지 않아서 방심했다. 그것 또한 계획의 일부인 줄도 모르고!

"가, 갑자기 안 궁금해졌어!"

데이트의 이유? 지금 그런 건 아무래도 좋았다. 이 품에서 놔주기만 한다면! 해인은 열심히 바둥거렸다. 작은 손으로 시율의 소매를 움켜쥐어 그와 멀어지려 했으나 시율은 그 손길에 전혀 영향을 받지 않았다. 오히려 시율의 얼굴이 점점 가까워졌다. 이 녀석이 왜 이러나 싶어 해인은 입을 쩍, 하니 벌렸다가 얼른 손으로 막고 다물었다.

왠지 또 키스하고도 남을 것 같았다.

그 모습에 시율이 낮게 웃으며 귓가에 속삭여왔다. 어른 남자의 낮고 깊은 저음이 해인을 더욱 혼란스럽게 만들었다.

"녀석과 데이트해. 그리고, 나와도 하는 거야. 우리 약속했잖아?"

시율이 손으로 더 가까이 해인의 몸을 제게로 끌어갔다. 길고 큼지막한 팔뚝이 얇은 허리를 틀어쥐었다.

"만나보고, 비교하고 나를 골라라. 내가 더 사랑해줄게."

"……뭐?"

"자신 있거든."

귓가에 바짝 붙은 시율의 음성이 너무나 감미롭게, 너무도 부드러워서 오히려 오싹하게 변해갔다. 귓가에 키스하나 싶었던 시율의 숨이 귓바퀴 속으로 파고들자 해인은 번쩍, 정신이 들었다. 엄마야!

"꺄아악!"

난생처음 당하는 밀도 높은 접촉에 해인이 고개를 들며 비명을 내질렀다. 이게 대체 뭐야? 하는 의문을 두 눈 가득 담은 채 말이다. 태어나서 이런 어른의 스킨십을 당해볼 일이 어디 있었어야. 품에 끌어안은 채 귓가에 하는 키스라니!

그뿐인가? 귀에 혀가…… 혀가 닿아서.

"흐와와……!"

그 행위가 주는 생경함에 다시 한 번 비명이 터져 나왔다. 쉴 새 없이 제멋대로 또 이상한 소리가. 바보 같아 보인다는 걸 아는데도 너무 놀라 잘 통제가 되지 않았다. 그러나 이런 게 익숙하다면 그게 도리어 이상한 일이었다. 고등학교 시절 풋사랑 비슷한 플라토닉 단편 연애놀이 한 번 한 것이 연애 전적의 전부인 해인이었다.

그러니 이 사태를 감당할 수 있을 리 없었다. 반면, 시율은 능숙하다 못해 치명적인 스킬을 가진 타입이었다. 전부터 생각했지만 이 녀석 선수인 게 분명해!

"더럽게 뭐 하는 거야!"

"픕. 그런 거 따지면 키스는 어떻게 하냐?"

"꺄악!"

시율은 이번엔 귓가를 따라 느긋한 키스를 쏟아부었다. 둥근 귀 모양을 천천히 입술로 더듬으며 간지럽게 눌렀다. 해인으로서는 이런 짓을 왜 하는지 알 수 없었다. 털 고르냐? 왜 자꾸 간지럽게 하는 거야! 결국 해인은 펄쩍 놀라 그나마 움직일 수 있는 손으로 제 귀를 덮으며 꺅꺅거렸다.

"뭐야, 왜 사람 기분 나쁘게 비명을 지르고 그래. 응?"

울상을 하고는 어찌할 바 몰라 쩔쩔매는 소형 동물은 귀여운 법이었다. 시율은 해인의 가느다란 목덜미에 진한 키스를 했다. 점점 입술이 내려가 해인의 어깨 위에 닿았다. 그는 사랑스러운 생물일수록, 괴롭히고 싶어 하는 고약한 성미가 있었다.

"아우…… 아, 우!"

그런 인간이 저를 놀려대고 있으니 해인으로서는 비명을 내지를 수밖에 없었다. 해인은 놀란 눈을 하고는 입만 벌렸다 다물기를 반복했다. 얘가 나한테 왜 이러는겨.

"말로 해, 말. 하다못해 냥냥거리면 귀엽겠는데……."

"왜…… 왜야? 갑자기 나한테 왜 이래!"

해인이 가까스로 내뱉은 첫마디는 온통 의문투성이였다.

"말했잖아. 네가 좋아. 네가 너무 귀여워. 네가 날 사랑했으면 좋겠어."

그런 대사 느긋하게 치지 마! 이 선수야! 그렇게 놀려댔으면서, 괴롭혔으면서. 어제의 적이 오늘은 나를 사랑한단다. 쉽게 이해될 리 없었다. 아무리 이렇게 꼬옥, 안고 있다 한들. 물론 이것이 가장 믿을 수 없는 상황이었지만.

"거짓말! 또 놀리는 거지!"

사나운, 전혀 귀엽지 못한 표정으로 해인이 악 소리를 냈다. 그러자 시율은 어깨를 으쓱하며 좀 더 손안에 힘을 줬다. 부드럽게 끌어안기는 기분은 너무 간질간질한 것이라 오히려 고역이었다. 고양이 상태였다면 흐물흐물 빠져나갈 수 있었을 텐데, 지금은 사람이었다.

"진짜야. 아무리 나라도 사랑으로는 장난 안 쳐."

널따란 어깨 속에 해인의 몸 하나 따위는 보이지도 않을 만큼 온전히 끌려 들어가 버렸다. 시율은 해인의 몸을 그렇게 품고 있는 데 잠시 심취한 듯했다. 그 외에는 뭐가 문제인지 모르겠다는 태도였다. 해인은 그 품 안에서 뻣뻣하게 굳어서는 더듬더듬 항의했다.

"가, 강 너……! 얼마 전에는 날 해부…… 한다고……!"

"그건 네가 말을 알아듣나, 못 알아듣나 보려 그랬던 거지. 진심은 전혀 아니었어. 이젠 알 텐데?"

"……으으, 그래도 그렇지!"

"그 정도 협박은 되니까 네가 정체를 드러낸 거잖아. 안 그래?"

인정하기 싫지만, 시율이 하는 말은 대부분 맞았다. 해부한다고만 안 했어도 말하는 고양이라는 사실을 오픈하지 않았을 테니까. 시율이 여전히 품에서 해인을 놓아주지 않은 채 느긋하니 속삭였다. 귓가에 키스하는 건지 말하는 건지 참으로 애매한 간격을 유지하며 아무렇지 않게.

그냥 말해도 될 것 같은데 굳이 남의 귓가에 나른함을 풍겨댄다.

"일단…… 나 좀 놔줘!"

"알았다고 하면 놔줄게."

"뭘!"

"내가 널 좋아한다고 말했잖아. 잘 알아두라고."

미쳤구나! 그런 뻥에 안 속는다고!

"갑자기 그게 무슨……!"

"그럼 고백을 갑자기 안 하면 어떻게 하는데?"

"……예, 예고하고……?"

"그것 참 새로운 방식이네."

해인은 어떻게든 이 공황상태에서 빠져나가야만 했다. 그러지 않으면 계속 휘둘리리라. 엄마가 호랑이 굴에 들어가도 정신만 차리면 산댔어! 그러니까…… 이럴 땐……!

"난 고양이야!"

그걸 이렇게 기쁘게 말해보긴 처음일 거다. 해인은 나이스라고 생각하며 시율이 자신을 사랑할 리 없는 이유 첫 번째를 나열했다. 그건 자신이 남을 사랑할 수 없는 이유와도 같았으니까. 그러나 이미 아는 얘기에 시율은 눈 하나 깜빡하지 않았다. 오히려 더욱 뻔뻔했다.

"하지만 사람이 될 수 있잖아?"

"……그건, 그렇지만."

"잘해줄게. 지금까지와 다를 거야. 이젠 널 유혹할 생각이거든."

목과 목이 맞닿아 시율이 말할 때마다 그의 목울대가 꿀꺽, 하니 위아래로 움직이는 것이 생생하게 느껴졌다. 이게 무서운 건지, 설레는 건지 해인은 이제 혼란스러워질 지경이었다.

"나, 나는…… 고양이…… 라니까……?"

"그런 건 상관없다니까."

"있어! 있다고!"

남자 특유의 단단한 듯 매끈한 피부 결도 사람을 숨 막히게 했다.

"없어."

"왜 그걸 네가 결정해!"

"왜냐하면 너는 사람을 이성으로 좋아할 수 있으니까. 예를 들면, 네 주인. 그런데 난 안 될 게 뭐야."

심지어 뭔가 도망치려고 할수록 옭아매지는 느낌이었다. 이 자식 머리가 너무 좋아! 뇌가 너무 유연하다고! 하긴 말하는 고양이를 즐겁게 바라볼 수 있는 인간이 세상에 몇이나 되겠냐마는.

"그리고 전설의 고향 같은 걸 보면 말이야…… 구미호랑도 잘만 살더라."

"흐악!"

시율은 매사 호불호가 확실한 인간이었다. 머리가 좋다 보니 무엇이든 경계가 모호한 걸 싫어했다. 자신이 앞으로 무엇을 해야 할지 항상 명확했다. 왜 자기 판단을 분명하게 하질 못하지? 자기 마음을 자기가 모르나?

보통은 애를 먹는 일이 그에게는 오히려 이해할 수 없는 일이었다. 자신이 사람으로 변하는 고양이에게 홀렸음을 인정하긴 힘들었으나, 결국 인정하자 당연하다는 듯 손에 넣으려고 하는 것처럼 말이다.

"너 그거랑 비슷해 보이거든."

흔한 말로 천재형 인간이랄까. 시율은 분명 보통은 아니었다. 해인도 최근
에야 사신에게 들어서 겨우 알게 된 사실을 관찰만으로 눈치채기도 했으니까.

"……나, 여우 아냐……! 고, 고양이라고."

"구미호는 애도 낳더라."

"햑!"

시율이 고개를 들어 해인을 내려다보며 심각하니 물었다.

"그보다 어디 아는 여우 없어? 있으면 좀 물어봐. 사람 되는 법."

해인은 알지도 못하지만 물어봤다간, 간을 백 개 먹으라고 할 것 같았다.
끝까지 도리도리, 하는 제 품 안의 해인을 보며 시율은 마른침을 삼켰다. 예
상했던 대로 해인의 거부는 만만치 않았다.

"우, 우린 결혼도 못 해……!"

"사랑하면 꼭 결혼해야 하나? 아니야."

"……해야지! 해야지! 아무렴 사랑하면…… 결혼해야지? 그런데 나랑은
못……."

"그렇게 하고 싶으면 무호적자 절차 밟아줄게."

그런 게 있었어? 해인은 시율이 자신의 상상했던 그 이상 인물임에 기겁
했다. 그는 노련했고 해인은 그걸 당해내기에는 하룻고양이에 불과했다. 해
인은 어느샌가 시율의 접촉에 무뎌져서는 그가 자신을 끌어안고, 머리칼을
쓸어넘기며, 종종 뺨이며 이마에 느리게 입술을 맞추며 나른한 숨을 흘리는
데 익숙해져버렸다. 아주 느릿하게 이어지는 그 행위에 거부하는 걸 그만
잊어버린 것이다. 저도 모르게 익숙해져서.

마치 끓는 물 안의 개구리처럼 말이다.

"우으아! 내가 왜 너랑 이런 대화를 나눠야 하는데! 넌 날 괴롭혔잖아! 막
그랬잖아!"

어느 순간 퍼뜩 정신을 차리고 자신을 거칠게 밀어내는 손길에 시율이
쳇, 하니 혀를 찼다. 거의 다 홀렸는데. 너무 살짝 안고 있던 터라 시율은 결

국 밀려나야 했다. 그사이 비어버린 품이 허전했다. 방금 결혼 얘기를 했던 사이에 왜 이럴까? 하며 시율이 다시 손을 뻗었다.

"이제 안 그럴게. 됐지?"

"안 됐어! 못 믿겠다고 널! 이렇게 더듬는데! 바람둥인데!"

"뭘 못 믿겠다는 거야?"

"……이렇게 위험한데! 어딜 봐서 날 사랑한다는 거야?"

너무도 강렬한 유혹에 도리어 정신이 들었다. 이렇게 능숙한 인간을 어찌 믿을쏘냐! 시율이 자신을 유혹하고 있음을 깨닫자마자 화가 났다. 이거 한 두 번 해본 솜씨가 아니었다.

"……바람둥이라니. 전혀 아닌데?"

"바람둥이야! 지금 네가 한 짓을 봐! 세, 세상에……! 어휴 엄마야, 무서워."

해인이 진정 치를 떨며 뒷걸음쳤다. 그러고는 소름이 돋을 것 같은 팔뚝을 연신 쓸며 도리질을 쳤다.

"무섭다니. 무례하네, 그 녀석. 왜 이래? 난 보통 사귀면 1년을 넘긴다고."

"거짓말……! 너는 고양이였으면 새끼가 백 마리는 넘을 놈이야!"

"백……."

해인은 그렇게 소리치고는, 방에서 얼른 도망쳐버렸다.

무슨 놈의 인간 수컷이 페로몬을 뿌려대!

해인은 시율 몰래 탈출을 강행했다. 마침 태일이 밤새 집을 비웠으니 절호의 찬스기도 해서, 짬을 이용해 집으로 돌아갔다. 엄마에게 달려간 것이다. 보고 싶었던 건 물론이고 하고 싶은 말이 참 많았다. 어차피 전부 말하진 못할 테지만.

"그래서 그간 어디서 지냈다고?"

석 달 만에 보는 해인의 모친은 살이 좀 쪄 있었다. 딸이 그간 코빼기도 안 보였는데 어쩜 이리 윤기가 잘잘 흐르는지. 심지어 해인의 귀가에도 여행에서 찍어온 사진을 정리하는 데만 정신이 팔려 있었다. 아무리 해인이 작업을 위해 시골에 있었다고만 여겨도 그렇지. 하여간 야속한 엄마 같으니.

"으응…… 산에 있는 암자야. 휴대폰도 안 터질 만큼 엄청 깊어!"

"절이니?"

"응."

"이름이 뭔데? 스님은 몇 분이나 계시고? 사람이 있긴 하고?"

질문은 했지만 엄마는 그다지 꼬치꼬치 캐묻지는 않고 있었다. 해인은 대충 둘러댔다. 그림 작업을 위해 독립한 지 2년이 된 해인의 일상에 부모는 일일이 관심을 두지 않았다. 오면 오는구나, 가면 가는구나 하는 눈치였다.

"으음…… 있어…… 둘."

시율과 태일을 졸지에 스님으로 만들었으나 해인은 거짓말이 영 서툴렀다. 요령 좋게 둘러대는 데는 재능이 없었다. 다행히 엄마는 눈치가 둔한 사람이라 속아 넘어갔다.

"많이 외진 곳인가 봐? 먹는 건?"

"먹는 건…… 뭐, 잘 먹어! 그리고 나 금방 가봐야 해. 화구가 떨어져서 사러 나온 김에 엄마 얼굴 보러 온 거야."

"그러니? 또 몇 달 만에 와서는 자지도 않고 가?"

"엄마……."

"가기 전에 네가 예전에 쓰던 방 정리 좀 해라. 아주 쓰레기통이야."

역시 엄마가 제 걱정을 하긴 했구나 싶어 감동하려던 해인은, 그럼 그렇지 하며 입술을 삐죽 내밀었다. 잔정 없는 아줌마 같으니.

"그리고 갈 때 이 기념품 좀 가져가라. 딸이 신세 지는데 뭐라도 드려야지. 네가 예뻐서 주는 건 아녀, 이 기집애야. 많이 사 와서 그래. 알겠어?"

엄마가 툭 하니 내민 것은 화장대 위에 5층탑을 이루고 있는…… 중국 문화지 모형이었다. 마치 경주 수학여행 때 많이 사 오고는 하는 '후에 쓸모없는 물건 베스트 파이브'의 첨성대 모형 같은 것이었다. 아니, 저걸 챙겨 가라고?

"두 개 가져가라."

"뭐, 두 개나?"

"두 분이라며 스님이. 좋아하실 것 아니야, 귀한 거야!"

"그것 참 좋아도 하시겠네."

진짜 스님이라도 반겨줄지 의문인, 촌스러운 관광지 모형 두 개를 얻은 해인은 난감해졌다. 이걸 버릴 수도 없고 짊어지고 가자니…… 그 세련된 남정네들이 받아줄지도 의문이었다. 아니, 애초에 줄 방법도 없는데! 하여간 엄마란 존재는 항상 이랬다. 뜬금없는 구석이 있달까. 촌스러운 걸 좋아한달까.

"더 가져갈래?"

"……아니. 충분해."

그래도 다행이었다. 이번엔 엄마를 만났으니 말이다. 일시적 피신이라 해가 뜨기 전에 돌아가야겠지만. 해인은 태일이 오기 직전에 가야겠다고 생각했다.

역시나 시율이 해인의 부재를 알아채고는 현관을 지키고 서 있었다. 아마 조금만 더 늦게 돌아왔다면 찾아 나설 모양새였다. 내 이럴 줄 알았지. 해인은 시율을 경계하며 집 안으로 들어섰다.

"너 어디 가면 간다고 말을 해야 할 것 아니야!"

"흥."

"너!"

"다가오면 다시 나갈 거야!"

시율은 자신이 계산할 수 없는 상황에서 있다 온 해인이 불안했다. 대체 어딜 저렇게 싸돌아다니는 걸까. 이렇게 걱정하는 줄도 모르고 툭하면 가출이라니. 시율은 속이 부글댔지만 애써 진정시켰다. 두어 걸음 이상 다가가면 눈치를 보며 슬금슬금 뒷걸음치는 해인이었으니까.

겨우 그 정도 대시했다고 뭐 이렇게 경계하는지. 먼저 만져도 좋다고 비비적거릴 때는 언제고! 또 집에 불이 나야 만지게 해줄 셈일까? 하여간 고양이는 이게 문제였다.

"……그, 너 이거 줄게."

인상을 팍 구기고 있는 시율에게 해인이 엄마에게 받아 온 기념품 하나를 멀찍이서 내밀었다. 손바닥만 한 종이 상자 속 물건은 딱히 남에게 주고 칭찬받을 수 있는 것은 아니었다. 아마 해인 자신이 받는다면 빈말로도 고맙다고는 안 할 물건.

"이게 뭔데?"

"받아둬."

시율은 외출 후 돌아온 해인이 무언가 제게 내밀자 얼떨결에 받아 들었다. 풀어보니 더욱 알 수 없는 기분이 되었다. 화나서 나갔다 오더니, 가까이 오지 말라고 하면서 선물을 줘? 그것도 해괴망측하고 조잡한 정체를 알 수 없는 모형을.

"……일단은, 선물이야."

"어…… 고맙다."

살다 살다 고양이에게 쥐 사체 외의 선물을 받아볼 줄이야. 이 고양이 대체 밖에서 무슨 짓을 하고 돌아다니는 걸까. 절간 모형 같은 걸 받아 든 시율은, 이거 혹시 저주용 물건일까…… 하고 심각하게 고민해봐야 했다.

해인은 보름달이 뜨는 날을 좋아했다. 왜냐하면 그날은 마음껏 사람으로 있을 수 있었으니까. 달이 크다는 건 그만큼 음기가 충만하다는 뜻이었고, 사람의 모습을 하고 있어도 소모되는 기운보다 음기가 채워지는 속도가 더 빠를 정도였다. 그래서 보름달이 뜨는 날은, 사람으로 뒹굴기 딱 좋은 날이었다.

"흐음, 흠."

태일이 출장을 가서 더욱 자유로운 달밤. 해인은 달빛이 잘 드는 창가 앞에 엎드려서 버드나무 그림을 마무리하고 있었다. 연필밖에 없어 완성도가 조금 아쉬웠지만, 나름대로 마음에 들게 나와서 기분도 좋았다. 시율이 거실로 나와 소파에 앉기 전까지만 해도 말이다. 자연스레 거실로 자리 잡는 시율을 해인은 부리부리한 눈으로 노려봤다.

"구경하는 것도 안 되냐?"

해인은 공중으로 까닥이던 두 발을 딱 붙여 세우고는, 그러니까 성난 꼬리처럼 빳빳이 세우고는 무언의 불만을 표출했다. 해인이 사람 모습으로 있는가 싶으면 시율은 어느샌가 이렇게 옆에 와 있고는 했다. 저도 책이나 텔레비전을 보면 말을 안 하는데, 그냥, 해인을 바라보기만 했다.

"그러면 강 너는, 네가 일기 쓰는 거 누가 옆에서 구경하면 기분 좋겠어?"

"난 일기 안 쓰는데."

"……그럼, 그림 그리는 거."

"난 그림 되게 못 그려."

"우씨."

내가 동물원 원숭인가 뭐? 해인은 구경당하는 기분이 매우 별로였다.

"그래서 네가 엄청 대단해 보여. 난 그림 잘 그리는 사람이 세상에서 제일 멋지더라."

"그, 그래?"

"심지어 넌 고양이인데 잘 그리잖아. 그것도 보통 이상. 그 그림, 사고 싶을 정도야."

"흥. 그럼…… 뭐, 보든가 말든가."

제 자유 시간을 침범당하자 한껏 입술을 내밀었던 해인은 이내 시율의 교묘한 칭찬에 뺨을 붉히며 다시 그림을 그리기 시작했다. 제 그림을 칭찬하는데 기분이 나쁘진 않았다. 일단 시율이 저렇게 있기 때문에 사람으로 지내기가 편한 구석도 있었다. 스케치북 같은 개인 물건을 시율의 방에 숨길 수 있다는 게 가장 좋은 점이었다.

자꾸만 등 뒤로 빤한 시선이 느껴졌다.

"……."

하여간 시율은 이상한 녀석이었다. 있으면 귀찮은데 분명 도움이 되고, 거슬리는데 없으면 허전하고……. 쿵. 그뿐인가? 요즘 와서는 갑자기 사랑 고백을……. 뚜둑, 당시를 회상한 해인이 너무 힘을 준 탓인지 연필심이 눈앞에서 부러졌다.

"……강!"

이렇게 신경 쓰다가는 그림 그리는 것도 못 하겠다 싶어 해인은 엎드린 몸을 팔꿈치로 일으켜 세웠다. 상체를 들며 해인이 그를 짧게 부르자 시율이 느릿하게 눈을 마주쳐 왔다. 해인을 감상하던 눈이었다. 그림 그리던 해인의 몸 위를, 머리끝부터 발끝까지 덮은 달빛 이상으로 구석구석 살피던 그 눈. 그는 해인이 무릎을 꿇으며 진지한 얼굴로 저를 보자 눈썹을 까닥였다.

"음?"

"정말, 내가 좋아?"

대뜸 물었으니 당황할 만도 한데, 시율은 더 느긋한 얼굴로 웃어 보일 뿐이었다. 당연한 사실을 말하듯이.

"응."

"대체 내 어디가?"

"네 그런 얼굴이 좋아."

"……끄응."

"의심 많은 것도 귀엽잖아. 알쏭달쏭해하는, 고양이 같은 얼굴이."

당황은커녕, 시율은 그저 그 거만한 자세 그대로 소리 없이 웃었다. 한쪽 입매를 틀어 올리며 간호사들이 섹시하다고 표현하는 특유의 눈웃음을 짓고 있었다. 그러다 시율이 턱을 괴며 이번엔 제가 물었다.

"그러는 너는 왜 나를 강이라고 불러?"

턱을 괸 손의 약지로 입술을 더듬으며 묻는 게, 유혹하는 것처럼 느껴졌다. 언제부턴가 시율의 행동 하나하나가 범상치 않게 느껴졌다. 툭하면 페로몬을 뿜어대고 있었으니까.

"이름으로 부르면…… 엄청 친한 것 같잖아."

"엄청 친해지면 되잖아."

"……아직 널 못 믿겠단 말이야."

"뭐, 나는 네가 강, 강 하고 부르는 것도 좋아하지만."

시율은 근래 아주 상냥해졌다. 자주 저렇게 연인이라도 대하듯 부드러운 미소를 보내왔다. 다만, 해인은 여전히 시율의 진심을 믿을 수 없었다.

"난 아직도 못 믿겠어! 이해가 안 된단 말이야! 네가! 날! 왜 좋아하냐고!"

기어코 따지듯 소리치고 말았다. 그건 해인에게 요즘 가장 큰 의문거리였다. 그도 그럴 것이, 살면서 고백을 받아본 적이라고는 한 번도 없었던 것이다. 여중, 여고를 나와 여자들이 많은 예대에 들어가서도 있겠지만, 그보다는 항상 이런 식의 경계가 강한 성격이었다. 낯을 많이 가리는 편이다 보니 소개팅도 해본 적 없었고, 남자가 접근한다는 낌새를 보이면 철벽을 머리끝까지 쳤다.

그리고 본래부터 그리 솔직한 성격은 못 됐다. 스스로도 성격이 나쁘다고 생각할 정도였다.

"으음, 이럴 땐 내가 갯과였으면 좋겠다는 생각을 해."

"……갑자기 무슨 개?"

"그러면 네가 좋으면 좋다고 꼬리를 마구 흔들며 온몸으로 애정을 표현할 테니까. 속내를 너무 잘 숨기는 것도 이럴 땐 불편하지."

하긴, 시율은 누가 봐도 고양잇과의 남자였다. 속을 알 수 없고, 심술궂고, 나른하고, 섹시하고. 그리고 점잖으면서도 어딘가 고약스러운 면이 있었다. 해인이 아방한 고양이라면, 시율은 보스의 품격 같은 걸 가진 고양이였다. 진하게 웃으며 시율이 소파에서 일어났다. 그러고는 해인에게 한 발짝 한 반짝 다가왔다.

"으엉……? 왜 가까이 오고 그래!"

해인이 엉덩이를 달싹여 뒤로 물러섰다. 아니, 아예 일어나서 냉큼 피신하는 게 나을까 고민하는데, 시율이 해인의 앞으로 앉는 게 더 빨랐다. 그는 해인의 무릎 위를 살며시 그러쥐며 시선을 휘어잡고 낮게 속삭였다.

"네가 내 속에 들어왔으면 좋겠다."

"……아우."

"그건 아무래도 말로 설명이 되는 게 아니거든. 내가 너의 어디를 어떻게 좋아하고, 얼마나 사랑스럽게 여겨서…… 네가 날 사랑하길 바라는지. 그런 거 말이야."

"저기, 너무 가까워."

거의 코가 닿을 만큼 얼굴 사이의 거리가 좁혀졌다. 해인은 한계까지 얼굴을 돌렸고, 시율은 아직도 경계가 삼엄하기만 한 해인에게 아쉬움의 입맞춤을 했다. 보드라운 뺨 위로. 닿을 듯 말 듯 한.

"나한테 조금만 시간을 주라. 그러면 느끼게 해줄게. 꼼짝없이 이해할 수 있도록."

낮게 바닥을 치고 울려 나가다가 흐트러지는 목소리의 위력은, 대단한 것이었다. 시율은 상대가 암컷이라면, 자신은 수컷이 되자고 생각했다. 물론 본래 수컷이기도 했고.

"네가 얼른 느꼈으면 좋겠다."

"……뭘? 느끼…… 는데?"

"아, 사랑받는구나."

어째서 단어 하나하나가 이토록 야하게 느껴지는 걸까. 시율의 그 천천히 휘어지는 눈길과, 나긋한 입술의 모양, 욕망 짙은 눈길. 그 모든 게 해인으로서는 감당하기가 버거웠다. 그것들이야 시선을 돌리면 어찌어찌 외면할 수 있다고 해도, 목소리만은 속수무책으로 귓가에 파고들었다.

구애하는 수컷의 진득한 음성.

그것을 이 거리에서 막을 수 있는 건 아무것도 없었다.

태일이 이틀간 출장 일정을 끝내고 제주도에서 귀가했다. 선물로는 제주도 감귤 초콜릿을 내밀었는데, 시율은 당연하다는 듯 냉장고에서 캔 맥주를 꺼내 왔다. 남자들에게 초콜릿이란 술안주 정도였으니까.

"수고했다, 태일아."

"예, 형님."

둘은 이제 건배하는 것도 자연스러운 사이였다. 시율은 소파 위에 앉아 있었고, 태일은 무릎 속으로 들어오는 해인 때문에 바닥에 아빠다리를 하고 앉아 있었다.

"먀옹, 먀옹."(바다다, 바다 냄새가 나.)

"반가워해주는 사람이 있다는 건 좋은 일이네요."

"그렇지. 넌 정도 많은 녀석이 혼자 외로워서 어떻게 살았냐."

"개냥이가 있었잖습니까. 이 녀석은 고양이지만요, 그래도 위안이 되거든요. 형님 덕분에 요즘 출장 가도 걱정이 덜 됩니다. 정말 감사하고 있어요."

해인의 관심을 독차지하고 있는 태일을 내려다보던 시율이 문득 제의했다. "그보다 슬슬 형이라고 부르지?"

"아…… 그럴까요?"

"뭐, 천천히."

"노력하겠습니다."

두 남자의 자주 있는 술자리가 이어지는 동안 해인은 방금 씻고 나와 비누 향이 물씬 나는 태일의 무릎 속에서 잠들기 시작했다. 따듯하고 익숙한 향에 안심이 됐다. 시율은 자꾸만 자신을 여자로 만들려고 하는 통에 해인은 내내 긴장한 상태로 있었지만, 태일의 품에서는 고양이로만 있으면 되어서 마음이 편했다.

어느새 깊이 잠들어 골골대는 해인의 모습이 마치 엄마 품에 안긴 아기 같았다. 힐끔, 두 번째 캔을 따며 그런 해인을 바라본 시율이 작게 중얼거렸다. 마침 아무 채널이나 틀어둔 텔레비전에서는 오래된 로맨스 영화가 나오고 있었다.

"로맨스 영화 좋아하냐?"

"아뇨, 별로."

"나도 그래. 너무 인공적으로 느껴질 때가 있어서 그런가, 진짜 사랑이 아닌 것 같아."

"그야 영화잖습니까, 형님. 진짜랑은 다르죠."

"그래도 현실이 더 영화 같을 때가 있잖냐."

태일은 율의 시선을 따라 텔레비전 화면은 보고는 고개를 끄덕였다. 화면에는 여자를 지키기 위해 죽어가는 남자 영상이 나오고 있었다. 게다가 절절한 멜로물은 배경음악까지 눈물을 자아내기에 충분했다.

"신태일, 네가 생각하는 진짜 사랑은 어떤 거냐?"

시율이 영화를 보다 떠오른 듯 물었고, 원체 진지한 성격의 태일은 이내 곰곰이 고민에 빠졌다. 시율이 단순히 라이벌을 의식해 질문을 던질 줄도 모르고 말이다.

"사랑이란 건……."

이내 태일이 입술을 열며 해인의 옆구리를 길게 쓰다듬었으나, 해인은 그로 인해 더욱 깊이 잠들었을 뿐이었다. 두 남자가 이런 대화를 하는 줄은 까맣게 모르고.

"내가 사랑하는 사람이 행복한 거죠. 그 사람이 행복하면…… 내가 행복한 거요."

"……그 사람이 너를 사랑하지 않더라도?"

"그래야 사랑이죠. 알아주지 않아도 괜찮고, 내가 손해 보는 것 같아도 괜찮고, 내 손에 아무것도 남지 않아도 괜찮은 거."

태일이 15년간 해온 하은에 대한 짝사랑이 그런 것이었다. 대가를 바라지 않고, 행복을 빌어주는 것.

"흐음…… 그건 너무, 맹목적인 사랑 아닌가. 꼭 부모님들의 자식 사랑 같잖아."

"그런가요? 형님 생각은 어떤데요?"

태일이 제게 되물을 거라 여기지 않았던 터라 잠시 입술을 다물었던 시율은 잠시 후 느리게 대꾸했다. 흘리듯 담담하게.

"사랑이란 건…… 승자의 것이지. 혹은 강자의 것."

"쟁취하는 스타일이시군요?"

"그렇다고 해야 하나? 아무튼 갈취하더라도 갖는 거지. 얻지 못하면 그건 내 사랑이 아니니까."

우리 정반대 같지? 하는 시율의 어투에 태일이 가만히 웃었다.

"그럼…… 형님의 사랑은 형님을 위한 거네요. 제 사랑은 그 사람을 위한 거고요."

태일의 사랑은 얻지 못해도 좋은 것이었고, 시율의 사랑은 가져야만 가치 있는 것이었다. 그야말로 욕심 없는 자와 있는 자의 사랑의 차이였다. 태일은 그 존재 자체만을 사랑함에 만족했고, 시율은 그것이 자신을 향해야만 만족했다. 한쪽은 불완전하더라도 사랑했고, 한쪽은 완성된 걸 사랑했다.

그 두 가지의 차이에는 시율도 웃었다. 메우는 건 불가능해 보였으니까. 피차 가치관이 다르다는 건 진작부터 알고 있었다. 그리고 그가 보기에, 해인의 사랑 방식은 태일과 흡사한 것이었다. 바라만 보다가 일찌감치 포기한다는 게 말이다.

"넌 너무 얌전한 사랑이야. 거기에 비하면 난 확실히 폭군일지도."

시율은 해인의 취향을 알 것 같았다. 태일이 주는 그런 온화함, 편안함, 안정에서 오는 여유. 하지만 시율 자신이 줄 수 있는 건 그와는 상반된 것이었다. 쉼 없는 떨림과 격정 어린 숨 막힘, 그로 인해 쉴 새 없이 요동치는 심장. 그 사이에는 미풍과 폭풍만큼의 격차가 있었다.

"여자들은 형님처럼 밀어붙이는 쪽을 좋아하지 않나요? 저 같은 남자는 매가리 없다고 싫어하더라고요. 자존심도 없냐고."

"그거 김기도가 그랬지?"

"네, 그 녀석이죠, 뭐. 저더러 좋게 말하면 조심스러운 거고, 나쁘게 말하면 투지가 없다나."

시율은 누구도 틀리지는 않았다고 생각했다. 그리고 그는 이 평화주의자가 자신의 라이벌이라는 데 묘한 감정을 느꼈다. 안도보다는…… 뿌듯함. 시합에 앞서 상대가 정의롭다는 걸 확인한 그런 기분. 내 상대는 부도덕하지 않은 자구로구나, 하는.

시율은 상대의 가치가 높다는 데 만족했다. 그것이 자신의 가치이기도 할 테니까. 그는 이래저래 자신만만한 인간이었다.

오늘 해인의 집안일 할당량은 욕실 거울 닦기였다. 한참 만에야 해인은 이마에 땀이 조금 맺혀서는 욕실에서 걸어 나왔다. 걷어둔 후드 티의 소매를 다시 주워 내리자니 부엌에 선 시율이 손짓으로 해인을 불렀다. 꼭 저렇게 부른다니까? 내가 개야? 고양이지!

해인은 입술을 내밀고는 다가갔고 시율은 언제 준비했는지 식탁 위에 뒀던 선물 꾸러미를 하나 내밀었다.

"선물이다. 받았으니 줘야지."

"내가 뭘 줬는데?"

"그 이상한 청동 모형."

"아아!"

주고도 잊고 있었던 물건이었다. 태일에게는 줄 방법이 없어서 결국 둘 다 시율의 방 컴퓨터 옆에 놓여 있었다.

"풀어봐."

잘 포장되어 있는 물건은 손에 받아 들자 제법 묵직했다. 납작하고 길었는데, 흔들어봤더니 안에서 잘각거리는 소리가 들렸다. 냄새를 맡아봤다. 쇠 냄새 조금, 나무 냄새 조금. 해인은 답례품은 고마웠지만 자신이 원래 준 선물이 워낙 약소한 거라 받기가 조금 민망해졌다. 선물이라고 우겼지만 어떻게 처치할 수 없어 그냥 떠안긴 거였는데.

"얼른."

망설이고 있자 시율이 재촉했다. 해인은 일단 포장을 풀기 시작했다. 얼마 안 가 직감이 왔다. 이것은…… 분명 미술용품이다! 그건 그야말로 고양이에게 생선을 내미는 격이라 해인은 포장지를 급하게 뜯어내기 시작했다. 연신 시율을 힐끔대며 속에 든 것을 꺼내는데, 심장이 콩닥댔다. 시율이 그 모양을 지켜보며 흐뭇하게 웃었다.

"필요했지?"

"어어……."

그것은 전문가용 색연필이었다. 파버카스텔! 정확한 모델명은 '전문가용 수채색연필 알러트뒤러 틴 120색', 밑그림만 겨우 완성된 해인의 버드나무 그림에 색을 입힐 수 있는 물건이다…… 이 말이었다. 해인의 특기대로 색감을 살릴 수 있다. 어쩜 이렇게 꼭 가지고 싶을 때 꼭 갖고 싶은 것을 내미는지. 시율은 역시 사람 머리 위에 있는 타입이었다.

제멋대로 막 꿰뚫어 보는 고약한 타입. 그런데 고맙긴 했다.

"이거 정말 나 주는 거야?"

"너 그림 그리는 거 좋아하잖아."

"……응!"

"재료가 부족해 보여서."

이런 걸 받아도 되는 걸까? 너무 좋은 거 같은데. 해인은 망설였지만 결국 품으로 색연필을 끌어안으며 시율을 올려다봤다. 은근히 감동적이었다. 저를 위해 무언가 진지하게 생각해준 것이 아닌가.

"……고마워."

"마음에 들어?"

"응, 진짜 기뻐! 너무 좋아!"

해인이 두 눈을 반짝이며 부끄럽게 웃자 시율이 방긋 따라 웃었다.

"고마우면 말이야, 부탁이 있는데."

"으엥?"

의미심장한 목소리였다. 그럼 그렇지, 역시 대가가 있는 거였어! 뇌물이었어, 이건! 해인은 당장 품에서 색연필을 떼어놔야 한다는 걸 깨달았다. 하지만 마치 품에 달라붙은 양 뗄 수가 없었다. 이거 너무 탐나는데!

"별건 아니고, 무릎베개 좀 해줄래?"

"뭐어? 누가 너를 내 무릎에……!"

"아니, 내가 말하는 건 네가, 내 무릎에."

음? 그건 좀 괜찮을 것도 같고. 애초에 무릎베개 이상의 것을 상상했던 해인은 자신의 무릎에 시율이 눕는 것도 아니고 자신이 시율의 무릎에 눕는다니 그리 나쁜 요청이 아닌 것처럼 들렸다. 하지만 그것은 다 교묘하게 계산된 시율의 수법이었다.

해인은 잠시 갈팡질팡 고민하다가 물었다.

"얼…… 마나?"

"한 시간?"

"……."

"알았어, 삼십 분."

심지어 시간을 반이나 깎아주다니! 이건 놓치면 손해 아닐까? 그리 어려운 것도 아닌데. 끙끙거리며 고민하나 싶더니, 결국 못 이기는 척 고개를 끄덕이고 마는 해인이다. 시율은 해인의 그런 순진한 구석이 매우, 마음에 들었다. 해인은 그렇게 착착 알게 모르게 길들고 있었다.

"응."

마수인 줄도 모르고 착하게 대답까지 했다. 기특하게스리. 시율이 씩, 하니 웃었다.

해인은 그만 깜빡, 잠이 들고 말았다. 시율에게 무릎베개를 한 채로 곯아

떨어지고 만 것이다. 그도 그럴 것이 오늘따라 청소가 다소 힘들었고, 그 후에 시율이 타준 핫초코는 너무 달고 따듯했던 것이다. 그 상태로 소파에 누웠으니 잠이 안 오면 그것도 이상한 일이었다.

-이거 참 놀라운 일이죠? 심해에는 아직 인간이 발견하지 못한 많은 생물들이 존재합니다. 예를 들면 이 갑각류처럼…….

심지어 텔레비전에서는 심해 생물의 생태를 다루는 어려운 다큐멘터리를 방영하고 있었다.

시율은 그걸 흥미진진하게 시청하고 있었는데…… 해인은 재미없어 죽을 맛이었다. 이래저래 잠들기 딱 좋았다. 그게 아니라고 해도 본래부터 잠이 많은 해인이었으니까.

"……으응."

자신이 지금 베고 있는 것이 시율의 무릎이라는 건 알았지만 점점 무거워지는 눈꺼풀을 이기기 힘들었다. 해인은 잠시 조는 것도 나쁘지 않겠다 싶어져서 결국 눈을 감고 말았다. 잠이 쏟아졌고, 이러면 시간이 빨리 갈 테지, 하는 단순한 계산도 있었다.

자신이 어느샌가 시율에 대한 경계를 많이 풀고 있다는 것은, 전혀 의식하지 못하고 있었다.

그날은 태일이 소속되어 있는 엔터테인먼트의 창립기념파티가 있는 날이었다. 배우부터 가수, 모델이며 코디나 메이크업 아티스트까지. 이 방면에서 한가락 하는 사람들은 대부분 초청되었다. 해인은 오늘 그곳에 포토그래퍼 태일의 파트너로 참가했다. 전에 시율이 주선한 바로 그 데이트였다.

"나 실수하면 어떡해?"

화가로 초대돼서 전시회 오프닝이나 작은 파티에는 몇 번 가본 적 있어도, 이런 연예인이 오는 본격적이고 호화로운 파티는 처음이라 해인은 자꾸만 떨렸다.

"이것만 기억해."

"뭔데?"

"가만있으면, 반은 간다. 따라 해봐."

"가만…… 있으면 반은 간다!"

"그래, 그래. 모르면 입 꾹 다물고 구석에만 서 있어도 반은 가. 긴장하지 말고 잘 구경하다 와. 재밌을 거야."

해인은 시율이 조달해온, 진주가 장식된 살구색 원피스를 입고, 역시 시율이 골라온 메리제인을 신었다. 시율이 건네준 비상금 카드까지 쥐고 나니, 첫 소풍 가는 아이가 된 기분이었다. 시율은 남의 데이트인데도 꽤나 살뜰하게 챙겨줬다. 예쁘고 꾸며줬고, 조언도 아끼지 않았다.

이상한 것 먹지 마라, 나 같은 사람 쫓아가지 마라, 화장은 안 해도 된다, 립스틱은 이걸 발라라. 별걸 다 거들려고 들어서 결국 립스틱은 시율이 발라줬다. 이 남자는 대체 이런 걸 어디서 구해 오는 건지.

"나 이제 갈게!"

"그래, 뛰지 말고. 넘어진다, 너."

해인은 대충 고개를 끄덕이고는 태일이 기다리는 정류장으로 뛰었다. 아무리 여자는 좀 늦어도 된다지만 이미 약속 시간에서 20분이나 오버한 차였다. 하지만 어쩔 수 없는 노릇이었다. 태일이 나가야 해인이 나갈 수 있기 때문이었다.

해인은 태의 차가 멀리 보이자 더 서둘렀다. 운전석 시야가 높은 남색 지프는 해인이 뒤꿈치를 들어야 겨우 얼굴이 창에 걸쳐질 정도였다. 조수석의 창가에 빠끔히 매달려 안을 보다가…… 잠시 기다리다가, 유리창을 두들겼다. 태일이 뭔가 생각에 빠져 있었던 것이다.

똑똑.

"……아, 시연 씨."

응? 누구? 아! 나! 해인은 태일이 차에서 내리며 부르는 이름에 잠시 멍했다가, 그게 시율이 지어준 자신의 가명임을 반짝 상기했다. 태일이 그렇게 부르면서 보는 건 분명 자신이었으니까.

"죄송합니다. 내려서 기다렸어야 했는데……."

"아니에요! 제가 늦어서 죄송해요."

조금 어색하게 웃음을 흘리고 말았다. 공공장소에서 사람으로 있는 것도 어색한데 심지어…… 태일과의 데이트라 어쩔 수 없이 부끄러워졌다.

"전 괜찮습니다. 휴대폰이 고장 났다고 형이 그러던데요. 불편하시겠어요."

"네…… 하필, 이럴 때."

"제가 모시러 갔어야 했는데, 이쪽으로 오시게 해서 죄송합니다."

"그게 길도 안 엇갈릴 것 같아서요. 제가 이쪽을 잘 알거든요. 친구가…… 살아서."

해인은 데이트 날이 정해진 다음부터 몇 가지 사안에 대해 시율과 미리 입을 맞췄다. 나중에 서로 이야기가 틀리면 이상하기 때문이다. 한편, 자꾸만 시선을 회피하는 해인을 태일은 낯가림이 있는 사람이라고만 여겼다.

"타세요. 아, 혼자 타기 힘드시죠?"

태일이 운전석에서 내려 조수석으로 다가왔다. 그는 조수석 문을 열어 해인을 에스코트했다. 해인은 태일이 내미는 손의 끝을 겨우 붙잡으며, 배시시 웃었다. 차에 오르기 전에 해인이 웃자 태일도 따라 방긋 웃었다. 그렇게 서로가 먼저 웃음을 거두길 기다리다가, 해인 쪽이 먼저 뺨을 붉히며 고개를 돌렸다.

어색해!

"조심하세요. 차체가 조금 높아서."

"네, 네네."

확실히 치마를 입고 타기에는 상당히 높은 차였다. 해인은 태일의 손을 좀 더 크게 움켜잡으며 조수석에 오르기 위해 용을 썼다. 키가 작다 보니 더 수월치가 않았다. 정말로 낑낑대야 했다. 태일의 외제차는 해인의 허리와 차의 발치가 거의 비슷했다. 바퀴는 왜 이리 커? 바퀴를 밟고 올라가야 하나?

"으엄……."

태일은 해인이 그 격식 차린 차림으로는 혼자 차에 탈 수 없음을 판단했다. 그래서 가만히 손을 뻗어 가느단 허리를 받쳐 줬었다. 살며시.

"실례."

"아."

그러고는 가뿐하니 해인을 들어 올려 조수석에 앉혔다. 사심이라고는 전혀 없는 행동이었고, 그저 몸에 밴 매너의 산물이었다. 해인은 발이 땅에서 떨어지자 순간 본능적으로 숨을 참아 허리 사이즈를 줄였다. 그 와중에도 너무도 가볍게 자신을 드는 태일에게 놀랐다.

태일 역시 여자의 가벼움에 놀랐다. 가늠한 것 이상으로 상대가 가벼울 때 흔히 느끼는 그 깃털 같다는 체감. 가늘고 유연한 여자의 허리가 주는 부드러움. 해인은 허리 부근이 왠지 얼얼했고, 태일은 손바닥 안이 간질거린다고 생각했다. 눈만 마주쳐도 부끄러운 얼굴로 웃는 해인은 그가 봐도 사랑스러운 사람이었다.

꽤 호화로운 파티가 될 거라는 건 짐작했었다. 작년과 달리 이번에는 10주년 창립파티라 특별히 호텔을 대관했다고 했을 때부터 말이다. 음식은 마실 것만 몇십 가지가 넘었고, 드라마 속에서나 보던 백조 얼음 조각이 중앙에 크게 놓여 있었다. 오케스트라도 보였다. 화려한 초대객을 위한 호화로운 파티장. 어딘가 기자가 있어도 이상하지 않으리라.

"우와아……."

"확실히, 이번 파티는 성대하네요."

"정말 굉장해요!"

해인은 순수하게 감탄했다. 예술품에 가까운 샹들리에서 특히 눈을 떼지 못했다. 아름답게 차려입은 사람이 홀 안에 가득 있었다. 중간중간 어디

선가 본 것 같은 사람들도 있었다. 아마도 연예인 같았다.

"대표님이 사업 확장에 보기 좋게 성공해서, 올핸 그 성공 잔치도 겸한 겁니다."

"아아!"

"원랜 회사 옥상에서 출장뷔페를 부르는 정도였거든요."

"그것도 좋네요."

"그렇죠? 저는 이런 것도 좋지만, 그냥 맥주나 먹는 그릴 파티가 더 좋더군요."

"고기는 진리죠! 햄도 좋고! 소시지도 좋아요!"

"푸핫."

둘은 모르고 있었지만, 남들이 보기에 태일과 해인은 참으로 풋풋하니 귀여운 커플이었다. 키가 훌쩍 큰 태일과 그 바로 곁에 서 있어서 가끔 완전히 모습이 가려지고는 하는 아담한 해인. 연신 종종거리며 작은 걸음으로 잘도 돌아다니는 해인과, 보호하려는 것처럼 바짝 쫓는 태일.

특히나 해인이 해사한 얼굴로 부끄러움을 타는 모양은, 파트너인 태일만 없었다면 필시 남자가 꼬이겠다 싶을 정도로 매력적이었다. 위를 올려다보며 그저 사부작 웃는 해인은, 분명 사랑스러운 여자였다. 천진하게 상대를 무너트리는 해사함이 있었다. 본디 그걸 볼 수 있는 이는 많지 않았지만 지금은 훤히 보이고 있었다. 그 호의 가득한 미소가 태일을 향하는 동안은 사방에 드러나 버리니까. 볼수록 귀여운 사람이 정말 있었다. 태일이 하은 외에 동행한 여자는 처음이라 호기심에 한 번, 그다음에는 귀엽게 느껴져서 또 한 번, 해인에게 관심을 가지는 참석자는 제법 많았다.

"어머, 귀여운 아가씨를 데려왔네?"

"황 코디님! 잘 지내셨어요?"

"나야 완전 바빴지."

"아, 그러고 보니 요즘 중국에서 활동하신다고……."

"어쩌다 보니 그렇게 됐어. 이쪽은 태일 씨 애인이야? 피부 완전 아기 같다. 미성년자는 아니지?"

태일이랑 있을 때면 특히나 얼굴이 잘 빨개지는 해인은, 이쪽 사람들이 보기에 정말 순진해 보이는 아가씨였다.

"감사합니다……."

"난 부끄러움 타는 사람 좋아해. 물론 일반인일 때."

"하하."

"귀엽잖아. 이 아가씨 이쪽 사람 아니지?"

"예, 그냥 일반인이에요."

둘은 은근히 주변의 시선을 모으고 있었지만 둔한 편이라 눈치채지 못하고 있었다. 해인은 중간부터 사람들이 계속 말을 걸자 바짝 긴장해 있었고, 태일은 그런 해인을 보호하느라 정신이 없었으니 말이다. 사람들이 계속 말을 걸어서 둘은 구석으로 피신했다.

"정신없죠?"

"그러게요. 태일 씨를 아는 분이 많네요."

"뭐, 이쪽에서 오래 일했으니까요. 그리고 뭔가 먹어두시는 게 좋을 겁니다. 파티라는 게 기력이 빨리는 곳이라."

해인은 확실히 슬슬 목이 말라왔다. 태일이 때마침 웨이터에게 건네받은 마실 것을 권했지만 그건 아무리 봐도 술이었다. 취할 게 분명해서 거절한 해인은 대신 조각 케이크 몇 조각을 집어 와 하나씩 포크로 찍어 먹었다. 그러다 입술에 크림을 묻혀서 혀로 할짝대고, 손끝에 묻어서 쪽, 하니 입안에 손가락을 넣었다 뺐다. 요즘 들어 도구를 쓰는 걸 자꾸만 까먹었다.

"앗."

그러다가 태일과 눈이 마주쳐서 얼굴을 한껏 붉히며 발그레하게 웃는 얼굴은, 누구더라도 심장에 이상이 올 만큼 위력적인 것이었다. 부끄러워하는 여자의 미소가 가져오는 건 잔잔한 파괴라, 보호자 기분에 빠져 있던 태일도 움찔거리게 했다. 그는 문득 목이 간지러웠다.

"태일아, 여기 있었구나!"

"……하은아."

구석에서 쉬고 있는 둘을 찾아온 건 하은이었다. 작년까지만 해도 태일과 파트너로 파티에 참석했었지만, 올해는 진지하게 만나는 상대가 있어서 그 남자와 온다고 했다. 같이 다가오는 바로 저 남자인 게 분명했다. 키가 태일만큼 크고, 몸도 태일만큼 좋았다. 해인의 눈에는 태일이 더 멋있어 보였지만 말이다.

"전에 봤지? 이쪽은 내 남자 친구인 태준 씨."

"서태준입니다."

"신태일입니다. 오랜만에 뵈네요."

오늘의 하은은 확실히, 평소 집에서 보던 때와는 비교할 수 없을 만큼 예뻤다. 아주 고급스러운 드레스를 입고 시선을 빼앗는 화려한 귀걸이와 목걸이를 했다. 그리고 그 화려한 것들 사이에 묻히지 않을 만큼 아름다운 얼굴이었다.

"이쪽은?"

"내 파트너, 강시연 씨."

"아아, 어떻게 만난…… 사람인데?"

여자와 여자가 만나면 일단 서로를 물색하는 법이었다. 해인은 하은이 저를 빠르게 살펴보는 걸 느꼈다. 그리 기분 나쁜 눈길은 아니었지만 움찔하기에는 충분했다.

"같이 사는 형님의 여동생이야."

"어머, 그렇게도 인연이 되는구나. 반가워요! 난 이하은이에요."

"전…… 강시연이에요. 안녕하세요."

저도 모르게 스스로를 '박해인'이라고 소개하려던 해인은, 목이 졸리는 느낌에 말을 바꿨다. 사신이 건 금동술은 훌륭했다. 무의식으로도 저를 내보이는 걸 불가능하게 했으니까.

"둘이, 잘됐으면 좋겠다."

"그런 사이 아니야. 내가 오늘 파트너가 없어서 도와주는 것뿐이지."

"에이, 네가 여자 데려온 건 처음인데? 이렇게 딱 달라붙어서 마크하고."

"형님 여동생이니까. 무슨 일 생기면 큰일 날걸?"

키가 월등히 큰 남녀 셋 사이에 묻혀 있자니 해인은 그림자 속에서 허우적대는 기분이 들었다. 괜히 위축이 되었다.

"……참! 오늘 너한테 처음 말하는 건데. 나 결혼해, 이 사람이랑."

"결혼?"

"응, 이제 우린 약혼한 사이야. 그래서 같이 왔어."

하은이 인파를 헤치고 찾아온 이유가 그것이었나 보다. 자신의 약혼자를 소개하기 위해서.

"프러포즈 받은 지 얼마 안 됐거든. 그래서 아직 부모님들한테는 말씀 못 드렸어."

밝은 목소리로 말하며 하은은 자신의 파트너에게 팔짱을 껴 보였다. 과장되게 여봐란듯이. 해인은 속으로 내심 놀라며 태일의 동태를 살폈다. 하지만 태일은 짐작하던 일이라서인지 그리 놀라지 않고 있었다.

"그렇구나."

"응, 우리가 진지하게 만난 지 벌써 2년이 다 돼가더라고."

"그럼 그럴 때도 됐네."

시율이 차갑게 냉정하다면, 태일은 온화하고 차분하게 평정을 유지하는 타입이었다. 태일은 분명 미약하지만 웃어 보이고 있었다.

"더 이상…… 미루면 안 될 것 같아서 얼른 준비 시작하려고. 아, 내 웨딩화보는 네가 찍어주기다? 예전에 약속했잖아."

"그럼, 그래야지."

"너만 믿을게? 그럼, 나…… 저쪽에도 인사하러 가볼게. 오늘 바쁠 것 같아."

하은이 어색하게 떠난 뒤, 태일은 한동안 말이 없었다. 해인도 입술을 꾹 깨물고 바닥만 쳐다봤다. 왜 자신이 다 참담한 기분인 걸까? 제가 이런데 태일은 오죽할까? 오랫동안 짝사랑한 친구가…… 아니 여자가 결혼을 하는데 웨딩화보를 직접 찍어줘야 하는 처지라니.

그건 아주 끔찍한 기분이 아닐까?

"이런, 그러고 보니 하은이한테 축하한다는 말을 깜빡했네요."

아무 말 하지 않아도 이해할 수 있었는데.

태일이 웃음이 섞인 낮은 목소리로 그렇게 말했을 때 해인은 왠지 제가 다 눈물이 날 것 같았다.

태일이 지금 애써 웃고 있다는 사실을 알아서일까.

"저 녀석 은근히 잘 삐지거든요. 나중에 제대로 축하해줘야겠어요."

"……안 해도 돼요."

해인의 입에서 그만 볼멘소리가 튀어나왔다. 하은을 적대하고 싶지 않은데, 자꾸만 그렇게 됐다. 왜냐하면 하은은 항상 태일을 아프게 했으니까. 제가 좋아하는 사람을 아프게 하는 사람이 좋을 리 없었다.

"네?"

"……태일 씨는 저 여자를, 저 여자분을 좋아하는 거잖아요? 그런데 왜 축하를 해줘요!"

"……."

"그런 거 바보 같다고요!"

욱해서는 소리치고 만 해인은 말이 끝나자마자 아차 싶어 발끝만 쳐다봤다. 태일이 기분 나빠하면 어쩌지 싶었다. 만난 지 얼마 되지도 않은 사이에 주제넘은 훈계를 한 것 같았다. 태일이 화를 내면 어떡하지. 이상한 여자라고 생각하면……!

"그런 게, 티가 납니까?"

"……보면 알아요."

"하은인 모르던데……. 그렇군요."

조심스레 다시 올려다보니 태일은 드물게도 쓰라린 표정이었다. 웃음으로도 감추지 못할 만큼 씁쓸함이 밀려와 어쩔 줄 모르는 얼굴이었다. 아파서 어쩔 줄 모르는 얼굴이었다. 지금 자신이 고양이의 모습이라면 온 힘을 다해 그를 위로할 수 있을 텐데. 아프지 마, 아프지 마, 하며 그에게 뺨을 비빌 텐데. 그럴 수 없다는 게 슬펐다.

"여자분이라 그런지 감이 좋으시네요. 아, 형님을 닮아서 그럴지도 모르겠어요. 형님도 금방 아시더라고요. 그리고 죄송하지만 이건 비밀로 해주세요. 자랑할 것도 못되고. 또, 결혼을 앞둔 친구라……."

태일은 상황을 수습해보려는 건지 그답지 않게 말이 많아지고 있었다. 해인은 그런 태일을 올려다보다가, 저도 모르게 눈물을 글썽거렸다.

"왜 그래요, 정말."

목멘 소리가 나왔다. 이 남자는 대체 어디까지 참을 수 있는 걸까. 얼마나 인내할 수 있는 걸까. 아무리 바라보고 아무리 사랑해도 친구로만 여겨지는 건 벽을 사랑하는 것과 뭐가 다를까. 제가 그를 바라보기만 하는 것과 무엇이 다를까.

"……저 때문에, 우시는 겁니까."

"아니에요!"

"하지만……."

"태일 씨가 나 같아서 그래요. 아니, 나도 꽤 손해 보고 사는 사람이지만 태일 씨는 더한 것 같아."

해인 역시 태일과 비슷한 사랑 방식을 가졌기에, 그를 이해하면서도 그를 원망하는 수밖에 없었다. 내가 사랑하는 사람이 다른 사람을 사랑해도 좋았다. 그로 인해 그 사람이 더 행복하다면, 나 하나는 아파도 좋았다. 저 혼자 불행하고 모두가 행복하다면 그게 가장 올바른 행복일 테니까.

하지만 저보다 먼저 남을 생각하는 사람은 마지막에 혼자 남아 아프게 되는 법이었다. 그리고 그 아픔을 알아주는 사람은 거의 없기 마련이었다.

"저기…… 만난 지 얼마 안 됐지만 알아요. 난…… 태일 씨 말대로 감이 좋으니까 안다구요. 태일 씨는 정말 좋은 남자예요. 그 말을 해주고 싶었어요."

"시연 씨."

"그러니까, 난 당신이 행복해졌으면 좋겠어요. 욕심도 좀 내고, 웃기 싫을 땐 안 웃어도 되고요. 보는 사람이 다 힘드네!"

커다란 눈에 가득 눈물을 매달고는, 풍성한 속눈썹에 고일 만큼 방울방울 눈물을 떨어뜨리면서, 저는 울고 있지 않다고 우겼다.

"대신 울어주는 것 같네요. 고마워요, 정말. 시연 씨야말로 좋은 사람이에요. 난 그냥 부족한 사람인걸요."

해인은 그를 위로하고 싶었는데, 도리어 그의 위로를 받고 있었다.

"대학생 때였나. 하은이 생일에 목걸이를 산 적이 있어요. 고백하려고 했거든요."

"그때…… 왜 하지 않았어요?"

"그런데, 강의실로 갔더니 두 손이 넘칠 만큼 꽃다발이며 선물을 잔뜩 받은 하은이가…… 절 보더니……."

"보더니?"

"자긴, 이런 거 너무 싫다며 화를 내더군요. 바라지 않은 선물은 민폐라고. 멋대로 안겨주고 가는 선물은 부담일 뿐이라고."

태일은 운전하느라 전방을 주시하며 작게 어깨를 으쓱해 보였다. 어쩔 수 없었다는 듯.

"하은 씨는 인기가 많았군요."

"미인이라서 그렇다고 하기보다…… 성격이 원체 좋은 녀석이라 항상 사랑받았어요. 누구에게나 태양 같았죠. 난 그 녀석을 미워하는 사람을 본 적이 없어요."

여기, 저 있는데요. 해인은 슬그머니 한 손을 들고 싶어졌다. 창밖을 보는 것으로 겨우 참았지만 말이다. 왜 하은이 싫으냐고 묻는다면, 그녀가 태일을 힘들게 하기 때문이었다. 태일에 대한 독점욕이랄까. 주인을 향한 집착 같은 애정은 여전히 해인으로 하여금 이하은이라면 못마땅하게 여기게 만들었다.

마침 차가 한강 다리를 건너고 있었다. 때는 저녁 무렵이었고, 해가 지고 있어서 제법 풍경은 운치 있었다.

"우리가 이런 이야기를 하게 될 줄은 몰랐네요."

"저도 그래요."

"음, 신경 쓰이게 해서 미안해요."

태일의 사과에 해인은 화들짝 놀라 두 손을 내저어 보였다. 사과를 하자면 제가 해야 했다.

"아니에요! 그보다는 제가 괜한 참견을 한 것 같아서 죄송하죠."

"전혀요. 오늘 시연 씨랑 같이 가서 다행이에요. 위로가 됐어요."

해인은 조금 어색하게 웃어버렸다. 제가 속으로는 어떤 생각을 하고 있는지 안다면 그도 실망하리라.

"저기, 그런데 저희 어디 가는 거예요? 이쪽은 집이랑 반대쪽인 것 같은데."

"못 들으셨어요? 형님이…… 아니, 형이 데려오라고 하던데요."

"……저를요? 어, 어디로요?"

전혀 모르는 이야기인데? 태일이 말하는 형이라면 분명 시율이었다. 해인의 얼굴에서 부끄러움이 싹 가셨다. 더불어 핏기도.

"강변으로요. 전 알고 계시는 줄 알았는데요."

"몰랐는데요."

"오랜만에, 나도 여동생이랑 데이트 좀 하자…… 그러시는 것 같았는데."

아니! 무슨, 오랜만! 처음이지! 어떻게 억지로 끼워 맞춰도 두 번째! 해인은 이전에 엄마를 보러 집에 갔을 때 시율이 따라왔던 걸 떠올렸다. 그때도 이런 식으로 멋대로 굴었었다. 저는 아무래도 또 말려든 모양이었다. 해인은 이를 아득아득 갈기 시작했다. 하필이면 태일의 손으로 시율에게 배달될 줄이야.

'이 날강도 같은……! 어쩐지 아침에 유난히 예쁘게 입혀준다 했더니.'

태일과 데이트하는 데 필요 이상으로 과하게 정성을 쏟는다 싶었더니 다음 코스를 저와의 데이트로 정해놨을 줄이야. 해인은 마지막 희망을 한 가닥 부여잡고 물었다.

"태, 태일 씨는 어디 가는데요? 집에 안 가요?"

집에 고양이가 없으면 상황이 이상해질 텐데, 하는 속내를 숨기며 질문을 던졌다. 시율의 계획은 불가능하다고 여기고 싶었다. 하지만 태일은 문제없다는 듯 고개를 가로저었다.

"아, 저는 오늘 큰집으로 갑니다. 제사가 있어서요. 멀다 보니 간 김에 자고 올 것 같고요."

"……큰집이 어딘데요?"

"경상북도 안동이요."

거참 뼈대 있는 가문인 모양…… 이 아니라! 그 말인즉슨, 오늘 시율에게 언제까지 잡혀 다닐지 모른다는 뜻이었다. 무슨 문제 있냐는 순진한 태일의 얼굴을 보면서는 울 수 없어 웃을 뿐이었다. 곁에 있는 태일 때문에 도망갈 수도 없는 상태였다. 해인의 기어들어 가는 중얼거림을 태일은 듣지 못했다.

"망할 남자 같으니라고……."

강시율은 머리가 너무 좋아서 싫은 타입이었다.

시율의 농간대로, 그가 맞춰놓은 계획대로 강변에 내려진 해인이 가장 먼저 한 일은 들고 있던 작은 가방으로 냅다 시율을 때리는 일이었다. 물론 태일이 떠난 뒤였다.

"정말 이럴 거야!"

"아야, 아파."

클러치나 다름없는 작은 천 가방으로 때린 터라 아플 리 없는데 시율이 너스레를 떨었다. 반면, 해인은 또다시 그물에 걸려들었음을 인정하기 싫어서 두 발을 동동거리며 소리쳤다.

"상의 좀 하자고! 상의 좀!"

"넌 무조건 싫다고 하잖아."

"그건 그렇지만…… 아니, 그래도 그렇지!"

시율은 뭐든 정당화하는 능력이 굉장히 탁월했다. 말발이 보통이 아니라 해인은 매번 이렇게 그에게 휘말려야 했다. 오늘처럼 잠시만 방심했다 싶으면, 아니 만반의 경계를 해도 결국은 시율의 손아귀 안이었다.

"마침 태일이 녀석이 본가에 내려간다길래, 우리가 데이트하기 딱 좋겠다 싶었지."

"데이트는 무슨, 지금 나랑 연애 놀이라도 하자는 거야 뭐야?"

"바로 그게 하고 싶은 건데?"

"윽, 말했잖아! 난!"

"으흠?"

해인은 뒷부분은 소리 죽여 말했다. 시율의 옷깃을 멱살 잡듯 부여잡고 흔들면서 말이다.

"사람이랑…… 안 사귄다고! 아니, 못 사귀어! 내가 가출을 왜 했던 건지 잊었어?"

그로 인해 바짝 붙어 있긴 했지만 이를 갈고 있어서 전혀 로맨틱하지는 않은 모양새였다. 그래도 시율은 그런 접촉마저도 좋은지 싱글벙글했다.

"사람이 될 수 있는데 뭐가 문제야? 태일이 녀석을 좋아할 수 있으면, 나도 좋아할 수 있는 거 아닌가."

"아냐, 아니지! 절대 아니야. 연애는 안 돼!"

"태일이랑도 데이트하고 싶어 했잖아."

"이건 그냥, 한 번쯤 사람 대 사람으로 만나고 싶었던 것뿐이라고."

"데이트라는 건 그렇고 그런 사이가 되기 위해서 하는 거 아닌가?"

"……나, 난 너처럼 음란하지 않아!"

순수한 마음이야! 넌 이상해! 내가 보통이라고! 해인은 그렇게 외쳤지만 시율이 보기에는 보통 이하였다.

"음…… 그럼 안 사귀어도 되니까 만나만 주라."

"세상에, 무슨 소리래? 자존심도 없어?"

"연애에서 밥 먹여주는 건 자존심이 아니거든."

여, 연애에에에? 정말 얼빠진 얼굴이 된 해인은, 그만 시율의 옷깃을 붙잡은 채 굳어버렸다.

"난 어장 속에 나 한 마리만 있는 거면, 그것도 좋아."

"뭐, 뭐, 그런 게."

"그리고 만에 하나 다른 녀석이 들어와도, 다 내쫓고 내가 어장을 지배하면 되는 거잖아?"

그래서야 어장 안 물고기가 아니잖아! 어장의 지배자지! 심지어 강시율이라는 물고기는, 제멋대로 어장에 뛰어든 격이었다. 해인은 어장의 주인 자리를 빼앗긴 셈이고.

"그리고 말이야, 어차피 넌 나를 좋아하게 되어 있거든."

해인은 정말로 뜨악할 수밖에 없었다. 이 남자의 도도하다 못해 오만한 자신감은 기가 막힐 정도였으니까.

"……너, 너 너 근자감이라고 알아?"

"근거 없는 자신감? 난 근거라면 있는데."

"어디?"

"내가 엄청 노력할 거거든. 너한테 사랑받기 위해서. 노력할 거야."

남자가 밀어붙인다는 게 바로 이런 걸까? 그리고 열렬한 구애를 받으면 누구나 이런 기분이 되는 걸까? 심장이 숨차서 간지럽게 뛰어댈까? 속이 왜 이렇게 단 걸까. 해인은 필사적으로 평정을 유지해야 했다. 차가운 소리를 하려고 노력했지만, 그래 봐야 시율의 손바닥 안에서 재롱부리는 수준이었다.

"난 너한테 관심 없어!"

"싫어하는 건 아니니 다행이네."

"아니, 싫어해!"

"난 네가 좋아. 그러니까, 네가 싫어하는 내 부분들은 고쳐볼게."

강적이다, 강적이야. 시율은 철벽을 치든 단호박을 먹고 대처하든 주저하지 않았다. 열 번 찍어서 안 넘어가는 나무 없다는 명언에 충실했다. 어떻게 해야 이 마수에서 빠져나갈 수 있는 걸까. 해인의 눈이 어지럽게 돌아갔다.

"……강, 너한테 고백 안 한 게 있는데 말이야. 내가 방랑벽이 심하거든?"

"오호, 그거 몰랐던 사실이네."

"그래서 언제 내가 없어질지 몰라."

"그게 뭐?"

사신과 약속한 1년이 되면, 해인은 자의와 상관없이 소리 없이 사라지게 될 거다. 모든 기억을 잃고, 전과 같은 인생을 살아가게 될 게 분명했다. 태일의 애완고양이로 살았던 것도, 시율과 이렇게 옥신각신한 것도 전부…… 아무것도 남길 수 없었다.

"그러니까, 나한테 이러지 말라고."

"널 흔들지 말라고?"

"……으씨."

"내가 너를 조금은, 흔들고 있어?"

그윽한 목소리를 내며, 그가 느리게 웃어 보였다. 시율은 저의 어떤 부분이 매력적인지 정확하게 알고 있는 게 틀림없었다. 셔츠를 너무 가까이 잡고 있었나 보다. 시율의 얼굴이 다가왔다. 잡고 있는 건 해인이었는데 목을 빼는 것도 해인이었다. 황급히 손을 들어 시율의 입을 틀어막았다.

"내가 만약 방랑벽이 도져서 떠나면 어쩔 건데? 그럼 너는 날 원망할 거잖아! 그런 게 싫다는 거야!"

"……."

"난 아무와도 특별해질 수 없어! 주인도, 너도! 아무런 약속도 못 해!"

해인은 정말 참을 수가 없었다. 자신은 시율이건, 태일이건. 결국 그 누구와도 어떤 사이가 될 수 없었는데 시율이 자꾸만 저를 뒤흔드니까. 그냥 애완고양이 이상은 해줄 수 없는 처지였다. 1년을 채우면 모든 기억과 함께 지금의 자신도 잊을 텐데 누군가가 주는 사랑이 달가울 리 없다.

한데 이렇게 목줄을 채우려 드는 시율이 원망스러웠다.

"네가 떠나면 너를 원망할 거라고?"

"그래! 난 미움받는 거 싫어!"

"괜찮아."

시율은 해인의 손바닥에 입술이 가려진 채 눈을 휘며 웃더니, 손바닥 안으로 간지러운 키스를 해왔다. 해인이 깜짝 놀라 떨어지려는데, 그가 손목을 붙잡으며 깊숙이 속삭였다.

"난, 내 여자가 떠나면 날 원망할 거니까."

시율은 해인의 심란함을 전부는 알지 못했다. 하지만 일부라면 짐작할 수 있었다. 인간이 아닌데 인간의 사랑을 받아들이기 쉽지 않을 거라고 생각했다. 그는 장난스러운 가면을 벗어던졌다. 그리고 그 안쪽의 맨얼굴을 보였다. 원한다면 심장 깊숙이까지 보라는 듯.

"네가 떠난다면 그건 내가 사랑받지 못했다는 뜻이니까. 여자가 떠난다면 그건…… 항상 남자 탓이야. 못 떠날 만큼 사랑해주는 게 맞아."

"으으……!"

"널 떠나게 한 내가 바보겠지."

하여간 시율의 말은, 그 낮고 울림 가득한 목소리는…… 사람을 괴롭게 만들었다. 절로 한숨이 끓어오르게 하는 지독한 음성이었다.

'억지로 흔들지…… 말란 말이야.'

해인은 시율의 시선에 사로잡혀 잘근, 입술을 깨물었다. 쉽게 빠져나갈 수는 없을 것 같았다.

8. 고양이와 데이트하기

노을 지는 한강 부지에서의 피크닉이라니, 이건 아무리 봐도 데이트다. 빼도 박도 못하게 데이트 맞아. 탁 트인 대지 위로 물소리 섞인 바람이 불어온다. 날씨는 너무도 선선하고 잔디 냄새는 폐부를 기분 좋게 찔러댄다. 해인은 꾸물꾸물한 손짓으로 자신이 앉은 체크무늬 돗자리를 괜스레 긁어댔다.

시율이 깔아준 예쁜 돗자리 위에 쪼그려 앉아서는, 뭐가 그리 불만인지 연신 입술을 삐죽였다. 시율이 만든 이 상황이 나쁘지 않다는 게 바로 불만이었다. 끌려와서 하하호호, 웃는 배알이 못 되니 말이다. 즐거우면 지는 것 같은데…… 아무래도 넘어갈 것 같았다.

"자, 네 거."

뚱해 있는 해인의 뺨에 무언가 와 닿았다. 악마 같은 놈이 천사처럼 웃으며 도시락을 들이밀고 있었다. 싫다는 고양이 목에 억지로 산책 줄을 매어 두고는 만족스러워하고 있었다. 결국 너도 마음에 들 거라는 듯.

"……."

"입술 그만 내밀고 이거나 받아."

도통 받으려 들지 않자 꾹꾹, 해인의 뺨 위로 눌렀다가 반항스레 볼을 부풀리자 손안에 억지로 들려줬다. 성인 남자의 한 손에 딱 들어가는 작은 유아용 도시락 통은 해인의 손으로 넘어오자 두 손 가득히 들어찼다. 아주 귀여운 사이즈였다. 소식하는 해인을 위한 게 분명했다.

아이보리색 바탕에 노란 병아리가 도트처럼 들어가 있는 도시락 통은…… 사내가 골라 온 것치고는 상당히 귀여운 것이었다.

"……귀여워."

"그치?"

심지어 안에서 풍기는 내용물의 냄새는…… 샐러드 스파게티였다. 연어가 들어 있는. 해인의 후각이 그것을 놓칠 리 없었다. 뚜껑을 열기도 전에 꿀꺽, 침이 넘어간다. 시율은 해인의 취향을 이미 전부 간파한 모양이었다. 이 요망한 놈! 해인은 자신의 머리 위에서 노는 시율이 너무도 얄미웠다.

먹지 않고는 못 배기게 만들다니!

"끄응."

"맛있게 됐는데. 먹어주면 안 되나?"

"부, 부탁이야?"

"그래. 정중한 부탁이야."

"흐흠, 부탁한다니…… 먹어주지, 뭐."

해인은 못 이기는 척 얌전히 도시락을 먹기 시작했다. 오물오물 열심히 먹고 있자니, 시율이 투명한 플라스틱 컵에 레몬수를 따라 건넸다. 마침 목이 마른 건 또 어떻게 알고. 해인은 여전히 침묵시위를 하면서도 물은 받아 마셨다.

"괜찮지?"

"……뭐! 먹을 만하네."

그 새침한 태도라니, 속으로 무슨 생각을 하는지가 빤히 보여 시율은 그저 웃고 말았다. 억지로 끌려온 게 불만이지만 피크닉과 도시락은 제법 마음에 드는 게 분명했다. 하지만 좋다는 소리를 하기는 싫은 모양이다. 왜냐하면 상의도 안 하고 데려와서 삐져 있으니까.

시율이 보기에 해인은 조그만 덩치에 어울리지 않게 자존심이 셌다. 툭하면 아릉아릉거리는 어린 짐승이 무서울 리 없는데도 열심히 이를 드러내는 느낌이랄까.

'이거 귀여워 죽겠는데 어쩌지.'

시율의 그 속을 아는지 모르는지 해인은 슬슬 기분이 좋아지고 있었다. 썩 인정하고 싶진 않지만 맛있는 도시락에, 기분 좋은 바람 속에서 계속 부루퉁해 있기란 쉽지 않았다. 남들이 기분 풀러 오는 곳에서 계속 심술을 내고 있는 것도 우습고 말이다. 그래, 좋은 건 좋은 거야. 즐겨야지.

때마침 불어온 바람이 시원했다.

"음!"

해인은 콕, 빨간 토마토 조각을 포크로 찍었다. 천천히 입안에 넣고는 맛있어서 눈을 감은 채 포크를 한참 물고 있었다. 이 드레싱! 절묘해!

"더 줄까?"

"아니. 더 먹으면 더부룩한걸."

"흐음, 네가 먹는 양은 거의 유치원생 수준이란 말이지."

시율의 도시락은 해인의 것보다 네 배는 커 보였다. 샌드위치도 있었고, 버섯 베이컨말이가 무슨 김밥처럼 가득 들어 있었다.

"강 너 말이야……."

"왜?"

"……요리를 왜 그렇게 잘해?"

넌 뭘 믿고 그리 잘났느냐고 물으려다 해인은 말을 바꿨다. 자신을 반강제로 반납치한 상대에게 칭찬해줄 심보는 못 되었기 때문이다. 그렇다고 너 참 요리를 잘한다고 순수하게 감탄하기에도 자존심이 상했다. 여자인 저보다 모든 면에서 솜씨가 월등했기 때문이다. 해인이 애꿎은 불만을 품었나. 시율이 보여주기 시작한 그의 위험한 매력을 하나라도 덜 인정하고 싶은 일종의 몸부림이었다.

"그야 십 년 넘게 자취했으니까."

"그래도 보통 남자들은 이렇게 못하잖아?"

별것 아니라는 투에 해인은 고개를 기울이며 반문했다. 시율의 말대로라면 오랜 자취를 한 남자들은 다 요리를 잘해야 한다. 하지만 그렇지 않다. 한다고 해도 이런 프랑스 요리와 이탈리아 요리를 주로 하는 남자는 드물 거다. 아니, 여자를 포함해도 드물 거다.

귀찮아서라도 사 먹는 시대 아니던가. 해인만 해도 할 수 있는 메뉴가 라면에서 김치찌개까지가 한계였다.

"일단 내가 먹고 싶으니까."

"네가 해달라면 해줄 여잔 충분할 것 같은데."

"당연히 줄 서지."

"쳇, 재수 없엉."

시율의 트레이드마크나 다름없는 그 능글맞음에 해인은 툴툴거리며 고개를 돌려버렸다. 포크로 찍은 마카로니를 입안에 넣고 우물거리자니 시율이 좀 더 들어보라는 듯 말을 이었다. 장난은 그만두기로 한 모양이다.

"가장 오래 사귄 여자가 레스토랑 셰프였어. 그때 배웠지."

"……그럼 더 안 배우지 않나? 알아서 해줄 것 아냐."

사실대로 말하는 것 같아 해인은 다시 시율 쪽으로 조금 시선을 돌렸다. 그러고 보니 시율의 개인적인 이야기를 듣는 건 거의 처음이었다. 그는 자기 얘기를 워낙 안 하는 편이었다. 그는 명백한 관찰자 타입이었다.

"그것도 그렇지만, 나는 이왕이면 내가 해주는 걸 좋아하거든."

"퍽이나!"

"정말이야. 알잖아? 난 퍼붓는 걸 좋아하거든, 연인에게는."

"……그야 그러시겠죠."

확실히 퍼붓는 걸 좋아하는 남자긴 했다. 애정공세건 뭐건……. 하지만 여자한테 요리를 해줄 스타일로는 안 봤는데. 의외로 여자에게는 봉사 정신이 투철한 걸까? 아니, 연인 한정인 걸까.

"금전적인 것보다는 성의로 말이야. 뭐, 내 마음에서 우러나오면 뭐든 좋지만⋯⋯."

"헤에, 고급스러운 거 걸치는 여자 좋아할 것 같은데? 명품이 어울리는 여자."

해인은 약간 비꼬았다. 놀려보려는 속셈인데 시율이 넘어오질 않았다.

"사주고 싶어도 사줄 수 없었어. 예전에 돈이 너무 없었거든."

자조하는 시율의 입매를 보며 해인은 다시 고개를 갸우뚱했다. 좀 사는 녀석이라고 생각했는데 아니었나? 아무래도 그는 부잣집 아들 같은 분위기를 풍기고 있었다. 그러니 저리 자신만만하고 오만하지. 그 의문을 눈치챘는지 시율이 덧붙였다. 도시락을 내려다본 채였다.

"수의사가 되기로 한 뒤로, 집에 안 들어갔으니까."

"⋯⋯어, 들었던 거 같아. 반대하셨다며."

"맞아. 사람 욕심이라는 게 그렇잖아? 부모로서 자식이 이왕이면 의사나 법관 되길 바란 거고, 난 그게 싫었던 거고. 시키면 더 하기 싫어지는 별종이거든. 알지?"

시율이 꼭 '너도 그렇잖아.' 하는 눈을 들어 해인을 봤다. 약간 눈웃음이 걸려 있어 해인은 은연중에 안도했다. 시율이 순간 기운 없어 하는 줄 알았으니까. 해인은 그래서 얼른 포크를 살짝 흔들며 웃었다. 분위기가 어두워지는 건 싫었다. 그건 시율과 어울리지 않았으니까.

"말썽쟁이구나, 강? 그럴 줄 알았어!"

"비슷하지. 난 내가 하고 싶은 걸 하겠다는 건데, 어른들 눈에는 그게 치기로 받아들여지니까 나만 고집쟁이가 되어버리지. 해명하고 싶지도 않고 이해시키고 싶지도 않았어."

"그랬⋯⋯ 구나. 힘들었겠다."

해인도 처음 그림을 전공하겠다고 했을 때, 그것도 서양화를 하고 싶다고 했을 때 친척들 반대에 부딪혔었다. 아버지가 돌아가신 지 오래라 어머니 혼자 꾸려가다 보니, 대신 아버지 쪽 친척들이 자주 참견을 했다. 해인은 그 것들이 너무도 싫었다.

"날 가장 인정하지 않는 게 내 가족이라는 건 씁쓸하지만…… 그래도 여 동생은 나를 자주 만나러 와. 부모님들도 요즘 와서는 조금 화를 푸셨고."

"다행이다, 그래도!"

"다들 워낙 잘난 사람들이라 내 직업을 깔본다는 느낌을 받을 때가 있지 만…… 그래서 일 년에 한두 번 보나? 거의 십 년 넘게 그러고 있어."

해인은 자신이 어느새 시율의 이야기에 몰입하며 진지하게 대꾸하고 있 다는 걸 의식하지 못하고 있었다.

"그럼 학비도 혼자 벌었겠네?"

"할머니가 몰래 좀 도와주셨지만, 그래도 과외를 네 개나 했어."

"우와."

"가장 힘들 때 도와준 사람이 할머니라 은혜를 갚고 싶었는데…… 내가 대학을 졸업하던 해에 돌아가셨어. 내 앞으로 유산을 남겨주셨더라고…… 하고 싶은 일을 하라면서. 그 덕에 가족이랑 그래도 대화는 하게 됐지. 여전 히 불편하지만."

이야기를 들을수록 해인은 시율에 대해 조금 더 알 것 같은 기분이 들었 다. 그리고 그것은, 한결 가까워진다는 것과도 같은 말이었다.

해인은 결국 시율과의 데이트가 즐겁다는 걸 인정한 터라 얌전히 따라다녔 다. 어차피 혼자서는 이도 저도 할 수도 없었다. 강변에서 간단한 소풍을 겸해 서 저녁을 먹고, 시율이 해인을 데려온 곳은 다름 아닌 인사동 카페거리였다.

"너 그림 좋아하는 것 같아서."

"……응."

"이쪽에 화방도 많고, 늦게까지 하는 갤러리도 있더라고. 구경해보자."

시율이 두 갈림길을 가리키며 말했다. 인사동은 특유의 매력이 있는 거리였다. 오래된 것과 현대적인 것들이 절묘하게 어우러져서 외국인과 예술가들이 즐겨 찾는 곳이었다. 해인도 몇 번 와본 적 있는 곳이었고.

"나 때문에 여기 온 거야?"

"당연한 걸 왜 물어?"

"……그런가?"

"데이트잖아. 네가 즐겁지 않으면 의미가 없는걸."

시율이 너무 당연하게 한 이야기에 해인은 입술을 삐죽댔다. 그 말이 은근 설레어서 그걸 감추려는 것도 있었지만…… 무언가 마음에 들지 않았다. 그래, 너 경험 많다, 이거지? 난 초보라고.

"뭐가 불만이야?"

"……흥!"

시율은 해인이 토라지는 포인트는 도통 알기가 어려웠다. 정말 딱, 고양이 같은 성격이었다. 시율은 먼저 가버리는 해인의 뒤를 바짝 따라갔다. 또 잃어버리면 큰일이었다. 반면, 해인은 연신 입술을 내밀고 있었다. 무슨 남자가 이렇게 센스가 좋아? 내가 인사동 거리 좋아하는 건 대체 어떻게 알아서. 얼마나 많은 데이트를 해보면 이렇게 여자 취향을 딱, 맞춘담? 흥흥.

"어이!"

"왜에."

"저거 사줄까?"

시율이 앞서 가는 해인을 불러 세우더니 가리킨 것은, 과일 꼬치를 설탕물에 절인 것으로 외관은 분명 해인이 침을 삼키게 하는 것이었다. 근방에서 유명한 음식인지 여자 몇 명이 줄을 서 있었다. 해인은 과일 꼬치에서 눈을 떼지 못했다. 세상에 저런 음식이 있었나? 대체 언제부터 유행이람?

"네 취향일 것 같은데."

해인은 불쌍한 얼굴로 고개를 내저었다. 먹고 싶었지만 지금은 먹을 수 없었다. 이미 한계까지 도시락을 먹은 뒤였으니까. 그래 봐야 정말 쥐꼬리만큼의 음식이었지만. 위장이 작다는 건 정말 슬픈 일이었다.

"그래, 그럼 다음에 사줄게."

아쉬운 마음에 고개를 끄덕이던 해인은…… 이게 아닌데 싶어졌다.

"뭐야? 누가 또 너랑 데이트를 한다고!"

"할 수도 있지."

"흥! 은근슬……."

새침하게 몸을 돌리던 해인은 무언가를 발견하고는 뻣뻣하게 굳어야 했다.

'맙소사, 왜 저게 저기에 있어?'

시율은 해인이 수상하게 굴자 뭔가 싶어 그 시선을 따라갔다. 그리고 어렵지 않게 비탈길 중간에 위치한 작은 갤러리가 문제라는 걸 짐작할 수 있었다. 갤러리 외에는 양쪽으로 흔한 기념품 가게뿐이었고, 해인이 동공지진을 숨기지 못한 채 그쪽만 무시무시한 얼굴로 노려보고 있었으니까.

"왜? 저 그림이 마음에 들어?"

오래됐지만 깨끗하게 관리된 갤러리의 입구에는 그림 하나가 전시되어 있었다. 유리관 안에 자랑스럽게 걸린 그건…….

"아우."

"……박해인."

심장이 쿵쾅거리는 건 화랑에 전시된 자신의 그림을 발견해서였다. 그리고 시율이 거기서 자신의 이름을 찾아 읽어서. 해인은 삐질삐질 땀을 흘렸다. 사신이 이런 거 안 된다고 했는데!

"우, 우리 가자……!"

"왜? 난 이거 마음에 드는데."

그건 왠지 시율에게도 마음에 드는 그림이었다. 날아갈 듯 가벼우나 다채로운 색채였다. 오로라를 파스텔 톤으로 뭉개버린 듯한, 수십 가지 색이 겹쳐지고 뭉쳐져서 색을 전부 셀 수 없는 게 나름의 매력이었다.

"나, 나나난 엄청 별로 같은데."

시율은 해인의 그 이상한 반응에서 하나라도 더 캐내려는지 그림을 뚫어져라 주시했다. 자세히 들여다보니 수국을 그린 작품이었다. 수국 잎 하나하나가 깃털같이 세밀했다. 캔버스 사이즈는 그리 크지 않았지만, 그 안에서 저렇게 조밀하다는 게 더 놀라운 점이었다. 색을 알 수 없는 안개 속에 잠긴 수국은 흐드러지기 직전으로 피어 있었다.

"좋네, 이거."

"……나 꼬치 먹을래."

"원래 나는 분명한 느낌이 드는 사진을 좋아하는데."

"꼬치!"

"주인분 안 계시나? 이거 좀 물어보고 싶은데."

해인은 애써 그의 관심을 다른 곳으로 돌리려고 했다. 옷깃을 잡아당기며 아까 지나쳐온 과일 꼬치 쪽을 가리켰다. 하지만 이 눈치 좋은 사내의 눈에는 그게 더 수상해 보였다.

"그만 가자! 응? 강…… 강!"

해인이 팔뚝을 잡아당기며 애걸했으나 소용없었다. 하긴, 시율이 이런 게 통할 남자였다면 해인이 그리 애먹지는 않을 거다.

"잠깐만, 좀 보자."

"뭘 찾으십니까? 아, 그거 좋은 그림이죠?"

그리고 전시물에 관심을 보이는 손님을 놓칠 리 없는 갤러리의 운영자가 나타났다. 시율이 반갑게 그림을 가리켰다.

"이 그림에 대해 알고 싶은데요."

"그우악!"

해인이 지금 고양이의 모습이었다면, 온몸의 털을 거꾸로 세웠을 게 분명했다.

"눈이 높으시네요. 저도 개인적으로 아주 마음에 드는 작품입니다. 한국에서는 찾아보기 힘든 작가구요."

"유명한 작갑니까?"

자신을 갤러리 주인이라고 소개한 남자는 왠지 장사꾼 같은 기질이 있어 보였다.

"장래가 유망한 신진 작가죠. 작품 자체가 자주 나오진 않아요. 주로 외국 공모전에 출품해서 우리나라에선 아직 인지도가 다소 낮기도 하고요."

"흐음."

"하지만 분명 뜰 겁니다! 일본에서는 미술 잡지에도 몇 번 실렸거든요."

아무리 아담한 갤러리라고 해도 전시만으로는 먹고살 수 없었다. 팔아야 지 남기에, 주인장은 시율에게 그림에 대한 설명을 늘어놓기 시작했다.

"이 작가가 아뜰리에를 통해서는 종종 전시회를 엽니다만, 아직 개인 전시회를 연 적은 없습니다. 2, 3년 내로 준비하고 있다고 들었거든요. 전시회를 하고 나면 분명 값어치가 뛸 겁니다. 이 작가 그림은 한번 빠지면 반드시 가져가고 싶어지거든요. 분명 후일에 많은 팬이 생길 겁니다. 초기작에 투자하려면 지금이 적기인 셈이죠."

"투자라, 이쪽은 잘 몰라서……."

"보시면 여류 작가 특유의 섬세함이 있지 않습니까? 감수성을 자극하는 호소력이 풍부하죠."

"뭐랄까, 화려하면서도…… 어지럽고. 그런데 그게 좋네요."

"네, 어지러울 만큼 색이 많은 게 특징이죠. 그걸 이해하려면 부지런히 그림을 바라봐야 하니까 10년은 주인을 즐겁게 해줄 겁니다."

갤러리의 주인은 해인의 그림을 두고는 온갖 칭찬을 다 늘어놨다. 반은 사실이었고, 반은 팔기 위한 감언이설이었다. 그건 화가 당사자인 해인에게 거의 고문이었다. 낯간지러워 죽을 맛이었다.

"그림 보는 걸 어려워하시는 분들이 많이 계시는데, 사실 간단합니다. 자기 눈에 좋은 작품이 최고죠. 흔히 우린 한눈에 반한다고 하거든요."

"뭔지 모르게 마음에 들긴 하네요."

"아! 이 그림의 재밌는 부분은 말입니다. 보시면 이 부분은 터치가 아주 대범한데, 이 부분은 지극히 조심스럽거든요. 화가의 고뇌가 보인다고 해야 할까."

흔히들 그림에 그린 사람의 성격이 나온다고 했다. 해인의 작품 역시 그림만 봐도 이 작가 꽤나 기분파겠구나, 하는 걸 알 수 있게 했다.

"우리 갤러리가 좀 소규모긴 하지만, 그래도 가진 것 중 꽤 추천해드리는 작품입니다. 이 작가 작품 우리나라에 몇 점 없을걸요?"

"그러니까 앞에 걸어놨겠죠."

이건 정말이지 일기장을 들킨 기분이었다. 심지어 그 일기장이 품평되고 있었다. 해인은 손발이 오그라들어 사라지기 전에 어서 이곳을 탈출하고 싶었다.

"이 작가의 경우 보통은 이 작품처럼 색을 많이 사용하는데요. 드물게 어두운 색채를 쓴 게 있거든요. 한 2, 3년 전 작품인데 마침 그것도 우리 갤러리에 있습니다. 한번 안쪽에서 보시겠습니까?"

"아, 보고 싶네요."

"그으아⋯⋯."

그거 흑역산데! 해인은 기괴한 소리를 흘리며 어떻게 해야 시율을 다른 곳으로 유인할 수 있을까 궁리했다. 냅다 달려가면 부랴부랴 쫓아오려나? 하지만 그러면 너무 수상한데. 이 남자는 눈치가 보통이 아니라, 어떡하든 이 상황을 자연스럽게 넘겨야만 했다. 시율은 해인의 그런 마음을 아는지 모르는지 갤러리 안으로 들어가려 하고 있었다.

손발에 식은땀이 나기 시작했다. 해인은 바삐 눈을 굴렸다. 빨리 시율의 관심을 돌려야만 했다. 뭐가 좋을까?

"가, 강!"

"왜?"

"우리……! 우리 저기 안 갈래!"

긴장의 끝에서 해인이 필사적으로 가리킨 곳은, 평소라면 절대 먼저 가자고 할 리 없는 곳이었다. 시율이 혹해서는 두 눈을 반짝였다.

"……좋은데?"

"그치? 얼른 가자!"

해인은 얼른 다가가 팔짱까지 끼면서 시율을 그곳으로 이끌었다. 시율은 순순히 끌려갔다. 지금이 아니면 못 갈 것 같은 곳이었으니까.

"손님?"

"다음에 올게요!"

테이블 위로 팔을 기대며, 그가 으슥하게 속삭였다.

"솔직히 말해보시지."

"뭐, 뭘……?"

"너 그 화가랑 아는 사이 아니야? 혹시 그림을 그 사람한테 배웠다든가…… 전에 길러졌다든가."

시율은 그 그림에 뭔가 있다는 걸 눈치챈 모양이었다. 하지만 해인이 그 화가 당사자라고는 여기지 못하고 있었다. 애초에 시율의 머릿속에서 해인은 인간의 범주에 속해 있지 않았으니까. 하지만 그 정도 추리도 해인을 당황시키기에는 충분했다.

"……모르겠는데요. 저는 전혀, 무슨 말씀 하시는지?"

아무리 봐도 이상한데. 당황한 나머지 쪼오오옥, 하고 아이스티의 반 정도를 한 번에 들이켜고 만 해인이다. 그것도 빨대로. 시율은 저와 눈을 마주치지 않으려 사력을 다하는 해인에게 무언가 있음을 직감했다. 하지만 더 파고들면 이 고양이가 난폭해질 거라는 걸 알았다. 기껏 달래두고, 기껏 환심을 사는 중인데 불안하게 만들면 오히려 제 손해였다. 시율은 오늘의 즐거운 데이트를 위해 압박은 이쯤 해두기로 했다. 지금은 충분히 즐길 만한 상황이었으니까.

"그나저나 인기가 좋네?"

시율은 자신과 해인이 마주 앉은 테이블 주변을 웃는 눈으로 훑었다. 둘은 지금 열 마리가 넘는 고양이들에게 둘러싸여 있었다. 정확히는, 카페 안의 모든 고양이가 해인을 졸졸 따라다녔다.

"냐옹!"

"미야옹~"

해인이 궁여지책으로 시율을 이끈 곳은…… 근처의 캣 카페였다. 고양이 카페, 고양이가 있는 카페. 한때 유행했던 애견 카페의 고양이판. 커피를 마시며 고양이들을 구경할 수 있는 곳. 보통은 고양이를 좋아하는 사람들을 위한 카페지만, 해인에게는 참으로 의미 없는 곳이었다.

본인이 고양이였으니까.

"……별로 달갑지 않은 인기야."

어쩔 수 없긴 했지만 기껏 도망친 곳이 고양이 굴이라니. 제가 생각해도 우스운 일이었다. 가장 희한한 것은 해인이 고양이의 모습으로 떠돌 때는 그리 박정하게 굴던 고양이들이, 해인이 사람의 모습으로 앉아 있자 너도나도 구경하고 있다는 사실이었다.

"굉장해. 고양이들이 다 너만 쳐다봐."

"냐냥?"

"먀옹, 먀옹."

확실히 기묘한 일이었다. 각기 종이 다른 고양이들은 어리건 늙건 하나같이 말똥말똥한 눈으로 해인만 바라봤다. '너 누구야?'라는 호기심 가득 찬 눈이라니.

"애들은 내가 재미있나 봐."

해인은 절로 한숨이 나왔다. 이 녀석들 짐승은 짐승인지 제가 보통 사람이 아니라는 걸 느끼는 모양이었으니까. 괜히 여기로 도망쳤나 싶었다. 하지만 주술의 효과까지 더해진 건지, 그 그림에 맹렬한 거부감이 들어서 어쩔 수 없었다. 바라보는 것조차 숨이 막혔다.

금기라도 범하는 기분이라 자꾸만 식은땀이 흘렀다. 사신의 주술은 역시나 강력했다.

"슬슬 나가면 안 되겠지?"

"무슨 소리야. 우린 방금 들어왔는데. 난 커피 한 모금밖에 못 마셨어."

하지만 아무리 생각해도 도망친 곳은 옳은 선택이 아니었다. 부담스러울 만큼의 관심을 받고 있질 않은가. 캣 카페의 고양이들은 본래 사람 손을 많이 타서 낯을 가리지는 않는 편이었다. 하지만 손을 많이 타는 만큼 먼저 다가가는 일이 드물었다. 누가 만지면 귀찮아하며 달아나는 게 고양이였다.

그런데 해인이 카페에 들어서는 순간, 고양이들은 일제히 코를 벌름거리며 몸을 일으켰다. 그러고는 졸졸 해인을 따라다녔다. 해인이 자리를 잡고 앉은 다음에는 그 주변으로 원을 그리며 둘러앉았고, 결국 해인은 사람들의 시선도 받아야 했다.

"먕- 먕-"

그것은 '놀자, 놀자'는 뜻으로 고양이들은 해인에게 상당한 호의를 보이는 것이었다. 해인으로선 참으로 이해가 가지 않는 상황이었다. 동족의 모습일 때는 그렇게 경계하더니, 인간일 때는 왜 재미있어하는 걸까. 그나저나, 고양이가 몸을 비비는 건 이런 기분이구나. 제가 할 땐 몰랐는데 받아보니 제법 좋았다.

"미양!"

온몸과 등허리, 꼬리를 이용해 해인의 다리를 연신 휘감는 어린 고양이가 한 마리 있었다. 녀석은 계속 안아달라고 조르고 있었다. 결국 요청대로 안아 들고 천천히 쓰다듬어 주었더니, 시율이 문득 감탄했다.

"고양이가 고양이를 안고 있네."

"지금은 사람이다, 뭐."

"그야 그렇지만."

확실히 시율의 눈에는 기이하게 보일 수도 있을 것 같았다. 그가 생각하는 해인의 본질은…… 고양이니까.

"……강."

"응?"

어린 회색 고양이를 쓰다듬으며, 폭신한 그 털 사이에서 시선을 고정한 채 해인은 천천히 입술을 떼어냈다. 내심 궁금했던 일이 있었다. 한 번쯤은 시율에게 제대로 물어봐야지 했던 것.

"너는…… 내가, 고양이지만 사람으로 변할 수 있어서……."

"있어서?"

"그래서 날 좋아하는 거야?"

어렵게 고개를 들어 그와 시선을 맞췄다. 조금이라도 망설인다면, 긍정의 기색을 보인다면 해인은 이제 시율에게 흔들리거나, 혼란스러워하지 않을 작정이었다.

"아니, 전혀."

"……그럼?"

하지만 시율은 말도 안 된다는 얼굴로 웃고 있었다. 그런 건 전혀 상관없다는 듯.

"말도 안 되는 발상이야. 흥미로운 거랑 사랑은 전혀 다른 감정이니까."

"하지만 강, 너는…… 나를 재미있어했잖아."

"처음엔 그랬지."

시율은 어느새 진지한 얼굴을 하고 있었다. 웃음기 없는 목소리였다. 그저 진심일 뿐인.

"네가 사랑할 수 있는, 여자의 모습을 보여주기 전까지는 말이야."

사랑이라는 단어는 너무 어려운 단어였다. 항상 근처에서 들리는데 나와는 상관이 없는 이야기 같았다. 그런데 지금 제가 그 대상이 되어서, 해인은 혼란스러워졌다. 적어도 이제는 시율이 저를 좋아한다는 건 알았다. 그 마음에 거짓은 없다는 걸 말이다. 하지만 그래서 더욱 두려웠다.

그 마음이 짙은 흥미와 호기심에서 비롯된 건 아닐까. 재밌어 보여서 단순히 갖고 싶어 하는 건 아닐까? 그런 의심이 들었다.

"나도 내 마음이 단순히 흥미라고 여겼을 때가 있어. 쉴 새 없이 네가 떠오르고, 너를 보면 심장이 뛰고 기분이 이상해져서…… 분명 그런 거라고 생각했어. 하지만 말이야."

"……."

"네가 나를 보고 웃어주길 바라게 됐어."

그는 마치 부드럽게 주장하는 것 같았다. 나는 이렇게 너를 사랑한다고, 내 감정은 이렇게 분명하다고. 해인이 그것을 도저히 부정할 수 없도록 말이다.

"네가 내게 키스하고, 다정하게 대해주는 꿈을 꿨어. 네가 태일이를 보면…… 나는 화가 나게 됐지. 그건 명백하게, 사랑이잖아."

뭐가 이리 당당한지. 해인은 남자에게 고백을 받은 건 이번이 처음이었지만, 모두가 이렇게 당당하고 강력한 태도로 말하지는 않을 거라고 생각했다. 도리어 해인이 할 말을 고르지 못하고 있는데, 시율이 테이블 위로 몸을 숙이며 손을 뻗어 왔다.

"난 네가 오히려 평범한 사람이었으면 좋겠어. 그랬다면 우린 마음껏 사랑할 수 있을 테니까."

"누, 누가 누굴 사랑한다고……?"

느리게 다가온 손이 아기 고양이를 쓰다듬는 해인의 손을 움켜쥐었다. 시율의 손은, 너무 커다랬다.

"적어도 그렇다면 네가 날 거부할 궁리만 하지는 않을 것 아니야."

그 손이 제 손가락 사이로 꽉, 깍지를 끼며 붙잡는 모양을 해인은 고스란히 지켜봐야 했다.

왜 벗어날 수 없는 걸까. 이 손에도, 목소리에도 어쩐지 천천히 옭아매지는 기분이었다.

"한 가지 확실하게 알려줄 수 있는 건…… 너는 몰라도 나는, 네가 무엇이든 상관없을 만큼 너를 원한다는 거야."

흐릿한 의식 사이로 생각했다. 이성에게 사로잡힌다는 게 바로 이런 걸까? 해인은 자신이 마치 나약한 사냥감이 된 것만 같았다. 시율은 분명 노련한 맹수 같은 사내였다. 그가 원한다면 붙잡힐 수밖에 없었다. 적어도 이 순간에는, 꼼짝없이 사로잡힌 듯했다.

"사실 네가 무엇이든 그건 이제 내게 중요하지 않아. 그 마음이 분명하지 않았다면 난 아무것도 시작하지 않았을 테니까."

"뭘…… 시작했는데?"

"알잖아. 나는 지금, 너한테 구애를 하고 있는 거야."

해인은 지금 제 심장이 말을 듣지 않는 이유를 알 수 있었다. 눈앞의 남자 때문이었다.

꽉 쥐어진 오른손이, 몸에서 가장 민감한 곳이 되어버렸다.

깊은 밤, 막 잠이 들었던 태일은 침실 문이 열리는 기척에 눈을 떴다. 달카닥. 원체 잠귀가 밝은지라 그 작은 소리에도 곧장 잠에서 깨어났다.

태일은 잠결에도 이 집에서 방문을 열고 제 방에 들어올 수 있는 게 시율밖에 없다는 걸 떠올렸다. 이건 시율이 형 아니면 도둑이겠군. 태일은 아직 약간 몽롱한 채로 생각했다. 그렇다면 이 늦은 시간에 시율이 조심스럽게 자신의 방에 들어와, 발소리를 죽이며 침대로 다가오는 이유는 무엇 때문일까.

"……형?"

태일이 오른 팔뚝으로 상체를 슥, 하니 일으키자 슬금슬금 접근하던 시율이 손을 뻗은 채로 멈춰 서는 게 보였다. 그는 들켰음에도 태일만큼이나 태연한 기색이었다.

"아, 깼구나."

"무슨……?"

태일의 물음은 잠기운이 그득했다. 그에 조용히 해인만 집어 갈 생각이었던 시율은 낭패감을 느꼈지만 그런 걸 내색할 인물이 아니었다. 그는 그저 여전히 무표정한 채로 별일 아니라는 듯 손을 마저 내밀어 태일의 맨가슴 앞까지 뻗었다. 목표물이 거기 있었으니까. 물론 시율은 아무리 멋들어진 가슴팍이라도 해도 남자의 가슴에는 관심이 없었다.

"이 녀석 좀 잡아가려고. 마저 자."

몸이 공중으로 들려지자 잠들어 있던 까만 고양이가 부스스 눈을 떴다. 조도가 낮은 어슴푸레한 실내에서 그보다 더 새까만 털을 가진 것이, 보석 같은 금색 눈을 깜빡였다. 흐리멍덩한 눈에 초점을 잡아가며 잠꼬대를 했다.

"므아앙……?"(뭐야아……?)

침대 위의 태일은 항상 그렇듯 시트를 둘렀다고 해도 반나체였다. 그리고 그 탄탄한 가슴팍에 익숙하게 기대 잠들어 있는 해인은, 시율에게 꽤나 야속한 존재였다. 좋아하는 여자가 다른 남자의 가슴팍을 빌려 자는 모습은 정신건강에 아주 해로웠으니까. 시율은 해인을 납치해 떠나기 전에 태일에게 당부했다.

"……아! 이상한 오해는 하지 마라. 정말 이쪽에 볼일이 있는 거니까."

"무슨 오해 말입니까……?"

뒷머리를 긁적이며 태일이 되물었다. 말한 시율이 어색하게도 정말 모르겠다는 듯. 시율은 역시 이 집 안에서 자신이 가장 음험하다는 걸 새삼 깨달았다. 해인과 시율의 사이를 의심하진 않더라도 하다못해 잠든 자신의 침대에 침입한 사람에게 '혹시 날……?' 하고 한 번쯤 의심할 만도 한데 말이다.

"우갸걍!"(안 갈 거야!)

"쉿."

"캬악, 캬!"(납치범이다!)

해인이 고양이의 사지를 이리저리 틀어보며 울어댔으나 인간 남자의 힘에는 하등 소용없었다. 결국 해인은 시율의 방으로 잡혀가고 말았다.

"나랑도 좀 잘 수 있잖아!"

"크아악!"

"고양이라도 좋다고!"

거의 애걸이었고, 해인은 결국 도망칠 수 없었다. 하지만 납치범이 잠들면 이야기가 달라졌다. 태일과 달리 시율은 한번 잠들면 누가 업어 가도 몰랐다. 그저 자신이 해인을 납치해온 데 만족해 꽉 끌어안고 있다가…… 그대로 잠들어버렸다. 품에서 해인이 다시 빠져나가는 것도 모르고 말이다.

기회를 노리고 있던 해인은 시율이 잠들자마자 냉큼 그 품에서 빠져나왔다. 총총걸음으로 다시 태일의 방으로 돌아가 그 침대 위로 폴짝 뛰어올랐다. 매트리스가 아주 조금 출렁였다.

"먀옹."(나 왔어요.)

그리고 그 작은 흔들림에 또다시 잠에서 깨어난 태일은 자신을 향해 반짝이는 금색 눈을 발견했다. 잠결에도 태일은 시트를 들춰 품을 내줬다. 엎드려 자는 그의 가슴과 시트 사이 가장 따뜻한 곳, 갈비뼈와 허리 사이. 해인은 그곳으로 기다렸다는 듯 파고들어 자리를 잡았다. 태일은 해인의 머리를 쓰다듬으며 속삭였다. 하품이 섞인 나른한 투였다.

"개냥아…… 형이랑도 자주고…… 그래. 응? 착한 아이잖아……."

사실 오늘 같은 일은 처음이 아니었다. 자신의 품으로 돌아온 해인이 기특하기도 한데 매번 거부당하는 시율에게 미안하기도 했다. 하지만 해인은 그러거나 말거나 잠은 편한 곳에서 자고 싶었다. 시율이랑 침대에 있으면 이상하게 눈이 초롱초롱했기 때문이다.

역시 태일이 최고 편하지. 해인은 몸을 둥글게 말고 골골대며 잠을 청했다.

시율은 해인이 빠져나간 걸 아침에야 비로소 알아챘다.

"이 치사한 고양이!"

추위가 무르익어가는 가을. 태일이 출근하고 나면 해인은 시율을 따라 동물병원에 놀러 가고는 했다. 그곳은 이제 더 이상 두려운 곳이 아니었다. 제2의 집이나 다름없는 해인의 영역으로, 유일한 나들이 장소이기도 했다. 집에 혼자 있는 것보다야 아무럼 덜 심심해서 종종 시율을 따라오게 된 것이다.

일단 병원에 도착하면 해인은 제 마음대로 돌아다녔다.

"야옹이 안녕?"

"냐옹."

해인은 자신을 개냥이라고만 부르지 않으면 종종 대답도 해주었다. 여기저기 알은척을 받아주기도 귀찮아지면 조용하고 볕이 잘 드는 곳을 찾아 낮잠을 즐겼다. 그런데 오늘따라 병원이 시끄러웠다.

"미옹?"(신입인가?)

호텔 칸에서 나는 소리 같았는데, 개 한 마리가 하루 종일 끙끙거리며 울고 있었다. 늑대처럼 구슬프게 울 때면 병원 전체가 시끄러울 정도였다. 어떤 녀석이 이렇게 우는 거야? 그건 해인의 쾌적한 휴식을 매우 방해하는 일이었다.

"흐옹."(저 녀석이군.)

해인은 호텔 방의 문가에 서서 문제의 녀석을 노려봤다. 맨 아래 칸의 특대형 철장 안에 있는 녀석은 울음소리만큼이나 덩치도 컸다. 해인에게는 정말 산만 해 보일 정도였다. 그런데 덩칫값도 못 하고 마치 하룻강아지처럼 징징거리고 있었다.

"끄응, 끙! 끙? 워우웅⋯⋯."

불쌍하게 바닥을 킁킁거리며 끊임없이 우는 이유인즉슨, 제 주인을 찾는 것이었다. 아마도 주인과 떨어진 게 이번이 처음인 모양이었다. 덩치만 크지 한 살도 안 된 것 같았다.

'어쩔 수 없군.'

해인은 총총 새침한 걸음걸이로 커다란 개 앞으로 다가갔다.

"워옹?"

울먹이던 개는 처음 보는 생물이 다가오자 동그란 눈을 더 크게 뜨며 뒤로 물러섰다. 순 겁쟁이 같았다.

"미야옹."(안녕.)

철장이 사이를 가로막고 있다고는 해도 보통의 고양이라면 천적인 개한 테 결코 이렇게 가까이 접근하지 않을 터였다. 하지만 해인은 서슴없이 다가가서는, 그 앞으로 엎드렸다. 뿐만 아니라 철장 안쪽으로 코를 조금 밀어 넣고 상당히 호의적인 태도를 취했다. 그 행동은 너와 친해지고 싶다는 뜻이었다. 개 냄새가 코를 찔렀지만 해인은 이제 이 정도는 익숙했다.

"끄으응?"

게다가 동물의 마음을 알 수 있다 보니 이 덩치 큰 녀석이 제게 위험할지, 아닐지 정도는 쉽게 알아챌 수 있었다. 이 울보 강아지는 당연히 후자였다.

해인이 잠시 그러고 철장 앞에 엎드려 있자, 울보 개도 해인의 앞으로 슬금슬금 몸을 낮춰 맞은편으로 엎드렸다. 각기 종이 다른 두 생물이 코를 마주 대고 서로의 눈을 들여다봤다. 그러는 동안은 서로의 생각을 알 수 있었다.

'무서워?'

'……응.'

적어도, 해인에게는 그 일이 가능했다.

'주인이 널 데리러 오지 않을까 봐?'

'나 어제 혼이 많이 났거든. 놀아달라고 물어뜯은 게 있었는데, 누나가 아끼는 거였나 봐.'

'아아, 그랬구나.'

'그래서 여기에 두고 간 건가 봐. 데리러 오지 않을 건가 봐. 누나가 나보다 아끼는 걸 내가 망가뜨려서, 누나는 이제 내가 미워졌나 봐.'

그것은 언어가 없는 대화였다. 사실 대화보다는 감정의 교류라고 하는 편이 더 적합해 보였다. 슬픔, 걱정, 우울함, 후회 그런 것들이 머릿속으로 쏟아져 들어왔다. 사람일 때는 차마 몰랐던 것들이었다. 동물에게도 이런 감정이 있다는 사실 말이다.

'그건 아닐 거야.'

'누나가 막 슬픈 얼굴로 갔는데도? 웃어주지 않았는데도?'

'그건 너랑 헤어지기 아쉬워서 그런 거야.'

'날 두고 어딜 갔는데? 집엔 언제 돌아가는데?'

눈앞의 개는 정말 시무룩한 얼굴이 되었다. 해인은 고양이들보다는 개와 대화하는 게 훨씬 쉽게 느껴졌다. 녀석들은 솔직하고, 비밀이라는 게 애초에 없는 종이었다. 또한 고양이고 개고, 녀석들이 느끼는 건 언어나 생각보다는, 감정 그 자체였다. 본능적으로 마음을 느낀달까.

'그건 모르지만, 얌전히 기다리면 반드시 돌아올 거야.'

'정말?'

'그럼. 여기 있는 아이들 모두가 주인을 기다리고 있어. 착한 아이는 반드시 주인이 데리러 올 거야. 항상 그랬어.'

'누나는 내가 미워서 버리고 간 게 아니야?'

'아니야, 아니야.'

누군가를 무작정 기다리는 게 어떤 기분인지 알았다. 저를 길러준 사람의 손을 잃어버릴까 봐 겁을 내는 짐승들은 하나같이 엄마 잃은 아이처럼 슬퍼했다. 이들에게 주인이란 부모와 하나도 다르지 않았으니까.

'그러니까 울지 마.'

'누나는 내가 부르지 않으면 봐주지 않는걸.'

'지금은 멀리 있어서, 불러도 들리지 않을 거야. 하지만 네 주인은 너를 버린 게 아니거든. 잠시 여행을 떠난 거거든.'

그렇게 달래니, 어리고 커다란 개는 여행이란 게 어떤 건지 몰라 고개를 갸웃거렸다. 해인은 여행은 멀리 산책을 다녀오는 일이라고 알려줬다. 그러자 울보 녀석은 조금은 덜 시무룩해 보였다.

"끄응."

달래주면서도 해인은 한숨을 내쉬었다. 개라는 녀석들은 어쩌면 이렇게 맹목적으로 주인을 사랑하는 걸까. 말을 못 한다고 생각이 없는 건 아니었다. 울지 않는다고 마음까지 아무렇지 않은 건 아니었다.

'나 없이 하는 산책이 너무 즐거워서 누나가 안 오면 어쩌지.'

'날 잊어버리면 어쩌고?'

'누나 냄새가 맡고 싶어.'

해인 자신이 지금 짐승에 가까워서일까. 사람의 모습일 때도 동물의 감정이 전달되긴 했지만 고양이 모습일 때가 더욱 선명하게 느낄 수 있었다.

'금방 돌아올 거야. 착하게 기다리면. 날 믿어봐.'

'정말? 얌전히 있으면 돼?'

'그럼, 잘할 수 있잖아.'

'응, 나 기다리는 거 잘해.'

해인은 철장 안으로 작은 손을 넣어 순한 녀석의 코를 두드렸다. 눈을 감은 개는 더 이상 슬피 울지 않았다. 이해한 걸까. 호텔 칸도 어느새 조용해졌다.

"어머? 울음을 그쳤네. 무슨 일이람."

개가 더 이상 울지 않는 게 이상했는지, 간호사 하나가 호텔 칸으로 들어왔다가 해인을 발견했다.

"개냥이 여기 있으면 안 돼요~"

간호사가 슬쩍 쫓아내기에 해인은 쪼르르 방을 나섰다. 병원의 평화를 찾았으니 다시 조용한 곳을 찾아 기분 좋게 발걸음을 옮겼다.

"저 검은 고양이 요즘 자주 보이는데, 병원에서 기르는 고양이예요?"

"아뇨, 강 선생님 고양이예요."

정확하게는 병원 수의사의 룸메이트의 고양이지만, 여기서는 대충 그렇게 통했다. 해인은 누가 제 이야기를 하자 로비를 지나가다 말고 그쪽을 바라봤다. 손님인 듯한 여자는 데스크 직원에게 괜한 오지랖을 부리고 있었다.

"그래도 그렇지, 목줄 안 해줘도 돼요? 혹시 밖으로 나가기라도 하면⋯⋯."

"아, 강쌤이 괜찮다고 하셔서요."

"어휴! 그래도 짐승인데 그런 게 어디 있어요?"

"전에 쌤이 일부러 문을 열어줬는데도 본 척 만 척 안 나가더라구요. 개냥이가 유달리 똑똑하긴 하거든요."

히익! 목줄이라니. 어떻게 그런 끔찍한 말을! 해인은 소름이 돋기 전에 두 여자의 시선을 피해 로비에서 냉큼 도망쳤다. 대체로 유순한 해인이 유일하게 격렬히 거부하는 일이 있다면 그건 바로 목에 목줄을 거는 것이었다. 목줄은 이름표 역할도 하고, 주인이 있다는 표시이기도 해서 동물을 잃어버릴 경우에 대비해 필수적인 물건이긴 했다.

다만, 해인에게는 변신을 방해하는 '위험한' 물건일 뿐이었다. 그런 걸 목에 걸었다가는 변신하다 목 졸려 죽을 게 분명했다. 고양이인 채로 목에 목줄이 걸리면 고양이 손으로는 그걸 풀 수도 없었으니까. 무서워, 무서워.

해인은 우다다 계단을 뛰어올랐다. 오늘은 아무래도 쉴 만한 곳이 없었다.

"미양~ 미양!"(열어줘~ 열어줘!)

해인이 최후의 쉼터로 고른 곳은 병원 옥상이었다. 그곳에는 호텔을 이용하는 개들을 풀어주는 간이 정원이 있었다. 지나가는 간호사 하나를 옥상 문쪽으로 이끌었다. 그러고는 발목쯤에 이마를 문지르며 문을 열어달라고 졸랐다. 그 부비부비 어택에 인간들이 매우 약하다는 사실을 학습한 지는 오래였다. 해인의 관찰 결과, 고양이의 애교란 가뭄에 비처럼 탁월한 효과가 있었다.

"아이참, 개냥아. 요즘 추운데……."

"먀아앙."(내보내 줘.)

사람이었을 때는 애교와는 거리가 먼 해인이었지만 고양이로 살면서 원하는 것을 애교로 얻을 수 있게 되었다. 고양이에게 애교란, 살기 위한 필살기술 중 하나였다.

"아, 안 되는데……."

해인은 그렇지 않아도 예쁜 황금색 눈동자를 크게 뜨며, 방울방울 울 것 같은 눈을 했다. 그러면 대부분의 간호사는 치명적인 애교 어택에 견디지 못하고 항복을 선언했다.

"그럼, 잠깐만이다."

옥상으로 통하는 문이 열렸다. 생각했던 대로 햇볕이 쏟아지고 있었고, 해인은 냉큼 옥상으로 뛰어나갔다. 간호사는 추워지면 다시 들어올 수 있도록 문틈을 조금 만들어주고는 마저 가던 길을 갔고, 해인은 원하던 것을 얻어서 기분이 좋았다.

"냥냥~"(옥상 최고~)

고양이가 된 뒤로 사람을 이용하는 법을 터득한 해인이었다. 전에는 그림만 그렸던 사람이라 그런지 인간관계에 항상 어려움을 느꼈는데 말이다. 어쩌면 자신은 애완고양이가 적성일지도 모르겠다. 의외로 천성인 건 아닐까? 다시 사람이 되면 이제는 애교 넘치는 여자가…… 될 수 있을 줄 알았다. 기억만 잃어버리지 않는다면 말이다.

[전부 잊어버리게 될 거다.]

사신의 목소리가 떠올라 기분이 나빠지려고 했다. 해인은 애써 흥겨운 기분을 추스르며 볕이 잘 드는 야외 테이블 위로 뛰어올랐다.

[인간인 너에 대해 말할 수 없는 주술을 걸 거다.]

[한 가지 자비라면, 가족을 만날 수는 있게 해주마. 그들에겐 고양이로서의 너를 금언해야겠지.]

맞춤형 주술까지 걸린 뒤로는 이유 없이 우울함에 시달릴 때가 많았다. 해인은 테이블 위에 앉아 저 멀리 풍경을 바라봤다. 사신의 말대로 어차피 잊어버릴 기억들이라면, 이렇게 겹겹이 쌓을 필요가 없을 것도 같았다. 나중에 잊고 나면 얼마나 마음이 공허할까. 이 기억들이 있던 자리가 얼마나 허전할까?

그걸 알면서도 알 수 없는 미련들이 해인의 발목을 붙잡았다. 이 고양이로서의 생활에 등 돌리지 못하게 말이다.

'뭘까, 이 기분은?'

자신은 대체 뭐가 이렇게 걸리는 걸까. 다정한 태일? 아니면…… 발정기 수컷처럼 저를 유혹하는 시율? 해인은 근래 들어 시율을 생각하면 숨이 막혔다. 가슴이 꽉 막히면서 귓가가 간지러워졌다. 저도 모르게 심각한 얼굴이 되어버렸다. 바람이 많이 부는데도 생각에 빠져 있었다.

시율이 옥상에 나타난 건 해가 질 무렵이었다. 해인이 여기서 뒹굴고 있는 건 어떻게 알았는지 곧장 올라와서는 호통을 쳤다.

"야 인마, 너 어젯밤에 그랬겠다!"

해인은 짐승 특유의 감각을 살려 옥상에 저와 시율 말고는 아무도 없다는 걸 한 번 확인하고는, 새침하게 대꾸했다

"내가 뭘?"

"내가 잠든 사이에 태일이한테 갔잖아, 날 버리고!"

"당연한 걸 가지고 뭘 새삼."

해인은 별것도 아닌 거로 유난 떨지 말라고 눈을 한 번 흘기고는 하던 일에 몰두했다. 해인은 몸단장을 하고 있었다. 테이블 끄트머리에 앉아 발등을 핥고 발바닥을 핥으며 그게 기분 좋아 꼬리를 하늘하늘 흔들었다. 그 모양을 지켜보는 시율이 욱하고 만 것도 무리는 아니다.

내가 어쩌다 이런 새침데기를!

"어떻게 한 번을 안 봐주냐?"

"버릇은 잘 들여야 한다며, 네가."

시율은 이를 으득, 갈았지만 맞는 말이었다. 자신이 누누이 태일에게 강조하던 대사였으니까. 애완동물 버릇은, 확실하게! 그때는 제가 당할 줄을 꿈에도 몰랐겠지만.

애초에 해인은 길들이는 게 불가능한 지능의 소유자였다. 뭐든지 결국 제가 원하는 대로 했으니까.

"내 옆에서 한 번 얌전히 잠드는 게 그렇게 어렵냐."

"네 옆은 불편하단 말이야."

"대체 어떻게 하면 편한데? 태일이처럼 벗고 자도 도망가면서."

뭐랄까. 그런 거랑은 다르달까. 해인은 골똘히, 제가 시율의 옆에서 잠들지 못하는 이유를 생각해봤다. 하지만 아무리 고민해도 편하지 않다는 것 말고는 딱히 이유가 없었다. 시율의 옆에 누워 있으면 자신의 심장이 시끄럽게 콩닥대는 게 유난히도 거슬렸다.

"애초에 내가 왜 강, 네 옆에서 자야 하는 건데?"

"네가 그 녀석이랑만 자서 질투 나니까."

대놓고 질투를 드러내는 남자치고 시율은 너무 당당했다. 어쩜 이리 뻔뻔하담. 해인은 혀를 내밀어 손을 핥다 말고 그대로 굳어버렸다.

"……집에 주인이 없어도, 너랑은 안 자."

"왜?"

"싫으니까!"

"그럼, 차라리 셋이 잘까?"

"진심이야?"

시율이 진지하게 건의해서 해인은 몸을 단장한 것도 잊고 온몸의 털을 거꾸로 세웠다. 상상만으로 뭔가 이상해!

"거, 까다롭긴. 너 너무 태일이만 좋아하는 것 아냐?"

"그야 주인이니까!"

"주인이면 다 좋냐?"

"그리고 고마운 사람인걸. 좋아하는 감정 이전에."

태일은 해인에게 있어서 고양이일 때의 주인이기도 하고, 은인이기도 하고. 아무튼 무한 호의를 가질 수밖에 없는 상대였다. 일단 시율과 달리 안전한 존재라 살아 있는 은신처 같달까? 해인은 스스로도 그렇게 이해했다.

"그럼 난?"

혼자 고개를 끄덕이고 있는 해인에게 시율이 눈썹을 뒤틀며 물었다. 살짝 심술 난 투였다. 그에 대꾸하지 않으려던 해인은 어젯밤에 내버린 게 조금 미안해 대답해주기로 했다.

"넌……."

그런데 대체 뭘까, 저 기대에 찬 눈은. 해인은 저도 모르게 입술을 달싹이며, 시율의 생각도 읽을 수 있으면 좋겠다는 생각을 했다.

해인은 조금 망설이다가 대답했다.

"……천적이지!"

"이런, 그거 너무하네. 이젠 그만 경계해도 되지 않나?"

유감이라는 듯 시율이 어깨를 으쓱여 보였다. 해인은 자신이 방금 왜 망설였는지 알 수 없었다.

"……본능의 문제라고. 위험을 느끼는 건."

"본능? 그럼 알 텐데. 내가 너를 해치는 쪽이 아니라는 것쯤은. 난 네게 위험이 닥친다면 있는 힘껏 너를 보호하는 쪽일 거야."

"그건 알지만, 그래도 위험해!"

해인은 떠올렸다. 시율의 집에 불이 났을 때 그가 가장 먼저 챙기려 든 게 자신이었다는 걸 말이다. 그래서일까. 시율은 다소 억울해 보였다.

"내 어디가? 아직도 해부하겠다고 했던 걸 진심이라고 여기는 거라면……."

"그게 아니라 넌…… 계속, 나를……."

"나를?"

"유…… 유혹하잖아."

해인이 진지하게 히익, 하는 표정으로 말을 더듬었다. 그에 시율은 잠시 입을 다무나 싶더니, 돌연 웃음을 터트렸다. 제가 그런 쪽으로 위험하다면 할 말이 없었으니까.

"크핫! 그거 괜찮네."

"……응?"

"마음에 들어."

정말 기쁘다는 얼굴이었다. 해인은 그를 이해할 수가 없었다.

"대체, 뭐가 좋아서 웃는 거야?"

"좋잖아? 내가 남자로 위험해 보인다니 말이야. 그건 이성의 범주에 있다는 뜻이잖아."

해석 한번 뻔지르르했다.

"그런 경계심이라면, 아주 기뻐."

해인은 제가 말해놓고도 그런 뜻이 됐다는 데 놀라고 말았다. 아니, 생각해보니 그런 뜻이 맞았다.

"으에엑?"

"뿌듯하네. 노력한 보람이 있잖아."

"자, 잠깐. 난 그런 뜻이······."

맞네? 두 눈을 커다랗게 뜨며 해인은 자신이 시율의 곁에서 잠들지 못했던 이유를 그제야 깨달았다. 그러고는 경악했다. 말도 안 돼! 대체 언제부터 자신은 시율을 이성을 여기고 있었던 걸까? 아니, 그야 이 녀석이 계속 저돌적으로 들이대니까 이성이라는 걸 모를 수야 없었지만. 강제 학습 수준이지만 이건, 그래도!

"참, 태일이랑 한 데이트는 어땠어?"

혼란스러운지 눈을 이리저리 굴리는 해인에게 시율이 느긋하게 웃으며 물었다. 이 고양이가 무언가 그럴싸한, 부정할 만한 이유를 생각해내기 전에 말을 돌리는 거였다. 해인은 그것도 모르고 시율에게 말려들었다.

"전에 파티에 갔던 거. 나중에 들어보니 엄청 큰 파티였던 모양인데."

"······그날 연예인 봤어!"

"호오, 연예인도 알아?"

"요즘 취미가 티브이 보기니까!"

병원에 놀러 오기 전에 해인의 취미는 텔레비전 보기였다. 관심도 없던 아침 드라마까지 섭렵할 만큼 따분한 나날들이었으니까.

"그렇군. 나랑 했던 데이트는?"

싱긋 웃으며 시율이 이어 물은 것은 자신과 했던 데이트에 대한 평가였다. 바람에 앞머리가 날리는 남자는, 얄미울 만큼 잘생겼다. 그런 질문을 여유 있게 할 수 있다는 것도 매력 포인트 중 하나일 테고 말이다.

"……네가, 날 좋아한다는 건 알겠어."

그리고 그런 남자가, 매사에 자신만만하다 못해 오만하고 여유가 넘치는 이 남자가 자신에게 맹렬히 구애 중이라는 사실은, 해인은 얼떨떨하게 할 정도였다.

"그 정도면 우리가 한 데이트는 충분히 의미 있었군."

"……흥."

"그리고 너, 제법 즐거워했잖아."

"그래도…… 난 주인이 더 좋아."

네가 아니라! 네가 남자로 보일 수는 있어도, 그게 다 사랑은 아니야! 그 볼멘소리는 해인이 저를 마구잡이로 흔드는 시율에게 할 수 있는 최대한의 반항이었다. 물론 시율은 꿈쩍도 하지 않았지만.

"뭐, 주인을 향한 애정이겠지."

"……아냐. 난 주인을, 신태일을 이성으로 좋아해. 네가 아니라!"

해인은 긴장할 때 드러나는 귀 모양을 하면서도 시율을 마주 봤다. 그의 눈동자가 깊이 침잠하고 있었다. 해인의 이번 일격은 시율에게 제대로 먹힌 듯싶었다. 일순 천하의 강시율 얼굴에서 웃음이 사라졌을 정도니까.

"……"

모든 짐승의 생리가 그랬다. 수컷이 아무리 구애를 해도…… 암컷이 허락하지 않으면 이루어질 수 없었다. 선택하는 건, 암컷의 권리였으니까.

"저, 전에도 너한테 말했었잖아. 내가 가출했던 이유도 그거였고……."

그런데 자신은 왜 변명을 하고 있는 걸까. 해인은 저도 모르게 긴장하기 시작했다. 시율이 아주 마음에 안 든다는 얼굴을 했기 때문이었다. 점점 싸늘해지는 시율의 눈을 보기가 무서웠다. 하지만 아무리 그래도, 그건 분명한 사실이었다. 해인은 자신을 처음 주워준 그 남자의 곁이 좋았다. 상냥하고 편안한 사람.

"그 사람이 내 주인이라 좋아하는 거 아니야!"

굳이 지금 그 사실을 강조하는 건, 시율의 거센 유혹에 흔들리는 자신을 다잡기 위해서였다. 그리고 시율은 자신이 입은 타격이 클수록, 더욱 치명적인 공격을 되돌리는 타입이었다.

"그건 그저 주인을 향한 호의야."

"으익!"

시율은 차갑고 직설적으로 찔러왔다. 어쩌나 신랄하게 말하는지. 줄곧 유지하던 느긋한 표정은 간데없고 묘하게 화난 얼굴이었다.

"애정과 사랑은 달라."

"아니라니까? 진짜 좋아……."

"좋아하는 것과 사랑도 다르지. 사랑이란 건 말이야, 그 사람이랑……."

그 사람이랑? 시율을 말하다 말고 뜸을 들였다. 뭘까? 이 인간이 망설일 정도의 사랑에 대한 정의는.

"이랑?"

"……야한 걸 하고 싶어져야 하는 거야."

하나도 음흉하지 않은 얼굴로 이 남자가 지금 뭐라는 걸까. 해인은 기겁한 나머지 꼬리를 바짝 세우며 제자리에서 펄쩍 뛰어야 했다.

"뭐, 뭐라는 거야, 이 변태가!"

"객관적인 의견이거든. 가족한테 성욕을 품진 않잖아? 그리고 넌 신태일에게 성욕을 품지 않지. 같은 맥락이라고."

"……아니야!"

해인은 누가 봐도 화난 얼굴이 되었다. 왜 남의 마음을 제멋대로 사랑이 아니라고 간주하는 거야! 물론 세상에 제가 좋아하는 여자가 다른 남자를 좋아한다는 데 순수하게 축하해줄 남자는 거의, 아니 절대 없겠지만 말이다.

"넌 태일이한테 이성으로서 키스하고 싶어 하는 것도 아니고, 안기고 싶어 하는 것도 아니지. 그러니까 사랑이 아니야."

"남자랑 달라. 여자들은 그런 거 없어도 사랑해!"

"아니? 남자도 그래. 원할지언정 만지지 않을 수 있어. 바라만 볼 수 있어. 오히려 너무 애가 타면 손도 못 대는 법이거든, 하지만 분명 속으로는 창피할 만큼 열망하지. 나처럼."

"……!"

"하지만 넌 그런 걸 열망하지도 않잖아. 그 정도면 그냥 호의, 가족애라고. 백번 인정해서 길러준 사람에 대한 애정이야."

시율의 입장에서 다른 남자를 향한 해인의 애정 어린 말을 듣는 건 분명 고역이었다. 심지어 그 대상이 해인과 매일 밤 같은 침대를 쓰는 상대라면, 그건 더욱 울화가 치미는 일이었다. 그래서 지금 이런 심술을 부리는 거겠지만.

"가족이랑은 달라! 좋아해! 난 신태일을 좋아한다고! 내 마음은 내가 알아!"

"아니, 넌 헷갈리는 거야. 태일이 녀석이 워낙 좋은 놈이라 긴가민가한 거라고."

"나빠! 네가 뭔데 내 마음을 부정하는 거야!"

"나? 널 좋아하는 사내놈이지."

무슨 그런 이론이! 순간 해인이 할 말을 잃은 건 시율의 낯짝이 너무 두꺼워서였다. 정작 창피한 말을 내뱉은 쪽은 태연한데, 들은 쪽이 못 견뎌서 몸을 꼬았다.

"크, 크악!"

"난 질투할 권리가 있어. 네가 다른 놈을 좋다고 하면 방해할 권리도 있고."

"뭐, 그런 권리가 있어!"

"좋아하는 여자 앞에서는 누구나 그래. 좋아할수록 마음이 날뛰는 건, 당연한 거야.”

“신태일은, 주인은 안 그래!”

안 그런 남자도 있었다. 확실히 태일은 매사에 너무 담백해서 탈이었다. 오래 짝사랑한 상대의 결혼 소식에도 웃고 넘긴 남자였으니까. 시율이 한쪽 입가를 비틀어 올렸다. 하필이면 라이벌이 너무 신사적이다 보니 자신은 상대적으로 폭군 소리를 듣고 있질 않은가. 태일과 시율은 여러모로 정반대의 타입이었다.

“그 녀석이, 그렇게 좋냐?”

“좋아!”

“신태일이 특이한 거야. 그 녀석은 사람들이 게인 줄 알 정도로 여자한테 관심이 없잖아!”

결국 시율은 이를 갈며 쌓아둔 시꺼먼 질투를 드러내야 했다. 그 녀석은 좀 이상해! 비교 대상이 전혀 일반적이지 않다고!

“뭐, 뭐래? 주인은 점잖은 것뿐이거든!”

“나도 점잖거든!”

“네 어디가!”

“보면 모르냐!”

“모르겠다!”

죽어도 제 주인이 제일 좋다는 해인 때문에 철벽같은 이성에 금이 가고 있었지만, 시율은 대체적으로 쿨한 남자였다. 어디서나 시니컬한 사람으로 통했다. 이렇게 속을 드러내는 법도, 추한 질투나 하는 것도 그와는 인연이 없는 일이었다. 이전까지는 말이다.

“너 말곤 다 알아! 네 앞에서만 이렇게 된다고!”

“그걸 어떻게 믿냐!”

“아오! 누가 의심 많은 생물 아니랄까 봐! 됐다, 됐어!”

간질간질하게 사랑을 속삭이면 간지러워해야 하는 법인데, 해인은 몸에 벌레라도 붙었나 싶을 정도로 언짢아하는 태도였다. 보통의 여자라면 그의 유혹에 진작 항복했을 텐데. 무슨 고양이가 철벽이 이렇게 높은지.

"간다!"

"가버려라!"

하늘이 어두워지고 있었다. 시율은 휴식 시간도 끝나가서 성질을 부리며 옥상을 나섰다. 쾅! 하는 커다란 소리와 함께 문이 닫혔는데, 때마침 바람이 강하게 불어서 유난히 세게 닫히고 말았다. 옥상 문이 곧장 다시 열렸다. 시율은 해인을 향해 이를 갈며 악을 썼다.

"추우니까 그만 들어와!"

"들어갈 거야!"

"감기 걸린다고!"

"말 안 해도 알아!"

해인은 지지 않고 빽빽, 소리치며 시율이 열어준 문 안으로 쏙 들어갔다. 그러곤 꼬리도 보이지 않을 만큼 빠르게 사라졌다.

둘은, 너무도 묘한 사이였다.

"강샘~!"

홀연히 들려오는 콧소리에 해인은 뾰족한 고양이의 귀를 높이 세우며 눈가를 찡그렸다. 목소리의 주인공은 막 로비로 나온 시율에게로 달려가고 있었다.

"유나 선생님."

"아이참, 얼마나 찾았는지 몰라요~"

"무슨 일로? 전 휴식시간이라 잠깐 옥상에 있었습니다."

"어머나. 담배도 안 피우시면서 옥상엔 왜요?"

"그냥 바람 좀 쐬었습니다."

시율에게 지대한 관심을 보이는 그녀는 이 동물병원의 여자 직원 중 가장, '육감적인'이라는 단어가 어울리는 사람이었다. 자신감 넘치는 몸매에, 20대 특유의 매력과 특출한 사교성까지 갖춘 여자로서 이 병원에서 일하는 애견 미용사였다. 발랄한 롱 웨이브를 하나로 묶어 내렸는데 그 끝에는 항상 빠질 듯한 가슴골이 있었다. 해인도 가끔 넋을 잃고 바라볼 만큼 풍만한. 그리고 그녀는 이 병원에 취직한 한 달 전부터 내내, 시율에게 적극적으로 호감을 보이고 있었다.

"날도 추운데, 조심하세요! 감기라도 걸리시면 저 너무 슬퍼요."

"아아, 네."

데스크 위에 앉아 있던 해인은 듣다 말고 으엑, 하는 표정을 지었다. 너무 대놓고 유혹하는 거 아닌가? 다행이라면 시율이 그녀에게 매우 시큰둥하다는 사실이었다.

'……근데 뭐가 다행인 거지, 나는? 둘이 잘돼서 강시율이 날 귀찮게 안 해야 좋은 거 아닌가.'

해인은 얼굴을 찡그린 채로 생각에 빠져야 했는데, 꽤나 험상궂은 얼굴이 되었다.

"그보다 왜 찾으셨습니까? 이제 진료 시간이라서요."

"어머, 별건 아니고요."

"그럼 가보……."

그녀는 시율에게 팔짱을 끼려다가 은근슬쩍 회피당해서인지, 더욱더 달라붙고 있었다.

"쌤, 쌤! 생각해보니까, 중요한 거예요! 전에 강쌤 커피 좋아하신다고 하셨잖아요?"

"그랬죠."

"이번에 제 친구가 외국에서 유명한 원두를 사 와서, 좀 나눠드릴까 하구요."

"그렇습니까? 그럼 병원 탕비실에 두고 다 같이 마시죠."

살짝 웃으며 말했지만 그건 완곡한 거절이었다. 시율은 항시 인기가 넘쳐서 탈인 남자였다. 그러다 보니 누군가 제게 접근하는 데에도 상당히 익숙할 수밖에 없었다. 사실 이 동물병원의 미혼 여성 대부분이 시율에게 호감이 있었다. 직원들은 물론, 손님들조차도 시율에게 추파를 던지고는 했다. 나름 직장이라는 이유로 벽을 치는데도 말이다.

해인은 시율에게 몇 번인가 페로몬 공격을 받고 나서야 알게 됐다. 꽃은 향기가 없어도 꽃이라는 거. 매력 있는 놈은 가만있어도 매력적이라는 거.

"음…… 어, 그럼…… 드셔보시고 마음에 드시면, 따로 좀 챙겨드릴게요."

그저 고개 한 번 귀엽게 갸웃거렸을 뿐인데, 출렁, 미용사의 가슴이 해인의 눈앞에서 흔들렸다. 절로 시선을 빼앗긴 해인이었다. 단추가 터져 나갈까 봐 걱정될 정도의 가슴이었다.

'저, 저 정도면 위험한 거 아닌가?'

여자인 자신도 이런데, 시율은 왜 아무런 영향을 받지 않는 걸까. 저 크고 아름다운 것에! 해인은 저 가슴의 반만 저에게 줬으면 좋을 정도였다. 누군 누우면 없어지는데……! 해인은 솔직히 말하자면 저 미용사가 별로였지만, 고양이의 본능인지 가끔 저 가슴을 만져보고 싶다는 생각을 했다.

슬쩍 안겨서 꾹꾹이를 해볼까. 저렇게 크면 그건 대체 어떤 감촉일까.

"아뇨. 됐습니다."

해인은 제발 저 가슴에 그만 시선을 빼앗기고 싶었다. 하지만 흔들릴 때마다 저도 모르게 눈이 따라가고 있었다.

"그럼, 제가 지금 한 잔 타다 드릴까요? 정말 맛있거든요. 드셔보시면 아마 마음에……."

"아니, 방 선생님! 지금 여기서 뭐 하시는 거예요!"

때마침 차트를 들고 진료실에서 나오던 간호사가 사납게 소리치지 않았다면, 그녀는 십 분은 더 시율에게 찰싹 달라붙어 있을 게 분명했다. 방 선생이라 함은 저 미용사를 가리키는 것이었고, 그녀는 그렇게 불리는 걸 매우 싫어했다. 하지만 올해 서른넷의 노처녀 간호사는 매우 깐깐한 사람이었다.

"이름 불러주세요, 이름! 제 이름은 유나라구요!"

"그래요, 방, 유, 나! 선생님! 근무지 이탈이 너무 잦으신 거 아닌가요? 저도 싫은 소리 하기 싫습니다만."

"……쳇! 같은 병원인데 뭐, 어때요?"

미용사는 풀 네임으로 불리는 건 더 싫은 눈치였다.

"방 선생님 자리는 2층 살롱일 텐데요."

"예약도 없고 시간이 비어서 커피 한잔하려고요. 그게 잘못인가요?"

"커피는 혼자 드시죠? 강 선생님이 누구처럼 한가한 사람인 줄 알아요?"

검은 생머리를 높이 묶은 간호사는 필시 이 젊은 미용사를 견제하고 있었다.

"그래서 제가 타 드리려고 했거든요? 호호호."

"강 선생님은 제가 타 드리는 커피를 제일 좋아하시거든요?"

"그거 혹시 착각 아닐까요?"

웃으며 말하는 두 여자에게서 해인은 문득 사랑과 전쟁의 향기를 맡았다. 시율은 관심 없는지 혼자 진료실로 들어가버린 뒤였다. 시율이 인기 많은 남자라는 건 익히 알고 있었지만 요즘 와서는 그게 많이 거슬리는 해인이었다. 어딜 가나 여자들이 꼬이니까 그렇게 자신만만할 수 있는 거겠…….

'으엥? 왜 거슬리는 거지, 근데……?'

뭐, 뭔가 이상한데……? 이러면 안 되는데! 이건 아니야! 해인은 애서 제가 요즘 성격이 나빠진 모양이라고 치부했다. 그래서 모든 게 거슬리는 거라고. 설마 자신이 시율을 이성으로 여기다 못해, 그 주변의 여자까지 거슬리는 지경일 리 없다고. 아닐 거야, 아니고말고!

그렇게 주문처럼 되뇌었다.

하지만 해인은, 이미 시율의 계획대로 꼼짝없이 그를 이성으로 여기고 있었다. 그것도 저 좋다는 남자로 말이다.

"형, 저 왔어요."

"먀옹!"(왔다!)

"빨리 왔네?"

저녁 무렵, 병원으로 이 동물병원의 인기 투 탑 중 하나가 나타났다. 바로 태일이었다. 그는 시율과 함께 젊은 여자들의 인기를 양분하고 있었다. 시율이 유들유들한 냉미남이라면, 태일은 아침 햇살같이 화사하고 예의 바른 남자라서 추종자가 갈릴 수밖에 없었다.

"일이 순조롭게 끝나서요."

"길 안 막혔나 봐?"

"퇴근 시간 전에 출발했거든요. 참, 이거 드릴게요. 간호사 분들 나눠주세요."

"이게 뭔데."

태일이 예의 그 여자들 애간장을 절절하게 만드는 느슨한 미소를 지으며 시율에게 쇼핑백 하나를 넘겨줬다.

"오늘 촬영한 화장품 샘플인데, 좋은 거래요."

"이런 걸 왜?"

"개냥이가 항상 신세를 지는데 보답할 게 이런 것뿐이네요."

아쉬운 점이라면 저 선량한 미소가 여자들에게 향하지는 않는다는 점이었다. 그건 순전히 친한 형과, 자신의 애완고양이에게만 보여주는 친밀함의 표시였기 때문이다. 시율은 고개를 끄덕이며 쇼핑백을 받아 들었다. 태일의 손에는 아직 쇼핑백이 하나 더 남아 있었다.

"그건?"

"이건 하은이 몫으로……."

"아. 그래, 가봐."

둘이 그러는 동안 해인은 시키지도 않았는데 데스크 안쪽에 있는 제 캐리어로 들어가 있었다. 그러고는 집에 가자는 눈을 반짝이며, 예쁘게 앉아 있었다. 태일이 기가 찬 웃음소리를 내는 것도 무리는 아니었다. 집에 갈 때만 되면 귀신같이 캐리어에 들어가 있는 해인이었던 것이다.

"신기해요. 하여간 말귀를 다 알아듣는 것 같다니까요."

"뭐, 개들은 많이 저래. 고양이 중에는 드물지만 말이야."

"그래요?"

"병원 오는 캐리어, 집에 가는 캐리어를 구분한다니까. 거짓말처럼 들리겠지만 진짜야."

시율이 가운 주머니 속으로 깊숙이 손을 넣으며 느른하게 웃어 보였다. 태일은 그런 시율을 볼 때면 같은 남자가 봐도 참 잘생긴 사람이라는 생각을 했다. 성인 남자 특유의 여유랄까, 노련미가 넘치는 시율이었으니까.

"아, 약속이 있어서 이만 가볼게요, 형."

"그래. 조심히 들어가고."

오늘 태일은 퇴근길에 해인을 데리러 잠시 들른 거였다. 오늘은 시율이 병원 당직인 날이었으니까.

집에 도착하니 무슨 일인지 하은이 먼저 와 있었다. 마치 태일과 몇 년 지기인지 증명이라도 하려는 것처럼 집 안에 들어와 있었는데, 아마도 도어록 비밀번호를 아는 것 같았다.

"미안, 늦어서."

"아니야. 고양이 데려온다고 해서 좀 늦는구나 했어."

기분 좋게 캐리어에서 나오던 해인은 곧장 불만스러운 의미의 꼬리가 되었고, 기분 나쁘다는 걸 숨기지 않았다. 온몸으로 적의를 표출했다. 매서운 눈 모양을 하고는 꼬리를 탁, 탁, 매처럼 휘둘렀다.

"노, 노려보네. 개냥이는 역시 내가 싫은가 봐."

하은은 자신을 침입자 취급하는 해인이 적잖게 무서운 모양이었다. 직업이 모델이다 보니 혹시라도 손톱을 세울까 그것도 겁을 냈다.

"그런 거 아닐 거야. 보니까 나 말고는 다 싫어하더라고."

"정말?"

"같이 사는 시율이 형한테도 죽어도 안 안겨 있던걸."

"아…… 그 수의사분? 손이 엉망이던데."

소파에 앉아 있던 하은은 해인이 소파 등받이 위로 뛰어오르자 깜짝 놀라며 자리에서 일어났다. 오늘따라 그녀는 좌불안석이었다.

"그거 본인은 영광의 상처라던데."

"개냥이가, 갑자기 날 물고 그러진 않을까?"

"절대 안 그래. 먼저 건드리지 않으면 이도 안 드러내더라. 평소에는 얼마나 순한데."

글쎄. 그건 장담할 수 없겠는데? 해인은 태일의 변호가 무색하게도 저를 겁내는 하은에게 이를 드러내 보였다. 너 싫어!

"……저기?"

"내가 있으니까 괜찮을 거야."

하은이 결혼할 상대가 있다는 걸 알았지만, 그래도 태일이 하은에게 애틋한 마음을 아주 오래 품었다는 것도 알아서 좋아지려야 좋아질 수가 없었다. 젠장, 이 여자가 태일의 마음도 모르면서 도어록 비밀번호를 공유하는 사이란 말이야? 그거 이상해! 이상하다고! 싫어!

"일단, 음, 전에 빌려 간 카메라 거기 식탁 위에 올려놨어."

다른 건 몰라도 고양이가 취하는 부정적인 태도는 알아보기가 쉬운 것이었다. 하은은 해인에게 떠밀려 소파 끄트머리에 겨우 앉아 있었다.

"봤어. 일부러 가져다줄 필요 없었는데."

"……그냥, 지나가다가. 비싼 거잖아."

"가져다줘서 고마워. 뭐 마실 것 좀 줄까?"

"응, 그럴까."

"밤이라 커피는 안 마시겠네. 차 같은 건 없는데. 이제 술은 좀 그렇지?"

태일이 부엌 쪽으로 향하며 말했는데, 그건 '이제 너는 약혼자가 있는 여자니까 외간 남자의 집에서 술 마시는 건 안 된다' 이런 뜻을 내포하고 있었다. 아무리 절친한 친구라고 해도, 이제 선을 그어야 한다고 말이다.

"……물이나 조금 줄래?"

태일은 냉장고 안을 들여다보느라 눈치채지 못한 모양이지만. 해인은 뜸을 들인 하인에게서 뭔가 이상한 낌새를 알아차렸다.

"아! 생각해보니까 촬영하고 받은 탄산수가 있는데, 그거 어때?"

"그것도 좋고."

"너 그런 것 좋아하잖아."

태일이 잘됐다는 듯 베란다로 나갔고, 하은은 어째서인지 기운이 없어 보였다. 평소처럼 서글서글한 구석이 없달까? 어딘가 침울하달까? 웃고 있는데 그게 힘들어 보인달까? 이건 여자의 직감이었다.

하은이 고개를 숙이고 있어서 얼굴이 보이지 않았는데, 왠지 울고 있어도 이상하지 않아 보였다. 해인은 등받이에서 소파 쿠션으로 훌쩍 뛰어내렸다. 그러고는 하은에게 슬금슬금 느리게 다가갔다.

"하은아."

"응……?"

"조용히 옆에 좀 봐봐."

"어머."

무릎만 노려보던 하은이 작게 놀란 소리를 냈다. 아무 기척도 못 느꼈는데, 항상 저를 적대하던 고양이가 제 바로 옆에 앉아서는 저를 빤히 올려다보고 있었으니까. 하은은 이 검은 고양이의 황금색 눈동자가 이렇게 선명하고 신기롭다는 걸 처음으로 알았다. 이렇게 빨려들 듯 예쁜 눈이었구나.

"웬일로 네 옆에 갔지."

"그러게, 무슨 변덕일까?"

"동물들은 사람이 우울해하면 그걸 바로 알아챈다더라. 오늘 너 기운 없어 보여서 그런 거 아닐까?"

"……내가 그렇게 티 냈나?"

하은이 머쓱한지 웃어 보였다. 태일은 그럼 모를 줄 알았냐고 말하며 하은의 곁으로 앉았다. 이어 가져온 탄산수 병을 건네주며 물었다.

"무슨 일인데?"

"음, 나쁜 건 아니고…… 결혼식 날을 잡았어."

"……아. 벌써?"

태일이 알기로는 하은이 프러포즈 받은 지도 얼마 되지 않았다고 했다. 그런데 벌써 날을 잡다니. 보통은 결혼식까지 반년은 걸리는데 말이다.

"응. 그 사람이 많이 서둘러서. 지인이 일하는 호텔이래서 가봤는데 마침…… 다다음 달 초가 비어 있더라고."

"다다음 달 초면, 두 달도 안 남았는데?"

"그때 아니면 내년에나 빈다고…… 그러더라고. 운 좋은 거라고."

"유명한 식장이면 그렇긴 하지. 착착 진행되는구나."

"그러게……. 그런데, 너무 성급한 것도 같아서. 기분이 이상하네……."

하은은 분명 웃으며 이야기하고 있었지만 해인은 뭔가 이질적인 느낌을 받았다. 여자의 감은 이럴 때 발동하고는 했다. 처음엔 태일이 안쓰러워서 그런가 했는데…… 아니었다.

"그 사람이 널 많이 좋아하나 보다. 프러포즈도 남자가 한 거였지?"

"맞아. 그 사람이 했어. 날 많이 좋아해줘."

"결혼 축하해. 파티에서 그 말 한다는 게 아직도 못 했네."

태일은 저번 파티에서 축하한다는 말을 끝까지 못 했던 게 내내 걸렸던 모양이다. 드물 만큼 환하게 웃으며 탄산수로 하은과 건배를 하려다가, 뚜껑을 열지 않았다는 걸 그제야 알아챘다. 그도 사실은 평정을 잃은 모양이었다.

"이런, 미안. 병따개를 어디 뒀더라."

그가 황급히 자리에서 일어나 다시 부엌으로 향했고, 그 뒷모습을 좇던 하은은 슬쩍 고개를 숙였다. 그 순간 태일은 보지 못했지만, 해인은 보고 말았다. 고개 숙이며 하은이 눈 아래를 손끝으로 훔치고, 그 눈동자가 촉촉이 젖어 있다는 사실을 말이다.

'어어?'

하은은 눈가를 얼른 훔치고는 태일에게 물었다.

"저기…… 파티 하니까 생각난 건데. 그때 같이 온 아가씨는, 그 뒤에 어떻게 됐어?"

"응? 시율이 형 동생?"

"이름이 뭐였더라?"

"시연 씨."

"맞다, 시연 씨. 귀엽더라. 계속 만나는 거야?"

태일은 병따개를 찾아 부엌을 뒤지면서 대꾸했는데, 하은은 뭔가 복잡한 얼굴로 계속 해인에 대해 묻고 있었다. 해인은 자신의 이야기가 나오자 더욱 둘의 대화에 집중할 수밖에 없었다.

"아니, 그때는 그냥 내가 파트너가 없다니까 형이 붙여준 거고. 사실 연락처도 몰라."

"……그, 자기 여동생 소개해주기가 쉽지 않은데……."

"그러게 말이야. 고마운 일이지 뭐야."

"형님께서 태일이 네가 정말, 마음에 들었나 보다."

"내가 안전한 타입이라나 뭐라나."

겨우 찾았는지 그제야 태일이 병따개를 가지고 돌아왔다. 픽, 웃으며 하은의 탄산수를 따줬는데 그 얼굴에는 정말 성욕이라고는 조금도 없어 보였다. 신태일은 확실히 이상할 만큼 안전해 보이는 남자이기는 했다. 너무 점잖기 때문인지, 신사적이기 때문인지. 그래서일까? 오히려 그에게 여자로서 감정을 드러내는 건 실례일 것만 같았다. 태일이 어떤 여자에게 남자의 얼굴을 하는 건 도저히 상상이 안 갔으니까.

해인은 태일을 좋아했기 때문에 그런 생각을 했었다. 이 남자가 누군가에게 이성의 얼굴을 하긴 할까, 하고. 하은을 좋아한다는 걸 알지만, 그건 고양이로서 이런 식으로 대화를 훔쳐 듣지 않았다면 절대 모를 만큼 온후한 사랑이었다. 그 예로 하은은 꽤나 눈치가 좋은 여자 같았지만 태일이 자신을 좋아한다고는 조금도 생각지 못하는 것 같았다.

"그 아가씨는 네가 마음에 든 것 같던데."

"설마. 나이 차이가 몇 살인데. 난 아저씨로 보일걸."

"……넌 어땠는데, 시연 씨?"

"음, 착한 아가씨지. 아, 귀엽기도 하고."

태일은 탄산수가 별로 입에 맞지 않는지 한입 먹고는 바로 표정이 나빠졌다. 하은은 입에도 안 대고 있었고.

"그럼, 잘해보면…… 좋을 텐데."

그녀는 무언가 심각할 뿐이었다.

"글쎄. 좋은 사람이라 같이 있으면 기분 좋은 거랑 연애는 별개 같아. 아무 생각도 안 들고 말이야. 애초에 형의 동생인데 어떻게 그러겠어."

"……그렇구나."

"잠깐, 나 다른 거 가져올게."

태일이 도저히 입맛에 안 맞는지 소파에서 벌떡 일어났다. 그러자 하은이 또 고개를 숙여서 해인은 슬쩍 그 무릎 위로 기어 올라갔다. 그림자 속에서 하은의 얼굴을 살폈다. 밤에도 문제없는 고양이의 눈에는 똑똑히 보였다.

하은은 예쁜 얼굴을 이상하게 구기고는, 울 듯 말 듯 하고 있었다.

'어어어억?'

해인은 소리 없는 괴성을 내질렀다. 이게 뭐야!

"이상하다니까!"

328

거의 우는 듯 말했다. 하지만 해인이 안달복달하거나 말거나 시율은 관심이 없어 보였다. 결국 남의 일이니까.

"뭐가."

"이하은!"

"결혼을 앞두고 우울한가 보지."

시율은 해인이 동동 발을 구르는데도, 저 좀 보라며 고양이 앞발을 뻗어 대는데도 모르는 척, 컴퓨터만 하고 있었다.

"그…… 강 너는 눈치가 좋잖아. 네가 한번 봐주면 안 돼?"

"뭘."

"이하은이 주인을 어떻게 생각하는지! 셋이 밥이라도 한번 먹으면……."

"싫! 어! 내가 왜 남의 연애 사업에 참견을 해야 해?"

아주 용맹한 '싫어'였다.

해인은 그에 볼을 빵빵하게 부풀렸는데, 시율이 말하는 모양이 이미 둘 사이가 이상하다는 걸 아는 뉘앙스이기 때문이었다. 남의 연애 사업이라고 표현했다는 건, 친구 사이로만은 보이지 않는다는 뜻이었으니까.

"그치만…… 만약 둘이 서로 좋아하는데, 땅을 파고 있는 거라면……."

"너무 안됐다?"

"그래!"

"우리 이건 짚고 넘어가자고. 넌 신태일을 좋아하잖아. 그런데 그 진실이 왜 중요하지?"

그거 아주 정곡을 찌르는 질문이었다. 시율이 의자를 빙글, 해인이 앉아 있는 침대 쪽으로 돌렸다. 영 마음에 안 든다는 얼굴을 하고는 해인을 취조했다.

"네가 좋아하는 사람이 다른 사람을 좋아하는데, 그 다른 사람이 누굴 좋아하든 그게 무슨 상관이냐고."

"상관있어. 많이 있다고!"

사실 작은 의혹일 뿐이었다.

결혼 이야기를 하면서 우울해하던 하은은 이해할 수 있다고 쳐도, 해인이 보기에 그 우울함은 태일에게서 비롯된 것이었다. 그건 누가 봐도 이상한 일 아닐까? 결혼하면서 태일이 걸리는 건, 하은도 태일에게 마음이 있기 때문은 아닐까? 이 의문에 답을 찾으려면 혼자 힘으로는 역부족이었다. 시율의 도움이 반드시 필요했다.

"……나도 그 여자가 싫어! 하지만, 어차피 주인이 나를 좋아하는 건 불가능하잖아."

"넌 사람이 될 수 있잖아."

"그치만 보통 사람이 아니잖아. 생각해봐! 내가 좋아하는 사람이 날 좋아하는데, 그걸 모르고 다른 사람이랑 살게 되면…… 그건 너무 슬프잖아."

아주 어지러운 마음이었다. 해인은 태일이 저를 좋아해주지 않아도 괜찮았다. 저 혼자 그를 지켜보는 것으로도 충분히 벅찬 마음이었으니까. 애초에 저와의 사랑은 불가능하다고 생각했다. 그런데 그의 사랑에는 가능성이 있다면, 그게 저를 향하는 게 아니라고 해도…… 이루어지길 바랄 뿐이었다.

하지만, 그렇다고 이게 사랑이 아닌 걸까?

"둘이 어떻든 알 게 뭐야. 난 내가 좋아하는 고양이가 제일 중요해서 말이지."

"……으씨. 난 안 된다니까 그러네!"

"자꾸 그렇게 말하면 내가 좀 속상하거든?"

"네가 왜?"

"난 불가능하다고 생각 안 하거든."

시율의 관심사는 여전히 해인뿐이었다. 그가 턱을 괴고 눈웃음을 치며 느긋하게 웃어 보이자, 해인은 왠지 목 안이 간지러워졌다. 하여간 강시율은, 이래저래 강력한 남자였다.

"강, 네가 이상한 거야."

"난 지극히 정상이야."

"……사람도 아닌 것을 좋아하는 건 이상해!"

"내 눈에 네가 여자가 된 걸 어쩌겠어. 난 네가 그냥 여자로 보여. 내가 사랑할 수 있는."

전에는 만날 짐승 취급 했으면서! 해인은 시율이 은근히 집요하다는 생각을 했다. 볼을 부풀렸지만 고양이의 몸이라 변변찮은 시늉일 뿐이었다. 이 감정이 부끄러움이라는 걸 알았다.

"넌…… 너무 뻔뻔해!"

"그거 칭찬이겠지?"

"아니거든?"

"하여튼 봐봐, 내 말이 맞잖아? 네 본능은 태일이를 사랑하지 않아. 만약 사랑한다면 둘이 잘되길 바랄 순 없을걸? 넌 그냥 태일이를 좋아하는 것뿐이야. 주인으로서."

시율이 여전히 눈웃음을 흘리며 말했다. 다른 여자와의 행복을 바랄 수 있다면, 그건 사랑이 아니라고 말이다.

"그것과 이건 별개야."

"어떻게 다른 거야. 같아."

"난 그 사람이 좋지만, 그 사람은 다른 사람을 좋아해. 그 다른 사람도 그 사람을 좋아한다면, 이건 나만 없으면 행복해지는 거잖아."

"너만 불행해지고?"

"……그 둘이 서로를 마음에 뒀다면, 내가 빠지는 게 가장 평화로운 방법일 뿐이야."

어차피 난 이루어질 수도 없고, 가망도 없어. 그렇게 수십 번을 되뇌었다. 태일의 집을 떠났던 이유 역시 바로 그것이었다. 사신과의 약속 장소가 태일의 아파트 옥상인데도 기어코 도망친 건 그런 현실이 너무도 힘겨웠기 때문이었다.

"솔직히 말할까?"

"……뭘?"

"너를 원하는 나로서는 원하는 걸 포기하는 너를 이해할 수 없는 동시에,

환영하고 싶기도 해."

하지만 시율의 의견은 달랐다. 그는 자신이 해인과 이루어질 수 있고, 가망이 있다고 여기기 때문에 해인이 태일을 포기하는 걸 이해하지 못했다. 다른 사람과 태일의 사랑을 거들어줄 정도라면, 그건 사랑이 아니라고 말했다. 너무도 상반된 마음이라 반박도 통하지 않았다.

"내 마음이 소중하지 않은 건 아니야. 다만, 난 고양이니까……."

"사람이 되는 고양이지."

"으씨! 지금 중요한 게 그게 아니잖아! 그보단 이하은이……."

"이봐, 고양이 아가씨. 간과하는 게 있는 모양인데, 난 그 둘이 서로를 사랑하건 말건 전혀 관심 없어."

시율은 손사래까지 쳐 보였다. 더는 듣기 싫다는 태도였다. 자신과는 상관없는 일이라는 생각이 확고한 얼굴. 하여간 매정한 인간 같으니라고. 해인에게는 제 마음만큼이나 태일의 마음도 소중했다. 제가 좋아하는 사람이 행복하기를 바라는 게 이상한 일은 아닐 테니까.

도울 수 있는 게 있다면 돕고 싶었다. 사실은 하은도 그를 좋아하는 거라면……. 그런데 어디선가 오해가 있는 거라면. 문제는 시율이 아주 비협조적이라는 것이었다.

"그럼 네가 관심 있는 게 대체 뭔데!"

"나한테 중요한 건 오로지, 너야."

"으이엑."

"내가 조금만 가까이 다가가도 놀란 눈을 하는 네가, 언젠가는 날 사랑했으면 하는 바람이지."

본래부터 남자에게 그리 익숙한 해인은 아니었다. 평균 이하의 연애세포를 가진 데다가, 당연하게도 누군가에게 이런 열렬한 구애를 받아본 적이라고는 한 번도 없었다. 그런데 난생처음 자신에게 접근하는 남자가…… 하필이면 너무도 저돌적이었다. 어떻게 해야 할지 알 수 없을 정도였다.

"으…… 그렇게 애처럼 조른다고…… 너, 널 좋아하게 되지는 않거든!"

"과연 그럴까? 사랑을 쟁취하는 데는 특별한 게 필요하지 않아. 계속 구애하고, 구애하고, 사랑을 속삭여서…… 함락시키는 거니까."

그는 고상하면서도 섹시하게 웃는 남자였다.

"우리가 사귀었으면 좋겠어."

간지러운 말을 숨 쉬듯 자연스럽게 속삭였다. 그럴 때면 그는 평소에는 보이지 않던 다정한 눈길을 쏟아냈다. 해인은 가끔 숨이 막힐 정도로 그게 버겁게 느껴졌다. 아주 효과가 없지는 않았으니까. 그러니 지금 해인이 하는 반항은 시율에게 넘어가지 않으려는 벼랑 끝에서의 마지막 발악과도 다름없었다.

"미안하지만…… 나는! 너랑 사귄다는 그런 거, 전혀 상상이 안 가!"

"흐음."

꽥! 하니 해인이 소리 질렀다. 근데 혹시…… 이거 너무 상대에게 상처 주는 소리일까? 아니, 주면 어때. 안 되는 건 안 되는 건데! 엄마가 이런 건 딱 잘라 말하는 거랬어! 해인은 한껏 경계하는 자세였다.

"너랑 내가 그렇고 그런 사이가 되는 거…… 상상도 안 간다고! 아, 아…… 알겠냐!"

나름 결연한 의지로 다부지게 말했지만, 한편으론 냉정한 말에 시율이 상처 입을까 봐 내심 겁이 났다. 그건 정말이지 이상한 마음이었다. 거절하면서도 상대가 걱정되다니! 왜냐! 하지만 시율은 그렇게 섬세한 인간은 아니었다. 그는 분명하게 뻔뻔하고 능글맞은 쪽이었으니까.

그는 오히려 기분 좋게 웃어 보였다.

"사귄다는 거 별거 없어. 그냥…… 항상 서로를 보고 싶어 하는 거, 그런 게 사랑이야."

"……난, 평소에 너 안 보고 싶은데."

"난 보고 싶은데."

능글맞게 웃으며 시율이 손을 뻗어 왔다. 해인은 슬쩍 피하며 언제든 도

주할 준비를 했다. 뿐만 아니라 상체를 낮추고, 뒷다리에 힘을 줬다. 두 귀를 레이더처럼 시율 쪽으로 펼쳐 세웠다.

"그런 거 이상해!"

두 눈을 동그랗게 뜨며 소리치는 건 정말 알 수 없어서였다.

"뭐가 그렇게 이상해? 뭐가 무서워? 넌 너무 겁을 내."

"……나랑 사귄다고 좋을 거라고는 하나도 없는데…… 왜 사귀고 싶어 하는 거야? 난 이해를 못 하겠어!"

"좋은 거 있지."

시율은 갈 곳 잃은 손으로 턱을 괴더니, 가장 진하게 웃어 보였다. 뒤이어 그의 나른한 음성이 들려왔다.

"우선, 너한테 마음껏 키스할 수 있겠지."

"흐흑!"

무서운 소리를 들었어! 해인은 딱 그런 얼굴이었다.

"무슨 큰일 날 소릴……!"

그러면 매일을 사람으로 지낼 수 있겠다. 양기가 아주 넘쳐나겠어. 그 전에 시율이 말라 죽지 않는다면 말이다. 언뜻 볼이 홀쭉해지고 말라비틀어진 시율이 상상돼서 해인은 온몸에 소름이 돋았다. 그건 분명 두려운 감정이었다.

그가 한탄하듯 말했다. 마치 조르는 듯한 어투였다.

"연애하고 싶다."

"아무나랑 하시죠! 인기 좋던데!"

"내가 바라는 건 너뿐인걸."

해인은 시율의 손에 닿지 않도록 슬금슬금 뒷걸음질을 쳤다. 그나마 지금이 고양이의 몸이라 버틸 만했다. 만약 지금 사람의 몸이었다면, 필시 버티지 못했을 거다. 시율은 쓰다듬는 방식조차 어딘가 야했으니까. 만져지면 온몸이 간지러워졌다.

그래서…… 경계할 수밖에 없었다.

9. 천적과 키스하기

태일이 해인을 데리고 동물병원에 들른 건 평일의 어느 점심 무렵이었다. 한 손에 캐리어를 든, 잘생긴 남자의 등장에 병원 로비는 당장 분위기가 달라졌다.

"태일 씨!"

"안녕하세요."

"개냥이 맡기러 오셨나 봐요."

병원에 올 때면 늘 그렇듯 품에는 먹을 것을 한가득 가지고 훈훈한 미소를 지으며 나타난 태일이었다. 그는 로비에 들어서자마자 여직원들이 인사 세례를 받고 있었다. 데스크에 기대 차트를 살펴보는 시율은 이제 그 광경이 매우 익숙했다.

"왔구나. 오늘부터 출장이라고?"

"네, 오늘 형도 당직이고 저도 출장이라, 개냥이 혼자 심심할까 봐 데려왔어요."

"잘했네."

워낙에 훈훈한 미남자인 터라 태일은 등장만으로 오늘처럼 환대를 받고는 했다. 물론 시율도 만만치 않게 이 병원에서 인기 있는 남자였지만, 항상 병원에 있는 시율과 달리 가끔 나타나는 태일은 더 귀한 남자였다. 태일이 와 있을 때면 여직원 일동은 물론이고 손님들까지 로비에서 미적거릴 정도였다.

"그런데 그저께도 당직 서지 않으셨어요?"

"그랬는데 교대했어. 원래 당직의가 갑자기 사고가 나는 바람에."

"이런."

"큰 사고는 아니지만 일단 검사차 입원해 있거든."

"별일 아니면 좋겠네요."

차트를 덮으며 시율은 턱짓으로 태일이 들고 있는 하얀 종이봉투를 가리켰다.

"그건 뭐야?"

"달걀빵이에요. 겨울도 아닌데 나오더라고요."

태일은 결코 빈손으로 오는 법이 없었다. 시율은 종이봉투를 받아 들며 슬쩍 핀잔을 줬다. 입으로 빵을 하나 밀어 넣으면서도 말이다.

"이런 거 사 오지 말라니까 그러네. 올 때마다 사 올 것 없어."

"개냥이가 매번 신세 지잖습니까."

"내 고양이인 셈 치니까 괜찮아."

"그래도요."

시율이 은근슬쩍 해인의 소유권을 주장했지만, 워낙 사람이 좋아 별로 개의치 않는 태일이었다. 태일이 캐리어를 열어 해인을 풀어주다가 물었다. 정말 뜬금없이.

"참, 형님, 시연 씨는 요즘 뭐 하십니까?"

그 물음에는 캐리어에서 걸어 나오던 해인도 움찔했고, 시율도 당황할 수밖에 없었다. 하지만 이내 아무렇지 않은 척 대답했다. 평소와 같은 느긋한 태도였다.

"바쁜 것 같더라. 왜?"

"아아…… 그럼 이걸 드려도 될지 모르겠네요."

"뭔데?"

안주머니에서 금갈색 봉투를 꺼내는 태일은 약간 낭패라는 투였다.

"별건 아니고, 공연 초대권이에요."

"미양?"(공연?)

초대권이라는 말에 최근 문화지수가 바닥을 치는 해인의 눈은 대놓고 호기심으로 차올랐다.

"발레공연인데 인어공주라고…… 특이한 주제거든요. 다음 주까지만 하는 특별전인데 지인에게 얻었습니다."

"미야앙!"(인어공주!)

"그러니까…… 이걸 시연이에게?"

"네."

시율은 일단 손을 내밀어 태일에게서 봉투를 건네받았지만, 내키지 않는 눈치였다.

"왜 주는 건데?"

"전에 파트너 해주신 보답입니다. 저도 아는 분에게 얻은 거라 거창한 건 아니고요."

"먀먀!"(나도 보여줘, 보여줘!)

표라도 보겠다고 매달리는 해인의 흥분됨을 보건대 필시 가고 싶어 안달하고 있었다. 기쁨을 감추지 못하는 기색이다. 누가 고양이 아니랄까 봐 생선에 환장하고 있는 게 아닌가. 저 초롱초롱한 눈을 보라지?

꼴깍꼴깍 침을 삼키는 반응으로 보니 발레 공연을 본 적이 없는 게 분명했다. 어마어마하게 기대하고 있군. 시율은 봉투 안쪽을 들여다보고는 눈썹을 까닥였다. 그런데 표가 두 장. 시율의 눈이 살짝 경계의 빛을 띠었다. 설마 태일이 지금 데이트 신청을 하려는 건가?

그렇다면 오빠의 이름으로 가만두지 않겠……

"바쁘시다니 볼 수 있으실지 모르겠지만, 일단 전해주세요. 시간 되시면 친구분이랑 보러 가시면 좋을 겁니다."

"……네가 같이 가려던 건 아니고?"

"예? 아뇨?"

설마 하는, 생각도 안 해봤다는 그런 표정이었다. 역시 사심과는 거리가 먼 태일이었다. 그럼 이건 내 거로군. 시율이 내심 속으로 웃어 보였다. 그는 그제야 마음에 든다는 표정이었다.

"고맙다. 전해줄게."

"감사합니다. 부탁드릴게요."

시율은 고개를 끄덕이며 공연 표를 꺼내 날짜를 확인했다. 이래서야 두 번째 데이트는 태일이 거들어준 셈이었다.

태일의 가는 길을 마중한 해인은 탕비실로 들어가는 시율을 냉큼 뒤쫓아 갔다.

"므양!"(같이 가!)

정확하게는 표를 쫓아서였다. 발레는 본 적이 없어서, 태일이 선물한 표에 아주 많은 관심이 있었다. 그거 아주아주 환상적이고, 아름다운 공연일 게 틀림없었다. 심지어 인어라니! 그건 해인이 거의 환장하는 소재였다.

시연에게 줬다는 건 자신에게 줬다는 거니까, 자신도 볼 수 있다는 뜻이었다. 시율과 보러 가도 좋을 만큼 가고 싶었다.

"따라올 줄 알았……."

"어머, 그러셨어요?"

"방유나 선생님."

하지만 고양이 걸음을 앞서간 사람이 있었으니, 방유나 선생이었다. 시율은 웃어 보이던 얼굴을 딱딱하게 굳혔고, 방유나는 무슨 생각인지 부끄러운 기색으로 다가오고 있었다.

"저기…… 무슨 표를 받으시는 것 같던데."

추월당한 해인은 뚱한 표정으로 방유나의 뒤에 서서 시율을 바라봐야만 했다. 사람이 있는 데서 말할 수는 없었기 때문이다. 시율은 방유나가 자신을 따라온 이유를 어렵지 않게 알아챌 수 있었다.

"아아."

"혹시 같이 볼 사람이 없으시다면 저랑……."

"제 게 아닙니다."

"에? 강쌤에게 주셨잖아요?"

"전해달라고 부탁받은 겁니다."

방유나는 곧장 실망한 얼굴이 되었다. 태일이 시율에게 표를 선물하기에 용기를 내면 그걸 같이 볼 수 있으리라 여겼던 것이다.

"저는 꺼내 보시기에 선물 받으신 건 줄 알았어요."

"아닙니다."

비좁은 탕비실에는 지금 시율과 방유나뿐이었다. 아, 물론 고양이도 한 마리 있었다.

"……강쌤."

"네?"

"저어, 그러니까."

말끝을 흐리던 방유나는 주변을 한 번 둘러보더니, 결심한 듯 비장하게 시율을 올려다봤다. 주변을 맴돌기만 몇 달째, 슬슬 결판을 내고 싶었다. 시율을 노리는 여자가 한둘이 아니었기 때문이다.

"강쌤! 혹시 여친 있으세요?"

"아뇨."

"정말요? 그럼 저는 어떠……."

"대신 여자 친구였으면 하는 여자는 있습니다."

시율이 지금 웃어 보인 건 순전히 뒤에 있는 해인 때문이었다. 다만, 방유나는 뭔가 애꿎은 기대를 한 것 같지만 말이다.

"엣, 설마?"

"방 선생님은 아니고요."

하지만 시율은 꽤나 칼같이 잘랐고, 방유나는 생각 이상으로 시율이 치는 벽이 높다는 데 좌절할 수밖에 없었다.

"그렇군요……. 그, 혹시 가끔 병원에 오는 단발에 귀여운 여자분……?"

"그건 제 여동생입니다."

"아, 여동생이시구나. 친해 보이셔서요."

이렇게 어색할 때가 또 있을까? 물론 당황하는 건 방유나뿐이었지만. 뜻하지 않게 고백 현장을 목격한 해인은 탕비실을 나갈까 하다가 두 귀를 쫑긋거렸다. 그녀가 말하는 가끔 병원에 찾아오는 귀여운 여자라면, 자신도 본 것 같았으니까. 가출하는 날 봤던 그 혀 꼬부라진 여자가 분명했다.

"제가 실례를 했네요. 죄송해요. 여자 친구가…… 없으신 거로 알아서."

"뭐, 지금 없는 건 사실이니까요, 죄송할 게 있습니까."

"……그럼, 짝사랑이신 거네요?"

짝사랑이라면 아직 희망이 있다고 생각하는 걸까. 아니면 시율이 괘념치 말라는 듯 말해서일까. 방유나가 두 눈을 반짝이며 물었다.

하지만 시율은 곧장 어깨를 으쓱해 보이며 부정했다.

"그렇긴 하지만, 세상에 짝사랑이 아니었던 사랑이 있겠습니까."

"그야……."

"전 없다고 생각합니다. 모든 사랑은 외사랑으로 시작하니까요."

시율은 지금 자신이 짝사랑을 하고 있다고 말하면서도 자신만만해 보였다. 방유나는 꿀 먹은 벙어리처럼 아무 말도 못 하고 있었고, 해인은 여기서 냉큼 도망가야겠다고 생각했다.

저 남자가 자신을 더 뚫어지게 쳐다보기 전에.

퇴근 시각. 병원 직원들이 차례로 집에 갈 채비를 하자 해인은 슬금슬금 불안함을 느끼고 있었다. 낮에 시율이 제게 속삭인 말이 있었기 때문이다.

'오늘 나랑 하루 종일 있어야 하는 거, 알지?'

그 은근한 눈웃음이라니. 태일이 출장 중이라 오늘은 어쩔 수 없이 시율과 밤새 시간을 보내야만 했다. 동물의 감일까? 아까부터 자꾸만 오늘 밤 무슨 일이 벌어질 것 같은 느낌이 들었다. 해인이 어째 안절부절못하는 건 그것 때문이었다.

"저희 먼저 퇴근할게요, 강쌤."

"내일 봬요!"

"잘들 들어가요."

이 병원은 24시간 운영하는데, 저녁 9시 이후에는 대개 당직 두 명이 남았다. 위급 환자에 대비해 수의사 한 명, 데스크를 지킬 간호사 한 명. 해인은 그나마 간호사가 있다는 데 안도하고 있었다. 어째 행운의 여신은 시율의 편인 것 같았지만 말이다.

"저어…… 죄송한데요, 강 선생님."

"네? 무슨 일입니까, 김 간호사님."

"갑작스러워서 원장 선생님께는 아직 말씀을 못 드렸는데…… 오늘 우리 아들이 휴가를 나왔지 뭐예요."

"아아, 군대 갔다던."

간호사들은 대체로 젊었지만 연령대가 높은 사람도 있었다. 오늘의 당직 간호사는 가장 나이가 많은 40대 중반의 김 간호사였다.

"좀 아까 전화가 왔는데…… 아들이 무슨 포상 휴가를 받았다고 신나서 집에 왔는데, 절 놀래주려고 말을 안 한 모양이에요."

"이런, 그런데 하필이면 오늘 당직이군요."

"그래서 말인데, 강 선생님에게는 죄송하지만 아이 치킨이라도 좀 사다 주고, 먹는 거만 잠시 보고 와도 될까요?"

시율은 자신도 아들 된 입장으로서 아들이 그리운 엄마의 간절한 바람을 어떻게 외면하겠는가. 시율은 지체 없이 고개를 끄덕였다.

"뭐, 다시 오실 것 있습니까. 오늘 밤에는 위독한 환자도 없고, 모처럼 아드님이 휴가도 나왔는데 일찍 들어가 보세요."

"정말 그래도 될까요?"

"네. 원장님께는 제가 잘 말씀드리겠습니다."

곁에 있던 해인은 한결 불안함에 떨어야 했지만.

"그래도…… 선생님 혼자 계시게 하면 제가 마음이 편칠 않아서요."

"아닙니다. 오랜만에 아드님 보는 건데 얼마 못 보고 복귀시키면 그게 더 섭섭하지 않겠습니까."

"그야 그렇지만."

"전 괜찮으니까 어서 들어가 보세요. 대신 혹시라도 급한 환자가 생기면 전화드릴 테니, 그때 나와주시면 됩니다."

"……감사해요. 그럴게요!"

"걱정 말고 어서 가보세요. 데스크도 제가 신경 쓰겠습니다."

시율의 호의에 중년의 간호사는 반색하며 탈의실로 달려갔고, 해인은 작게 불만을 토했다.

"일부러 얼씨구나 하고 보낸 것 같은데……."

"하하!"

"아무리 봐도."

"설마, 아들 사랑은 한국 어머니들이 최고지. 흐흠."

해인이 흘겨보거나 말거나 시율은 기분 좋게 콧노래를 흥얼거렸다. 과연 순수하게 선의로 보내준 걸까? 해인은 너무 과민한 생각인가 하면서도 의심을 지울 수는 없었다.

둘만 남은 밤이, 깊어가고 있었다.

자정을 넘은 새벽은 인적이 드물어져 아주 조용했다. 시간이 더럽게 안

간다는 뜻이었다.

해인은 환한 데스크 근처에서 꾸벅꾸벅 졸고 있었다. 하지만 낮에 너무 자버린 탓인지, 곁에 경계대상 1호인 시율이 있어서인지 깊은 잠이 오질 않았다. 이래서야 시간이 더 안 가는데…….

힐끔. 안 보는 척 훔쳐보니 시율은 우아하게 다리를 꼬고 앉아 커피를 마시고 있었다. 어려워 보이는 책을 한 권 보면서. 당직으로 밤을 보내는 데도 익숙하니 볼거리를 준비한 모양이었다. 치사하게 저 혼자!

"……심심해."

"그런 게 당직이니까."

"우씨!"

집에서 혼자 심심한 게 차라리 낫겠다. 주인인 태일의 입장에서는 해인을 혼자 두는 것보다는 시율과 병원에서 놀게 두는 게 낫겠다 싶었겠지만 말이다. 이럴 때면 애완동물의 서러움 중 하나는 의사 존중이 안 되는 점이라는 걸 알 수 있었다. 주인? 내가 보기보다 혼자 있는 것도 좋아하거든. 물론, 너무 외롭게 하면 슬프지만 말이야. 해인이 그렇게 혼자 중얼대고 있자니 시율이 책을 들고 가까이 다가왔다.

"사람이 되면 되잖아. 그림이라도 그리지그래?"

"……네가 말하면 절대 순수한 뜻으로 안 들리거든."

"그래?"

"몰라서 묻냥."

네가 얼마나 위험한지? 새침한 고양이 눈으로 해인이 노려보자 시율이 뒷짐을 지며 진지한 얼굴을 해 보였다. 싱글대다가 갑자기 그러니까 적응이 안 될 정도였다.

"그럼, 만지지 않겠다고 맹세하면, 사람이 되어줄 거야?"

시율은 눈썹이 짙고 눈매가 깊어서인지, 진지한 얼굴을 할 때면 유난히도 어른스러운 얼굴이 됐다. 해인은 시율의 그 얼굴에 조금 약했다.

"뭐, 뭐야. 내 사람 모습에 대체 무슨…… 의미가 있다고."

"너를 보고만 있어도 좋거든."

"……."

"그냥 네가 존재한다는 게, 난 안심이 돼."

시율은 항상 해인의 사람 모습에 목을 매고는 했다. 마치 첫사랑에 빠진 소년처럼.

"네 이름도 모르지만 네 얼굴은 알고. 네가 나를 본다는 거로도 나는 의미를 느끼지."

문득 마음이 약해지는 건 시율이 워낙 애절한 시선을 보내와서도 있고, 시율이 요즘은 약속을 아주 잘 지켜서도 있었다. 만지지 않겠다니까 사람이 돼도 괜찮지…… 않을까? 전에야 어찌 됐든 지금의 시율은 해인의 환심을 사기 위해 해인이 싫어하는 일은 하지 않았다.

지성이면 감천이라고, 그 정성을 뻔히 알아서 외면할 수가 없었다.

"그…… 아무리 그래도…… 지금은 입을 것도 없고."

"있어, 입을 거."

그건 마치 기다렸다는 듯한 반응이었다. 해인은 제가 또 시율의 함정에 빠졌다는 걸 깨달았다. 이 거미 같은 남자 같으니라고.

옷이 분명 있긴 있었다. 그것도 새 옷이었다. 사소한 불만 사항이라면 그게 간호사 유니폼이라는 점이었다. 하긴 동물병원에 이 옷 말고 뭐가 또 있겠냐마는. 야한 옷도 아니니 입긴 입지만 해인은 뭔가 코스프레 하는 기분이었다. 뭐랄까? 이걸 입은 것만으로 정말 간호사가 된 기분이랄까.

"오오. 이게 유니폼의 마법인가."

거울 속 자신을 들여다보며 진지하게 중얼거렸다. 사람들이 왜 유니폼에 환상을 품는지 알 것 같았다. 하늘색으로 된 유니폼은 활동성에 치중된 디자인이라 두꺼운 소재의 바지와 티셔츠로 구성되어 있었고, 제법 어울렸다.

이왕 입은 거 진짜 간호사처럼 머리나 묶어볼까 싶어진 해인은 굴러다니는 노란 고무줄 하나를 주웠다. 목덜미가 거의 보이도록 높게 묶고 나니 오래간만에 진짜 사람이 된 기분이었다. 가끔 못 견디게 사람이 되고 싶을 때가 있었다. 그러니까, 진짜 사람. 이런 임시적인 모습 말고 진짜 자신 말이다.

고양이로만 있으면 때때로 제가 정말 고양이인 것 같은 혼돈이 오기도 했다. 그럴 때면 해인은 일부러 사람으로 변신해서 우울함을 달래고는 했다. 이 몸에 이 기능은 확실히 힘들 때 정신적으로 위로가 되긴 했다. 웃기지만. 사람 기분이 필요할 때 말이다.

"괜찮은데?"

이만하면 제법 그럴싸하지 않나. 해인은 거울 앞을 좀 더 서성이며 나중에 시율의 의사 가운도 입어볼까, 그런 궁리를 했다. 때마침 시율이 노크를 하며 탈의실로 들어섰다.

"오, 누가 보면 진짜 여직원인 줄 알겠어."

"그래?"

"음."

"어울려?"

"예뻐."

예쁘긴…… 투박한 병원 유니폼을 가지고. 흠흠. 해인은 저도 모르게 두 뺨을 붉혔다. 하여간 시율은 너무 쉽게 예쁘다는 말을 할 수 있는 남자였다. 처음엔 영락없이 바람둥이라서 그런 줄 알았는데, 알고 보니 그냥 태생이 직설적인 남자였다.

"그거 입은 김에 잠깐 데스크 좀 봐줄래? 위에 올라가봐야 할 것 같아."

"아, 회진 시간이구나."

서당개 3년이면 풍월을 읊는다고, 해인은 이제 시율의 병원 일과를 대부분 꿰고 있었다. 당직 때 무슨 일을 하는지도 얼추 알았다.

"10분이면 상태 체크하고 내려오니까, 별일 없을 거야."

"알았어!"

"혹시 전화 오는 거 있어도 안 받아도 돼. 몇 통 왔는지만 체크해줘."

해인은 야무지게 고개를 끄덕여 보였다. 시율이 지금 차트를 들고 올라가는 곳은 입원 층으로, 중환자가 있어서 수시로 상태를 살펴야 했다. 동물도 사람처럼 암에 걸리고 백내장에 걸렸다. 갑자기 손쓸 수 없이 상태가 나빠진다면 가족들을 불러서 마지막을 지킬 수 있도록 도와줘야 했다.

동물이 아픈 것으로 유난 떤다고 생각하는 사람들도 있겠지만, 기르는 애완동물을 가족처럼 생각하는 사람들에게는 그렇지가 않았다. 개중에는 병원을 떠날 수 없을 만큼 상태가 심각해서 호흡기를 달고 하루하루를 보내는 동물도 있었다.

주인은 마지막까지 아픈 아일 포기하지 못했고, 하물며 짐승도 죽고 싶어 하지 않았다. 조금 더 주인 곁에 있고 싶어 했다. 그건 가족애와 아주 흡사한 감정이었다. 그들의 아픔은 보고 있자면 저절로 눈물이 나는 것이었다.

그래서 해인은 이 병원의 모든 곳을 쏘다니지만 병동에만은 들어가지 않았다. 아픈 짐승들의 소리가 너무도 자신을 괴롭게 했으니까.

해인은 데스크 근처를 뒤적여 빈 종이와 펜을 챙겼다. 이걸로 그림이나 그리면서 시간을 때울 셈이었다. 오늘은 낮에 저에게 요구르트를 쏟은 요망한 꼬맹이를 그려봐야겠다. 그 오동통한 뺨이 제법 인상적…….

"앗?"

해인은 스스로가 생각해도 엄청난 순발력으로 데스크 아래 쪼그려 앉았다. 데스크 바로 맞은편이 병원 입구였는데, 누군가 문을 열고 들어오자 저도 모르게 숨어버리고 만 것이다. 이 야심한 시간에 손님이 올 줄이야. 아니, 그보다 숨을 것까지는 없었나? 하지만 난 진짜 직원도 아닌걸.

"아무도 안 계세요?"

해인은 왠지 숨을 죽이며 어떻게 해야 할지 궁리했다. 계속 숨어 있자니

346

시율이 내려오려면 좀 더 있어야 했고, 그를 직접 부르러 가자니 병동은 너무도 무서운 곳이었다. 짐승들의 신음을 듣는 자체가 고통이었으니까. 동물의 마음을 읽을 수 있다는 건 이럴 때 손해였다.

"저기요? 저기……. 어쩌지."

때아니게 방문한 손님은 해인 또래의 여자였는데, 다급해 보였다. 아무 일도 없을 거라던 시율이 괜스레 원망스러운 순간이었다. 해인은 잠시 그렇게 바닥에 무릎 꿇고 있다가, 결국 데스크 위로 고개를 내밀었다. 여자의 목소리는 둘째 치고, 다른 것이 너무 신경 쓰였다.

"무슨 일…… 이시죠?"

"아! 계셨군요."

"……뭘 좀 떨어뜨려서……."

적당히 대꾸하며 해인은 여자가 품에 안은 걸 바라봤다. 계속 신경을 긁은 가느다란 소리의 정체는 바로, 저 어린 고양이였다. 태어난 지 얼마 안 된 게 분명했다. 젖이나 뗐을까? 작고 연약한 것이 엄마를 찾느라 미약한 소리로 울고 있었다.

"도와주세요. 아기 고양이를 주웠는데……."

"……어디서요? 방금요?"

"편의점에서 나오면서 쓰레기를 좀 버리려고 골목으로 갔더니…… 갑자기 제 신발 위로 기어 올라왔어요. 애를 어쩌죠?"

단발머리의 여자는 집이 근처인지 아주 편한 차림이었다. 울상을 하며 제 손안에 있는 아기 고양이를 내밀어 보였다. 그 힘없고 연약한 작은 생명을 어찌해야 할지 몰라 안절부절못하고 있었다.

"근처에 어미는 없었나요?"

해인은 어차피 얼굴은 내민 거 포기하고 데스크에서 걸어 나와 아기 고양이를 살폈다. 아이러니하게도 이런 식으로 사람들이 주워 오는 아기 고양이의 반 이상은 주변에 어미가 있을 가능성이 높았다. 어미가 잠시 먹이를 구하러 간 사이 버려졌다고 여긴 사람들이 줍는 경우가 비일비재한 것이다.

그리고 한번 주워지면 사람 냄새가 묻어 어미에게 돌려줘도 돌보지 않는 경우가 대부분이었다.

"네. 어떻게 해야 하는지 몰라서 한참 거기 있었는데 주변에 다른 고양이도 없고…… 얘만 덜렁 있더라고요."

"으음…… 보살핌 못 받은 지는 조금 된 것 같아요."

이렇게 어린 짐승은 이유 없이 바들바들 떨기 마련이었다. 여자가 걱정스러운 목소리로 되물었다.

"어미가 버린 걸까요?"

"이 상태로 봐선 그런 것 같긴 한데……."

눈을 뜨지 못할 만큼 눈곱이 묻어 있었고, 코도 숨은 쉬고 있는 건가 싶게 콧물이 흘렀다. 해인은 우선 아기 고양이를 넘겨받았다. 손안에 넣자 의사소통도 배우지 못한 아기 고양이가 애타게, 애타게 엄마를 찾는 감정만 진하게 전해져 왔다. 거의 우는 듯한 울림으로, 너무 절절해서, 몇 번을 들어도 익숙해지지가 않는 것이었다.

"날이 너무 추워서…… 데려오긴 했는데…… 잘한 건지."

"우선 잘하셨어요. 어미가 버렸는지, 어미가 죽었는지는 모르겠지만, 계속 방치된 것 같아요. 길에 더 있었으면 큰일 났을 거예요."

"그래요?"

"사실 이렇게 주워 오는 건 조심해야 하는 일이거든요."

"아, 의사 선생님이세요?"

아니, 무슨 그런 황송한 착각을. 그냥 서당개처럼, 병원 고양이일 뿐이었다. 어깨너머로 본 것들이 그럴듯하게 들린다니 민망한 일이었다. 해인은 얼른 손사래를 쳤다.

"……죄송한데, 제가 사실 여기 관계자가 아니거든요."

"네? 너무 잘 아시길래……."

"무슨 일이야?"

"강! 이분이 아기 고양이를 발견해서……."

"어디 봐."

타이밍이 나쁠 때가 있으면, 좋을 때도 있는 법이었다. 해인은 마침 나타난 시율에게 얼른 한 주먹도 안 되는 아기 고양이를 넘겨주었다. 시율이 커다란 손을 내밀어 보이자 얼마나 믿음직한 기분인지.

"배가 단단한데. 가서 따듯한 물수건 좀 가져다줄래."

"응."

시율에게 맡기자 해인도 절로 안심이 됐다. 역시 이런 건 전문가가 해야했다. 시율을 뒤로하고 해인은 얼른 뛰어가 눈대중으로 보고 배운 대로 온열기 안에서 물수건을 챙겨 왔다. 해인이 적당히 촉촉하고 따듯한 물수건을 가져다주자 시율은 꼬물거리는 아기 고양이의 눈곱을 떼어주고 눈동자를 살폈다. 그리고 입안이며 귓속도 보는 것 같더니 일단 고개를 끄덕였다.

"일단 감기 증세가 보이는 것 말고는 큰 이상은 없는 것 같습니다. 그래도 자세히 살펴봐야 할 것 같네요."

"다행이에요……. 아깐 숨도 안 쉬는 것 같아서 너무 놀랐어요."

"귓속이 더러운 걸 보니까 버려진 지 조금 된 것 같습니다."

"아……."

"보시면 배가 빵빵하죠? 이런 어린 고양이들은 어미가 핥아주지 않으면 혼자서는 배변을 못 합니다."

시율은 차분하게 말하며 능숙한 손놀림으로 아기 고양이의 항문 근처를 물수건으로 문질러주었다. 그러자 거짓말처럼 참았던 것을 싸기 시작했는데, 얼마나 참은 건지 작은 몸에서 나왔다고는 믿을 수 없을 만큼의 양이었다.

"어쩜……!"

"다행히 건강해 보이네요."

"감사합니다, 선생님. 이렇게 어린애는 처음이라…… 혼자 어떻게 해야 할지 몰라서."

"딱히 해드린 것도 없는데요."

시율은 다시 아기 고양이를 여자에게 돌려주었고, 여자는 조심스레 품 안에 넣더니 조금 깨끗해진 녀석을 매만졌다. 다행히도 고양이에 대해 조금은 지식이 있는 여자 같았다.

"집에 다른 고양이가 있나요?"

"아뇨. 고향 집에 들르는 길고양이가 몇 마리 있긴 한데…… 집 안에서는 안 길러봤어요."

"그럼 오늘은 데리고 돌아가셨다가 내일 날이 밝으면 다시 와서 전염병 검사를 받아보세요. 길에서 뭐가 옮았는지 알 수 없으니까요."

"지금은 못 하나요?"

"뭐, 지금 검사해도 되겠지만 야간진료비가 추가되거든요."

시율이 어깨를 으쓱여 보이자 여자는 바로 수긍했다.

"앗, 그렇군요. 내일 낮게 올게요."

"그러세요. 그리고 분유를 조금 챙겨드리죠."

시율은 유능했지만 '돈돈'거리는 편은 못 되었고, 애초에 병원 자체가 양심 있는 곳이라 단골이 많았다. 해인은 이제 이 여자도 병원 단골이 되겠다고 생각했다. 문득 해인이 여자와 눈이 마주쳤는데, 그녀가 물었다.

"그런데…… 이 여자분은 관계자가 아니라고 하시던데, 그럼 누구죠?"

해인의 정체를 묻는 여자의 눈은 악의라고는 없는 순수한 호기심으로 채워진 것이었다. 하지만 삐질삐질 등 뒤로 식은땀이 흐르는 것을 주체할 수 없었다.

"저, 저는……."

지나가던 행인 1이라는 말이 통할까? 엑스트라 13은? 진지하게 그런 궁리를 했지만 간호사 유니폼을 입고 있는 마당에 통할 리 없는 핑계였다. 불안하게 눈을 굴리던 해인은 적이면 무섭겠지만 아군일 때 든든한 남자 시율에게 어떻게 좀 해달라는 가여운 눈빛을 반짝여 보였다.

넌 머리 좋잖아. 도와줘! 도와달라고!

"……."

해인은 이럴 때만은 고양이가 아니라 마치 강아지처럼 애절한 눈이 되었다. 어찌나 선량하고 가여운 빛인지. 저에게 의지하는데 외면할 수 있을 리 없었다. 해인과 시율이 묘한 시선을 교환하자, 고양이를 안은 여자가 당황하며 말을 덧붙였다.

"그냥 감사해서 그래요. 다음에 와서 누굴 찾아야 이 여자분을 볼 수 있는 건가 해서……."

"다음엔 없을 겁니다."

"어째서요?"

"사실 이쪽은……."

아주 자연스럽게 시율의 손이 해인의 어깨를 감싸 안았다. 둥근 어깨를 손끝으로 쓰다듬으며 부드럽게 제 쪽으로 끌어당겼는데, 그건 누가 봐도 더없이 친밀한 행위였다.

"제 여자 친구라서요."

"……아아?"

여자 친구인 거랑 다음에 병원에 없는 것과 대체 무슨 상관일까. 여자가 모르겠다는 얼굴을 했고 시율은 친절한 미소를 지으며 말을 이었다.

"원래는 다른 일을 하는 친굽니다."

"아, 여기 직원분이 아니라요?"

"네. 오늘은 제가 당직이라 같이 좀 있었으면 해서 불렀습니다. 제 일이 워낙 바쁘다 보니 데이트를 통 못 해서요."

"……."

"이렇게라도 보고 싶어서요."

찬스를 만끽하는 시율에게 해인은 그다지 놀라지도 않았다. 뚱한 얼굴로 끌려가 그대로 어깨에 머리를 기대는 수밖에는 말이다.

"그렇군요. 무슨 말인지 알겠어요."

"다행이네요."

"사이가 정말 좋으신가 봐요."

"사실 사귄 지 얼마 안 됐거든요."

이건 뭐, 상상임신도 아니고 상상연애냐? 해인의 눈은 사뭇 못마땅한 것이었지만, 시율은 정말 해인이 사랑스러워서 어쩔 줄 모르겠다는 눈이었다.

"어머, 그럼 한창 보고 싶을 때죠."

"알아주시니 감사합니다."

"연애해봐서 그 기분 알죠. 이해하고말고요!"

"하필이면 저처럼 바쁜 남자 친구를 둬서 얼마나 미안한지 모릅니다."

시율은 해인이 봐주는 때를 놓치지 않고 잘도 만지작거리고 있었다. 작은 어깨를 꼭 끌어안고, 해인의 머리 위로 턱을 문지르며 거의 영역 표시를 하는 수준이었다. 평소라면 벌써 할퀴었을 해인이지만 지금은 위기 상황이라 일단 협조 중이었다. 먼저 도와달라는 눈빛을 보낸 건 자신이 않은가.

"아니에요. 두 분이 얼마나 아끼는 사인지 제가 봐도 알겠는걸요."

"그렇습니까?"

"네. 참 좋은 남자 친구분을 두신 것 같아요."

"하하……."

해인은 시율처럼 얼굴이 두껍지 못했다. 그저 손발이 오그라드는 기분에 어색한 웃음을 흘리는 수밖에는 없었다. 여자 친구로 만든 것도 모자라 닭살 커플 코스프레라니…….

"전 유니폼을 입고 계시기에 영락없이 직원분인 줄 알았어요."

딸꾹. 해인의 동공이 바로 흔들리기 시작했다.

"아, 이건 청소를 도와주다가 옷이 엉망이 돼서 잠깐 갈아입은 겁니다. 입고 온 건 세탁 중이고요."

"아하."

한껏 긴장해서 딸꾹질까지 했던 해인은 곧장 안도의 한숨을 내쉴 수 있었다. 이걸 든든하다고 해야 할까? 이 남자는 대체 어디까지 머리가 좋은 걸까. 유니폼을 입고 있는 말도 안 되는 상황조차 완벽하게 둘러댈 줄이야. 세상에 강시율이 넘기지 못하는 위기가 있긴 한 걸까?

슬쩍 시율을 올려다보던 해인은, 저와 눈이 마주치자 살갑게 눈웃음을 치는 시율을 샐쭉하게 흘겨보면서도 제 어깨를 감싼 손을 털어내진 못했다. 고맙긴 고마웠다.

길고양이를 주워 온 여자가 떠나자 해인은 그제야 긴장을 풀 수 있었다. 빈둥대다가 때아니게 손님을 맞았으니 어찌 긴장하지 않을 수 있을까.

"흐아, 이런 일 은근히 자주 있는 것 같아."

해인이 의자 위로 푹 기대며, 저와는 달리 아무 일도 없었다는 양 침착한 시율을 올려다봤다. 얼마나 태평한지.

"그렇지, 뭐. 일단 새끼 고양이가 보이면 무조건 줍고 보는 사람들이 있어서 큰일이야."

"어미가 잠시 먹이를 구하러 간 사이에 주워 오는 경우도 많잖아."

"그렇지. 좋은 마음으로 그런 거겠지만 일단 어린 고양이를 발견하면 좀 두고 보는 편이 좋아. 몇 시간 정도? 어미가 데리러 오는지 아닌지 말이야."

맞아, 맞아! 턱을 괴며 해인은 열심히 고개를 끄덕였다. 병원 생활을 오래한 건 아니지만 그간 저런 경우를 몇 번 봐왔던 것이다. 아기 고양이 입장에서는 난데없이 어미와 생이별 당하는 경우도 적잖았다.

그뿐인가? 오늘 온 여자처럼 자기가 기를 작정을 하면 그나마 다행이었다. 대책 없이 데려와서는 병원에 떠넘기려는 사람들도 종종 있었다. 특히나 어린아이들이 뭣 모르고 주워 오는 경우가 많았다.

"일단 방금 그 녀석은 돌봐줄 어미가 없는 건 맞는 것 같아."

"응, 더럽더라."

"여자도 착해 보이고 운이 좋은 케이스지. 아무튼 너도 수고했어."

"수고는 무슨. 내가 괜히 나서서……."

시율의 칭찬에 해인은 시무룩해졌다. 나서지 말았어야 하는데. 조금 전만 해도 시율이 없었으면 어쩔 뻔했는지…….

"넌 이상하게 저런 경우에 약하더라?"

"응…… 아기 고양이가 엄마 찾는 소리만 아니었어도 안 나갔을 텐데, 그걸 못 이겨서……. 내 잘못이야."

"전에 주인 찾는 강아지한테도 쩔쩔맸잖아."

"그런 게 가장 슬프거든. 가장 강하고 또렷하게 귀에 들려. 아파하는 소리보다 더 잘 들려. 아주…… 원초적인 감정이라서 그런 것 같아."

다른 동물들과 감정을 공유할 수 있는 해인이다 보니, 병원에 있을 때는 하루에도 수십 가지 감정을 느끼고는 했다. 그중에도 어미를 찾아 헤매는 건 심장을 후벼 파는 듯한 안타까움으로 이루어져 있었다. 사람이나 동물이나 부모가 그리운 건 매한가지인 모양이니까.

"동물들이 엄마를 찾거나, 주인을 찾는 소리는…… 곧장 여기로 파고드는 느낌이야."

물론 그보다 더 고통스러운 감정은 새끼를 찾는 어미의 마음이었다. 그건 정신에 이상이 올까 두려울 만큼 괴롭고 괴로운 것이었다.

"……너도, 부모가 있겠지?"

"당연하지?"

"네 부모는…… 어떤 존재야? 너처럼 변신해? 아니면……."

시율의 물음은 아주 조심스러웠다. 전처럼 단순히 흥미 본위로 묻는 게 아니라, 해인에 대해 정말로 궁금한 눈이었다. 해인은 동물들의 감정을 느끼듯, 시율의 마음도 조금은 느낄 수 있었다. 왜냐하면 시율이 강하게 전해 오고 있었으니까.

보통 사람의 감정은 동물처럼 쉽게 읽을 수 없는 것이었다. 하지만 정말 진실하다면 그건, 느껴질 수밖에 없었다.

그는 지금 해인이 소중해서, 너무 잃고 싶지 않아서, 그래서 궁금한 거였다. 해인이 어떤 존재인지.

"음, 비밀이야."

하지만 해인은 아무것도 답할 수 없었다. 사람인 자신에 대해 말하려고 하면 목 안에서 턱, 하니 막히는 느낌이었다. 무의식중에도 말할 수 없도록 사신의 금동술이 걸려 있었으니까.

"……그렇구나."

시율이 역시나, 하는 얼굴로 턱을 긁적였다. 사실 답을 들을 수 없다는 걸 그도 알았다. 해인은 항상 비밀이 많았으니까. 시율이 해인에 대해 아는 거라고는 아무것도 없었다. 놀랄 만큼 없었다. 그 사실을 상기하면 해인 스스로가 미안할 정도로 말이다.

"음, 있잖아, 강. 네가 나에 대해 물어도 난 대답해줄 수 없는 게 많아. 아니, 대부분 말할 수 없을 거야."

"어째서?"

"적어도 이제는…… 널 믿지 못해서는 아니야."

이제는 말하고 싶어도 말할 수 없을 뿐이었다. 사신이 이런 제재를 가하기 전에 시율에게 조금은 마음을 열었더라면 좋았을까? 해인은 문득, 자신이 시율에게 제법 기대고 있다는 사실을 깨달았다.

"이젠 날 믿는다는 뜻이야?"

"뭐, 그런 셈이지. 하지만 나에 대해선 묻지 말아줬으면 좋겠어. 네게 숨기는 게…… 때로 괴롭게 느껴지거든."

그래. 지금 마음이 조금 아픈 건 분명 그 때문일 거다. 비밀이 있는 게 미안해서. 해인은 저도 모르게 슬픈 얼굴이 되었다. 웃어넘기려고 하는데 그러지 못하는 얼굴로 말을 덧붙였다.

"미안해."

"……너."

시율도 알았다. 해인이 사실은 정이 많다는 것도. 티는 내지 않았지만 무언가 속앓이가 심하다는 것도. 떠나지 않길 바란다면 너무 캐려 들지 말아야 한다는 것쯤은 진작부터 느끼고 있었다. 그런데도 불안함에 묻고 싶어지는 것들이 있었지만, 그는 참아야만 했다.

"알았어. 안 물을게. 그것들이 널 곤란하게 하는 거라면."

다만, 그것들이 결코 쉽지 않을 뿐이었다. 이름도 모르는 여자를 사랑한다는 자체가 사실은 고통이었으니까. 내가 보고 있는 게 사실 허상은 아닐까 싶은 불안감이 때때로 그를 괴롭혔다. 그래서인지 자꾸만 만지고 싶고, 붙잡고 싶어졌다.

"고마워. 나, 사실 강한테 고마운 게 많아."

"……나한테? 예를 들면?"

"색연필을 사준 거? 그림을 그릴 수 있게 도와주는 거, 요즘…… 잘해주는 거."

시율에게는 때로 위험한 욕구가 고개를 들었다. 하필이면 좋아하게 된 상대가 인간이 아닌 탓일까. 없어지면 다신 찾을 수 없을 것 같다는 불안함 탓일까. 없어지지 못하도록 가둬버리고 싶을 때가 있었다. 하지만 그랬다가는, 드물게 보여주는 저 어렴풋한 웃음을 다신 볼 수 없게 될 테지.

한참을 인내한 끝에 겨우 옆에 가도 도망가지 않게 됐는데, 섣불리 굴어서 망칠 수는 없었다. 시율은 제게 단단한 이성이 있음에 감사했다.

"그쯤이야 얼마든지 하지."

지금 이 순간 느긋하게 웃어 보일 수 있는 자신의 참을성에도 또한 감사했다.

"그리고…… 그, 너처럼…… 날 좋아한다는 사람은 처음이라, 일단 고마워."

"······웬일이야? 만날 싫어하더니."

"싫다기보단! 부담스러워서 그러지. 만날 튕기는 것 같아서······ 그것도 미안하고."

고맙고도 미안한 이상한 마음이랄까. 해인은 민망함에 손끝을 꼬물거리며 슬쩍 시율의 시선을 피했다.

"흐음, 거절하면서 미안해하면, 가망이 있는 거라던데."

"아, 으아, 아니거든!"

"만져도 돼?"

"엑? 갑자기 뭔 소리래!"

"네가 정말 날 믿는다면, 머리 정도는 쓰다듬게 해줄 수 있잖아."

머리······? 해인은 때아니게 손을 뻗어오는 시율을 보며 거부할까, 도망칠까 고민하는 눈이 되었다. 무슨 생각을 하는지 빤히 보이는 그 얼굴이 시율을 더욱 참을 수 없게 했다.

"허락받고 만지기로 했잖아. 그래서 지금 정중하게 물어보고 있는 거야."

"······거부하면?"

"물론, 안 만질게."

사실은 더 엄청난 걸 하고 싶지만 그것들을 겨우겨우 참고 있다는 걸 이겁 많은 생물은 알기나 할까.

시율이 얌전히 기다려서일까. 해인은 골똘히 생각하더니 의자에 앉은 채로 시율 쪽으로 고개를 기울여 보였다. 왜냐하면 쓰다듬겠다는 제의는 거절하기도 미묘했으니까. 그쯤이야 뭐, 고양이일 때는 자주 당하니까.

"머리 정도는 쓰다듬어도 좋지만······ 이게 너한테 뭐가 좋은지 모르겠어."

한결같은 의문에 시율은 픽, 하니 웃으며 해인의 정수리 위로 손을 올렸다. 이 고양이는 사랑을 안 해본 게 분명했다. 항상 아무것도 모르겠다는 얼굴이니 말이다.

"사랑에 빠지면, 눈만 마주쳐도 행복한 법이지."

"······그런가?"

"그래. 네가 너무 사랑스러운 걸 어쩌겠어."

"짐승 취급만 할 때는 언제고."

부끄러운 느낌에 해인은 그렇게 투덜댔다. 시율의 손은, 여전히 해인의 머리 위를 쓰다듬고 있었다.

"이젠 안 그러잖아?"

"······뭐, 내가 짐승이 맞긴 하지만."

"그럼, 나도 짐승이 될게."

말장난 같은 느긋한 대꾸일 뿐인데, 해인은 갑자기 심장이 시끄러워지는 걸 느꼈다. 역시 위험한 녀석 같으니. 그저 쓰다듬어지고 있을 뿐이라고 여겼는데, 생각해보니 상대가 강시율이라는 점에서 경계를 풀면 안 되는 거였다.

해인은 이제 시율이 밉지 않아 큰일이었다. 가끔 보여주는 저 얄궂은 미소가, 좋아졌다.

"흥······ 네가 그렇게 말하면 무섭거든?"

"음? 뭐가?"

몰라서 묻는 거야? 해인은 시율을 올려다봤다. 그러자 그의 손이 이마와 조금 더 가까워졌다.

"넌, 체온을 입술로 재는 변태잖아."

"크큭, 그건 내가 잘못했다니까."

시율이 낮게 웃음소리를 흘리더니 해인의 머리를 두 손으로 크게 쓰다듬었고, 그 바람에 해인의 머리는 엉망이 되었다.

"으익! 하지 마!"

해인이 입술을 삐죽이며 고개를 들자 시율이 여전히 웃는 얼굴로 불쑥, 다가왔다. 허리를 숙이며 해인이 앉은 의자 손잡이를 붙잡고, 해인을 앉은 자리에 그대로 가둬버렸다.

"뭐, 뭐냐."

어느새 비슷한 눈높이가 되더니, 놀랄 만큼 깊숙이 다가왔다. 얼굴 사이가 반 뼘이나 떨어졌을까?

"사실 난 좀 억울해. 그때 그건 키스가 아니었거든. 나한테는."

"……억울하긴!"

"그래서 네가 그 일을 이야기할 때면 엄청 아쉬운 기분이 들어. 아까워 죽겠거든. 제대로 다시 하고 싶을 정도야."

이제는 반 뼘도 아니었다. 손가락 한두 마디 정도일까? 어느새 시율의 숨결이 느껴질 정도로 가까워졌다. 그 시선이며 입술을 달싹이는 느낌까지 전부, 적나라하게 전해지는 거리였다. 숨을 죽이자 심장 소리가 들리는 거리.

해인은 최대한 뒤로 물러섰지만 그래 봤자 의자 안이었다.

"그 느낌 말이야, 기억나?"

"……나지, 당연히."

입안으로 다른 사람 체온이 들어오는 건 강렬한 기억이라고! 해인은 그때 그 키스의 느낌이 되살아나서 황급히 손으로 입술을 틀어막았다.

"다시 하게 해주라."

"으음!"

될 리가 있나! 해인은 입술을 막은 채로 열심히 도리질을 쳤다. 요즘 얌전하다 했더니 다시 발정이 난 모양이었다. 간만에 수컷 냄새를 진하게 풍기는 시율은, 해인이 당해내기에는 역부족이었다. 이미 너무 가까웠다. 시선에 점점 사로잡히는 기분이었다. 숨결이 손등에 가까워 오는데도 꼼짝할 수 없었다.

"이번엔 입술만 댈게."

"……될 리가 있냐!"

"닿을 듯 말 듯 하면?"

웃으며 말해도 안 돼! 불쌍한 얼굴을 해도 안 되고! 시율은 작게 고개를 젓는 해인을 빤히 보다가, 빤히 보다가…… 조금 더 다가왔다. 그의 목소리는 낮고 으슥했다.

"손등에는?"

"으……."

그건 불쌍할 정도의 애걸이었다. 기어코 시율의 입술이 손등에 닿았고, 해인은 그것만은 거부하지 못했다. 사실 만지는 걸 허락했을 때부터 이렇게 될 줄 알았는지도 모르겠다.

한 번, 두 번. 그는 해인의 손등 위로 자잘한 키스를 쏟아냈다. 그리고 그러는 내내 해인에게서 가느다란 시선을 떼지 않았다. 시선에는 열기가 가득했다. 해인은…… 손등이 뜨거웠다.

손안에 있는 입술이 간지러웠다. 목 안이, 저려왔다.

"……."

이제 와서 막고 있는 의미가 있는 걸까? 시율의 손길에 끌려 해인의 손은 천천히 가슴 아래로 떨어졌다. 더는, 버틸 수 없었다.

마침내 온전한 키스를 했다.

겹겹이 입술이 닿았다.

이제 더 이상의 거부는 의미가 없었기에 해인은 조용히 눈을 감아버렸다. 데스크 뒤편에 앉은 채로 받은 키스는 어쩐지 은밀하게 느껴졌다.

떨어질 듯 말 듯 다시 닿아오는 시율의 입술을 느끼며 할 수 있는 생각이라고는, 자신이 지고 말았다는 것뿐이었다.

'사람에게 함락당한다는 게, 바로 이런 걸까.'

사실 해인은 내내 이런 일이 생길까 두려웠다. 그래서 그렇게 도망치고 외면하고, 그러다가 못 버티고 발톱을 세우기도 했는데, 결국은 다 소용없었다. 전에 이미 알았는지도 모르겠다. 자신이 끝내는, 이렇게 강시율의 손아귀에 떨어질 거라는 사실을 말이다.

"음……!"

그는 이제 해인의 두 뺨을 손안에 감싸 쥐고는 마음껏 키스하기 시작했다. 거듭되는 입맞춤은 이제 몇 번이라고는 차마 셀 수 없게 되었다. 입술과 입술 사이로 고이는 숨결이 뜨겁고 축축했다. 단것을 맛본 것처럼 시율이 만족스러운 소리로 목을 울렸다. 살그머니 입술 위를 핥고 있는 그의 시선이 목을 조르는 듯했다.

해인은 입술을 꾹 다물고 버텼지만, 벌리라는 듯 핥아오는 감촉에는 목 안이 메었다. 이 남자는, 너무 야해. 너무 힘껏 나를 원해.

"하으."

정말 취하는 것만 같았다. 해인은 키스가 끝나지 않음에 한 번 신음하고, 양기가 흘러들어 오는 느낌에 또 한 번 앓는 소리를 내고 말았다.

양기란 마치 진득한 공기처럼 느껴졌다. 밀도 높은 산소가 목을 타고 내려와 폐 속을 꽉, 들이채우는 듯한 포만감. 동시에 달콤한 향이 나는 술에 취한 것처럼 배 안에서부터 저릿하게 밀려 올라오는 묘한 흥분감. 가늘게 뜬 시선이 점차 흐려졌다.

'뭔가, 너무…… 기분이 좋아.'

양기가 몸 안을 채울수록 해인은 자신의 의식이 점점 멀어져 갔다. 대신 입술을 한껏 벌리고, 시율과 더 깊고 내밀한 접촉을 하고 싶어 하는 욕망이 몸 안에서 들끓었다.

양기의 진가를 깨달은 몸이 제멋대로 더 많은 기운을 원하고 있었다. 그에게서 끝없이 기운을 빨아들이길 재촉했다.

맙소사, 어쩌면 이렇게 적나라한 욕망이 들 수 있을까.

"……! 그, 그만해."

해인은 순간 자신의 몸이 바라는 것을 깨닫고는 깜짝 놀라 시율을 밀어냈다. 이래서야 자신이 정말 요괴 같았으니까. 그저 키스했을 뿐인데 어지러울 만큼의 흥분과 쾌감이, 아직도 몸에 남아 있었다. 시율과 처음으로 제대로 키스한 해인의 소감은, 명백한 두려움이었다. 내가 행여나 기를 몽땅 빨아들여서 이 남자를 죽이진 않을까 하는.

"왜, 그런 얼굴이야?"

"어?"

시율이 심각한 얼굴로 물어서 해인은 손을 들어 제 얼굴을 만져보고 나서야 알 수 있었다. 제가 지금 마치 울 것 같은 얼굴을 하고 있다는 걸. 그래서 시율을 놀라게 하고 있다는 사실을 말이다.

"그렇게 싫었다면…… 사과할게. 미안해."

아픈 듯 찌푸려진 시율의 눈가가 해인을 당황스럽게 했다.

"내가 착각했나 봐."

"……난."

"억지로 할 생각은 없었어. 손을 내리기에…… 괜찮다는 뜻인 줄 알고."

시율이 죄를 지은 사람처럼 힘없이 한 걸음 물러났다. 해인은 저도 모르게 놀라 손을 뻗고 그의 옷깃을 붙잡았다. 고개를 내저으며 시율을 올려다봤다.

"아니야. 그래서가 아니라……."

"울 것 같은 얼굴을 했잖아?"

그건 그렇지만, 억지로 당했다고 생각해서 그런 건 아니었다. 자신이 그의 양기를 빨아들여서였다. 하지만 그건 말할 수 없는 일인지 입안에서만 맴돌았다. 이 답답한 증상은 분명 사신의 솜씨였다. 망할 금동술! 망할 사신! 망할 몸뚱이!

"……키스는, 내가 수긍한 게 맞아."

해인이 입술을 몇 번 달싹이다가 할 수 있는 말이라고는 그 정도가 다였다. 시율의 오해를 풀어주는 건 좋은데, 나도 키스하고 싶었다고 인정하는 건 꽤나 부끄러운 일이었다. 곧장 새빨간 얼굴이 되었고, 그 모습을 지켜보며 시율은 슬그머니 안도하는 얼굴이 되었다

"내가 또 억지로 키스한 줄 알았어."

"……."

"아니라니 다행이야."

안도하는 얼굴이 부드러웠다. 저를 바라보는 그의 시선이 더없이 나긋해서 해인은 이 자리에서 도망치고 싶어졌다. 부끄러워 죽을 수도 있을 것 같았다.

"그, 그냥…… 놀라서 그랬어."

"나랑 키스해버린 게?"

"……그래!"

해인은 너무 창피한 나머지 괜히 화를 내고 있었다. 부끄러운 기분을 감출 수 있는 방법이 그것뿐이었다.

"난 좋았는데."

"으윽."

이런 황망한 기분이 될 걸 뻔히 알면서, 진짜로 키스해버리면 더는 시율을 거부할 수 없게 된다는 걸 알면서 왜 허락하고 만 걸까. 해인은 이제는 알쏭달쏭한 얼굴이 되었다.

"내가…… 내가 왜 허락해버린 거지?"

시율은 의기양양했지만.

"그야 내가 싫지 않으니까 그런 거겠지."

"……그건 맞지만."

"기특하네? 웬일로 인정을 다 하고?"

싫은데 키스할 리는 없잖아. 해인은 뾰로통하니 시율을 올려다봤다. 이제 와서 싫어한다고 고집부려봐야 통하지 않을 거라는 걸 알았다. 이 느른하게 잘 웃는 남자가 좋아져버린 건 사실이었으니까. 저를 보는 시율의 눈이 바로 몇 분 전보다 더 애틋하게 변했다는 걸 외면할 수 없었다.

몸에 남은 많은 양의 양기가, 시율이 저를 얼마나 갈망하는가를 대변해주고 있었다. 그건 한 달 내내 달빛을 충전한 것보다 훨씬 많은 양이었다.

"저기…… 강, 혹시 어지럽진 않지?"

"내가? 왜 어지럽겠어? 어지러워해야 한다면 그건 너겠지."

"그, 그렇지?"

키스하고 상대의 건강을 염려해야 한다니, 이런 경우가 또 있을까? 다행히도 시율은 멀쩡해 보였다.

"겨우 이런 베이비 키스로는 안 어지러워."

"……이게 애들 키스라고?"

"그럼, 제대로 하면 넌 숨도 못 쉴걸. 어른의 키스라는 건 엄청나거든."

뭘까. 저 기대하라는 듯한 웃음은. 그리고 지금도 숨 못 쉬었는데? 해인은 동그란 눈을 하고는 대체 어른의 키스란 게 어떤 건지 상상해봤다. 왠지 그것만으로 벌써 숨 쉬기가 버거워진 느낌이었다. 절로 달아오른 얼굴이 수습되질 않았다. 아직도 입술에 시율의 온기가 남아 있는 와중이었으니까.

"와, 이 음란마귀 같으니. 얼굴 빨개진 거 봐. 무슨 상상을 하는 거야?"

"누가 누구더러!"

"그래서 말인데……."

"응?"

"이참에 진짜 내 여자 친구가 되는 게 어때?"

뭐냐, 그 기승전여친 이론은!

"우리 정식으로 키스도 했는데. 안 사귀면 범죄야."

"그런 범죄 없어!"

"안 속네."

"……키, 키스는 키스일 뿐이야."

애써 별거 아니라는 양 해인은 호기롭게 받아쳤지만, 그게 시율에게 통할 리 없었다. 더 짙은 웃음을 띠며 가까이 다가오는 남자는 포기를 몰랐다.

"아냐. 키스는 애정이 없으면 할 수 없는 거야."

이 남자의 위험한 구석을 꼽으라면 우선 낮고 섬뜩할 만큼 좋은 목소리고, 두 번째는, 색기가 뚝뚝 묻어나는 눈웃음이었다. 코앞에서 그런 얼굴로 웃으면 홀려버린다고. 요괴는 자신보다는 이 남자가 적성에 맞을 것 같다. 아주 여럿 홀려서 잡아먹을 게 분명했다.

"틀려?"

자신만만하게 웃는 시율을 보며 해인은 아무런 반박도 할 수 없었다. 키스를 허락했다는 건, 마음도 허락했다는 뜻이었으니까.

"슬슬 가자."

날이 밝았고, 전날 당직을 선 시율은 오늘 오전 근무만 하고 퇴근이었다. 점심이 조금 지난 무렵 캐리어를 들고 고양이 모습인 해인에게 다가왔는데, 해인은 슬금슬금 게처럼 옆걸음으로 도망치고 있었다.

"어디 가?"

"어…… 어어?"

태일이 출장에서 돌아오려면 멀었는데 이 사냥꾼의 눈을 한 남자와 한집에 있는 건…… 나 잡아 잡숴 하는 것과 하나도 다르지 않았으니 말이다.

"집에 가자니까."

"난, 병원에…… 있을까 해."

"으흠?"

"그, 그냥! 여기가 더 넓고…… 이제 편하기도 하고……."

키스를 한 번 받아들인 이상 시율은 또 키스하려고 들 게 틀림없었고, 결정적으로 해인은 이제 그를 거부할 자신이 없었다.

"흐으으음."

애써 시율의 시선을 피했지만, 젤리 같은 발바닥에서 땀이 뻘뻘 흐르는 느낌이었다.

"네가 무슨 생각 하는지 다 보이거든."

"……."

"이 음란마묘야."

시율은 어젯밤 자신이 이 겁 많고 걱정덩어리에 예민하고 신경질적인 생물을 길들였다는 걸 깨달았다. 키스 중간에 내려다본 그 발그레한 얼굴을 기억력 좋은 그가 잊을 리 없었다. 물론 금방 울먹거려서 놀라긴 했지만.

여하튼 고양이의 특성인지 마음을 여는 데 오래 걸리고, 마음을 열고도 도통 곁을 주진 않지만, 그래도 숱한 노력 끝에 드디어 이만큼 길들인 그는 당연하게도 해인을 다루는 법을 잘 알고 있었다.

"적어도 오늘 밤은 안 건드릴 테니까, 일단 가자고."

"끄응······?"

"생각해봐. 오늘 하루 피한다고 뭐가 달라지겠어?"

그는 당장에라도 이 고양이 아가씨에 대한 책을 한 권 쓸 수 있을 만큼 관찰한 후였다. 어떤 말에 약한지는 이미 훤히 꿰고 있었다.

"응? 얼른 가자고. 이번 주에만 이틀이나 당직을 섰더니 너무 피곤하단 말이야."

시율은 괜스레 자신의 어깨를 주물러 보았다. 목도 아픈 것처럼 만지다가 뿌득, 뿌득 소리가 나도록 뼈마디를 풀어 보였다. 해인은 마음이 약해져서 결국 실랑이하지 못하고 캐리어 속으로 제 발로 기어 들어가고 말았다.

사람만 안 되면 괜찮겠지, 그런 안일할 생각을 하면서 말이다.

"고양이라도 좋으니까, 널 끌어안고 잠들게 해주라."

이 나쁜 놈! 변태! 음란마귀! 해인은 평소처럼 태일이 없는 빈방에서 꾸벅꾸벅 졸고 있었다. 시율은 집에 오자마자 샤워를 하고 있었는데, 갑자기 해인이 있는 방으로 들어오더니 문을 잠갔다. 상황 파악을 하는 것보다 창문까지 잠그는 게 더 빨랐다. 설마하니 한낮에 제 영역인 태일의 방에 갇혀질 줄은 몰랐던 해인이다.

"이 변태야아아!"

"내가 좀 변태지. 너무 잘생긴 변태라 탈이지만."

"왕자병아!"

해인은 버둥대며 악을 썼지만 결국 시율의 손에 잡혔고, 시트로 꽁꽁 싸매져서 품에 곰 인형인 양 끌어 안겨 있어야 했다. 해인은 거의 누에고치처럼 되었다. 안에서 꾸물꾸물댔지만 시트 밖으로 손도 뺄 수 없었다.

"안 건드린다며!"

"밤에는, 이라고 했잖아? 지금은 한낮이고."

"누가 낮에 자냐!"

"당직 서고 온 수의사. 그리고 고양이."

코앞에서 싱글싱글하는 그 얼굴을 확, 긁어주고 싶었다. 하지만 본인의 말대로 워낙 잘나게 생겨서 긁기엔 아까웠다. 피라도 나면 미안하고. 해인은 고양이 모습이면서도 볼을 부루퉁, 하게 부풀렸다. 잠긴 문 정도는 사람으로 돌아가면 몇 번이든 열겠지만 사람으로 돌아가는 게 지금은 더 위험하다는 게 문제였다.

결국 시율의 품에 잡혀 있는 수밖에 없었다.

"귀여워."

"꺅!"

촉, 촉 소리가 날 만큼 시율이 해인의 이마 위로 가벼운 키스를 마구잡이로 쏟아냈다.

"흐왁, 하지 마! 느끼해!"

"너 모르는구나?"

"뭘?"

"애정 표현은 원래 느끼한 거야."

큰일이었다. 정말 큰일이었다. 이마 위로 입술을 문대는 녀석이 밉지 않아서, 정말 큰일이었다. 그게 애정 표현이라는 걸 알자 손에 힘이 들어가지 않아서 더 큰일이었다. 그에게서 나는 비누 향이 기분 좋아서, 큰일이었다. 시율이 해인을 가슴팍에 꼬옥, 하니 안고는 속삭여 물었다.

"언제쯤 사람이 되어줄래?"

"……안 될 건데."

"내 품에 사람으로 이렇게 안겨준다면 참 좋을 텐데."

"지금 내가 사람이었으면 넌 철컹철컹이야!"

경찰 아저씨 여기예요! 이렇게 소리칠 거라고! 지금 고양이 모습이라서 그나마 봐주는 줄 알아. 해인이 그렇게 투덜대자 시율은 낮은 소리로 웃는가 싶더니 꽉 안은 손에서 힘을 풀었다. 대신 부드럽게 끌어안았는데, 해인은 힘이 약해졌는데도 여전히 도망갈 수 없었다.

"난 말이야, 여자 친구 말고는 없었거든."

"뭐가?"

"이렇게 안고 잠든 여자 말이야."

"……흥!"

얼굴도 모르는 그 여자들에게 질투가 난다면, 그게 더 큰 일이겠지? 해인은 조금 더 반항했지만 결국 그대로 시율과 함께 침대 위에서 잠들고 말았다. 바로 옆에서 잠든다는 건 마음을 허락했다는 뜻이지만…… 어쩌겠는가, 잠이 오는 것을.

해인은 시율의 온기 속에서 꽤나 푹 잠들어버렸다.

먼저 잠에서 깨어난 건 시율이었다. 당직을 서고 온 날이면 그는 으레 이렇게 짧은 낮잠으로 밤샌 피로를 풀고는 했다. 비몽사몽 중에도 그가 눈을 뜨자마자 가장 먼저 한 일은, 품 안에 고양이가 제대로 있나 확인하는 것이었다.

"잘 있군."

시트에 몸이 돌돌 말린 채 얼굴만 내민 검은 고양이는 세상모르고 곤히 잠들어 있었다. 자신이 자는 동안 또 어디론가 도망갔을지도 모른다고 생각했는데, 웬일로 잡아온 그대로였다. 기특하긴. 공들인 끝에 길들이긴 길들인 모양이었다. 시율은 입가에 미소를 띠며 쫑긋한 고양이의 귓가를 쓰다듬었다. 그러자 해인이 얼굴 근육을 움찔움찔하며 이를 갈기 시작했다.

"므, 므으응……"(야, 양기가아……)

"……꿈꾸나?"

"우으우으!"(내가 요괴라니!)

심각한 울음소리를 내기까지. 풋, 구경하던 시율은 그만 참지 못하고 웃음을 터트렸다. 뭐라고 하는지는 알 수 없었지만 잠꼬대하는 고양이를 구경하는 건 꽤나 재미있는 일이었다.

"으으냐냐……."(이건 꿈일 거야…….)

그저 자는 모습일 뿐인데 바라보기가 질리지 않으니 이상한 느낌이었다. 물론 고양이가 아니라 사람 모습이었다면 훨씬 더 흐뭇한 상황이었겠지만 이것도 나쁘진 않았다. 처음에 미움받은 걸 생각하면 이건 정말이지 장족의 발전이었으니까.

이렇게 옆에서 재울 수 있기까지 대체 몇 달이 걸린 건지. 시율은 슬슬 일어나 기지개를 켜며 시계를 봤다. 아직 오후 4시밖에 되지 않았다.

"생각보다 얼마 안 잤는걸."

잠든 해인을 한 번 더 내려다본 그는, 조용히 방을 나섰다. 일부러 해인을 깨우지 않은 채였다.

해인이 태일의 방에서 잠들어 있는 지금은 시율에게 아주 좋은 기회였다. 애완고양이가 있는 보통의 집에서는 고양이와 사람 단둘이 있다면 그건 사람 혼자 있는 걸로 치부하겠지만…… 시율은 저와 함께 사는 고양이가 보통 고양이가 아니라는 걸 너무도 잘 알고 있었다.

그래서 때로는 이렇게 해인의 눈을 피해 은밀히 작업해야 했다.

"어디 보자."

그는 자신의 방으로 들어와 컴퓨터를 켜고, 최근 즐겨찾기에 추가한 웹 페이지들을 찬찬히 순회했다. 그것들은 종종 컴퓨터를 사용하는 해인 때문에 숨김 모드로 되어 있었다.

<세계 역사와 함께하는 몬스터 대백과>

<중국 설화 속 요괴의 기원>

<조상들이 알려주는 도깨비의 종류>

<귀신인가, 사람인가.>

이걸 본다면 자칭 숙녀인 고양이 아가씨가 난리를 칠 게 분명해서, 이렇게 몰래 보는 수밖에 없었다. 마치 죄짓는 듯, 아니 걸리면 사달이 날 테니 죄짓고 있는 게 맞았다. 안전을 위해 가끔 병원에서 검색해보기도 하는 시율이지만 직장에서 딴짓을 하기에는 아무래도 한계가 있었다. 다른 것도 아니고 이런 정보만 뒤적이다 보니 더욱 그랬다.

"마녀, 악마와 계약을 한 여자들. 고양이나 박쥐로 변할 수 있다……. 비슷한 듯 아닌 것 같단 말이지."

정독하는 중간중간 시율은 해인이 잠에서 깨진 않았는지 동태를 살폈다. 괜찮은 내용이 보이면 자신의 메일로 보내두기도 했다. 사실 이 조사를 시작한 지는 꽤 되었지만 아직도 이거다 싶은 정보는 없었다.

"늑대인간, 평소에는 사람의 모습을 하고 있다가 보름달이 뜨면 늑대로 변한다……? 알 수 없네. 이쪽 사이트에서는 보름달이 뜨는 날만 사람이 된다는데."

이게 고역인 이유는, 너무 여러 종류의 정보가 있다 보니 하나의 개체를 놓고도 각기 답이 다른 경우가 허다하기 때문이었다. 예를 들어 어딘가에서는 이무기를 두고 도를 닦는 신성한 생물이라고 하고. 어딘가에서는 사람을 홀리는 요물 뱀이니 발견 즉시 목을 쳐야 한다고 적혀 있어서 진지하게 공부하는 그의 입장에서는 골치가 아플 수밖에 없었다.

이런 것에 기대야 하는 자신이 한심하지만 어쩌겠는가. 의문의 대상이 스스로는 아무것도 말해줄 수 없다고 하니, 자력으로 정체에 접근하는 수밖에.

'나에 대해 묻지 말아줬으면 좋겠어. 네게 숨기는 게…… 때로 괴롭게 느껴지거든.'

바로 어제, 그렇게 말하며 애써 웃던 얼굴이 떠올랐다. 속내를 하나도 숨길 줄 모르는 얼굴. 화가 나면 화를 내고, 부끄러워도 화를 내고, 기쁘면 배시시 웃는 그 얼굴. 토라지며 뺨을 붉힐 때면 끌어안고 싶어 견딜 수 없게 만드는 그 얼굴. 너무 사랑스러워서…… 때때로 위험한 기분이 들게 하는, 이름도 모르는 너.

"……."

묻지 말아달라고 하니 찾지 말아야 하는 걸까? 시율은 마우스를 쥔 손을 멈췄지만 그건 아주 잠시일 뿐이었다. 묻지 말라고 한 거지, 찾지 말라고 한 건 아니니까. 너를 잃어버린 뒤에 엉엉 울기만 할 수는 없으니까.

시율은 다시 손을 움직였다. 부지런히 눈으로 쏟아지는 글씨를 읽으며 조금이라도 해인의 정체에 가까이 다가가려고 노력했다. 처음 이 조사를 시작한 게 호기심 때문이었다면, 지금은 순전히 만에 하나라도 그녀를 잃고 싶지 않아서였다. 만약의 때에, 네가 경고했듯이 하루아침에 없어져서 나를 놀라게 할 때, 허무해서 온 세상을 뒤지고자 할 때…… 내가 갈 곳은 알아야 하지 않겠는가. 상대가 언젠가 떠나야 한다니 찾을 준비를 하는 건 당연한 일이었다.

"……절대로 귀신은 아닌 것 같고. 만져지기도 하고, 체온도 있으니까. 일단 그럼 압축할 만한 후보는 이 두 가진데."

그 속이야 어떻게 문드러지든 시율은 아무렇지도 않은 얼굴로 검색을 계속하며 정보를 압축했다. 그가 근래 해인의 정체와 가깝다고 여기며 꼽은 후보는 두 가지였다. 구미호와 늑대인간. 딴에는 검색에 검색을 거쳐 최선을 다한 접근이었다. 전에는 전혀 관심 없던 정보들이다 보니 여전히 헷갈렸지만 말이다.

"구미호가 그나마……. 하지만 간은커녕 고기를 안 좋아하는데?"

구미호의 고양이 버전이 있다고 가정해보려고 해도 여전히 모호한 구석이 남아 있었다. 해인이 흥미를 보이는 먹을 것은 기껏 단것 정도였다. 이전에 안 먹어도 몸에 지장 없다는 말을 하기도 했고. 턱을 괴고 한참 모니터를 들여다보던 시율은 서류 가방 속에서 다이어리를 꺼내 들었다. 일전에 적어둔 정보들을 다시 하나하나 체크했다.

1. 고양이에서 사람으로 변할 수 있다.

2. 고양이일 때도 사람 말을 할 수 있다.

3. 동물들의 말을 대충 알아들음.

4. 수술 직후의 동물이랑 마주치면 울어버리기도 함. 아픈 게 느껴진다고.

5. 사람으로 변하는 데는 뭔가 제약이 있는 듯. (무한하지 않음)

6. 술을 잘 먹는다고 말하지만 상당히 약함. (주사 있음)

7. 한국말은 하는데 영어는 별로 모르는 눈치.

8. 시험 결과, 중국어도 못 알아들음. (한국산?)

9. 그림 그리는 걸 좋아함. 그리고 잘 그림.

10. 코가 매우 좋음. 하지만 사람 모습일 때는 약해지는 것 같음.

11. 잠이 많음. 하루 종일 잠.

12. 잘 토라짐. 단것으로 풀어줄 수 있음.

13. 달빛을 좋아함.

.

.

.

쭈욱 읽어 내리던 그는 맨 밑에 한 줄을 더 추가했다.

29. 자꾸 귀여워짐.

그것도 또박또박, 나름 중요하다고 생각하는 부분이었으니까. 어쩌면 이게 바로 홀린다는 걸까? 그는 그런 생각을 하다가 다이어리를 접고 다시 검색창을 열었다.

이럴 때가 아니었다. 틈이 났을 때 조금이라도 더 정보를 찾아야 했다. 귀여운데 무서운 그녀가 언제 깨어날지 모르니까. 시율은 오늘은 토종 신화에 집중적으로 매달리기로 했고, 고양이의 옛말인 '괴'로 무작위로 검색을 시작했다. 그리고 운이 좋은지 얼마 안 가 눈에 띄는 정보 한 가지를 발견할 수 있었다.

"과거, 충청남도 영산에서 전해져 내려오는 설화로, 검은 괴가 나타나면 꼭 까마귀 떼가 쫓아와 사람이 죽었다 하여 검은 괴가 저승사자를 본다고 일컬었다. 검은 괴를 불행한 것으로 취급…… 이 검은 괴의 눈은 꼭 호랑이의 것처럼 금색으로……."

쓸 만하다 싶은 건 대부분 그랬지만, 이것도 역시 짤막하게 몇 줄 적어놓고는 자세한 정보는 책을 참조하라고 되어 있었다. 확실히 오래전 기담을 알아보기에는 인터넷보다는 책이 나았다.

"한국 전통 민담과 신화 전설집 발췌……. 젠장, 1992년 발행? 심지어 절판이잖아."

문제라면 쓸 만한 것치고 남아 있는 책이 없다는 점이었다. 시율은 아쉬운 대로 책이 있는 도서관을 찾아봤다. 근래 그는 쓸데없이 검색 실력만 늘고 있었다.

"먕?"(강?)

한편, 잠에서 깨어난 해인은 곁에 시율이 없다는 사실에 슬쩍 삐져 있었다. 아니, 이 남자, 같이 자자고 꼬드겨놓고는 혼자 어딜 간 거야? 모처럼 인심 써서 옆에서 잠들어줬더니…….

"무응."(하여간 괘씸하다니까.)

해인은 부스스 몸을 일으키며 시율의 기척을 쫓아봤다. 아마도 자신의 방에 있는 모양인지 시율의 방 쪽에서 키보드 두드리는 소리가 들렸다. 뭐, 근처에 있으니 됐나?

해인은 느릿느릿 몸을 일으키고는 늘어져라 기지개를 켰다. 양기로 충만한 몸은 뭔가 달라도 확실히 달랐다. 이 고양이의 몸이 된 이래 이렇게 기운이 쌩쌩한 건 처음이었다. 그간은 충전이 덜 되어서 제 기능이 다 발휘되지 않던 걸까? 양기가 좋긴 좋은 모양인지 컨디션까지 최고조였다.

그건 어떤 느낌이냐면, 기운이 너무 넘치는 나머지 당장 사람으로 변신해 백 미터 달리기라도 하고 싶은 기분이었다. 폴짝 침대 아래로 내려온 해인은 방을 나와 거실로 향했다.

시율의 방으로 향하며 콧노래를 흥흥거리는 건, 그냥 푹 잠을 자고 일어나 기분이 좋은 덕분이었다.

"어, 일어났구나."

"응!"

방으로 들어가는 것보다 빨리, 시율이 방에서 걸어 나왔기 때문에 해인은 거실에 멈춰 섰다. 고양이의 몸으로 키가 큰 시율을 올려다보는 건 목이 아픈 일이라 소파 위로 올라갔다. 왠지 시율이 후다닥 방에서 나온 느낌인데? 해인은 고개를 갸웃하며 물었다.

"뭐 했어?"

"그냥 인터넷."

그거 이상한데? 시율이 해인을 관찰하듯, 해인도 시율을 관찰하는 일이 취미였다. 그는 게임도 별로 하지 않고, 신문도 아침마다 배달받아서 보는 남자였다.

"강, 컴퓨터 하는 거 별로 안 좋아하잖아?"

"네가 자고 있었잖아. 텔레비전 보긴 좀 그래서."

"그런가?"

"깨면 미안하니까."

그것도 그러네. 해인은 쉽게 수긍했다. 고개를 끄덕이며 살랑살랑 기분 좋은 꼬리를 하고 있자니, 시율이 다가와 그런 해인의 머리 위를 천천히 쓰다듬었다. 예쁘다, 예쁘다 하는 그 손짓. 고양이일 때 쓰다듬어지는 건, 나쁘지 않아. 해인은 두 눈을 가늘게 뜨며 그 손길을 느꼈다.

"기분이 좋아 보이네."

"푹 잤거든."

"내 옆에서 말이지?"

해인은 제가 기분 좋아하자 덩달아 기분 좋은 얼굴을 하는 시율을 보며 괜스레 심장이 간질거렸다. 하여간 이 남자는 이상한 거로 뿌듯한 얼굴을 한다니까? 부끄럽게스리. 조금 친해졌다고 너무 들이대진 말라고!

"……흥!"

"그 녀석이 출장을 자주 가길 빌어야겠군."

아주 진심이 느껴지는 말이었다. 태일이 없어야 제가 해인을 차지할 테니 말이다. 게다가 누군가에겐 행운이고 누군가에겐 위험하게도, 당분간 태일은 출장이 잦은 시즌이었다. 지금부터 봄 화보집을 준비 중이기 때문이다.

"아무튼 일어났으니 잘됐다. 그렇지 않아도 깨울까 했거든."

"왜?"

"나 씻고 올 동안 변신해서 기다릴래?"

"흐엑? 네가 씻는데 내가 왜 기다……."

"대체 무슨 야한 생각을 하는 걸까, 이 아가씨가."

시율이 기회를 놓치지 않고 해인의 음흉함을 탓했다. 음란마묘라는 타이틀이 해인은 정말 억울했다. 내가 얼마나 정숙한데! 네가 야한 뉘앙스로 말하는 거잖아!

"난 그냥 데이트하자는 뜻이었어. 내가 씻는 동안 너도 변신해서 옷 좀 입고 있으라고."

"……당당하긴! 누가 보면 우리가 사귀는 줄 알겠네!"

"키스는 했잖아."

"그야…… 그야……!"

시율의 뻔뻔한 대꾸는 해인이 할 말을 잃게 하기에 충분했다. 그때 분위기가 그랬다고 핑계를 대고 싶었지만…… 그러기에는 너무 여러 번의 키스를 해버렸다. 지금이 고양이 모습이라서 정말 다행이었다. 사람 모습이었다면 이상한 표정이 됐을 테니까.

"그 녀석 출장 갔을 때 놀아야지. 안 그래? 그리고 너 사람으로 있는 거 좋아하잖아."

"그건 그렇지만…… 이 아니라! 강, 너! 은근슬쩍 자연스럽게 구는데…… 우리 사귀는 거 아니거든!"

비상이었다. 자칫 이대로 휘말렸다가는 자연스럽게 여자 친구가 되어 있을지도 몰랐다. 해인은 정신을 바짝 차려야겠다고 생각했다.

"하지만 난 너랑만 키스할 거고, 너도 나랑만 하잖아. 그럼 그게 그거지."

시율의 현란한 말재간 앞에서는 별로 소용이 없었지만 말이다.

"아, 태일이랑 애완동물이랑 주인으로 하는 건 아예 제외야. 그리고 사실 사귀니 마니 하는 건 너한테 별로 의미 없는 일 아닌가?"

저 눈웃음 앞에서도 말이다. 이 남자, 어쩌면 이렇게 진지한 얼굴일까. 사귀지 않겠다고 튕기는 것 따위 하나도 효과가 없었다. 이미 해인은 영혼까지 탈탈 시율에게 털린 뒤였으니까.

"사귀지 않아도 좋아. 너와 이성으로 키스하는 게…… 나뿐인 거면 돼."

나른한 웃음을 보며 해인은 그제야 깨달았다. 제가 이미 시율에게 단단히 목줄이 잡혔다는 걸.

'맙소사. 언제 이렇게 된 거지?'

자신은 대체 어느 틈에 이 남자에게 이렇게 사로잡혀버린 걸까. 해인은 시간이 갈수록 시율에게 꼼짝할 수 없게 됐다. 무엇이 자신을 이렇게까지 나약하게 만드는 걸까.

그의 목소리? 눈길? 살그머니 뻗어오는 손짓……?

사실 답은 이미 알고 있었다. 그 전부였다. 매번 도망칠 궁리만 하는 자신에게 몇 번이나 무안당하고 외면받으면서도 끊임없이 뻗어오는 그 모든 것들.

"나는 네게 큰 걸 바라는 게 아니야."

"……그럼?"

"모처럼 오붓한 시간이 생겼으니, 너와 데이트하고 싶을 뿐이지."

머리 위를 쓰다듬어 오는 손. 물리고 할퀴어진 상처가 가득한 그의 손을 보노라면, 해인은 그만 마음이 약해지고 말았다. 거부당한 상처가 아프지도 않은지 자꾸만 쓰다듬으려고 노력하는 이 남자의 갸륵함에 길들여지고 마는 것이다.

그뿐인가? 이 남자는 여자를 설레게 하는 재주가 아주 탁월해서, 해인은 지금

제 종족이 고양잇과 요괴라는 것도 잊을 지경이었다. 그건 정말이지 문제였다. 고양이 모습일 때도 시율에게 이렇게 정신을 못 차리는데, 사람이 되면…….

"키, 키스할 거잖아."

"당연하지. 데이튼데?"

"……우앗, 뻔뻔해!"

도무지 이 남자의 애정공세를 당해낼 재간이 없었다. 키스까지 해버린 지금에 와서는 더더욱 그랬다. 애써 시율과 제 사이에 그어뒀던 경계가 허물어져 버렸으니까. 그것도 자신 스스로 키스를 허락함으로써 말이다. 이제는 싫다고 버티면 시율이 봐주던 그때로는 돌아갈 수 없었다.

시율은 이제 해인이 제게 여자로서 마음이 있다는 걸 알아채버렸으니까.

"솔직하다고 해줄래?"

"이 변태야!"

"변태라니. 알잖아? 난 너한테만 이러는 걸."

"내…… 내가 그걸 어떻게 알아."

"요즘 내 중심은 너인데. 정말 몰라?"

해인은 흡사 궁지에 몰린 기분이었다. 시율의 유혹은 직설적인 데다 맹렬했다. 심지어 너무도 치명적이라서, 남자에게 면역력 제로인 해인으로서는 매번 식은땀을 흘려야 했다. 그는 이제 전보다 더 불쑥불쑥, 해인의 영역에 침범했다. 경계해야 하는데 전보다 친해져서인지 그마저 쉽지 않았다.

"아무튼 한번 생각해봐."

"응? 뭐를?"

"집에 나랑 단둘이 있는 거랑, 밖에서 둘이 돌아다니는 거랑 어느 쪽이 더 안전할지."

뭐, 이런 협박이 다 있담? 해인의 눈이 지진 난 듯 흔들렸고, 작은 머리는 어느 쪽이 안전할지 재느라 바빠졌다. 사람으로만 변하지 않는다면 집에 있는 쪽이 더 안전할 것 같긴 한데. 하지만 시율의 말에 현혹되지 않을 자신

같은 건 없었다. 또 무슨 꼬임으로 사람이 되게 할지 몰랐다.

이미 데이트라는 꼬임에 빠져 있었고 말이다.

"그럼, 씻고 올 테니까 생각해보라고."

시율은 고민하는 해인을 두고 유유자적, 욕실로 들어갔다.

내가 무른 걸까, 시율의 너무 머리가 좋은 걸까. 해인은 이제 그런 고민은 포기해버렸다. 매번 당하다 보면 이제는 시율이 항상 제 머리 위에 있다는 사실을 인정하는 수밖에 없었으니까. 지금만 해도 옷을 고르며 나갈 채비를 하고 있었다. 결국 시율이 원하는 대로 되었다.

"⋯⋯쳇."

하긴, 내가 저 녀석을 말로 이길 수 있을 리가 없지. 해인은 뚱한 얼굴로 거울 속에 비치는 제 모습을 들여다봤다. 표정이 자못 심각한 건 어떤 옷을 입어도 마음에 들지 않아서였다.

"이 스웨터 너무 더워 보이는데?"

저도 모르게 작게 중얼거렸다. 사실 해인이 입을 수 있는 옷의 종류는 선택지가 적었다. 시율의 여동생이 대학생 때 입던 것들이 대부분이라 앳된 디자인이 많았고, 창고에 몇 년 방치되어 있던 옷들이니만큼 유행이 살짝 지난 감도 있었다.

게다가 시율의 집이 한 번 불에 타면서 남은 옷이라고는, 작은 캐리어만큼이 다였다. 시율이 새 옷을 사주겠다고 했지만 더 이상의 빚은 사절하고 싶었다. 해인은 있는 것들을 뒤적거리며 입었다 벗기를 반복했다. 원피스를 입었더니 너무 과하게 차려입은 느낌이었고, 티셔츠에 바지를 대충 입자니 또 이건 성의가 심하게 없는 느낌이었다.

그래도 명색이 데이튼데⋯⋯.

"으응?"

마음에 드는 코디가 나오질 않아 한참 고민에 빠져 있다 보니 이래서야 마치 제가 데이트를 기대하고 있는 것 같았다. 해인은 크게 당황했다. 지금 거울 속에는, 영락없이 데이트에 들뜬 여자가 있었으니까.

"이, 뭐…… 기대하는 거라기보다는……. 그래! 이건 예의지, 예의!"

누구에게 둘러대는 건지 알 수 없는 핑계였다. 해인은 대충 집히는 대로 후다닥 입고는, 펼쳐놓은 옷들은 다시 캐리어에 넣어 시율의 침대 밑으로 집어넣었다. 그곳이 해인의 옷을 숨기는 장소였다. 혹시라도 태일이 시율의 방에서 여자 옷 무더기를 발견하면, 둘러댈 변명거리가 없었으니 말이다.

"요즘 쌀쌀하니까 좀 더 챙겨 입는 게 좋을 텐데?"

"괜찮아. 난 추위를 별로 안 타니까."

"아, 그런가?"

현관을 나서며 한마디 했던 시율은 순순히 인정했다. 확실히 해인은 평소에도 추위에 강했으니까.

"그보다 우리 어디 가는 건데?"

"좋은 곳."

"흐음……."

"가보면 알아."

엘리베이터에 타며 시율이 의미심장하게 웃어 보였다. 조른다고 알려주진 않을 것 같고, 어딜 가는 걸까. 해인은 궁금했지만 일단 얌전히 따라가기로 했다.

"아, 전에 자리가 없어서 차를 옆 동 지하 주차장에 세워놨거든."

"그래서?"

"꺼내 올 테니까 잠깐 기다릴래?"

"응."

그러고 보니 시율이 차 키를 꺼낸 건 오랜만이었다. 태일과 살게 된 뒤로는 직장인 동물병원이 가까워져서 차를 거의 쓰지 않았으니까. 해인이 얌전히 고개를 끄덕이자 시율이 재차 의향을 물었다.

"같이 가도 되고."

"아니, 난 출구 쪽에 가 있을래."

해인은 모처럼 사람 모습을 했으니 조금이라도 바깥 구경이 하고 싶었다. 신발을 신고 현관을 나선 뒤부터는 이미 발이 근질근질하던 차였다.

"……그래, 그럼. 저기 후문 쪽에 있는 출구 알지? 그쪽이야."

전이었다면 어디로 튈지 모르는 해인을 억지로라도 데리고 갔을 시율이지만, 이제는 잠시 떨어지는 것으로 안절부절못진 않았다. 다만, 조만간 해인에게 휴대폰을 하나 구해줘야겠다고 생각했다. 당장은 불안하니 자신의 휴대폰을 쥐여 줬다.

"이건 왜?"

"네가 미아가 될까 봐 그러지."

"내가 앤가, 뭐?"

"애는 아니지만 전에 없어진 적이 있잖아."

시율의 말에 크게 뜨끔한 해인은 일단 휴대폰을 자신의 주머니에 챙겨 넣었다. 엄마를 보러 갔을 때 따돌린 일을 시율이 아직 속에 담아둔 모양이었다.

"바로 차 빼 올 테니까 후문 근처에 있어야 한다?"

"알겠다니까 그러네."

"휴대폰 잘 가지고 있고."

몇 번이나 신신당부를 한 뒤에야 시율은 주차장으로 향했다. 겨우 몇 분 떨어지는 거로 저렇게 걱정이라니. 해인은 제가 평소에 그렇게 불안하게 했나 싶어 때아닌 반성을 해야 했다. 그냥 따라갈 걸 그랬나?

늦은 후회를 하며 해인이 후문을 향해 걸어갔다. 때는 막 해가 지기 시작한 저녁 무렵이었다. 이 무렵은 왠지 공기가 좋았다. 오가는 사람들을 살펴보니 날이 추워지긴 했는지 다들 재킷을 입고 있었다. 드물게 목도리를 한 사람도 보였다.

사람 구경이 재미있는 줄 전에는 미처 몰랐는데…… 이렇게 혼자 걷는 순간이 즐거울 수 있다는 것도. 그러니까 사고가 나기 전에는 말이다. 오늘 뒤에 내일이 없을 수도 있다는 걸 알기 전.

해인은 마치 세상구경을 처음 하는 양 신이 나서 근처를 둘러봤다.

"오오."

그리고 마침내 후문에 다다른 해인의 시선을 사로잡은 건 올해 처음 보는 포장마차였다. 특유의 그 식욕을 당기는 냄새가 멀리서도 맡아졌다. 김이 모락모락 나는 떡볶이며, 순대, 튀김 전부에 눈이 갔다. 항상 공복 상태다 보니 해인은 먹을 것만 보면 정신을 못 차리는 경향이 있었다. 특히나 해인의 후각을 강타한 건 어묵이었다.

가장 좋아하는 음식 베스트에 드는 바로 그 음식. 해인의 몸은 이미 저도 모르게 포장마차 쪽으로 슬금슬금 걸어가고 있었다. 다가갈수록 느껴지는 그 훈기에 입안에는 침이 고이기 시작했다.

침을 삼키며 주머니에 손을 넣어봤지만, 돈이라고는 십 원도 없었다. 내 처지가 이렇지, 뭐. 해인은 쓸쓸하게 포장마차를 바라봤다. 그런데 그 모습이 쓸데없이 아련했다.

"……뭐 하냐, 너."

차를 가지고 나온 시율의 눈에도 이상해 보일 만큼 말이다.

"벌써 왔어?"

"설마, 넋 놓고 있느라 시간 가는 것도 모른 거냐."

"……설마아아."

"저게 먹고 싶어서 그래?"

"아니이?"

거짓말도 참 못하지. 얼굴에 먹고 싶다고 대문짝만하게 써놓고는……. 시율은 포장마차 옆에 차를 대고 내렸다. 저 미련 넘치는 얼굴을 보고도 그냥 지나칠 수 있을 리 없었다. 해인은 요즘 들어 시율이 뭔가 사 준다고 하면 꽤나 부담스러워했다. 항상 받기만 해서일까.

"먹고 싶은 게 뭔데? 골라봐. 됐다는 소리는 하지도 말고."

"……사 주는 거야?"

"설마 떡볶이를 못 사주겠냐."

시율은 거의 못마땅해하는 수준이었다.

"나도 저녁 먹을 겸 먹으면 되니까, 골라봐."

"그럼, 난 어묵."

"하나? 어차피 많이는 안 먹을 거잖아."

"응!"

"아주머니, 여기 어묵 하나랑…… 떡볶이랑 순대 1인분씩 주세요. 물도 좀 주시고요."

뭘 사 준다고 해도 한사코 도리질만 치더니, 겨우 반색하는 게 어묵이었다. 시율은 모처럼 하는 데이트의 시작이 포장마차라는 게 썩 마음에 들진 않았지만 해인이 신나 하자 덩달아 기분이 좋아졌다. 해인은 잽싸게 어묵 국물을 뜨고 있었다.

"……어묵 좋아해?"

"어묵 국물 엄청 좋아!"

고양이는 보통 뜨거운 걸 싫어할 텐데. 시율은 그런 생각을 하며 어묵 국물을 호호 불어 먹는 해인을 바라봤다. 열심히 먹고 있는 모습을 보자니, 기분이 흐뭇해졌다.

"그렇게 맛있어?"

"응! 너무 좋아."

"너…… 여우에 대해 어떻게 생각해?"

"여우는, 여우지?"

일본 설화 속 여우 요괴들은 어묵을 좋아하는 거로 유명했다. 하지만 그걸 떠올린 시율의 머릿속을 알 리 없는 해인은 뜬금없이 웬 여우 타령인가 무심코 넘길 뿐이었다. 해인은 요괴 같은 것에 하나도 관심이 없었으니까.

시율이 웃으며 손을 내밀어 왔다.

"내 휴대폰 좀 줄래?"

"휴대폰? 응, 여기."

아까 맡긴 이거 말이지? 해인은 시율의 휴대폰을 돌려주고는 다시 어묵 국물을 먹는 데 집중했다. 뜨거운 국물이 든 종이컵을 돌려가며 호호 불어 식혀 먹는 행복에 푹 빠져 있었다. 시율이 바로 곁에서 휴대폰을 만지작거리는 건 자주 있는 일이라 신경 안 쓰고 있었다.

그 휴대폰이 찰칵, 찰칵, 맹렬한 셔터음을 내기 전까지는 말이다.

그것도 바로 제 쪽을 향해서.

"흐에……?"

찰칵, 찰칵, 찰칵. 셔터음은 끝나지도 않았다. 대체 몇 컷이나 연속 촬영을 하는 건지. 뜻밖의 기습에 해인은 먹던 국물을 반쯤 뱉어내고 말았다. 잠깐, 지금 이 모습이 찍히는 거야?

"뭐 하는 거야!"

이런 흉한 모습을!

"……안 찍힌다, 너."

"뭐?"

"봐봐."

해인은 그만 화낼 타이밍을 놓치고 말았다. 시율이 눈앞으로 보여준 휴대폰 화면 중에는, 정말 제 얼굴이 제대로 나온 게 한 장도 없었으니까.

이상했다. 분명 셔터음에 놀라 가만히 있었는데. 마치 방해하는 힘이라도 작용한 것처럼 얼굴 근처만 유난히 흐릿했다. 모든 사진이 그랬다. 찍는 순간 얼굴을 열심히 흔들면 이렇게 될까?

"……이게."

해인은 저도 놀라 휴대폰을 받아 들고 한참 들여다봤다. 고양이 모습일 때는 문제없이 찍혔는데, 지금은 왜 이런 걸까. 이건 해인도 몰랐던 사실이었다. 사진 찍힐 때는 그저 먹는 걸 찍으니 울컥했는데, 말도 안 될 만큼 얼굴이 안 나온 사진을 보자 오싹, 소름이 돋았다.

이건 사신의 힘일까, 아니면 이 몸이 본래 가진 힘일까. 어느 쪽이든 보통 사람은 이럴 수 없었다.

"네가 없어지면, 나는 어떻게 해야 할까."

문득 들려온 시율의 갈 곳 없는 목소리에 멍하니 고개를 들면서 해인은 울고 싶어질 뿐이었다. 그건 분명 안타까운 마음이었다. 해인은 시율과의 이 일분일초가 다신 돌아올 수 없다는 걸, 되새겨야만 했다.

"아직 우리가 연인은 아니지만…… 네가 없어지면 난 분명 널 찾으러 갈 거야."

-2권에 계속-